KATHARINA PETERS
TODESFLUT

atb aufbau taschenbuch

KATHARINA

PETERS

TODESFLUT

EIN OSTSEE-KRIMI

atb aufbau taschenbuch

MIX
Papier | Fördert
gute Waldnutzung
FSC® C083411

ISBN 978-3-7466-4174-4

Aufbau Taschenbuch ist eine Marke der Aufbau Verlage GmbH & Co. KG

1. Auflage 2025

www.aufbau-verlage.de
10969 Berlin, Prinzenstraße 85

Bei Fragen zur Sicherheit unserer Produkte wenden Sie sich bitte an
produktsicherheit@aufbau-verlage.de.
Satz LVD GmbH, Berlin
Druck und Binden CPI books GmbH, Leck, Germany

Printed in Germany

PROLOG

Es war klar, worauf es hinauslaufen würde. Eine Gruppe Männer, die offensichtlich etwas zu feiern hatte – einen Junggesellenabschied, einen runden Geburtstag oder einen tollen neuen Job, eine Prämie, eine gewonnene Wette, egal. Sie wollten offensichtlich zu später Stunde noch einmal so richtig nachlegen. Cedric beobachtete aus halb geöffneten Augen, wie die Typen näher kamen. Laut lachend, mit gelockerten Krawatten und roten Wangen ließen sie eine Flasche kreisen, während sie sich ausschütteten, worüber auch immer. Zwei von ihnen waren eher jung, der Dritte schien älter, soweit Cedric es einzuschätzen vermochte. Er war hundemüde, doch er wusste, dass es besser war, sofort und unauffällig das Weite suchen. Drei angetrunkene Männer, die unternehmungslustig die Nacht durchstreiften und in Kürze auf das abgelegene Lager von Wohnungslosen stoßen würden – entweder zufällig oder geplant –, hatten sicherlich weder warme Worte noch ein paar Geldstücke übrig. Wenn man Glück hatte, blieb es bei verächtlichen Blicken oder dummen Sprüchen.

Solange Cedric auf der Straße lebte, war er bislang selten positiv überrascht worden – eine ältere Frau hatte ihm vor einiger Zeit bei ihrem abendlichen Spaziergang nach kurzem Blickwechsel einmal einen Schein zugesteckt. Einfach so oder weil es sie beschämt hatte, wie er leben musste. Oder weil es ihr gutging und sie in diesem Moment ein Herz für ihn hatte. Und dann war sie weitergelaufen. Häufig verliefen unvermutete Begegnungen zu später Stunde jedoch unerfreulich, insbesondere wenn mehrere Männer daran beteiligt waren und es sich um junge Leute handelte, mitunter Teenager, die sich und anderen etwas beweisen wollten – rüde Beschimpfungen waren dann an der Tagesordnung und eher harmlos. Nicht selten kam es zu gewalttätigen Angriffen; das bisschen Hab und Gut, das Cedric mit sich herumschleppte – Schlafsack, ein paar Klamotten, etwas Kleingeld, einige Vorräte und zwei zerlesene Taschenbücher –, war bereits mehrfach zerstört worden. Beim letzten Mal vor knapp drei Monaten hatten ihn zwei Jugendliche genüsslich zusammengeschlagen und seinen Kram anschließend verbrannt – angetrieben von plötzlich hell loderndem Hass und einer beinahe hysterischen Wut, die sich alles herausnahm, die alles durfte. Ein Wohnungsloser war ähnlich rechtlos wie ein Syrer oder ein Schwarzer, ein Schwuler oder auch eine Frau, die allein unterwegs war und auf Menschen traf, die etwas zu beweisen hatten und nicht davon ausgingen, dass sie Konsequenzen zu befürchten hatten.

»Die Polizei wird dir nicht helfen«, hatte ihm einmal der alte Knut erklärt, der seit vierzig Jahren auf der Straße lebte. »Sie kommt zu spät oder hält dein Problem für selbstverschuldet. Dann leb halt anders und provoziere niemanden mit deinem Anblick. Wenn du Glück hast, lassen die Angreifer rechtzeitig von dir ab. Es ist immer noch einfacher, wieder mit sich selbst ins Reine zu kommen, wenn du einen dreckigen Obdachlosen nur zusammengeschlagen hast, als wenn du spüren musst, dass du ihm das Leben genommen hast. In dem Augenblick bist du nämlich einfach nur ein Mensch, der einen anderen Menschen, einen Sterbenden ertragen muss.«

Cedric kannte natürlich die Storys von angezündeten Obdachlosen, die gar keine Storys waren, sondern die bittere Wahrheit von Gewalt gegen Schwache, doch er hatte gar nicht so genau wissen wollen, wie Knut zu dieser Einsicht gelangt war. Ein paar Wochen später war der Alte gestorben – er hatte morgens tot in seinem Schlafsack gelegen. Tot gesoffen, so hieß es, und dieser letzte Weg passte zu ihm, so hieß es weiter. Der alte Säufer – Cedric hatte ihn allerdings selten betrunken erlebt. Vielleicht hatte der Alkohol gar nicht mehr bei ihm gewirkt. So war es bei seiner Mutter gewesen. Sie hatte zwei Flaschen Schnaps am Tag in sich hineingeschüttet, und ihr Blick war klar wie ein Bergsee gewesen. Nur ihre Stimme hatte sich verändert. Rau, dunkel, trunken.

Cedric schob die Gedanken beiseite, während er aus dem Schlafsack kroch, hastig sein Zeug zusammenpackte und die beiden anderen mit leisen Worten warnte. »Besser zu verschwinden«, flüsterte er. »Da kommen ein paar Typen, die noch einiges vorhaben heute Nacht. Beeilt euch!«

Doch es kam keine Antwort. Der Schlafsack von Bodo drei Meter weiter war nicht besetzt, wie so oft in letzter Zeit. Vielleicht hatte er etwas anderes gefunden; und im Gebüsch nebenan rührte sich auch nichts. Viv war wohl noch unterwegs. Vielleicht war sie auf dem kleinen Kiezfest, um zu betteln, obwohl Cedric sie gewarnt hatte. »Du wirst da ganz schnell vertrieben, und wenn du Pech hast, tauchen die Bullen auf.«

Aber Viv hatte nur abgewinkt. Sie ließ sich nicht so schnell von einem Vorhaben abbringen. Man sah ihr die Wohnungslose auch noch nicht auf den ersten Blick an. Dafür lebte sie noch nicht lange genug auf der Straße. Die Zeit ohne eigenen Ort begann sich erst nach Monaten ins Gesicht zu graben, dann aber besetzte sie jede Linie, jeden Winkel und übernahm still und grau die Herrschaft. Viv war ohnehin ein bisschen anders. Noch von Stolz und Sicherheit getragen, davon überzeugt, lediglich eine vorübergehende Dürrephase, eine finanzielle Flaute oder einen privaten Konflikt überstehen zu müssen. Es war selten vorübergehend.

Der nächste Winter würde alles verändern, dachte Cedric, während die Stimmen der Männer lauter wurden und er leise durch das dichte Gebüsch kroch, seine Utensilien mit leisem Schnaufen hinter sich herzog. Der Winter veränderte alles. Solange es warm und trocken blieb, kamen die meisten einigermaßen klar damit, im Freien zu übernachten. Es fühlte sich ja manchmal ein bisschen wie Campen an. Meistens schien die Sonne, und selbst in Schlechtwetterphasen fand sich immer ein gutes Plätzchen, um trocken zu bleiben – halb verfallene Bootshäuser, die niemanden mehr interessierten, Bahnhofsplätze an stillgelegten Trassen oder ein Schrottplatz am Kanal, in dem ein paar abgewrackte Transporter rumlagen, in denen man Unterschupf fand. Doch Eis und scharfer Wind, der Sturz der Temperaturen und die Herrschaft der Dunkelheit begruben jeden Hoffnungsschimmer unter einer Kälteschicht. Als hätte die Leichtigkeit nie existiert. Cedric lebte seit drei Jahren auf der Straße, er wusste, wovon er sprach. Mit dem ersten Raureif begann die Zeitumstellung. Wer dann keinen zuverlässigen Ort fand, der hatte verloren.

Cedric streunte zwei Stunden durch die Gegend, bevor er zurückkehrte. Auf den ersten Blick hatte sich nichts verändert. Vielleicht hatte er überreagiert. Doch lieber zweimal unnötigerweise die Biege machen und schnell abtauchen, als einmal übermütig das Risiko vernachlässigen. Er schlüpfte wieder in das dichte Gebüsch und breitete seinen Schlafsack aus. Nebenan rührte sich immer noch nichts. Bodo war noch unterwegs. Cedric schärfte den Blick und hielt nach Vivs Sachen Ausschau, doch die waren verschwunden. Er zögerte einen Moment, dann kroch er langsam näher. Der Boden war noch eingedrückt, dort, wo ihr Schlafsack gelegen hatte. Im Gebüsch entdeckte er die kleine verbeulte Metalldose, in der sie immer ihre Kippen ausdrückte, wenn es in der Nähe keinen Mülleimer gab. Viv war in mancher Hinsicht ein Vorbild, erst recht in diesen Kreisen. Sie ließ keinen Müll herumliegen, und sie pinkelte nicht in Hauseingänge. Sehr wahrscheinlich würde sie bald auch diese Verhaltensweisen ablegen. Wer kein Zuhause mehr hatte und ständig vertrieben wurde, dem konnte es doch scheißegal sein, wo leere Verpackungen landeten, Zigarettenstummel vor sich hin gammelten oder welcher Hausbesitzer die Nase wegen des üblen Geruchs rümpfte, während sein Hund auf die Straße kackte.

Cedric blieb einen Moment sitzen und sah sich um. Warum hatte Viv die Dose nicht mitgenommen? Ganz einfach – vergessen. Oder sie war heruntergefallen, als sie ihr Zeug zusammengeräumt hatte. Cedric nahm sie an sich und ging zu seinem Platz. Vielleicht traf man sich ja mal zufällig, dann könnte er ihr die Dose wiedergeben. Sie sah irgendwie hübsch aus – verbeult, zerkratzt, verblichen, und doch hatte sie ihren Platz bei Viv gehabt. Er sah sie plötzlich vor sich, wie die junge Frau den letzten Zug machte, die Dose aufklappte und den Zigarettenstummel ausdrückte, um dann den Deckel zuschnappen zu lassen. Der Rauch strömte ihr aus Mund und Nase, und ein freundliches Lächeln erhellte ihr Gesicht. Ein Gesicht, in dem sich noch kein Winter auf der Straße eingegraben hatte.

Er sah sie nicht wieder, dafür traf er einige Tage später Bodo. Sie standen hin und wieder gemeinsam an einer Dönerbude an, in der der Besitzer oftmals spät in der Nacht die letzten Fleisch- und Brotreste an Nachtschwärmer verschenkte – und an jeden, der sich anstellte. Bodo hatte sich mit seinem Imbiss ein paar Meter hinter der Bude zurückgezogen, Cedric setzte sich Minuten später zu ihm. Eine Weile kauten sie schweigend, dann blickte Cedric ihn von der Seite an. Bodo war kein gesprächiger Typ, aber in dieser Nacht wirkte er komplett abwesend, wie betäubt. »Hast du was genommen?«, fragte Cedric, als Bodo seinen Blick kaum erwiderte.

Bodo kaute weiter und schüttelte schließlich den Kopf. »Ich nehme schon lange nichts mehr. Ansonsten: Geht dich nichts an.«

Cedric nickte. Es war nicht seine Sache, wenn Bodo Pillen einwarf oder Schnaps in sich hineinschüttete oder sich etwas vormachte, was sein weiteres Leben betraf. Er suchte nur nach einer Erklärung für Bodos Verfassung. »Sonst alles klar bei dir?«

Bodo hörte auf zu kauen und wandte Cedric das Gesicht zu. »Das ist eine selten dämliche Frage. Seit wann ist denn bei Leuten wie uns alles klar?«

Cedric blinzelte verdutzt. So aggressiv war Bodo selten drauf. »He, schon gut, ich wollte …«

»Lass mich in Ruhe!« Bodo stand auf. Er ging zwei Schritte, dann blieb er abrupt stehen und drehte sich wieder um. »Wo warst du eigentlich in dieser Nacht?«

»In welcher Nacht?«

Bodo starrte ihn an.

»In welcher Nacht?«, wiederholte Cedric, und plötzlich beschlich ihn ein seltsames Gefühl. Als wäre die Kälte des Winters zwei Monate zu früh eingezogen. »Ist etwas mit Viv?«

»Dann weißt du also doch davon?«

»Wovon?«

Bodo kam wieder näher und musterte Cedrics Gesicht. »Wo warst du, als sie sich die Kleine holten?«

»Ich …« Cedric schüttelte den Kopf. »Ich wollte mich gerade hinlegen und habe euch gewarnt, als ich mitbekam, dass sich da drei besoffene Typen näherten. Aber es hat sich nichts gerührt in euren Schlafsäcken. Ich dachte, ihr seid noch unterwegs oder … Ich habe mich für ein paar Stunden verzogen, wie üblich.« Cedric schluckte. »Was ist passiert?«

Bodo sah ihn einen Moment scharf an, dann setzte er sich wieder. »Sie haben sie mitgenommen«, flüsterte er. »Ich kam zu spät. Ich habe nur noch ein paar Satzfetzen gehört.« Bodo starrte auf seine Füße.

»Was genau?«

»Keine Ahnung. Ein paar Sprüche. Und dann waren sie auch schon weg, Viv in ihrer Mitte. Sie war wohl nicht ganz nüchtern. Es ging alles ziemlich schnell.«

Cedric schluckte. Er hatte die Situation vielleicht nur um wenige Augenblicke, allenfalls Minuten verpasst, weil er in der entgegengesetzten Richtung verschwunden war, ohne sich noch einmal umzudrehen. Er hatte sich beeilt. Und Bodo war auf dem Rückweg gewesen, hatte Angst gehabt und sich versteckt. Das war durchaus denkbar – und ebenso feige wie nachvollziehbar. Und nun war es ihm unangenehm, und er befürchtete, dass Cedric ihn beobachtet hatte. Das könnte seine unwirsche Reaktion auf die Fragen erklären. »Vielleicht ist ja gar nichts Schlimmes passiert«, meinte Cedric und hörte selbst, wie falsch dieser Satz klang. »Sie hat ihre Sachen geholt und …«

Bodo winkte ab und sah einen Moment in die Ferne.

»Die beiden hatten ihr Auto in der Nähe geparkt«, meinte er.

»Die beiden? Zwei Typen? Nicht drei?«

»Kann auch sein. So genau habe ich das nicht gesehen. Einer sagte, dass Frauen wie sie nichts wert seien. Niemand würde sich Gedanken machen, wenn sie von heute auf morgen verschwunden sind – so hat er es ausgedrückt.« Bodo drehte Cedric wieder das Gesicht zu, es war grau verschattet. »Alles gar kein Problem. Abschaum. Dann hat er gelacht. Wie sie halt so reden – diese Typen.« Bodos Brustkorb hob sich, als er tief einatmete. »Und das klingt nicht, als wäre nichts Schlimmes passiert, oder?«

Nein, das klang völlig anders. Und Bodo war ganz in der Nähe gewesen, sonst hätte er diese Äußerung kaum so genau mitbekommen.

»Ich habe sogar die Bullen gerufen.«

»Und?«

»Sie haben mir nicht geglaubt. Ich würde rumspinnen oder hätte zu viel getankt. Das Übliche. Einer hat aber zumindest was aufgeschrieben. Der andere meinte, dass das Mädchen sich wahrscheinlich ein paar Gläser spendieren lassen würde.«

»Aber ihre Sachen sind verschwunden.«

»Vielleicht hat sie den Kram gerade geholt, weil sie woanders hinwollte, und die Typen haben sie dabei abgefangen. Sie hatte mal erwähnt, dass sie näher an irgendein Wasser wollte, solange es noch so sommerlich ist. Viv hatte irgendwie eine romantische Ader.«

Cedric nickte. Die wäre ihr im nächsten Winter eingefroren, dachte er.

»Denkst du, dass sie tot ist, dass die Typen ...?«

Cedric zögerte. Oder an einem schlimmen Ort, und Bodo hatte längst den gleichen Gedanken.

»Einer wirkte völlig klar«, meinte Bodo plötzlich. »Der wusste genau, was er wollte. Verstehst du, was ich meine?«

Nur allzu gut. Cedric stand plötzlich auf, betrachtete Bodo einen Moment mit abwesendem Blick, dann hob er kurz eine Hand zum Abschied und machte sich auf den Weg. Cedric räumte noch in derselben Nacht seinen Schlafplatz. Er lief den Kanal entlang und schlief in einem abgewrackten Hausboot – es war voller Mäuse und ihren großen Geschwistern, die mit flinken Füßen über die Bohlen huschten, aber das war kein Problem. Er träumte von seiner Mutter und ihrem klaren Blick.

1

Emma hatte den privaten Auftrag angenommen, weil er keine besondere Herausforderung und leicht verdientes Geld bedeutete – in Zeiten, in denen die Auftragslage insgesamt über Monate schwierig gewesen war, freute sie sich über den Job, auch wenn diese Art der Schnüffelei sich keineswegs gut anfühlte. Ein Ehemann misstraute seiner Ehefrau und ihren häufigen Dienstreisen, die ihm gerade in den ersten Monaten nach Beginn der Corona-Pandemie seltsam vorgekommen waren. Mit Recht, wie sich inzwischen herausgestellt hatte.

Emma seufzte, während sie ihren Abschlussbericht samt Fotomaterial abschickte. Die Ehefrau hatte sich vergnügt – mit einer Kollegin –, und das dürfte wohl das Aus dieser Ehe bedeuten und ein fettes Honorar für Emma. Unter anderen Umständen hätte sie wahrscheinlich abgelehnt, doch der letzte Auftrag des BKA – Unterstützung bei Ermittlungen gegen einen Menschenhändlerring – lag auch schon eine Weile zurück. Glücklicherweise konnte sich die Sicherheitsfirma ihres Partners Christoph Klausen über genügend Stammkunden und eine insgesamt krisensichere Auftragslage freuen, sodass die Einbußen verkraftbar waren.

Nun herrschte rundherum Sommerfeeling – und die Gewissheit, dass das Gröbste überstanden war. Der Alltag schien wieder eingekehrt und beflügelte viele. Emma blieb skeptisch, und zwar weniger, weil sie eine erneut schwierige Infektionslage fürchtete. Der Unmut der Leute machte ihr Sorgen. Kürzlich hatte sie einen alten Kollegen aus Dresdener Zeiten getroffen, der seinen Urlaub in Wismar verbrachte und sehr nachdenklich gewirkt hatte. »In jeder Familie gibt es ein, vielleicht zwei schwarze Schafe, Eigenbrötler oder Querschläger – das ist zu verkraften, oder?«

Ich bin das schwarze Schaf in meiner kleinen Familie, hatte Emma sofort gedacht und zugestimmt.

»Es gibt mal Ärger bei Familienfeiern, oder man zerreißt sich das Maul über Onkel Gustav oder Tante Margot, wenn sie nicht da sind. Aber insgesamt läuft das Modell Familie ganz gut weiter – Weihnachten und Geburtstage werden gefeiert, und zur Taufe kommen auch wieder alle zusammen und ziehen zumindest für ein paar Stunden an einem Strang. Wenn man aber mal hochrechnet, wie viele schwarze oder graue Schafe in einer Straße oder Stadt durch die Gegend laufen, in der zweitausend Menschen leben oder zwanzigtausend oder sogar zweihunderttausend, die sich bei besonderen Herausforderungen querstellen und anfangen, ihr eigenes Süppchen zu kochen, wird es schon schwieriger, oder?«

Emma sah den Kollegen vor sich – er war schon immer ein nachdenklicher Mensch gewesen und bezweifelte grundsätzlich, dass das Gros der Gesellschaft lernfähig war.

»Und wir dürfen das dann ausbügeln«, hatte er noch hinzugefügt und rasch eine Hand gehoben, bevor Emma etwas sagen konnte. »Ich weiß, schwarze Schafe sind häufig gar nicht das Problem. Aber ich denke, du ahnst, was ich meine, oder?«

Ja, doch, das war ihr klar gewesen. Selten bekam man alle unter einen Hut, doch die grundsätzliche Frage lautete, wie man damit umging. Der Kollege hatte schließlich frische Getränke bestellt und das Thema gewechselt.

Emma fuhr den PC herunter und schnappte sich ihren

Rucksack. Sie lief durch Wismars Altstadt; kleine Gruppen von Touristen waren unterwegs, die Sonne schien, ein perfekter Sommertag. Sie stattete dem alten Holzhafen einen Besuch ab, erledigte ihren Einkauf und machte sich auf den Rückweg. Ihr Handy klingelte, als sie gerade die Wohnungstür hinter sich schloss. Auf dem Display erkannte sie eine Lübecker Vorwahl – ein neuer Auftrag oder … »Ulrike Steiner«, meldete sich die ehemalige Rostocker Staatsanwältin, die inzwischen in Lübeck lebte und arbeitete. Mehr als zwei Jahre waren seit den letzten Fällen und den Tatermittlungen zum Mord an dem Callboy Rico vergangen. Ein Fall, der Ulrike Steiner den Job gekostet hatte, weil es dem Täter gelungen war, sie auf perfide Weise in das Geschehen zu verstricken. Sie hatte Rico seit Jahren gekannt, genauer gesagt seine Dienste in Anspruch genommen und damit eine willkommene Angriffsfläche für die Inszenierung des Täters geboten. Inzwischen hatte Steiner offenbar in der Lübecker Staatsanwaltschaft Fuß gefasst, während ihr ehemaliger Rostocker Stellvertreter und Nachfolger Tim Kramer trotz intensiver Nachforschungen verschwunden geblieben war.

»Ich hoffe, du bist gesund und lässt dich nicht unterkriegen«, fuhr Steiner fort. »Weder von dem fiesen Virus noch von unruhigen Zeiten oder seltsamen Aufträgen.«

Emma hatte sich immer noch nicht daran gewöhnt, dass sie inzwischen per Du waren. »Ich habe gerade einen privaten Fall abgeschlossen und bin nicht sicher, ob ich derlei Nachforschungen … Ach, lassen wir das.«

»Das bedeutet demnach, dass du Zeit hättest?«

»Durchaus. Die Auftragslage ist insgesamt nicht ganz so lebhaft, dass ich von einem Job zum nächsten springe. Aber ich will mich natürlich keineswegs beklagen.«

»Das trifft sich gut, ich bin nämlich nicht besonders gut im Trösten, und Empathie hatte ich an der Uni nicht mal im Nebenfach.«

Emma lächelte. Ulrike war offenbar ganz in ihrem Element. Gewohnt harsch und doch auf ihre Art gut gelaunt. Der Wechsel nach Lübeck – so dramatisch die Umstände seinerzeit auch gewesen waren – hatte ihr offenbar gutgetan.

»Ich habe einen Auftrag zu vergeben. Ich nehme an, dass dir der Name Karina Pohl etwas sagt.«

Emma überlegte nur kurz. »Ist das die Frau, die kürzlich aus der Lübecker Justizvollzugsanstalt ausgebrochen ist?«

»Genau die. Sie ist untergetaucht, ohne eine Spur zu hinterlassen. Ich bin wirklich verblüfft und beunruhigt. Die Insassin ist sechsundzwanzig Jahre alt und Anfang des Jahres wegen Mordes an ihrem ehemaligen Lebensgefährten verurteilt worden – eine äußerst brutale Tat: Sie hat ihn niedergestochen. Zuvor ist sie nie strafrechtlich aufgefallen. Da sie etliche Jahre in Wismar und Umgebung zu Hause war, kann ich mir gut vorstellen, dass sie sich dort versteckt hält. Und bevor du nachfragst: Die Zielfahnder haben keinen einzigen Hinweis entdeckt, und ich bin es leid, noch länger auf ein Ergebnis zu warten, auch wenn wir in besonderen Zeiten leben und manche Abläufe ins Wanken geraten sind. Das ist allerdings noch lange kein Grund, gar nicht mehr aus den Hufen zu kommen. Das habe ich den Beamten übrigens genauso gesagt.«

Emma konnte die Staatsanwältin förmlich vor sich sehen, wie sie den Beamten schmallippig und scharfzüngig die Leviten las. »Das klingt, als hättest du die Kollegen längst ihrer Aufgabe entbunden und eine externe Maßnahme durchgesetzt.«

»Korrekt. Ich stelle fest, dass du mich inzwischen ganz gut kennst.«

»Nun …«

»Wie dem auch sei«, unterbrach Ulrike Steiner. »Die Geschichte lässt mir keine Ruhe. Falls du dich damit befassen möchtest, kontaktiere ich umgehend deine BKA-Chefin in Berlin, und wir sehen uns morgen früh in meinem Lübecker Büro, um die Details zu besprechen.«

»So machen wir es.«

Der Fall hatte wenige Monate zuvor Aufsehen erregt – die junge Frau war schuldig gesprochen worden, ihren Expartner Stefan Mahler, Anfang dreißig, nach der Trennung gestalkt und schließlich getötet zu haben. Der Mann war auf der Straße verblutet. Weder bei der Polizei noch vor Gericht hatte Pohl sich geäußert – auch ihrem Pflichtverteidiger gegenüber hatte sie, so weit bekannt, kein Wort verloren. Es fanden sich keinerlei Hinweise auf einen anderen Zusammenhang, die Ermittlungen wurden schnell eingestellt, auch wenn das Geschehen rätselhaft blieb, und schließlich war Pohl zu fünfzehn Jahren Haft verurteilt worden. Sie hatte das Urteil unkommentiert zur Kenntnis genommen.

»Das war schon seltsam. Doch ich war gezwungen, den Fall vor Gericht zu bringen«, erläuterte Ulrike Steiner am nächsten Morgen in ihrem Büro. »Und der Richter hatte keine andere Wahl, als die Frau zu verurteilen.«

Emma erinnerte sich an die Berichterstattung in den Medien, die zunächst in üblicher Manier einen blutigen Fall in schrillen Farben präsentiert hatten. Doch zum Hintergrundgeschehen hatte niemand etwas herausgefunden, und als wenig später die Pandemie das Land zu überrollen begann, war das Interesse wieder abgeklungen. Die Kontaktbeschränkungen hatten das Ermittlungsgeschehen zusätzlich gehemmt.

»Sie hat sich tatsächlich in keiner Weise geäußert?«, fragte Emma noch einmal nach. »Auch nicht in der Haftanstalt?«

Ulrike Steiner hob kurz beide Hände. »Das ist der Wissensstand. Wir gingen von einem Beziehungsdrama aus – das zumindest ließen die Nachforschungen im persönlichen Umfeld vermuten. Er hat sich getrennt, sie kam damit nicht zurecht und …«

»Sticht ihn eine Weile später auf dem Weg zu seinem Wagen nieder, um sich kurz darauf verhaften zu lassen, ohne ein einziges Wort der Erklärung abzugeben?« Emma schüttelte den Kopf.

»Ich weiß, wie das klingt. Und nein, sie stand nicht unter Drogen«, betonte Steiner. »Was sollten wir machen? Am Tatgeschehen bestand nicht der geringste Zweifel. Eine Beschuldigte, die sich in keiner Weise äußert, ist wenig hilfreich bei der Suche nach einem erweiterten Zusammenhang oder Hinweisen, die ein völlig anderes Motiv aufdecken könnten. Die Ermittlungen im unmittelbaren Umfeld haben dann auch nichts zutage gefördert – allgemeines Entsetzen und Fassungslosigkeit über die Tat, darüber hinaus stand fest, dass er sich von ihr getrennt und sie die Entscheidung nicht gut verkraftet hatte. Da passte es also wieder – das Motiv.«

Emma senkte den Blick erneut in die Akte, die Steiner ihr als digitale Kopie zur Verfügung gestellt hatte. Karina Pohl war noch am selben Tag verhaftet worden. Die Spurenlage war eindeutig gewesen – DNA und Blut von Pohl waren an ihrer Kleidung nachweisbar, ihr Bewegungsprofil ließ keinen anderen Schluss zu, auch wenn es keine Zeugen gab.

Die Tat war außerdem mit großer Vehemenz ausgeführt worden. Das sprach für angestaute Wut und Hass und bestätigte das Motiv.

Emma blickte wieder hoch. Steiner zuckte mit den Achseln, bevor sie eine Frage stellen konnte. »Ich weiß, das ist alles ein bisschen dünn. Ich schlage vor, du fängst einfach noch einmal von vorne an – die Kontaktdaten der bislang Befragten und alles Weitere zum Ermittlungsverlauf findest du in der Akte. Wenn du noch Fragen hast, melde dich. Wir müssen die Frau finden …«

»Und falls eine andere Geschichte dahintersteckt?«

»Wird es Zeit, dass wir sie aufdecken – und die Frau fassen.«

»Ich agiere wie üblich?«

Steiner runzelte die Brauen.

»Ich spreche dich lediglich auf Jörg Padorn an«, versicherte Emma eilig. Dass die Staatsanwältin ihre oftmals eigenmächtige Vorgehensweise auch als Juristin in der Lübecker Behörde hinterfragen musste, verstand sich von selbst. »Ohne ihn komme ich nur halb so weit und benötige dafür doppelt so viel Zeit.«

»Nicht gerade eine gute Quote, wenn ich ehrlich sein soll«, murmelte Steiner und hob eine Braue. »Aber zugegeben, der Mann hat sich bewährt, und ich darf mich wohl glücklich schätzen, dass du vorher fragst.« Das Telefon klingelte, und sie streckte die Hand aus. »Ansonsten …«

»Ich weiß – ich sollte es nicht übertreiben.«

»Das in etwa wollte ich zum Ausdruck bringen. Mir gefällt der neue Job, und ich habe mich inzwischen bestens eingelebt in Lübeck. Störfeuer jeglicher Art sollten überschaubar bleiben.«

»Natürlich.« Emma stand auf und verabschiedete sich,

während die Staatsanwältin bereits mit einem Kollegen sprach und nur kurz die Hand hob. Emma verließ das Gebäude über einen Nebenausgang. Sie lief die Travemünder Allee ein Stück Richtung Burgtorfriedhof hinunter, besorgte sich einen Kaffee und betrat schließlich spontan das Friedhofsgelände. Wenn sie mit ihren Erinnerungen an einen Schulausflug richtig lag, der gut und gerne zwanzig Jahre zurückliegen dürfte, hatte hier jede Menge Prominenz aus Kultur, Wirtschaft und Politik die letzte Ruhestätte gefunden, unter anderem viele Mitglieder der Familie von Thomas Mann.

Emma suchte sich einen schattigen Platz neben einer Kapelle und ging die Zeugen- und Vernehmungsliste durch. Die Protokolle aus dem Umfeld des Paares klangen durchweg genauso gleichförmig, wie Ulrike Steiner bereits erwähnt hatte. Die Tat war schwer vorstellbar, das war der häufigste Satz. Ich könnte mir eine mittelgroße Yacht leisten, wenn ich als Ermittlerin jedes Mal einen Euro für diese Beschreibung bekommen hätte, überlegte Emma.

Schließlich schickte sie Padorn die Akte und bat ihn um eine erste Recherche. Emma hatte nicht übertrieben: Ohne die Unterstützung von Christophs bestem Freund und Mitarbeiter – ein ehemaliger freier Journalist, der über weitreichende Kenntnisse in der IT-Technik und Datenverarbeitung verfügte – wäre so manche Ermittlung im Sande verlaufen oder hätte sich zumindest deutlich länger hingezogen. Er war hochkreativ, verfügte über Kontakte und Verbindungen sowohl quer durchs Netz als auch analog und konnte sich bei Bedarf durchaus in einen Account hacken. Das allerdings sollte Ulrike Steiner gegenüber unerwähnt bleiben, selbst wenn ihr natürlich klar war, dass Emma und Padorn immer wieder die Grenzen der Legalität überschritten und dass selbst Christoph Klausen sich ein ums andere Mal in gewagte Aktionen einbinden ließ, um seine Partnerin zu unterstützen.

Schließlich suchte Emma die Nummer der zuständigen Hauptkommissarin Dagmar Möller heraus, die seinerzeit leitend ermittelt hatte – zu ihrem Team gehörten auch die Kollegen von der Zielfahndung. Sie dürfte kaum begeistert reagieren, schätzte Emma. Die Staatsanwältin setzte ihren Leuten eine Externe vor die Nase, die noch dazu mit einem BKA-Ausweis herumwedeln konnte und sich Sonderrechte herausnahm, während sie die Routine im stinknormalen Polizeialltag gerne außen vorließ – das gefiel keiner verantwortlichen Beamtin. Emma seufzte. Das Rufzeichen verhallte viermal in der Leitung, dann wurde der Anruf weitergeleitet und verstummte schließlich. Beim zweiten Versuch einige Minuten später hatte Emma mehr Glück. Die Kommissarin meldete sich sofort, und sie reagierte deutlich kooperativer, als Emma erwartet hatte.

»Kein Ding, Kollegin«, unterbrach sie Emmas behutsame Umschreibungen sofort. »Ich sitze nicht auf meinen Akten, sondern sehe das ganz pragmatisch – Sie nehmen uns Arbeit ab. Das begrüße ich, seit ich die sechzig erreicht habe, ganz besonders. Außerdem sind Sie die Spezialistin für Wismar und Umgebung, wenn ich das richtig verstanden habe. Ich brauche meine Leute hier und bin dankbar, dass ich niemanden für die weitere Suche abstellen muss. Falls Sie noch Fragen haben oder an irgendeiner Stelle Unterstützung benötigen, lassen Sie es mich wissen.«

Emma lächelte. »Ich würde mich gerne im persönlichen Umfeld ein wenig umschauen, um mehr zur Beziehung des Paares zu erfahren.«

»Was versprechen Sie sich davon, Kollegin?«

»Eindeutige Hinweise auf den Tathintergrund und natürlich die Flucht.«

»Dazu haben wir nichts Neues entdeckt, auch nicht im direkten Anschluss an die Flucht«, erklärte Dagmar Möller. »Karina Pohl hat das Beziehungsaus nicht wahrhaben wollen. Sie hat ihren Ex gestalkt und niedergestochen. Ende des Tathintergrunds. Dazu hat sie selbst kein einziges Wort der Erklärung abgegeben. Und Hilfe bei der Flucht kam ganz sicher aus einer völlig anderen Ecke.«

Emma schlug ein Bein über das andere und sah kurz hoch, als eine Gruppe Trauergäste vorbeiging.

»Sie hat die Tat nie geleugnet und keine Ausflüchte gesucht …«

»Sehr ungewöhnlich, oder?«

»Richtig. Aber es hat uns die Arbeit erleichtert.«

»Das könnte man durchaus so stehen lassen, wenn die Flucht nicht wäre«, wandte Emma in leisem Ton ein.

»Die Frau ist ziemlich schlau – das ist meine Einschätzung«, entgegnete die Lübecker Kommissarin nach kurzer Pause. »Sie hat sich nicht in die Karten gucken lassen …«

»Niemand kann ohne Vorbereitung mal eben spurlos aus der JVA ausbrechen und sich dann auch noch so gut verstecken, dass erfahrene Zielfahnder keinen einzigen Hinweis entdecken«, wandte Emma ein. »Die besonderen Umstände mitten in der Pandemie mögen ihre Flucht erleichtert haben, dennoch …«

»Ich sagte doch – sie ist schlau.«

»Warum hat sie die Tat nicht von vornherein besser geplant, wenn sie doch so schlau ist? Sie greift ihn auf offener Straße an, lässt sich kurz darauf verhaften, geht ins Gefängnis und …«

»Haut wenig später ab. Tja, wer weiß? An der Stelle, das

muss ich zugeben, ist meine Theorie etwas dünn, und die Zielfahnder haben auch nichts entdeckt, wie Sie der Akte entnehmen können. Fest steht lediglich, dass Karina Pohl zuletzt auf der Krankenstation gesehen wurde und womöglich im Anschluss daran spurlos verschwand. Haben Sie dazu bereits einen Ansatz oder eine Idee?«

»Keineswegs. Ich bin gerade erst dabei, mich in die Einzelheiten einzulesen, und stelle im Moment nur fest, dass das alles ein bisschen vage klingt.«

»Zugegeben, doch was heißt das schon? Noch dazu in diesen Zeiten ... Wie auch immer, rollen Sie die Ermittlungen ruhig noch mal auf, und falls es Ihnen gelingt, mehr zu ihrer Flucht zu erfahren und die Frau zu schnappen, spendiere ich einen Drink. Oder auch zwei.«

»Klingt vielversprechend«, meinte Emma halbherzig.

»Sie werden es nicht bereuen. Ich kenne hier eine Kneipe, in der es hervorragenden Mango-Schnaps gibt. Liegt ein paar Jahre zurück, da habe ich dort schon mal mit einer BKA-Kommissarin angestoßen. Wir sind bis heute befreundet, aber das nur so am Rande.«

Emma verabschiedete sich einen Moment später und ließ das Handy sinken. Familie, Freunde, Arbeitsumfeld, dachte sie. Irgendjemand wird mehr wissen. Ein solcher Mord hatte immer eine Vorgeschichte, die sich herausschälen würde, sobald die erste Bestürzung abgeklungen war. Eine Tat im Affekt war selbstverständlich nicht von vornherein auszuschließen, doch das beharrliche Schweigen und ein nahezu professionelles Fluchtgeschehen standen im Widerspruch dazu, und die mitgeführte Tatwaffe vermittelte auch ein anderes Bild. Eine Flucht, bei der eine Krankenstation eine Rolle spielte, könnte allerdings als erster Ansatz weiterhelfen.

Als Padorn sich meldete, war Emma gerade auf dem Weg in die Innenstadt.

»Was genau meinst du mit einer ersten Recherche?«, fragte er in unschuldigem Ton.

»Na ja – vielleicht springt dir ein Name ins Auge, oder du hast sofort eine Idee, wo wir ansetzen könnten. Irgendwo muss Karina Pohl ja untergetaucht sein, und natürlich wird sie Hinweise hinterlassen haben, die bei der Ermittlung untergegangen sind.«

Padorn lachte. »Du traust mir ja einiges zu.«

»Unbedingt. Und damit stehe ich nicht allein. Hast du schon etwas zu Mahler und Pohl recherchiert? In der Akte steht nicht gerade berauschend viel – er war zuletzt in einer Lübecker Stiftung tätig, und die Vernehmungsliste der Lübecker Kollegen ist eher knackig kurz, die Aussagen ähneln sich.«

»Umso schneller arbeiten wir uns ein. Stefan Mahler war studierter Kulturwissenschaftler und bereits während der Unizeit und nach seinem Abschluss im Marketingbereich aktiv, bevor er den Posten in der Stiftung übernahm. Kein schlechter Start für einen Mann mit Anfang dreißig, oder?«, erklärte Padorn in munterem Tonfall.

Natürlich hatte er längst Einzelheiten parat, dachte Emma.

»Ein Typ mit großen Karriereplänen, denke ich«, fuhr Padorn fort. »Er verfügte über gute Kontakte und Fürsprecher in der Region – auch für politische Ämter nicht nur im Kulturbereich schien er geeignet. Was man so über ihn liest, klingt vielversprechend. Ich gebe das mal zusammenfassend wieder: Er wurde als umsichtig und zielstrebig beschrieben, außerdem empathisch, ideenreich und begeisterungsfähig und war äußerst findig, zum Beispiel Spenden für Restaurierungen oder neue und ungewöhnliche Bildungsprojekte lockerzumachen, auch wenn dieser Bereich in Pandemiezeiten gerade auf Eis liegt. Außerdem schien er keine Gegner oder gar Feinde zu haben, vielleicht den einen oder anderen Konkurrenten, den er dann in der Regel schnell auf seine Seite zu ziehen verstand und so zu einem Verbündeten in einer gemeinsamen Sache machte ...«

»Sag mal, wie hast du das so schnell zusammengetragen?«, fiel Emma Padorn verblüfft ins Wort. »Mal abgesehen davon, dass dein Vortrag irritierenderweise so klingt, als würdest du seine Biographie vorbereiten.«

»Ich war mal Journalist, wenn du dich erinnerst. Zwei, drei Telefonate mit Ex-Kollegen, die an derart erfolgreichen und aufstrebenden Menschen dran sind, die im öffentlichen Interesse stehen, dazu etliche Artikel sowie ein quergelesener Schnelldurchlauf in den sozialen Medien reichen für ein paar Schlagworte und den ersten Eindruck. Der Typ war angesagt und hatte noch einiges vor, könnte man stark verkürzt feststellen, wobei das Bild von ihm an vielen Stellen unscharf und übertrieben oder auch schlicht unstimmig klingen dürfte, aber als Einstieg wird es dir erst einmal weiterhelfen.«

»Auf jeden Fall«, stimmte Emma zu.

»Die Stichpunkte schicke ich dir gleich noch.«

»Und das Paar ...«

»Hat sich vor ein paar Jahren an der Uni kennengelernt – dazu gibt es natürlich auch die entsprechenden Fotos auf Facebook und Insta. Karina Pohl hat Webdesign studiert und in einem Softwareunternehmen gearbeitet. Finanzielle Probleme hatten die beiden nicht, aber dazu könnte ich noch mal etwas in die Tiefe gehen, falls das nötig sein sollte.«

Ein Freund von Mahler hatte ausgesagt, dass die beiden nach einem guten halben Jahr Beziehung zusammengezogen waren, erinnerte sich Emma an einen Vermerk in der Akte – von größeren Konflikten oder Streit wusste niemand etwas zu berichten. »Familie?«, fragte sie weiter.

»Mahlers Eltern leben in München, er hat keine Geschwister. Die flüchtige Pohl ist bei einer Tante in Wismar aufgewachsen, nachdem ihre Eltern bei einem Busunglück ums Leben gekommen waren. Dass Steiner von einem Fluchtweg Richtung Osten ausgeht, ist nachvollziehbar. Da bleibe ich natürlich dran. Und die Stichpunkte dazu kriegst du natürlich auch.«

»Danke, Padorn.«

»Wie immer gerne. Und was hast du jetzt vor?«

»Ich fahre jetzt erst einmal direkt in das Büro der Stiftung. Wir sehen uns später in Gadebusch.«

»Gut. Bis dann.«

»Ach, warte«, warf Emma ein, bevor Padorn die Verbindung kappte. »Es war von Stalking die Rede. Wie sehen die Beweise der Ermittler dazu aus?«

»Überzeugend, würde ich sagen«, erklärte Padorn. »Bei der Überprüfung der Bewegungsprofile hat sich gezeigt, dass sie nach der Trennung mehrfach in seiner Nähe auftauchte. Das war schon auffällig. Er hat das Stalking allerdings nie angezeigt – es hat sich vielmehr erst bei den Ermittlungen herausgestellt, dass sie ihn beobachtete. Vielleicht hat er die Gefahr unterschätzt.«

»Okay, das schaue ich mir selbst dann noch mal genauer an. Bis später.«

Emma steckte das Handy ein und betrat das Bürogebäude. Die Räume der Stiftung befanden sich im obersten Stock und waren verschlossen – Mittagspause, wie ein Türschild verkündete. Unter der angegebenen Telefonnummer meldete sich nur der Anrufbeantworter. Emma bat um Rückruf und lief die Treppe hinunter. Am Ausgang kam ihr ein Mann in mittleren Jahren entgegen – Anzug, geschäftiges Auftreten, das Eau de Toilette war eine Spur zu üppig aufgetragen.

Er nickte ihr zu, und Emma entschloss sich spontan, ihn anzusprechen. »Entschuldigen Sie, arbeiten Sie zufälligerweise im Büro der Stiftung?«

»Ich hoffe, dass mich mehr als ein Zufall für den Job qualifiziert«, erwiderte er mit freundlichem Lächeln. »Kann ich helfen?«

Emma erwiderte das Lächeln und zückte ihren Ausweis. »Ich würde mich freuen, wenn Sie ein paar Minuten Zeit erübrigen könnten, Herr ...«

»Brunner, Martin Brunner. Ich leite die Verwaltung der Stiftung.« Er musterte den Ausweis nur kurz und sah sie wieder an.

»Ich unterstütze als externe Ermittlerin die Suche nach der flüchtigen Karina Pohl, Herr Brunner, und ich würde Ihnen zu dem Fall gerne einige Fragen stellen.«

Er deutete ein zögerndes Nicken an und trat zwei Schritte beiseite. »Sie haben tatsächlich immer noch keine Spur von ihr?«, fragte Brunner schließlich. »Wie ist das möglich?« Er blickte auf seine Uhr und schüttelte den Kopf. »Ich muss die Frage zurückziehen. Ich bin in Kürze zu einem wichtigen Telefonat verabredet und ...«

»Ich werde Sie nicht lange aufhalten«, warf Emma rasch ein. »Nur zwei, drei Fragen gleich hier, bevor Sie Ihre Pause beenden.«

Brunner nickte. »Das lässt sich machen.«

»Haben Sie Stefan Mahler näher gekannt?«

»Zumindest in beruflicher Hinsicht habe ich ihn kennenlernen dürfen. Er war ... ja, knapp drei Jahre in der Stiftung beschäftigt und hat einen tollen Job gemacht. Mit ihm wehte ein frischer Wind, über den wir uns sehr gefreut haben. Er war ein engagierter junger Mann, der es sicherlich weit gebracht hätte. Das habe ich bereits zu Protokoll gegeben, und viel mehr kann ich im Grunde nicht dazu sagen.«

»Haben Sie Karina Pohl kennengelernt?«

Brunner schüttelte den Kopf. »Ich kannte sie lediglich von einigen offiziellen Anlässen. Ernsthafte Konflikte waren für mich nicht ersichtlich – also, da war nichts, was mir als Außenstehendem auffiel. Ich glaube, die beiden planten sogar einen Hauskauf. Sie war wohl ein bisschen eifersüchtig ...«

»Woraus haben Sie das geschlossen?«

»Stefan war beliebt, gut aussehend, erfolgreich und viel unterwegs. Und er hat auch ganz gerne mal geflirtet. Ich schätze, das hat ihr nicht gefallen. So etwas hat er mal angedeutet, ohne dass ich dem eine tiefere Bedeutung beigemessen hätte ... Das klang banal und beiläufig, aber wie es aussieht, ist das ja viel weiter gegangen.« Brunner überlegte einen Moment. »Ich selbst habe nie eine Eifersuchtsszene oder dergleichen erlebt, falls Sie darauf hinauswollen. Wir haben kaum Privates ausgetauscht. Stefan hat direkt nach der Trennung ein paar Tage in meinem Gästezimmer gewohnt und erwähnte so etwas in einem Nebensatz. Auf mich wirkte es, als hätte es einfach nicht mehr gepasst mit den beiden, und sie ist nicht damit klargekommen. Doch eine solche Tat ... Das war nun wirklich nicht absehbar.«

Emma blickte ihn abwartend an. Brunner sah erneut auf die Uhr und wandte sich Richtung Tür. »Entschuldigen

Sie, aber ich muss jetzt wirklich an meinen Schreibtisch zurück. Viel mehr kann ich Ihnen ohnehin nicht sagen, Kommissarin Klar. Ich hoffe, dass Sie die Flüchtige schnell finden.«

»Vielen Dank, Herr Brunner.« Emma sah dem Mann einen Moment nach, bevor sie zu ihrem Wagen ging.

Den Nachmittag verbrachte sie in Gadebusch – Padorn recherchierte zu Namen und Daten aus der Akte und dem erweiterten Umfeld des Paares, während er sich gleichzeitig bemühte, Christophs Firmenaufgaben im Blick zu behalten. Emma saß zwei Meter nebenan in einem kleinen Büro, das Christoph in den stillen Monaten der Pandemie eigens für sie ausgebaut hatte. Eine schmale Schiebetür führte unmittelbar zu Padorns Heiligtum. Sie telefonierte und vereinbarte Gesprächstermine, unter anderem mit einer Kollegin aus der Softwarefirma, in der Karina gearbeitet hatte. Ein neuer Ansatz war nach den ersten Stunden nicht in Sicht, was keineswegs überraschte. Was allerdings verwunderte, brachte Padorn schließlich auf den Punkt. »Die beiden waren beruflich aktiv und insbesondere durch Stefan Mahlers Engagement viel unterwegs – Partys hier, Ausstellungseröffnung dort, Besichtigungstermine, Städtetrips, Bekanntschaften, Kollegen, Mitstreiter –, aber so richtig dicke Freundschaften haben die beiden nicht gepflegt, soweit ich das bislang erkennen kann.«

»Oder wir haben sie noch nicht entdeckt«, erwiderte Emma nachdenklich. »Weil die beiden das Private tatsächlich außen vor gelassen haben. Oder ihr Alltag war insgesamt vielleicht zu turbulent für die ganz dicken Freundschaften.« Sie war gespannt, ob das Treffen mit Karinas Tante, das sie für den nächsten Tag vereinbart hatte, neue Aspekte zutage fördern würde.

Emma machte sich am Abend wieder auf den Weg nach Wismar. Christoph hatte ohnehin noch eine Videokonferenz auf seiner To-do-Liste, und so sparte sie sich die Anfahrt am nächsten Morgen in dichtem Berufsverkehr.

Die Hansestadt breitete sich in zauberhaftem Abendlicht vor ihr aus, als sie in die Innenstadt fuhr. Später saß sie auf dem Balkon und lauschte dem Klang der Abendglocken der nahen Nikolaikirche. Als Christoph anrief, war sie gerade auf dem Weg ins Bett. Seine Stimme klang müde. »Diese Videocalls machen mich fertig. Ich hoffe sehr, dass diese Zeiten bald wieder vorbei sind. Jeder glotzt auf seinen Bildschirm, und man kann noch nicht mal in Ruhe in der Nase bohren …«

Emma lachte. »Geh schlafen, ich bin auch geschafft. Wir reden morgen weiter – entweder von Angesicht zu Angesicht oder ganz klassisch am Telefon, dann kannst du bohren, wo immer du willst.«

»Ich nehme dich beim Wort.«

2

Anna Cromberg lebte allein, sie betrieb einen Kräutergarten, dessen Erzeugnisse sie regional verkaufte, und bot Seminare zu allem an, was im Wald und auf den Wiesen wuchs, essbar war oder zu Heilsalbe, Tee oder Ähnlichem verarbeitet werden konnte. In diesem Sommer fanden die Kurse ausschließlich im Freien statt, und die Zahl der Teilnehmenden war begrenzt. Der kleine Hof, zu dem eine Gärtnerei, allerlei Kleinvieh und ein paar Schafe gehörten, die von zwei Hütehunden bewacht wurden, lag ein paar Kilometer westlich von Wismar, am Rand von Zierow. Kein schlechter Ort, um sich zu verstecken, dachte Emma sofort, als sie am nächsten Morgen eintraf.

Anna Cromberg war eine winzige Frau, knapp über ein Meter fünfzig, schätzte Emma, und zierlich wie ein Mädchen. Sie trug ein langes buntes Leinenkleid und Sandalen, das sanft gelockte Haar fiel ihr über die Schultern, und in dem braun gebrannten Gesicht strahlte ein hellblaues Augenpaar. Sie begrüßte Emma mit festem Händedruck und führte sie über den kopfsteingepflasterten Innenhof zu einer sonnengeschützten Terrasse. Auf dem Tisch standen Tee und Gebäck bereit, es duftete nach Vanille, und einen Augenblick lang wünschte Emma sich, einfach abschalten und die Ruhe genießen zu können und keinen Fall besprechen zu müssen.

Karinas Tante lächelte, als hätte Emma den Gedanken laut ausgesprochen. »Das ist ein friedlicher Ort, nicht wahr?« Die dunkle kraftvolle Stimme bot einen seltsamen

Widerspruch zu der schmalen Frau. »Setzen Sie sich bitte. Tee?«

»Sehr gerne.« Emma nickte und nahm in einem breiten Korbstuhl Platz. »Ja, es tut mir leid, dass mich die Arbeit herführt.« Sie warf einen Blick über den Hof und entdeckte in einem breiten Pflanzkübel eine zusammengerollte schwarzrote Katze, die ihr aus einem grünen Auge einen nachdenklichen Blick zuwarf.

»Vielleicht besuchen Sie mich mal, wenn Ihre Arbeit erledigt ist«, schlug Anna Cromberg vor.

»Das ist eine schöne Idee. Sie leben alleine hier?« Emma trank einen Schluck. Der Tee schmeckte nach Beeren und Minze.

»Seit ungefähr einem Jahr – mein Lebensgefährte ist plötzlich verstorben, und nun stemme ich das hier weitestgehend alleine, aber hin und wieder hilft jemand aus dem Dorf bei größeren Arbeiten.« Sie lächelte plötzlich. »Und bevor Sie fragen – meine Nichte gehört nicht dazu. Ich habe sie das letzte Mal zu Weihnachten gesehen – danach hatte ich keine Gelegenheit mehr, wie ich nicht erläutern muss.«

»Ihre Nichte hat viele Jahre hier bei Ihnen gelebt«, fuhr Emma fort. »Wie war Ihr Verhältnis?«

»Sehr gut.« Anna Cromberg lächelte erneut. »Sie kam mit zehn Jahren zu mir. Wir waren ein gutes Team, obwohl meine Schwester und ich uns nie sonderlich gut verstanden haben. Familie ist oft ein schwieriges Thema.«

Davon kann ich ein Lied singen, dachte Emma.

»Aber Karina und ich haben zueinander gefunden, auch wenn es eine Weile gedauert hat. Sie hat getrauert und war starr vor Kummer. Es braucht Zeit, den Verlust der Eltern zu verarbeiten, noch dazu als Kind. Doch schließlich haben wir unseren Weg gefunden, und sie hat sich wunderbar entwickelt.«

»Wie würden Sie Ihre Nichte beschreiben?«

»Intelligent, lebenslustig und kreativ, liebenswert, willensstark und nachdenklich.«

Emma hob das Kinn. »Können Sie sich die Tat erklären?«

»Nein. Wie ich es schon bei der Polizei angegeben habe – ich verstehe nicht, was passiert ist. Karina und Stefan waren glücklich, so dachte ich. Zumindest waren sie glücklich genug, eine gemeinsame Zukunft zu planen – so klang es für mich. Und dann hat es sich Stefan anders überlegt. So etwas passiert. Er war Anfang dreißig – ich schätze, er hat kalte Füße bekommen, oder es gab eine andere Frau.«

Dazu hatten sich bei den Ermittlungen in Lübeck keinerlei Hinweise gefunden, dachte Emma. »Bis hierhin klingt das alles noch nach einer ganz gewöhnlichen Beziehungsgeschichte und deren Ende. Ein Paar trennt sich, obwohl sich nach außen hin keine offensichtlichen ernsten Konflikte bemerkbar gemacht hatten. Karina schien etwas eifersüchtig, wie ich erfahren habe. Doch nichts davon passt zu den nachfolgenden Geschehnissen und der Tat.«

»Da stimme ich Ihnen zu.« Cromberg nickte.

»Sie wirken bemerkenswert ausgeglichen.«

»So bin ich meistens. Ich habe es mir abgewöhnt, über die Fallstricke im Leben zu hadern oder mich mit Geschehnissen zu beschweren, die ich nicht mehr ändern kann. Das Leben ist ein Lehrmeister, ein bitterer, manchmal grausamer und zynischer, aber immer machtvoll. Den kann man nicht abschütteln. Man muss ihn akzeptieren, und je eher man das begreift, desto besser.«

»Das klingt sehr weise.«

»Ich arbeite seit Jahrzehnten an dieser Haltung. Sie wird einem nicht in den Schoß gelegt, das dürfen Sie mir glauben.«

Das nehme ich dir sofort ab, dachte Emma. Und ich bin davon überzeugt, dass du viel mehr weißt und deine Nichte schützt, fuhr es ihr weiter durch den Kopf. Anna Cromberg hielt ihrem Blick mühelos stand. Emma beugte sich vor, und der Korbstuhl knarzte leise. »Die Staatsanwältin hat mich mit der Suche nach Karina beauftragt, nachdem die Zielfahnder erfolglos geblieben waren. Sie hält mich für die Richtige, da ich nicht nur als externe Ermittlerin für verschiedene Dienststellen hier oben an der Küste tätig bin, sondern darüber hinaus seit einigen Jahren auch als Privatdetektivin in Wismar arbeite und mich ganz gut in der Gegend auskenne«, erklärte Emma. »Die Staatsanwältin kann sich vorstellen, dass Karina hier untergetaucht ist, und ich finde den Gedanken nachvollziehbar.«

»Hier?«

»Hier oder im Umkreis könnte sie ein Versteck gefunden haben.«

»Mit meiner Hilfe – wollen Sie darauf hinaus?«, entgegnete Cromberg unverblümt in nach wie vor ruhigem Ton und ohne eine Miene zu verziehen.

»Ehrlich gesagt – ja. Und es dürfte Ihnen bewusst sein, dass Sie sich damit strafbar machen.« Emma wartete einen Moment, doch Anna Cromberg schwieg. »Sie und Karina waren ein gutes Team, wie Sie es selbst sehr anschaulich beschreiben. Sie haben Ihrer Nichte in der bis dahin größten Krise ihres Lebens Halt, Geborgenheit, ein neues Zuhause gegeben. Sie sind die Erste, an die sie denkt, wenn sie Hilfe braucht. Andere enge Freundschaften haben wir bislang nicht ausfindig gemacht. Also, was liegt näher, als sich auf Sie zu verlassen?«

»Ein logischer Ansatz, doch da der Gedanke so naheliegend ist, wird sie ihn wahrscheinlich verworfen haben«, entgegnete Anna Cromberg schließlich und goss Tee nach. »Weil Ermittlerinnen wie Sie natürlich diesem Verdacht nachgehen.«

»Ihre Nichte wird dafür gesorgt haben, dass ihre Spur nicht nachweisbar ist. Ihre Flucht war bereits ein kleines Kunststück. Ich denke, dass sie darüber hinaus ihre Kenntnisse im digitalen Bereich genutzt hat und auf Unterstützung bauen durfte.«

Karinas Tante deutete ein Achselzucken an. »Ich verstehe Ihre Schlussfolgerungen, aber Sie liegen falsch – Karina ist nicht hier, und ich hatte keinerlei Kontakt zu ihr. Dass Sie meine Aussage misstrauen, kann ich wohl nicht ändern.«

Emma trank ihren Tee aus und blickte hinüber zum Pflanzkübel. Die Katze sah sie immer noch aus einem Auge an – diesmal aus dem anderen. »Warum hat Ihre Nichte das getan?«, fragte sie schließlich leise. »Wenn sie ein schwerwiegendes Motiv hatte, warum nutzte sie nicht ihre Cleverness für eine durchdachte Tat, die man ihr nicht nachweisen konnte?«

»Sie stellen sehr viele Fragen«, meinte Cromberg. »Ich kann Ihnen dazu nichts sagen. Karina ist clever, ja – das heißt aber nicht, dass sie jede spontane Reaktion verhindern kann. Wer weiß, was zwischen den beiden vorgefallen ist. Ich habe jedenfalls keine Vermutung – auch wenn Sie mir nicht glauben.«

Stimmt, dachte Emma. Ich glaube dir nicht. Sie stand auf. »Danke für den Tee, Frau Cromberg. Und falls Sie doch noch eine Idee haben …«

»Dann rufe ich Sie an, natürlich.«

Emma überlegte kurz. »Eine Frage würde ich Ihnen gerne noch stellen. Hatte Karina eine enge, eine womöglich beste Freundin oder gab es intensivere Freundschaften über den Job und offizielle Anlässe hinaus?«

»Dazu kann ich nicht viel sagen.«

»Ein Hinweis würde mir reichen.«

»Sie ist nie an einem großen Freundeskreis und dauerndem Austausch interessiert gewesen. Karina braucht nicht die ständige Nähe zu anderen Menschen, um bei sich zu sein. Die Beziehung, ein interessanter Job, gute Gespräche hier und da. Sie konnte schon als Kind gut allein sein, verstehen Sie?«

»Und dann wirft sie das Ende der Beziehung derart aus der Bahn?«

Anna Cromberg sah einen Moment ins Leere. »Er war wohl ihre große Liebe. Ich denke, dass sie völlig abgestürzt ist.«

Emma ließ die Worte nachklingen. Die Erklärung passte an einzelnen Stellen durchaus und war bezogen auf die Tat doch ein völliger Widerspruch. Eine in sich ruhende Persönlichkeit verhielt sich anders – Verzweiflung: ja; die hartnäckige Weigerung, ein unerwartetes und schmerzvolles Beziehungsaus zu akzeptieren: möglich; Stalking und eine Tat im Affekt: schwer zu begreifen; ein geplanter Mord: kaum nachvollziehbar. Und doch war man vor Gericht zu diesem Schluss gekommen: Karina hatte ihrem Exfreund mit dem Messer aufgelauert und ihn niedergestochen.

Emma grüßte zum Abschied, dann wandte sie sich um und schlenderte über den sonnenbeschienenen Hofplatz, verfolgt von einem grünen Katzenauge und dem gelassenen Blick einer Tante, die viel mehr wusste, dessen war sie noch sicherer als zu Beginn des Gesprächs. Eine zarte Kräuterfrau, die das Leben Gleichmut gelehrt hatte und die ihre Nichte, für die sie seit vielen Jahren Elternersatz gewesen war, niemals im Stich lassen würde, egal, was vorgefallen war und aus welchem Motiv heraus die Tat geschehen war – eine Kurzschlusshandlung oder ein Mord, hinter dem sich ein tiefer Abgrund verbarg, den kein Außenstehender auch nur erahnte.

Emmas Verdacht allein reichte nicht für weitergehende Ermittlungen oder gar einen Durchsuchungsbeschluss aus, das war ihr natürlich bewusst. Klar war aber auch, dass Ulrike Steiner etwas mehr von ihr erwartete als eine Aneinanderreihung von schlichten Erkenntnissen, die im Polizeialltag bereits so oder so ähnlich ermittelt worden waren und denen das Gericht gefolgt war. Dazu hätte sie keinen Auftrag vergeben, sondern lediglich ein neues Team von Zielfahndern beauftragen müssen.

Emma setzte sich hinters Steuer und wählte Steiners Nummer. Die Staatsanwältin stellte die Verbindung nach zweimaligem Klingeln her.

»Nichts Neues bislang«, erklärte Emma nach kurzer Begrüßung. »Ich schicke dir später noch ein ausführliches Update. Dann kannst du …«

»Wenn nichts Neues drinsteht, können wir uns beide die Mühe sparen«, fiel Steiner ihr ins Wort.

»Wie du meinst. Ich bin gerade in Wismar und habe mit der Tante gesprochen«, fuhr Emma fort und fasste das Gespräch in wenigen Sätzen zusammen. »Und ich bin davon überzeugt, dass sie mir etwas vorspielt«, beendete sie ihren Kurzbericht. »Aber ich schätze, dafür allein gibt es keinen Beschluss.«

»Damit liegst du richtig. Kein einziges Indiz berechtigt uns zu weiteren Maßnahmen. Die Zielfahnder haben keine

Hinweise auf einen Aufenthalt in Wismar und Umgebung finden könnten. Und das Gespräch mit der Tante lief ja ganz ähnlich, wobei die beiden Beamten, soweit ich weiß, keinen Tee serviert bekommen haben.«

»Dann schlage ich vor, dass Padorn weiterstöbert, auf seine Weise. Und ich könnte mich ein bisschen auf die Lauer legen, sobald sich das Ganze verdichtet, oder? Schließlich suchen wir eine flüchtige Mörderin.«

»Das ist Fakt. Aber wende keine Tricks an, die nach hinten losgehen«, warnte Steiner.

»Ich verstehe, worauf du hinauswillst.« Ich soll mich nicht erwischen lassen, dachte Emma.

»Sehr gut, dann ...«

»Was ist eigentlich mit den im Rahmen des Mordprozesses sichergestellten Beweismitteln?«, warf Emma ein, bevor Steiner das Gespräch beenden konnte. »Sind die bereits zurückgegeben worden, und wenn ja – an wen? Ich denke da zum Beispiel auch an Laptop, Handy und so weiter.«

Kurzes Schweigen. »Dazu mache ich mich zeitnah schlau. Du hörst von mir oder dem Kommissariat.«

»Danke.«

Emma legte das Smartphone beiseite und startete den Motor. Kurzentschlossen fuhr sie einen Umweg und stattete der Seebrücke am Wendorfer Strand einen Besuch ab. Der unverstellte Blick in die grünblaue Weite. Für Momente glätteten sich die Wogen in ihr. Warum gelang es Anna Cromberg, derart gelassen zu bleiben? Ließ es sie bei aller Lebenserfahrung und innerem Gleichmut tatsächlich völlig kalt, dass ihre Nichte einen Mord begangen hatte? Oder hatte sie ihre Haltung lediglich überzeugend gespielt, um keinen Anhaltspunkt zu bieten? Emma zweifelte keinen Moment daran, dass jeder Mensch in der Lage war zu töten – in einer

Notwehrsituation oder in einer höchst bedrohlichen Lage, die in eine körperliche Auseinandersetzung mündete. Entscheidend war nur eins: die individuelle rote Linie, die niemand überschreiten durfte. Doch wo genau sie sich befand oder verbarg, war nicht einfach oder gar allgemeingültig zu definieren. Für den einen reichte ein frontaler körperlicher Angriff, um sich sofort mit allen – auch tödlichen – Mitteln zur Wehr zu setzen, ein anderer reagierte, sobald Gefahr für die eigenen Kinder oder Schutzbefohlene drohte. Eine dritte Person verlor jegliche Selbstbeherrschung, sobald sie in die Enge getrieben wurde.

Jeder hat seine eigenen Triggerpunkte, dachte Emma. Bei mir muss ein Kerl nur versuchen, mich im Schwitzkasten festzuhalten, und ich würde rot sehen und alles benutzen, was mir als Waffe dienen könnte.

Der Zusammenhang mit ihrer Entführung, die vor vielen Jahren passiert war, lag auf der Hand. Sie würde die Bilder und Ängste niemals vollständig tilgen können, selbst wenn hundert Jahre ins Land gingen.

Karina Pohl hatte nach Stefans Auszug nur noch kurze Zeit in der gemeinsamen Wohnung gelebt, bevor sie zur Mörderin geworden war. Nach ihrer Verurteilung war ihr Mobiliar eingelagert worden. Digitale Geräte und andere persönliche Gegenstände, die bei den Ermittlungen eine Rolle gespielt hatten, waren nach Fallabschluss ihrer Tante ausgehändigt worden. Dass Anna Cromberg sie nicht darauf hingewiesen hatte, verwunderte Emma nicht. Sie war kaum in der Detektei in der Wismarer Altstadt angekommen, als die Lübecker Hauptkommissarin Dagmar Möller sie höchstpersönlich anrief und zu den Einzelheiten in Kenntnis setzte. »Wir haben natürlich Kopien der Festplatten. Wollen Sie sich das tatsächlich alles im Detail ansehen? Die Akte allein reicht Ihnen nicht?«

»Es muss jemanden geben, der sie bei der Flucht unterstützt hat. Und ich hoffe, wir entdecken einen Hinweis.«

»Warum bitten Sie nicht die Tante, Ihnen die Geräte zur Verfügung zu stellen?«

»Ich bin ganz sicher, dass Anna Cromberg mir nicht helfen wird«, entgegnete Emma und schilderte kurz den Besuch auf dem Hof der Kräuterfrau.

»Ach … Ja, verstehe. Na schön, kommen Sie vorbei, wenn Sie in der Nähe sind. Ich sorge dafür, dass Sie sich Kopien mitnehmen können«, erklärte Möller.

»Das klingt gut. Danke. Ich mache mich gleich auf den Weg.«

Emma brach wenig später zunächst Richtung Lübeck auf und fuhr im Anschluss gleich weiter nach Gadebusch. Sie nutzte die lange Fahrt, um über die weitere Vorgehensweise nachzudenken – ohne auch nur den Hauch einer schlüssigen Idee entwickeln zu können. Ein klarer Fall ohne lose Enden bot wenig Ansatzpunkte, noch dazu angesichts eines kargen Umfeldes, das bei den Anfangsrecherchen bislang kaum persönliche Kontakte hervorgebracht hatte. Die Suche nach einer Flüchtigen, die längst das Land verlassen haben könnte, auf welchem Weg auch immer.

Als sie schließlich in der Sicherheitsfirma eintraf, erwartete Padorn sie mit breitem Feixen. Sie legte den USB-Stick aus dem Lübecker Kommissariat auf seinen Schreibtisch. »Ich habe für Nachschub gesorgt – hier findest du alles zu Karina Pohls digitalem Leben.«

»Klasse! Kaffee? Hunger? Christoph hat gekocht, bevor er wieder aufgebrochen ist – irgendein scharfes Geschnetzeltes mit einem Gemüse, dessen Namen ich vergessen habe, aber es ist überragend gut. Falls du nicht willst, würde ich glatt ...«

»O doch – ich komme um vor Hunger.«

Padorn grinste noch breiter. »Setz dich, ich bringe dir was, und du isst und lauschst. Ich glaube, ich habe was entdeckt.«

»Das klingt hervorragend.« Emma seufzte, während Padorn ihr eine dampfende Schüssel reichte. Wenn es so gut schmeckte, wie es duftete ...

»Ich musste – wie so oft – einige Jahre zurückgehen, um ein paar Kontakte auszugraben«, begann Padorn. »Und womöglich hat sich die Mühe gelohnt. Karina hat etliche Monate während ihres Studiums in Berlin gearbeitet, im Rahmen eines Praktikums in einer Softwarefirma – cooles Unternehmen, die haben mal irgendeinen Preis gewonnen und sind gut im Geschäft. Egal. Karina hat während der Zeit in einer WG gewohnt – eine Mitbewohnerin, Meike Friedrich, stammt auch aus Wismar, die beiden haben sogar mal ein Semester zusammen studiert, bevor es Meike dann in die Hauptstadt zog. Tja, und Meike hielt sich in Lübeck auf, als Karinas Prozess lief.« Padorn zog eine Braue hoch, während Emma verblüfft innehielt.

»Woher weißt du das so genau?«

»Na, woher wohl? Ich habe alle Mitbewohner durchgecheckt – wir sind ja immerhin auf der Suche nach einer eventuellen Fluchthilfe, oder?«

»Stimmt.«

»Und Meike Friedrich hat ihren Lübeck Besuch gepostet.« Er zuckte mit den Achseln. »In einem öffentlichen Account. Sie erwähnt den Prozess nicht, aber es gibt Fotos aus Lübeck im entsprechenden Zeitfenster. Das dürfte kaum ein Zufall sein.«

Emma aß langsam weiter. »Vielleicht war sie einfach nur neugierig, weil eine Kommilitonin vor Gericht stand, mit der sie seinerzeit etwas enger befreundet war.«

»Ja, vielleicht. Doch wenn ich was zu sagen hätte bei der Suche, würde ich Meikes Handynummer abgleichen mit den eingeloggten Nummern zum Zeitpunkt der Tat.«

»Dieser Ansatz alleine reicht nicht, befürchte ich«, überlegte Emma halblaut. »Dafür wird es keine Genehmigung geben. Wir müssen erst mal mit ihr reden.« Sie fasste Padorn ins Auge. »Der Name fällt zum ersten Mal in dem Zusammenhang?«

Er nickte. »So weit sind die Zielfahnder nicht zurückgegangen, und in einer aktuellen Kontaktliste taucht Meike Friedrich nicht auf.«

Emma stellte die geleerte Schüssel beiseite. »Wir sollten die Festplatten durchstöbern. Vielleicht gibt es doch noch mehr zu dieser Bekannten und auch anderen Kontakten. Es will mir einfach nicht in den Kopf, dass diese Tat aus dem Nichts heraus erfolgte.«

»Aus dem Nichts einer Trennung«, wandte Padorn ein. »Und das ist kein Nichts.«

»Es könnte dennoch mehr dahinterstecken. Ein anderes Motiv zum Beispiel.«

»Okay, ich lasse mein Suchprogramm laufen. Vorschläge für die Stichwortsuche?«

Emma stand auf und goss sich eine Tasse Kaffee ein. »Hat sich Karina mit jemandem ausgetauscht? Gibt es womöglich gelöschte Nachrichten? Weitere Namen und so – du weißt schon, das übliche Graben nach noch so winzigen Hinweisen, denen bislang keinerlei Bedeutung beigemessen wurde.« Sie sah auf die Uhr. »Ich setze mich zum Telefonieren nach nebenan, dann hast du hier deine Ruhe.«

»Alles klar. Die Nummer von Meike Friedrich schicke ich dir sofort aufs Handy. Es ist ihr Kontakt aus der Softwarefirma. Dort erreichst du bestimmt noch jemanden. Die dürften keinen normalen Behördenarbeitstag haben und um siebzehn Uhr die Rechner runterfahren.«

»Das hoffe ich ... Ach, Padorn, schau dir doch mal die Krankenstation der JVA genauer an. Karina Pohl wurde dort zum letzten Mal gesehen.«

»Wie soll ich denn da rankommen?«

»Du hast die Berliner WG ausfindig gemacht und eine Verbindung zu Karina aufgezeigt, die niemandem vorher aufgefallen ist. Nun haben wir einen Namen, dem bald weitere folgen könnten, und du fragst mich, wie du zur Belegschaft einer Krankenstation mehr erfahren sollst?« Emma zwinkerte ihm zu. »Ich bin ziemlich sicher, dass dir etwas einfallen wird.«

Padorn lächelte eine Spur verlegen.

Emma schloss die Bürotür hinter sich, ließ sich in Christophs abgewetzten Ledersessel fallen und sammelte sich einen Moment. Sie beschäftigten sich erst seit zwei Tagen mit dem neuen Fall, und niemand erwartete, dass sie sofort punkten würden. Ulrike Steiner hoffte, dass sie Hinweise zum Aufenthaltsort der Flüchtigen entdeckten – nicht mehr, nicht weniger. Eine frei herumlaufende Mörderin. Dass die gut durchdacht wirkende Flucht und das Tötungsdelikt an einem Punkt zusammenhängen und damit auch den Hintergrund sowie den Aufenthaltsort erhellen könnten, war lediglich ein Ansatz, und den teilte Kommissarin Dagmar Möller so lange nicht, bis sich eindeutige Beweise dafür sichern ließen. Das war aus ihrer Sicht nachvollziehbar.

Emmas Handy plingte, und die Nummer von Meike Friedrich ploppte auf. Nach dreimaligem Rufzeichen meldete sich ein Anrufbeantworter mit dem freundlichen Hinweis, dass Karinas ehemalige Mitbewohnerin im Urlaub war. Emma stemmte sich aus dem Sessel hoch, als Padorn bereits in der Tür stand, ein breites Lächeln auf dem Gesicht. »Sie erholt sich an der Küste, wie sie bereits auf Insta angekündigt hat. Und nun darfst du einmal raten, wo.«

3

Meike Friedrich besuchte ihren Bruder, der mit seiner Familie in Wismar lebte und eine Praxis für Physiotherapie leitete – das hatte Padorn bereits am Vorabend herausgefunden. Emma hatte gleich am nächsten Morgen in der Praxis angerufen und um einen Rückruf von Meike Friedrich gebeten, der wenig später erfolgte. Emma schilderte ihr Anliegen und schlug ein Treffen in der Detektei vor.

Falls Karinas ehemalige Kommilitonin verblüfft war, ließ sie sich kaum etwas anmerken. Doch sie zögerte. »Ist das wirklich nötig?«, wandte sie schließlich ein. »Ich habe nur ein paar Tage frei und kann Ihre Fragen auch am Telefon beantworten. Viel gibt es ohnehin nicht von meiner Seite zu berichten.«

»Ich ziehe ein persönliches Gespräch vor, und falls Sie nicht im Büro sitzen möchten, können wir auch einen Spaziergang machen«, erwiderte Emma. »Ich liebe den alten Holzhafen. Wenn Sie einverstanden sind, treffen wir uns dort, und ich bringe Kaffee mit. Wie mögen Sie ihn?«

Schließlich willigte Meike Friedrich ein, und eine gute Stunde später traf Emma sie am alten gotischen Hafentor. Meike Friedrich war Ende zwanzig, mittelgroß, ein unauffälliger Typ Frau, die älter aussah. Sie wirkte erschöpft, als hätte sie wenig geschlafen und viel gearbeitet. Sie überquerten nach kurzer Begrüßung die Straße Richtung Zollhaus und liefen dann weiter zum Holzhafen. Emma reichte ihr einen Kaffeebecher. »Mit Hafermilch«, sagte sie. »Wie bestellt.«

»Danke.« Friedrich trank einen Schluck. »Ich weiß wirklich nicht, was Sie sich von dem Treffen versprechen.«

Emma blieb stehen und wies auf eine Bank. »Setzen wir uns einen Moment?«

Friedrich nickte und nahm Platz. Sie drehte den Becher in den Händen. »Wie sind Sie eigentlich auf mich gekommen?«

»Recherche meines Kollegen.« Emma lächelte. »Erzählen Sie mir von Karina. Was ist sie für ein Mensch?«

Friedrich warf ihr einen irritierten Blick zu. »Was spielt das für eine Rolle?«

»Sie ist untergetaucht, und bisherige Bemühungen, ihre Spur zu entdecken, sind erfolglos geblieben. Nun habe ich den Auftrag, sie zu finden«, wiederholte Emma ihre telefonische Erklärung. »Und je mehr ich von ihr weiß, desto besser kann ich mich in sie hineinversetzen oder Anhaltspunkte entdecken, die das Fluchtgeschehen erhellen.«

»Okay, das kann ich nachvollziehen, aber wir waren keineswegs eng befreundet, falls Sie davon ausgehen sollten«, meinte Friedrich. »Ich bin hier in Wismar geboren, sie hat bei ihrer Tante gelebt, wir sind uns in der Schule über den Weg gelaufen, und später haben wir uns auf der Uni wiedergesehen. Aber das wissen Sie wohl längst – Recherche, nicht wahr?«

»Ganz genau. Und Karina hat ein paar Monate in Ihrer WG gelebt.«

»Auch das. Sie hat mich angesprochen, und es war zufällig ein Zimmer frei. Das liegt schon einige Jahre zurück. WG bedeutet ja auch nicht, dass man ständig zusammenhockt. Es ist eher eine Zweckgemeinschaft.«

»Verstehe. Sie würden Karina nicht als Freundin bezeichnen?«

»Ich würde eher von einer Bekanntschaft sprechen. Karina ist übrigens nie der Typ für enge Freundschaften gewesen, immer ein bisschen reserviert, könnte man sagen – freundlich, aber mit zwei Schritten Abstand. Sie hat ihr Herz nicht unbedingt auf der Zunge getragen und sich nicht in die Karten schauen lassen, und ich schätze, daran hat sich wenig geändert.«

Emma nickte und trank einen Schluck Kaffee. So kommen wir der Persönlichkeit von Karina ein ganzes Stück näher, dachte sie und rief sich die Fotos vor Augen, die Padorn herausgesucht hatte – eine schmale, attraktive Frau mit wachen Augen und einem zurückhaltenden Lächeln, an der Seite eines meist strahlenden Mannes. Ein schönes Paar – modern, erfolgreich, gebildet, selbstsicher, Interesse weckend. Emma warf Meike Friedrich einen direkten Blick zu. »Warum sind Sie nach Lübeck gefahren?«

»Wie bitte?«

»Sie waren in Lübeck, als Karina vor Gericht stand.«

Friedrich atmete tief ein. »Ich habe mir die Stadt angesehen«, stieß sie dann hervor. Ein zarter rötlicher Schleier hatte ihre Wangen gefärbt. Sie wandte den Blick ab.

Eine bemerkenswerte Reaktion, dachte Emma. »Der Termin war ganz bestimmt kein Zufall. Ich bin sicher, dass wir Sie bei einer weitergehenden Recherche im Gericht entdecken werden. Was hat Sie bewegt, die Verhandlung zu verfolgen?«

»Interesse.«

Neugier und Sensationslust treffen es wohl eher, aber Interesse klang natürlich unverfänglich, neutral, ja, fast harmlos, dachte Emma. Man interessiert sich für seine Mitmenschen – was ist dagegen schon einzuwenden? »Sie waren keine engen Freundinnen, wie Sie es selbst beschrieben haben, können wenig zu ihrer Persönlichkeit sagen, weil sie immer sehr reserviert aufgetreten ist, aber Sie fahren extra nach Lübeck, um Karina vor Gericht zu sehen. Das klingt …«

»Meine Güte – ja, es hat mich interessiert, was sie für einen Absturz hingelegt hat!«, warf Friedrich rasch ein. »Ausgerechnet sie.«

»Was meinen Sie damit?«

»Immer gute Zensuren, tolle Jobs, der erfolgreiche Typ in Lübeck – und schließlich …« Friedrich schüttelte den Kopf. »Ich konnte es kaum glauben. Sie hat ihn tatsächlich abgestochen! Unfassbar. Das hat mich beschäftigt, zugegeben, weil es so gar nicht zu ihr passt.«

»Haben Sie Karina je gewalttätig erlebt?«

»Nein, eben nicht.«

»Ist sie der Typ, der die Beherrschung verliert?«

»Für mich? Eher nicht. So habe ich sie nicht erlebt. Sie wusste immer, was sie wollte, und hat das auch deutlich gemacht, energisch und zielgerichtet, wenn es sein musste. Sie ist gradlinig und konsequent, würde ich sagen. Man weiß schnell, woran man bei ihr ist. So war sie schon als Teenager.«

Erstaunlich, wie gut Meike Karina plötzlich doch beschreiben konnte, dachte Emma. Sie hat sie bewundert und beobachtet – und ihre Freundschaft gesucht. Aber Karina hat sie abblitzen lassen. Und mit einer gewissen versteckten Häme und Sensationslust hatte Meike ihren dramatischen Niedergang im Blick behalten.

»Aber nun hat sich das Blatt ja komplett gewendet«, fuhr Friedrich fort und zuckte mit den Achseln. »Mehr kann ich Ihnen tatsächlich nicht dazu sagen.«

Empathie klingt anders, dachte Emma. »Existieren Fotos aus der gemeinsamen WG- und Unizeit?«

Meike Friedrich runzelte die Stirn.

»Partys, Abschlussfeiern? Ausflüge? Irgendetwas in der Art.«

»Sie wollen es aber ganz genau wissen.«

Emma nickte.

»Na ja …« Die junge Frau zückte ihr Smartphone. »Ich könnte Ihnen von den letzten größeren Aktivitäten ein paar Bilder zeigen – da taucht Karina mehrfach auf.« Meike Friedrich hob den Blick »Ich tue mich schwer damit, Fotos zu löschen«, erklärte sie rasch. »Immer wieder nehme ich mir vor, gründlich auszusortieren, und hebe dann doch wieder viel zu viel auf.«

»Das geht vielen Menschen so und erleichtert oftmals unsere Arbeit. Würden Sie mir die Bilder zur Verfügung stellen? Ich lösche sie selbstverständlich, sobald die Ermittlungen abgeschlossen sind.«

Friedrich überlegte nur kurz, dann öffnete sie die Foto-App. Sie wählte ein gutes Dutzend Aufnahmen aus – WG-Alltag, ein Bild von einem Sommerfest, gemeinsames Renovieren, eine Tanzparty. Karina war stets abgebildet. »Können Sie mir noch etwas zu den anderen Leuten sagen?«, fragte Emma. »Sofern sie zur WG gehörten oder gehören.«

»Sie brauchen die Namen?«

»Das würde mir weiterhelfen.«

Meike Friedrich atmete tief aus. »Na schön. Ich muss nachher ohnehin an den Rechner – ich füge die Namen als Bildunterschriften ein. Dann haben Sie es komplett.«

»Das ist wunderbar. Vielen Dank für Ihre Unterstützung.«

Friedrich nickte und stand eilig auf. »War es das?«

Emma nickte und sah der jungen Frau einen Moment nach, bevor sie selbst den Rückweg antrat. Sie musste nicht lange warten. Meike Friedrich meldete sich eine gute Stunde später mit einer Namensliste und den entsprechenden Kennzeichnungen auf den Fotos. Emma schickte alles an Padorn weiter, bevor sie sich auf den Weg nach Zierow machte. Sie hielt an einem Feldweg und behielt den Hof von Anna Cromberg im Blick. Was dabei herauskommen sollte, wusste sie selbst nicht. Für eine echte Observation fehlte ihr jegliche Handhabe.

Padorn war sich bewusst, dass Recherchen zu einer Krankenstation in einer JVA nur unauffällig bleiben würden, wenn er höchst behutsam und mit sehr viel Fantasie vorging. Die Routineüberprüfungen nach Karina Pohls Flucht hatten keine Spur ergeben. Sie war zu einer kurzen Behandlung dort gewesen, und ungefähr zwei Stunden später war ihr Fehlen bemerkt worden. Das klang einerseits wenig spektakulär, und doch konnte in diesen zwei Stunden alles Mögliche passiert sein.

Padorn schlug die Namen des Pflegepersonals und der beiden zuständigen Ärzte in der Akte nach und fütterte seine Suchmaschine mit den dürftigen Angaben. Ein junger Pfleger war recht aktiv im Netz, wie Padorn wenig später feststellte. Er arbeitete halbtags in der JVA, war zusätzlich als Aushilfe in einem Hospiz beschäftigt und fuhr zum Ausgleich mit seinem Fahrrad an der Küste entlang, natürlich ohne Akku-Unterstützung. Die Follower liebten seine Bilderserien und Videos.

Padorn rieb sich über die Stirn. Weder für den einen noch den anderen Job hätte er sich erwärmen können, und stundenlanges Radfahren in der Kategorie »Bio-Radeln« stand auch nicht auf seiner Liste der Freizeitbeschäftigungen. Niko Feingold war ein smarter Typ – dunkle Locken, herzliches

Lächeln, blitzweiße Zähne, sportliche Figur, was sonst? Er machte sich auf jedem Selfie gut und wirkte in den kurzen Clips, die er auf seinen Touren drehte, fröhlich und authentisch – selbst bei miesem Wetter oder einer Radpanne. Der sammelt wirklich jede Menge Karmapunkte, dachte Padorn, und ein Frauentyp ist er auch noch. Was will man mehr?

Padorn schlug in der Akte nach, ob Feingold befragt worden war. Er fehlte in der Auflistung, was womöglich damit zusammenhing, dass er an dem Fluchttag keinen Dienst gehabt hatte. Padorn hielt es durchaus für eine gute Idee, bei ihm nachzuhaken, und schickte Emma eine Notiz. Sie antwortete, dass sie unterwegs sei, und stimmte ihm zu. *Ruf du ihn doch an – in deiner Eigenschaft als Journalist zum Beispiel. Dir fällt bestimmt was ein.*

Padorn blies die Wangen auf. Der Typ ist überhaupt nicht meine Kragenweite, dachte er. Dann kochte er frischen Kaffee und erledigte mehrere Aufgaben, mit denen Christoph ihn von unterwegs beauftragt hatte. Als sein Magen zu knurren begann, schob er eine Pizza in den Ofen. Schließlich kehrte Padorn an den Schreibtisch zurück und öffnete den Insta-Account von Niko Feingold. Der smarte Pfleger plante ein Sommerfest im Hospiz. War es ein guter Aufhänger, ihm an diesem Punkt journalistisches Interesse vorzugaukeln und so mit ihm ins Gespräch zu kommen? Padorn schluckte. So abgebrüht bin ich nicht, dachte er. Dann vielleicht doch eher die Küstentouren? Oder die schlichte Wahrheit? Er unterstützte die Lübecker Ermittlungen als Recherchespezialist – sein Job war zwar keineswegs komplett offiziell, aber die Staatsanwältin hatte grünes Licht gegeben, und so gehörte er zum erweiterten Team wie schon bei einigen anderen Fällen. Meine Güte, nun zier dich doch nicht so!, rief er sich selbst zur Ordnung.

Es begann nach Pizza zu duften. Padorn lief in die Küche, drehte den Ofen herunter und nahm sein Essen mit an den Schreibtisch. Dann tippte er die Mobilfunknummer von Feingold ein und biss von seiner Pizza ab. Der Pfleger meldete sich sofort. Sympathische und freundliche Stimme, dachte Padorn, während er eilig kaute und schluckte. »Sie sind aber schnell«, meinte er schließlich und stellte sich vor.

»Nette Begrüßung«, entgegnete Feingold amüsiert. »Wie genau darf ich Ihre Anmerkung verstehen?«

Padorn wischte sich über den Mund und stellte sich vor. »Ich habe mehrere Jahrzehnte als freier Journalist und Recherchespezialist gearbeitet«, fügte er dann hinzu. »Und nun ...«

»Wollen Sie eine Story über Karina Pohl schreiben?«, warf Feingold ein. »Sie wissen, dass ich Ihnen dazu nichts sagen kann und darf, oder?«

»Sie sind schon wieder verdammt schnell. Eigentlich will ich keine Story über sie schreiben. Ich unterstütze die Ermittlungen im Rahmen der Suche nach der Flüchtigen – als Rechercheprofi.«

Niko Feingold lachte laut auf. »Das klingt gar nicht mal übel als Ansatz, aber ...«

»Ich will Ihnen keinen Bären aufbinden. Das können Sie sogar überprüfen, wenn Sie mir nicht glauben. Ich schicke Ihnen die Nummer der zuständigen BKA-Kommissarin, die meinen Job bestätigen wird.«

Kurze Pause. »Selbst wenn da was dran sein sollte, Herr Padorn – ich kann Ihnen oder auch der Kommissarin nichts zu Karina mitteilen. Ich hatte frei, als sie abgehauen ist. Das habe ich bereits ausgesagt. Und was die Sicherheitsmaßnahmen in der JVA angeht, so darf ich mich dazu gar nicht auslassen, schon gar nicht am Telefon. Das dürfte Ihnen klar sein. Ich werde jetzt also …«

»Nicht einfach auflegen, weil Ihnen klar sein sollte, dass es sicher einen zweiten Versuch geben wird, Sie zu befragen.«

Stille.

»Haben Sie Karina Pohl in der Haft näher kennengelernt?«, fragte Padorn ungerührt weiter.

»Und zum Beispiel dabei beobachtet, wie sie sich mit einem Löffel ein Loch durch die Zellenwand gegraben hat, nachdem sie ›Der Graf von Monte Cristo‹ gelesen hatte?«

Amüsiertes Lachen. »Nein, nichts dergleichen.«

Padorn verdrehte die Augen. »Schon gut. Ich denke, Sie ahnen, worauf ich hinauswill.«

»Mag sein – aber ich kann Ihnen nicht weiterhelfen, weder am Telefon noch bei einer persönlichen Befragung. Ich habe Karina Pohl in den Monaten ihrer Haft zwei- oder auch dreimal gesehen. Einmal hatte sie sich den Knöchel verstaucht, dann brauchte sie was gegen Durchfall. Das Übliche. Und …« Erneutes Lachen. »Sie hat mir ihre Ausbruchspläne nicht mitgeteilt, auch wenn ich sehr charmant rüberkomme.«

Ja, ja, sehr witzig, dachte Padorn. »Okay, eins zu null für Sie …«

»Mindestens zwei zu null, würde ich sagen.«

»Auch das, wenn es Sie glücklich macht. Immerhin gab es die eine oder andere direkte Begegnung mit ihr, und wenn ich Sie nun bitten würde, sich zu einer persönlichen Einschätzung hinreißen zu lassen, was würden Sie dann sagen?« Padorn ließ nicht locker.

»Dass Ihnen meine Beschreibung bei der Suche ganz sicher nicht weiterhilft.«

»Lassen wir es auf einen Versuch ankommen.«

Feingold seufzte. »Sie sind ganz schön hartnäckig.«

»Das werte ich als Kompliment.«

»Bin ich Sie dann schneller los?«

»Versprochen.«

»Aber kommen Sie ja nicht auf die Idee, mich als Quelle anzugeben! Ich streite alles ab, und zwar aus dem ganz einfachen Grund, weil ich Ärger mit meinen Vorgesetzten bekomme, wenn ich hier Interna über Knackis oder auch Exknackis ausplaudere. Und falls Sie irgendwas aufnehmen …«

»Nein, natürlich nicht!«, warf Padorn schnell ein. Die Aufzeichnung lief längst, aber das spielte keine Rolle. Sie konnten den Gesprächsinhalt ohnehin nur intern verwenden.

»Doch wenn Sie tatsächlich so wild sind, meine Meinung zu hören …«

»Das bin ich!«

»Gleich mal vorneweg, auch wenn es gar nicht darum geht: Ich kann mir nicht vorstellen, dass Karina diesen Mord begangen hat«, erklärte Feingold schließlich. »Diese Einschätzung besagt herzlich wenig, schon klar, aber Sie wollten meine persönliche Meinung hören, und dazu gehört auch diese angebliche Tat. Ansonsten: Sie hat nie viel geredet und wirkte relativ gelassen angesichts der Tatsache, dass sie als verurteilte Mörderin einsaß und fünfzehn Jahre vor sich hatte, die sich hinter Gittern gewaltig ziehen können. Hinzu kommt ja, dass sie alles andere als eine geübte Straftäterin ist. Sie hat sich quasi von null auf hundert ins Aus katapultiert – so wirkt es zumindest. Und das hat sie mit bemerkenswerter Fassung getragen – so mein Eindruck.«

Padorn kniff die Augen zusammen.

»Vielleicht steckt etwas anderes dahinter«, fügte Niko Feingold in nachdenklichem Ton hinzu.

»Irgendeine Idee dazu?«

»Natürlich nicht.«

»Sie muss Hilfe gehabt haben«, erklärte Padorn. »Man bricht nicht mal eben so aus einer JVA aus und verschwindet spurlos, zumindest nicht, wenn man bislang ein völlig normales Leben geführt hat und nicht über Kontakte in die Organisierte Kriminalität verfügt. Womit ich das von Ihnen genannte Stichwort aufgreife: geübte Straftäterin. Nein, genau das war sie nicht.«

»Tja, was soll ich dazu sagen? Keine Ahnung, wie sie das angestellt hat. Allerdings gibt es einen Aspekt, der womöglich zum Tragen gekommen ist.«

»Ich bin ganz Ohr.«

»Der Ausbruch der Pandemie hat für ein erhebliches Durcheinander gesorgt – in sämtlichen Bereichen.«

»Könnten Sie deutlicher werden?«

»Die Leute drehen durch, und statt an einem Strang zu ziehen, suchen viele ihren persönlichen Vorteil und kochen ihr eigenes Süppchen. Dann müssen Systeme neu angepasst werden, und in deutschen Behörden dauert so etwas immer besonders lange, bereits in normalen Zeiten.«

Padorn blinzelte. »Sprechen Sie auf behutsamen Umwegen auf das Sicherheitssystem an?«

»Ich spreche auf gar nichts an, ich spekuliere nur ein bisschen«, entgegnete Feingold nach kurzer Pause. »Karina Pohl wird ein Schlupfloch entdeckt und genutzt haben. Das ist meine Ansicht.«

»Das bislang niemandem sonst aufgefallen ist?«

»Die Frau ist nicht blöd, und einmal ist immer das erste Mal.«

Padorn war inzwischen fest davon überzeugt, dass Feingold ihm durch die Blume einen Hinweis zu geben versuchte, ohne sich dabei allzu weit aus dem Fenster zu lehnen.

»Sie hat sich für einen Mord verurteilen lassen, den man durchaus geschickter, intelligenter und vor allem unauffälliger hätte durchführen können«, wandte Padorn ein. »Zumal als Frau, die ihr Hirn zu nutzen versteht.«

»Das allein muss noch nichts heißen, zumal sie ein paar Monate später fliehen kann. Und auch das zweite Team, das nach ihr sucht, findet keine Spur. Ich würde sagen – sie liegt deutlich vorne.«

»Zugegeben – bisher sind wir nicht erfolgreich. Aber wir stehen ja noch ganz am Anfang«, meinte Padorn »Und falls es ihr gelingt, auch uns weiterhin auszutricksen, wird sie für den Rest ihres Lebens im Untergrund leben müssen.«

»Das ist auch schon anderen gelungen, ohne je aufgeflogen zu sein.«

Da war was dran. Padorn kratzte sich am Hinterkopf. Sobald man begann, tiefer in den Fall einzusteigen, tauchten die immer gleichen Fragen auf – mal von dieser, mal von einer anderen Seite betrachtet. Niko Feingold schien darüber hinaus einiges für Karina übrigzuhaben, und der Gedanke war keineswegs abwegig, dass er längst seine eigene These aufgestellt oder sogar etwas beobachtet hatte. Aber er würde die Polizei nicht unterstützen, um eine junge Frau zu schnappen, die er selbst für unschuldig hielt oder deren Tat seiner Ansicht nach in einem ganz anderen Zusammenhang betrachtet werden musste. Im Gesprächsverlauf war er zwar etwas zugänglicher geworden, doch seine Äußerungen dürften die Suche nicht unbedingt beflügeln. Vielleicht sollte Emma sich noch einmal mit Feingold befassen.

»Sie wissen schon, dass Sie sich strafbar machen, wenn Sie …?«

»Das ist mir selbstverständlich klar«, fiel Feingold Padorn ins Wort. »Wie gesagt – ich war an dem Tag nicht in der JVA, und ich habe keine Ahnung, wie Karina vorgegangen ist oder welche Lücke sie entdeckt hat.«

»Danke für Ihre Auskünfte.«

»Sehr gerne.«

Padorn legte auf und aß den längst erkalteten Rest seiner Pizza. Eine Weile kaute er nachdenklich, dann lud er den Grundriss der JVA aus der Akte auf seinen PC. Von der Krankenstation gab es einen direkten Zugang zum Treppenhaus und dem Fahrstuhl, der auf den Innenhof führte. Von dort konnten Schwererkrankte oder Verletzte ohne Umwege in einen Krankenwagen gebracht werden. Padorn griff nach dem letzten Stück Pizza. War an dem Tag jemand ins Krankenhaus eingeliefert worden? Ein Abgleich bestätigte wenig später, dass eine JVA-Insassin zur OP ins Krankenhaus gefahren worden war.

Padorn lehnte sich zurück und pfiff leise durch die Zähne. Wenn ich verantwortlicher Ermittler wäre, würde ich mir das aber sehr viel genauer ansehen, dachte er und griff zum Telefon, um Emma zu informieren.

4

Hauptkommissarin Dagmar Möller entsprach in etwa dem Bild, das Emma sich von ihr während ihres Telefonats gemacht hatte. Eine resolute Persönlichkeit, der man die jahrzehntelangen Dienstjahre deutlich ansah, ohne dass sie sich großartig darum scherte. Der Blazer saß ein wenig knapp, und die letzte Blondaufhellung lag sicher länger als zwei Monate zurück. Außerdem schien sie wenig begeistert, dass sie Wochenenddienst hatte.

Padorns Recherche-Ergebnisse waren in mehrfacher Hinsicht derart bemerkenswert und richtungsweisend, dass Emma sowohl Ulrike Steiner als auch der Kommissarin am Abend zuvor eine Nachricht geschrieben und eine morgendliche Besprechung vorgeschlagen hatte. Möllers Antwort war denkbar knapp und unwirsch ausgefallen – *wenn es sein muss.* Nun saß Emma am frühen Morgen in ihrem Büro, und der Kaffee, den sie serviert hatte, dürfte in etwa der Stärke entsprechen, die Johanna Krass, ihre Vorgesetzte beim BKA, bevorzugte. Der Löffel stand darin. Die Staatsanwältin hatte sich entschuldigt und darum gebeten, zeitnah auf dem Laufenden gehalten zu werden.

Dagmar Möller hatte Emma einen Moment stumm angesehen und ihr dann zugenickt. »Ich bin ganz Ohr. Ihrem Gesichtsausdruck nach zu schließen, haben Sie inzwischen nicht nur einen vagen Verdacht, wie die Flucht abgelaufen ist, sondern eine ziemlich klare Vorstellung. Legen Sie einfach los.«

Emma nickte. »Nach unseren Recherchen dürfte Karina

Pohl in einem Krankentransporter mitgefahren sein, der an jenem Tag eine Insassin zu einer geplanten OP abholen sollte. Die OP war verschoben worden – aufgrund von Engpässen, wie wir inzwischen auch wissen –, doch diese Meldung kam nicht beziehungsweise zu spät in der JVA an. In der Zwischenzeit war der Krankenwagen bereits unterwegs, und im Wagen saß Karina Pohl.«

Dagmar Möller starrte sie entgeistert an.

»Karina hat entweder mitbekommen, dass eine Fahrt ins Krankenhaus anstand und entsprechend ihre Flucht geplant, oder die Verschiebung selbst gehörte bereits zum Fluchtplan, der von außerhalb unterstützt wurde. An der Stelle könnte man noch einmal nachfassen – falls hier nach so langer Zeit überhaupt noch eine Aufklärung möglich ist.«

»Vielen Dank für die zusätzliche Erläuterung«, giftete Möller. Sie war ziemlich bedient, das war unübersehbar. »Wie haben Sie das in Erfahrung gebracht, wenn ich fragen darf?«

Ein Gespräch hier, ein Nachhaken dort und einige fantasievolle Recherchen von Padorn, dachte Emma.

Die Hauptkommissarin winkte ab. »Ach, lassen wir das. Wie sicher ist dieser Ansatz?«, fragte sie weiter. »Ich nehme an, es gibt überzeugende Ansatzpunkte, aber keine klare Beweislage. Und wie es weitergeht, dürfte sich von selbst verstehen. Niemand wird sich dazu äußern – entweder weil der Fehler längst hinterrücks ausgebügelt oder weil ein geplantes Vorgehen richtig gut kaschiert wurde.«

Emma nickte. »Das ist zu befürchten.« Es war nicht auszuschließen, dass Karina ein glücklicher Zufall zu Hilfe gekommen war, sodass sie spontan agiert hatte. Doch Emma würde als ermittelnde Kommissarin durchaus in Betracht ziehen, das Pflegepersonal der JVA und des Krankenhauses sehr genau unter die Lupe zu nehmen, auch wenn Wochen nach der Flucht die Spuren längst beseitigt waren. Es war durchaus möglich, dass sich Belege für das weitere Vorgehen und Karinas Aufenthaltsort erkennen ließen. Sie sparte sich allerdings eine entsprechende Äußerung.

Dagmar Möller hielt ihren Blick fest. »Ich ahne, was Ihnen durch den Kopf geht. Doch so viel Spielraum habe ich nicht, und mir fehlen auch die Kapazitäten, das gesamte Personal zeitnah zu befragen und zu durchleuchten. Sie wissen doch selbst, wie lange das dauert. Und selbst wenn wir an der Stelle zügig aktiv werden könnten, weil die Staatsanwältin die bürokratischen Hürden herunterschraubt und wir sogar weitere Hinweise entdecken – wir kommen viele Wochen zu spät. Inzwischen ist die Flüchtige gewarnt, und sie wird uns kaum den Gefallen tun, einen gravierenden Fehler zu machen und gerade jetzt aus der Deckung zu kommen. Unter Umständen befindet sie sich längst im Ausland – unterstützt von Menschen, denen wir nichts nachweisen können.« Das klang resigniert.

Oder sie befindet sich in einem hervorragenden Versteck, dachte Emma. »Vielleicht bietet sich ein anderer Weg an«, meinte sie.

Die Lübecker Hauptkommissarin lehnte sich zurück. »Sie sehen aus, als hätten Sie längst eine Idee oder eine weitere Neuigkeit, die Sie gleich aus dem Hut zaubern werden. Ich darf voranschicken, dass ich kein Fan von bösen Überraschungen bin, schon gar nicht am Samstagmorgen im Zusammenhang mit polizeilichen Bemühungen, die seit Wochen ins Leere laufen«, erklärte sie in grantigem Ton.

Emma war sicher, dass die leitende Kommissarin ebenso wenig Lust darauf hatte, mit weiteren Versäumnissen in diesem Fall konfrontiert zu werden. Fairerweise musste man ihr zugutehalten, dass der schnöde Polizeialltag selten die kreativen Möglichkeiten bot, die Emma nutzen konnte oder schlicht ergriff, ohne lange zu fragen, noch dazu mit Padorn an ihrer Seite. Zudem waren die Ermittlungen erheblich durch eine weltweite Pandemie erschwert worden, die sämtliche Aufmerksamkeit auf sich gezogen hatte.

»Ich habe einen besonders begabten Rechercheprofi an meiner Seite«, erklärte Emma. »Padorn entdeckt Zusammenhänge und Spuren, noch bevor ich überhaupt auf die Idee gekommen bin, an den Stellen zu graben, die er …«

Dagmar Möller setzte eine säuerliche Miene auf und winkte ab. »Schon gut. Versuchen Sie ja nicht, mich zu trösten. Das macht es nur noch schlimmer. Das Einzige, das ich an der Stelle gelten lasse, ist die Tatsache, dass Sie und Ihr Team sich immer wieder unterhalb des Radars bewegen und es mit den Regeln nicht ganz so genau nehmen. Aber das vereinfacht wohl vieles. Also, was haben Sie entdeckt? Oder was hat er ausgegraben, was Sie sich genauer angesehen haben?«

»Karina Pohl hat vor etlichen Jahren ein paar Monate in Berlin gelebt – anlässlich eines Praktikums in einer Softwarefirma«, begann Emma zu berichten. »Sie wohnte eine Weile in der WG einer ehemaligen Kommilitonin, die auch aus Wismar stammt und zunächst in Lübeck studierte.«

Möller runzelte die Stirn.

»Die ehemalige Kommilitonin ist gerade auf Familienbesuch an der Küste, und es bot sich an, mit ihr in Kontakt zu treten«, erklärte Emma weiter.

»Verstehe.«

»Sie hat mir freundlicherweise Fotomaterial zur Auswertung überlassen«, fuhr Emma fort.

»Was für Fotomaterial?«

Emma unterdrückte ein Seufzen. »Bilder aus dem WG-Leben, auf denen auch Karina auftaucht, neben etlichen anderen Leuten, die wir beziehungsweise Padorn mal im Detail gecheckt hat. Er geht dabei sehr gründlich vor und überrascht mich stets aufs Neue.«

Die Lübecker Ermittlerin atmete tief ein. »Sie gehen verdammt weite Wege.«

Die sich dennoch immer wieder bewähren, dachte Emma. Und manchmal stellen sie sogar eine Abkürzung dar, weil der Fall ein völlig neues Profil entwickelt. »Bei den Überprüfungen ist der Name einer Frau aufgetaucht, die vor einigen Jahren spurlos verschwand – ein Vermisstenfall, der allerdings wenig Beachtung fand«, fuhr sie fort. »Bis ihre Leiche entdeckt wurde.«

Kommissarin Möller stand abrupt auf und goss sich frischen Kaffee nach. Die Falte über ihrem Nasenrücken war inzwischen beeindruckend tief.

»Die Frau hieß Elisa Barth und studierte auch in Lübeck – sie war eine Freundin von Karina, womöglich die einzige«, fuhr Emma fort und schüttelte den Kopf, als Möller ihr noch einmal Kaffee anbot. »Diese Schlussfolgerung können wir nach den bisherigen Erkenntnissen ziehen. Die Studentin war zu Besuch in Berlin – zu einer WG-Party, wie sich lückenlos nachweisen lässt.« Emma öffnete die Foto-App und rief die Bilder von dem Fest auf.

Möller warf lediglich einen beiläufigen Blick darauf. »Weiter«, sagte sie dann mit gepresster Stimme und trank einen Schluck. »Oder war es das jetzt? Ich hätte nichts dagegen.«

»Noch nicht, nein. Padorn hat bereits einiges zu dem alten Fall ausgegraben. Elisa Barth verschwand mitten in den Semesterferien, ohne dass sich Hinweise auf ein Verbrechen fanden«, fuhr Emma fort. »Man ging davon aus, dass sie einen Neustart suchte und es nicht für nötig befunden hatte, über ihre Pläne zu sprechen – weder im Vorfeld noch später. Lediglich Karina Pohl hatte seinerzeit eine Vermisstenanzeige erstattet, weil ihr das plötzliche Verschwinden seltsam vorkam, doch intensive polizeiliche Nachforschungen ließen sich damit allein auch nicht rechtfertigen …«

»Warten Sie mal – Barth? Elisa Barth oder auch Elly?«, warf Möller plötzlich ein.

»So wurde sie genannt, ja.« Emma sah die Kommissarin gespannt an.

»Ich erinnere mich«, sagte Möller. »Ein Kollege hat sich damit befasst. Ich hatte Urlaub und habe die Akte später nachgelesen. Elly war in die Ferien gefahren und nicht zurückgekehrt. Einer von den Vermisstenfällen, denen wir nicht nachgehen können, weil die Anzeichen für eine Straftat nicht ausreichend sind und Volljährige das Recht haben, ihren Aufenthaltsort frei zu wählen, ohne sich mit Familie und Freunden zu besprechen. Niemand ist verpflichtet, auf Kurznachrichten zu reagieren oder mit Mami zu telefonieren und dem Freund Auskunft zu erteilen.«

»Richtig. An der Stelle sind uns häufig die Hände gebunden. Aber dem Ganzen lag doch eine Straftat zugrunde.«

Dagmar Möller nickte. »Ellys Leiche wurde vor knapp zwei Jahren im Lenorenwald entdeckt – ein Landschaftsschutzgebiet zwischen Lübeck und Wismar, das überregional für seine Mammutbäume bekannt ist.« Die Hauptkommissarin stellte ihre Tasse ab, wandte sich zu ihrem PC um und loggte sich ein. »Sie ist mit großer Wahrscheinlichkeit Opfer eines Gewaltverbrechens geworden. Die Überreste der Leiche ließen zwar keine eindeutigen und endgültigen Schlussfolgerungen auf das Geschehen zu, doch die Rechtsmedizin ging seinerzeit davon aus, dass sie keines natürlichen Todes gestorben war, zumal sich ja jemand die Mühe gemacht, sie zu vergraben – ganz in der Nähe besagter Mammutbäume.«

Die Kommissarin blickte eine Weile ins Leere und sah schließlich Emma an. »Bevor Sie fragen, ja: Wir haben uns natürlich mit dem Fall befasst, aber nicht das Geringste entdeckt. Die Nachforschungen erbrachten nichts, es war zu viel Zeit vergangen – keine Spuren oder Zeugen, keine Anhaltspunkte, zumindest keine, die sich im normalen Polizeialltag vertiefen ließen. Die Akte verschwand in der Cold-Case-Ablage.«

Das überraschte Emma wenig. In unregelmäßigen Abständen wurde eine alte Ermittlung dann noch einmal aufgegriffen – falls neue Beweise auftauchten oder sich die Untersuchungsmöglichkeiten änderten –, in der Regel von einem Spezialteam, das nur mit ungelösten Fällen betraut war. Oder es fand sich im Zusammenhang mit anderen Ermittlungen eine Querverbindung. Und auch wenn manchmal sogar nach Jahrzehnten eine spektakuläre Aufklärung gelang, war für den größten Teil der Cold-Case-Fälle an der Stelle Schluss.

»Wurde Karina Pohl zu ihrer Freundin befragt?«, ergriff Emma schließlich das Wort. Das wäre ein naheliegender Gedanke in einer Mordermittlung, da sie damals die Vermisstenanzeige erstattet hatte und demnach beunruhigt gewesen war.

Möller blickte wieder auf ihren Monitor und klickte sich durch die Dokumente. Sie runzelte die Stirn. »Der Kollege, der den Fall leitete, ist inzwischen aus dem Polizeidienst ausgeschieden. Ein Gesprächsprotokoll nach dem Leichenfund finde ich gerade nicht, möglich, dass es nicht digitalisiert wurde …«

Sie hob kurz den Blick, dann griff sie zum Telefon und sprach mit einem Kollegen aus dem Archiv. Sie gab das Aktenzeichen durch und wartete einen Moment, während sie mit den Fingern auf der Tischplatte trommelte. Ihr Gesprächspartner meldete sich wieder, doch Möller unterbrach ihn nach wenigen Worten. »Ich weiß selbst, dass die Akte im System ist. Aber ich vermisse ein Protokoll zu einer Befragung und möchte sichergehen, dass …« Die Hauptkommissarin lauschte erneut. »Na schön. Nichts für ungut.« Sie legte auf und blickte hoch. Ihr Blick hatte sich verdunkelt.

Wenn ich raten dürfte, würde ich darauf tippen, dass Karina Pohl gar nicht befragt wurde, dachte Emma.

»Die Akte ist eins zu eins digitalisiert worden«, erklärte Möller. »Es fehlt also nichts, und nun muss ich die Sache wohl direkt klären. Der Ex-Kollege heißt Klaus Dollert, mein Jahrgang, und ich sollte wohl hinzufügen, dass er nie zur Riege der eifrigen und für die Sache brennenden Ermittler gehörte. Engagement über den schnöden Dienstalltag hinaus gehörte nicht zu seinen Kernkompetenzen, weswegen meine Abschiedstränen schnell getrocknet waren. Um ehrlich zu sein, war ich ziemlich erleichtert. Er hat ordentlich geerbt und beschlossen, frühzeitig den Dienst zu quittieren. Warum sich länger als nötig mit Alltagsanforderungen befassen? Gut, das kann man ihm kaum verdenken, und da seine Nachfolgerin hier in der halben Zeit ungefähr doppelt so viel wie er in seinen besten Zeiten erledigt, dürfen sich wohl beide Seiten als Gewinner betrachten.«

Emma suchte noch nach einer möglichst beiläufig klingenden Erwiderung, als Dagmar Möller erneut zum Telefon griff und die Lautsprecherfunktion aktivierte. Klaus Dollert meldete sich mit einem gut gelaunten Lachen, begrüßte die Exkollegin mit überschwänglicher Freude und erzählte in fröhlichem Ton, dass er auf der Veranda saß und die Sonne genoss – bei einem üppigen Frühstück mit Hund und einem Enkelkind zu seinen Füßen.

»Klingt verlockend, Klaus«, unterbrach Dagmar Möller ihn schließlich. »Doch bevor du gleich in deinen Pool steigst und für irgendeine Insta-Story Clips drehst, die wir dann genießen dürfen, während wir Dienst schieben, hätte ich noch eine Frage.«

»Natürlich, Dagmar – was kann ich für dich tun?«

Möller verdrehte die Augen. »Erinnerst du dich an Elly Barth? Die junge Frau, die 2018 zirka zwei Jahre nach ihrem Verschwinden im Lenorenwald entdeckt wurde?«

»Du meinst – als Leiche?«

»Das meine ich, ja.«

Dollert seufzte. »Ja, ich entsinne mich. Aber ermitteln ließ sich dazu nichts mehr.«

Möller setzte eine vielsagende Miene auf. Wenn Emma hätte raten sollen, was der Kommissarin durch den Kopf schoss, hätte sie nach der Vorgeschichte zum fleißigen Klaus durchaus eine wenigstens grobe Vorstellung von ihren Gedanken.

»Geht es etwas genauer?«

»Gibt die Akte nicht genug her?«

»Sonst würde ich kaum wagen, dich zu stören.«

»Worauf genau spielst du an?«, fragte Dollert nach kurzer Pause weiter. Sein Ton klang nun weniger beschwingt.

»Die junge Frau, die die Vermisstenmeldung aufgegeben

hat, dürfte seinerzeit die Einzige gewesen sein, die sich nach dem Verschwinden von Elly Barth Sorgen gemacht hatte«, erklärte Möller. »Die beiden hatten sich an der Uni kennengelernt und waren befreundet. Hast du an dem Punkt nicht nachgehakt?«

Erneute Pause. »Doch, habe ich. Sie war nicht zu erreichen. Urlaub oder so. Und als sie zurückkehrte, hatte ich frei oder war krank. Das Ganze verlief im Sande. Die Akte wanderte weiter. Wir hatten genug andere Fälle. Und wenig später war ich ja nicht mehr dabei. Warum ist das jetzt noch wichtig?«

Emma sah, wie Möller die Kiefer zusammenpresste. »Schon gut, Klaus. Nur keinen Stress, schon gar nicht Jahre später. Wir hätten womöglich genauer hinsehen müssen – und ich betone: wir.«

»Warum eigentlich? Fällt euch da gerade was auf die Füße?«

Gut möglich, dachte Emma.

»Das lässt sich noch nicht so genau sagen, und ich will auf keinen Fall spekulieren …«

Emma hob eine Hand und suchte Möllers Blick. Die Kommissarin nickte. »Kannst du dich erinnern, wie sich die Freundin äußerte und was genau sie beunruhigte, als sie die Vermisstenmeldung zu Protokoll gab?«

»Sie meinte, dass so ein Verhalten nicht passen würde. Aber nicht mal Barths Eltern schienen großartig besorgt zu sein. Das ist bei mir hängen geblieben, und an mehr kann ich mich nicht erinnern.«

Das dürfte dann wohl gar nichts heißen, dachte Emma. Leider hatte auch Meike Friedrich auf eine entsprechende Nachfrage wenig zu diesem Punkt beitragen können. »Sie schien beunruhigt«, hatte Meike Friedrich lediglich erklärt; sie selbst hatte kaum mit Elly zu tun gehabt. Und nun lag ihr Verschwinden bereits gut vier Jahre zurück.

»Dann wünsche ich dir noch ein schönes Wochenende, Klaus«, verabschiedete sich Dagmar Möller schließlich, unterbrach die Verbindung, schob ihr Handy schwungvoll beiseite und blickte Emma an. »Wenn man auf solche Leute setzt, sollte man den Job lieber gleich selbst machen. Also – was haben wir hier? Eine verurteilte und flüchtige Mörderin, die vor geraumer Zeit das Verschwinden einer Freundin angezeigt hatte, deren Leiche erst Jahre später entdeckt wird. Dass Elly Barth getötet wurde, darf getrost angenommen werden, auch wenn das rechtsmedizinische Gutachten nach zwei Jahren Liegezeit in einem Erdgrab naturgemäß etwas vage bleiben muss. Gibt es einen gemeinsamen Hintergrund zwischen beiden Vorgängen? Im Moment weist nicht das Geringste darauf hin.«

»Vielleicht existiert eine Verbindung zwischen den Taten, die wir nur noch nicht sehen.« Emma schlug ein Bein über das andere.

»Vielleicht ist kein gutes Stichwort in einer Polizeibehörde, das Gleiche gilt für Spekulationen sowie das freie Spiel mit Thesen, Vorstellungen und Mutmaßungen.«

»Ich weiß. Darum arbeite ich ja extern und kann mich auch mal von meinem Bauchgefühl leiten lassen.«

Dagmar Möller seufzte. »Na schön. Ich kann nicht ausschließen, dass wir etwas übersehen oder nicht intensiv genug nachgeforscht haben. Fehler werden überall gemacht, Versäumnisse gehören zum Alltag in jeder Polizeibehörde, und je weniger Anhaltspunkte vorliegen, desto weniger dringlich werden Fälle behandelt. Leider.«

»Aber niemand gibt Versäumnisse gerne zu. Das ehrt Sie.«

Die Hauptkommissarin winkte ab. »Ich bin zu alt, um mit der händeringenden und verzweifelten Suche nach Ausflüchten Zeit zu verschwenden, an den Arbeitsbedingungen in einem Kommissariat kann ich allerdings wenig ändern. Also – was schwebt Ihnen vor?«

»Ein großer Abgleich, der beide Taten erhellt und bei dem auch der Lebenslauf von Stefan Mahler gründlich durchleuchtet wird.«

Möller blickte sie mit gerunzelter Stirn an. »Ich habe wenig Kapazitäten für Ermittlungen, die ohne …«

»Das weiß ich. Darum hat mich ja Steiner hinzugezogen. Ich arbeite nicht das erste Mal mit ihr zusammen und habe mich inzwischen ganz gut unterm Radar eingerichtet. Zugegeben – es hat auch mal geknirscht, aber insgesamt konnten sich die Ergebnisse immer sehen lassen.«

Dagmar Möller stützte die Ellenbogen auf den Tisch und sah sie unverwandt an.

»Ich wäre übrigens keineswegs erstaunt, wenn sich herausstellte, dass Karina den Mord gar nicht begangen hat«, fuhr Emma nach kurzem Überlegen fort.

»Das ist doch nicht Ihr Ernst!«

Emma nickte. »Hier passt so mancher Aspekt nicht zu einer solchen Tat – spontane Reaktion aufgrund eines Trennungstraumas hin oder her. Das ist ein bisschen dünn. Der Angriff mit einem Messer ist überaus grausam, und so eine Waffe trägt man ja nicht ständig mit sich herum.«

»Wir haben das Blut des Ermordeten an ihrer Kleidung gefunden sowie ihre DNA an der Tatwaffe«, wandte Möller ein. »Karina Pohl war in der Nähe. Sie hat ihren Exfreund gestalkt und ihm aufgelauert, als es die Situation erlaubte und die Straße leer war – keine Zeugen.«

»Karina Pohl könnte auch etwas beobachtet haben und wollte ihm zu Hilfe eilen.«

»Das glauben Sie doch nicht wirklich!«

»Nach dem Tatablauf, wie die Polizei ihn für realistisch hält, ist sehr wohl Platz für diese Theorie«, entgegnete Emma ruhig. »Sie ist zu ihm geeilt, könnte sich neben ihn gesetzt haben und lief weg, als sie sah, dass er tot war, oder mitbekam, dass der Täter noch in der Nähe war. So ein Prozedere ist durchaus ...«

»Und dann lässt sie sich festnehmen und des Mordes anklagen und schweigt vor Gericht?«

»Um wenig später aus der Haftanstalt zu fliehen und unterzutauchen«, gab Emma zu bedenken. »Das lässt Ihnen doch auch keine Ruhe, oder? Vielleicht hat sie gute Gründe zu schweigen.«

Dagmar Möller musterte sie mit abwartendem Blick.

»Ihre Tante reagiert bemerkenswert gelassen – sie ist die Einzige, die mehr weiß, dessen bin ich sicher«, fuhr Emma fort. »Doch die Leute, mit denen wir bisher gesprochen haben, geben entweder Allgemeinplätze von sich – Eifersucht ist plötzlich ein Thema, mit dem man sich eine derart heftige Reaktion meint erklären zu können –, oder sie beschreiben Karina als selbstsichere Frau, die schon immer eher Distanz gehalten hat. Und darum wusste offenbar niemand konkret, was in ihr vorging und womit sie sich in der letzten Zeit befasst hat.«

»Karina Pohl scheint nicht greifbar.«

»Richtig. Und vielleicht hofft sie ja, dass die Ermittlungen wieder aufgenommen werden, weil Leute wie ich dazu neigen, über derartige Brüche zu stolpern und ihnen nachzugehen.«

Die Lübecker Kommissarin lehnte sich zurück und sah

kurz zum Fenster hinaus. »Ulrike Steiner hat mich gewarnt«, murmelte sie. »Sie seien ein Unruhegeist, der sich nur schwer wieder einfangen lässt, hat sie gesagt.«

Emma lächelte. »Ich muss meinen Schreibtisch nicht abarbeiten – so wie Sie. Ich habe keine Termin- und To-do-Liste, die mir unter den Nägeln brennt, und ich muss nicht täglich ein Team und neue Fälle eintakten und dabei zwei Dutzend Dienstvorschriften einhalten. Ich kann es mir erlauben, als Unruhegeist einen Fall neu zu beleben.«

Möller deutete ein Nicken an. »Ich sorge dafür, dass Sie Zugang zu den nötigen Vorgängen erhalten, soweit die Staatsanwältin nicht längst dafür gesorgt hat. Halten Sie mich auf dem Laufenden. Gibt es schon eine Frage, die Sie …«

»Was ist seinerzeit mit Elly Barths Sachen passiert?«

»Keine Ahnung.« Möller drehte sich zum PC um. »Die Akte ist mager, aber fangen Sie damit an. Ich schicke sie Ihnen.«

»Danke, Kommissarin Möller.«

»Keine Ursache. Und vergessen Sie nicht – wenn das alles vorbei ist, trinken wir ein bis drei oder auch vier Mangoschnäpse.«

»Das machen wir.«

Als Emma das Kommissariat verließ, waren fast zwei Stunden vergangen. Sie hatte Dagmar Möller überzeugen können, mit einem neuen Ansatz in die Geschehnisse einzusteigen, doch ob es gelingen würde, den einen gemeinsamen Punkt zu entdecken, der diese Fälle miteinander verband, war mindestens fraglich – was auch bedeuten könnte, dass er doch nicht existierte und sie sich etwas vormachte, weil sie nicht bereit war, die nackten Tatsachen zu akzeptieren. Und die lauteten: Karina verfolgte nach der Trennung nur noch ein Ziel – den Mann zu zerstören, der sie verlassen hatte. Emma schüttelte den Kopf. Hier stimmte etwas ganz und gar nicht, und der junge smarte Pfleger hatte es auf den Punkt gebracht.

5

Anna Cromberg hatte ihren Stand auf dem Wochenmarkt in Wismar wie immer ungefähr eine Stunde vor Eröffnung bezogen und breitete ihre Waren mit liebevoller Sorgfalt aus. Sie verkaufte hier seit vielen Jahren ihre Kräuter und Tees, selbst gefertigte Cremes und Heilsalben, dazu Pflanzen und Blumengestecke für jeden Bedarf sowie ein kleines Sortiment an Obst und Gemüse. Als alles in Reih und Glied angeordnet war und der Kirchturm zur vollen Stunde schlug, zog sie ihre Thermoskanne aus dem Korb und schenkte sich einen Becher Tee ein. Ringsherum grüßten und winkten die anderen Händlerinnen und Verkäufer oder bedienten die ersten Kunden, die sich bereits in aller Frühe mit den frischesten Waren versorgten.

Die Sonne schien von einem kornblumenblauen Himmel, für einige wohltuende Momente geriet ein ungewöhnlicher Winter in Vergessenheit; ihm war ein dramatisches Frühjahr gefolgt, das vieles aus dem Gleichgewicht gebracht hatte.

Die alten Gewissheiten sind zerstört, und es ist längst noch nicht vorbei, dachte Anna. Eigentlich hat es gerade erst begonnen. Sie stellte ihren Becher beiseite und wandte sich den ersten Kunden zu, Stammkunden seit vielen Jahren. Ein junger Typ mit Dreitagebart, Sporthosen und weitem kurzärmligem Kapuzenpullover, der sich in die Schlange einreihte, die sich plötzlich an ihrem Stand gebildet hatte, musterte sie mit seltsam intensivem Blick. Er trug ein Cap, das er tief ins Gesicht gezogen hatte. Plötzlich stand er vor ihr und lächelte herzlich. Ein gut aussehender Mann, dachte Anna. Dunkle Locken, weiße Zähne. Er bestellte eine kleine Auswahl an Obst und eine Tüte Kräutertee und hielt ihren Blick fest. »Ich hoffe, es geht ihr gut«, bemerkte er leise, während sie das Geld wechselte.

Sie hob den Blick und sah ihn schweigend an.

»Bestellen Sie ihr liebe Grüße. Und noch was – die Ermittlungen laufen wieder. Sie soll ganz besonders vorsichtig sein.« Damit lächelte er ein letztes Mal, bedankte sich und wandte sich ab.

Anna sah ihm einen Moment verblüfft nach, dann blickte sie in die Runde und vergewisserte sich, dass ihm niemand gefolgt war. Wer immer der gut aussehende junge Mann war, der offenbar so einiges wusste oder ahnte, er verhielt sich nicht sonderlich schlau, dachte Anna. Oder er war so fürsorglich, dass er keinesfalls versäumen wollte, Karina vor weiteren polizeilichen Maßnahmen zu warnen – und offenbar war er sicher, dass der Weg über sie führte. Oder er hatte sich die Mühe gemacht, die Tante aufzuspüren. War es möglich, dass Karina ihn im Detail in ihre weiteren Fluchtpläne eingeweiht hatte? Anna war davon überzeugt, dass es sich anders verhielt. Ihre Nichte hatte sicher kein unnötiges Wort verloren oder war so dumm gewesen, jemanden ins Vertrauen zu ziehen, der es nicht wert war. Doch vielleicht war er es wert.

Anna Cromberg behielt das Marktpublikum aufmerksam im Blick, und langsam wich ihre Anspannung wieder. Niemand verhielt sich auffällig oder beobachtete sie. Das Spiel kannte sie noch aus anderen, alten Zeiten, genauer gesagt aus den späten achtziger Jahren des letzten Jahrhunderts, als sie mit ihren Leuten unterwegs war. Sie würde auch heute noch jeden Beobachter und Anschleicher sofort identifizieren können. Darin war sie schon damals überragend gut gewesen. Die Gruppe hatte sich immer auf sie verlassen können.

Am späten Mittag leerte sich der Markt. Anna räumte zusammen und machte sich auf den Heimweg – ohne zu versäumen, immer wieder einen Blick über die Schulter zu werfen. Zu Hause kochte sie einen Gemüseauflauf und setzte sich zum Essen auf die Terrasse. Seit die neue Ermittlerin aufgetaucht war, mussten sie besonders vorsichtig sein. Diese Frau würde sich nicht so schnell abschütteln lassen, dessen war Anna sicher. Karina versteckte sich in der alten Scheune auf dem Dachboden. Der Zugang lag gut verborgen hinter einem alten Hühnerstall. Dort oben war sie sicher und geschützt. Aber es wurde immer schwieriger, in einem Versteck auszuharren und darauf zu hoffen, dass sich die Dinge klärten.

Anna wusste nach wie vor nicht, was geschehen war. Der erste Schock nach dem Mord und der Verhandlung war abgeklungen, als sie ihrer Nichte bei einem Besuch in der JVA in die Augen gesehen hatte. »Ich habe das nicht getan, aber ich kann nicht reden. Vertrau mir«, hatte Karina mit heiserer Stimme geflüstert.

Sie hatten einander immer vertraut. Bereits als Zehnjährige hatte Karina dieses Vertrauen eingefordert, und sie hatte es ohne jegliches Zögern erhalten und war nie enttäuscht worden. Die älteren Leute aus Zierow behaupteten, dass Anna die versteckten Wahrheiten erkannte und nur ihrer eigenen inneren Stimme folgte. Menschen wie sie ließen sich in kein System pressen oder mit angedrohten Behördenmaßnahmen unter Druck setzen, und sie hielten es auch nicht für nötig, in schwierigen Situationen auf schnelle Antworten und Erklärungen zu drängen.

Anna zweifelte keinen Moment an Karinas Aufrichtigkeit und ihrer Notlage, die so brisant war, dass sie nicht einmal mit ihr darüber sprechen konnte. Weil sie zu wenig über den Hintergrund wusste. Oder zu viel. Wer immer Stefan Mahler aus welchem Grund ermordet hatte, würde nicht zögern, auch Karina zu töten, falls er es für nötig erachtete, und jeden anderen, der sich ihm in den Weg stellte – das war das Szenario, das Anna zumindest für vorstellbar hielt.

Das Gefühl der Bedrohung, der unmittelbaren oder auch schleichenden Gefahr war nicht neu für sie. Anna versteckte nicht zum ersten Mal einen Menschen, für den es keinen anderen Weg als den Rückzug, die Flucht gab. Und nicht zum ersten Mal würde sie ihre Rolle gut spielen – vor mehr als drei Jahrzehnten als angehende Traktoristin in einer LPG, diesmal als Kräuterfrau, die mit großer Abgeklärtheit und Ruhe ihren Alltag lebte und stets den Eindruck erweckte, dass sie kaum etwas nachhaltig erschüttern konnte – zumindest nicht nach außen hin. Schmerz, Anspannung und Angst hatte sie stets zu beherrschen gewusst. Als ihr Mann starb, verlor sie für Monate den tiefen Grund ihrer Unerschütterlichkeit. Manfred hatte den Freitod gewählt. Der Kummer fraß sich durch ihren Körper, beherrschte ihre Seele und hielt sie gefangen in einem dunklen Verlies. Es war nicht der Tod selbst, der sie derart entsetzte. Es war die furchtbare Gewissheit, dass sie versagt hatte. Und diese Gewissheit verging nur allmählich.

Anna räumte ihr Geschirr ab und ging dann durch die rückwärtige Küchentür im Halbschatten über den Hinterhof zur Scheune, um Karina das Essen zu bringen. Ihre Nichte wartete bereits an der geöffneten Luke. Die Augen wirkten groß in dem schmalen Gesicht. Sie sah plötzlich aus wie ein Teenager.

Du solltest endlich mit mir reden, dachte Anna, dabei wusste sie doch, dass insistierende Fragen unangebracht waren.

»Ich hatte heute Besuch auf dem Markt, und ich soll dir Grüße ausrichten«, sagte sie, als Karina zu essen begonnen hatte.

Karina legte ihre Gabel wieder beiseite und sah hoch.

»Ein hübscher Typ – dunkle Locken, charmantes Lächeln. Ich soll dir sagen, dass die Ermittlungen wieder forciert werden. Außerdem rät er dir, vorsichtig zu sein. Aber das weißt du ja längst.«

Karina blickte einen Moment zur Seite.

»Woher weiß er von mir?«, fragte Anna.

»Nicht durch mich.«

»Aber er hat dir geholfen?«

Karina nickte.

»Diese Ermittlerin wird wiederkommen«, setzte Anna einen Moment später nach. »Sie wird nicht lockerlassen.«

Erneutes Nicken. Dann griff Karina nach Annas Hand. »Noch einmal: Ich bin keine Mörderin!«

»Das weiß ich längst. Wovor hast du solche Angst?« Nun stellte sie also doch eine Frage. »Vertrau mir!«

»Sonst wäre ich nicht hier, oder?« Karina senkte den Kopf »Eine dunkle Geschichte«, flüsterte sie. »Erinnerst du dich an Elly?«

Anna hatte sofort ein Bild vor Augen und entsann sich an eine Kommilitonin von Karina – eine der wenigen Freunde, die Karina in ihr Leben gelassen hatte und die plötzlich verschwunden war. Eine junge Frau mit seegrünen Augen und fröhlichem Lachen. »Das Mädchen, das im Lenorenwald gefunden wurde?«

Karinas Blick verdunkelte sich.

»Was hat sie damit zu tun?«

»Das ist die Frage.«

Die Eltern von Elly Barth wohnten ein paar Kilometer außerhalb von Lübeck am Ortsrand von Ratekau. Emma hatte sich nach dem Verlassen des Lübecker Kommissariats in ein Café gesetzt und einen Teil der Dokumente gelesen, die Dagmar Möller ihr zur Verfügung gestellt hatte. Während Padorn sich auf seine Weise mit den Informationen beschäftigte, hatte sie Kontakt zu den Angehörigen gesucht und schließlich einen Gesprächstermin am selben Tag vereinbaren können. Die Mutter, Sonja Barth, hatte zwar zunächst verhalten geklungen, als Emma ihr den Hintergrund erläuterte, aber sich schließlich zu einem Treffen überreden lassen.

Sonja Barth war eine große füllige Frau, die deutlich älter als Mitte fünfzig wirkte. Das Shirt war fleckig, das Haar ungekämmt. Sie bat Emma mit scheuem Lächeln ins Haus. »Gehen wir ins Esszimmer? Mögen Sie etwas trinken? Sehen Sie sich bitte nicht um. Ich bin noch nicht zum Aufräumen gekommen, und die Woche war lang und anstrengend.«

»Nein, vielen Dank.« Emma gab sich Mühe, ihre Überraschung zu verbergen. Der letzte gründliche Hausputz dürfte Wochen zurückliegen, womöglich Monate.

»Setzen Sie sich doch.« Sonja Barth räumte einen Stapel Zeitschriften vom Tisch und nahm Platz. »Mein Mann ist übrigens nicht hier.« Sie strich eine Haarsträhne aus der Stirn und blickte Emma an. »Ich rede nicht gerne über Elly«, sagte sie leise. »Es ist schwer für mich …«

»Es tut mir leid«, erklärte Emma rasch. »Ich möchte Sie

nicht unnötig belasten und werde mich kurzfassen. Ich hoffe, dass Sie mir meine Beharrlichkeit nachsehen.«

»Wenn wir damals beharrlich gewesen wären, hätten wir vielleicht dafür sorgen können, dass man nach Elly sucht«, entgegnete sie. »Aber wir dachten uns nichts dabei. Sie ist häufiger mal nicht erreichbar gewesen.«

»Ihre Tochter hat damals zu Hause gewohnt?«

Sonja Barth nickte. »Ja. Sie hatte vor, sich etwas anderes zu suchen, aber zu Beginn des Studiums blieb sie erst einmal bei uns. Das war ja auch bequem und preiswert. Und wir hatten nichts dagegen – hier ist ja genug Platz. Sie war unser einziges Kind.« Sonja Barth blickte auf ihre Hände.

Emma sah sich mit vorsichtigen Blicken um. Auf der verstaubten Anrichte waren Familienbilder aus glücklicheren Tagen aufgereiht – die Barths beim Segeln, die Abifeier, ein sportliches Ereignis, ein Gartenfest unter Lampions.

Sonja Barth war ihrem Blick gefolgt. »Mein Mann wohnt nicht mehr hier«, erklärte sie. »Er ist vor einigen Monaten ausgezogen – erst mal auf Probe, wie wir es genannt haben. Aber ich denke, unsere Ehe hat das nicht ausgehalten, wir trauen uns nur nicht, die richtigen Worte auszusprechen.« Sie legte die Hände ineinander. »Wir werden das Haus wohl demnächst verkaufen. Es ist nicht mehr wichtig.« Sie kniff die Lippen zusammen. »Wir haben es versäumt, rechtzeitig nach unserem Kind zu suchen – das haben wir uns selbst und gegenseitig nicht verziehen. Als die halbherzige Suche endlich begann, war sie wohl längst tot. Ein Polizist meinte, man könnte nicht ausschließen, dass sie ohne ein Abschiedswort irgendwo ein neues Leben begonnen hätte. Was für ein Blödsinn! Aber es gab ja keine Hinweise auf eine Straftat oder irgendwelche Auffälligkeiten. Bis man ihre Leiche fand. Das ist nicht zu ertragen.«

Sonja Barths Stimme drohte zu kippen. »Nach all dem Kummer füllt sich die Leere mit nicht weichendem Schmerz – er lodert nicht mehr ganz so hell wie am Anfang, aber er ist stets da …« Ellys Mutter stand abrupt auf und öffnete die Seitentür zur Küche. »Ich brauche ein Glas Wasser. Möchten Sie auch?«

Emma schüttelte den Kopf. »Nein, danke.« Sie erhaschte einen Blick auf die Spüle, auf der sich schmutziges Geschirr stapelte. Abgestandener Geruch drang durch die Tür.

Sonja Barth kehrte zurück und setzte sich wieder. Ihre Hände umklammerten das Glas. »Wir haben versagt, und nichts spielt mehr eine Rolle.« Sie hielt Emmas Blick fest. »Aber Sie sind nicht gekommen, um sich mein Gejammer anzuhören. Ich sollte dringend damit aufhören. Entschuldigen Sie bitte.«

»Da gibt es nichts zu entschuldigen«, erwiderte Emma. »Ich möchte mir gar nicht ausmalen, wie ich an Ihrer Stelle empfinden würde.«

»Haben Sie Kinder?«

»Nein.«

»Warum nicht?«

Emma hielt inne. »Mein Leben und das meines Partners bietet nicht den geeigneten Raum für ein Kind.«

»Räume kann man ändern.«

Wohl wahr, dachte Emma, aber will ich das?

»Verzeihen Sie, das geht mich ja auch gar nichts an«, wiegelte Sonja Barth ab und wirkte plötzlich verlegen. »Sie sind gekommen, um über Karina Pohl zu sprechen.«

Emma nickte. »Haben Sie sie je persönlich kennengelernt?«

»Das kann man so nicht sagen. Sie war irgendwann mal zu Besuch hier, als Elly ihren Geburtstag feierte, aber … Ich erinnere mich kaum an sie, wenn ich ehrlich sein soll. Das liegt ja auch Jahre zurück, und wenn Kinder erwachsen werden, stellen sie neue Freunde nicht automatisch in aller Ausführlichkeit den Eltern vor.« Sie überlegte einen Moment. »Ich entsinne mich daran, dass Elly irgendwann mal nach Berlin gefahren ist, um Karina zu besuchen ... Diese junge Frau hat tatsächlich ihren Freund getötet und ist nun auf der Flucht? Unfassbar! Aber man steckt nicht drin in den Menschen. Sie sind zu Taten fähig, die man kaum für möglich gehalten hätte – einem von ihnen ist meine Tochter über den Weg gelaufen.«

Sonja Barth trank einen weiteren Schluck und sah Emma an. »Und nun hoffen Sie, dass ich Ihnen etwas zu ihr sagen kann? Ich fürchte, Sie haben sich die Mühe umsonst gemacht. Wie schon am Telefon gesagt, ich weiß gar nicht ...«

»Manchmal sind es beiläufige Bemerkungen oder auch nur zufällig aufgeschnappte Gesprächsfetzen, die einen Hinweis geben können«, warf Emma ein. »Oder ein seltsames Gefühl, das einen beschleicht, wenn man sich in eine bestimmte Situation zurückdenkt und plötzlich etwas Neues entdeckt. Ich bin auf der Suche nach genau solchen Erinnerungsstücken.«

»Aber was nützt Ihnen das nach so vielen Jahren? Außerdem hatten sich die beiden doch erst an der Uni kennengelernt – und die Freundschaft war nicht ausgesprochen eng oder intensiv, soweit ich es mitbekommen habe.«

»Umso bemerkenswerter ist es, dass Karina eine Vermisstenanzeige aufgab, als Elly nicht erreichbar war.« Emma wusste, dass sie mit dieser Bemerkung den Finger in die Wunde legte, aber das konnte sie Ellys Mutter nicht ersparen. »Und zwei Jahre später stellt sich heraus, dass sie mit ihrer Sorge richtig lag. Vielleicht gibt es einen Zusammenhang, einen gemeinsamen Punkt, der uns in beiden Fällen ein Stück voranbringen kann.«

Sonja Barth sah sie mit zusammengekniffenen Lippen an. »Ich weiß einfach nicht …«

»Hat Karina sich seinerzeit auch mit Ihnen in Verbindung gesetzt und ihre Sorge geschildert?«, fiel Emma ihr rasch ins Wort.

Sonja Barth holte tief Luft und überlegte einen Moment. »Ja, das hat sie«, erwiderte sie dann mit flacher Stimme.

»Können Sie sich an das Telefonat erinnern?«

Die Frau stand abrupt auf und füllte ihr Wasserglas ein zweites Mal. »Sie hat erst mit meinem Mann gesprochen, und der hat mir nach wenigen Sätzen einfach den Hörer in die Hand gedrückt«, erklärte sie, während sie sich wieder setzte. »Er war entnervt und hat die Augen verdreht, daran erinnere ich mich noch sehr gut. Karina berichtete, dass sie mit Elly verabredet war und es nicht ihre Art sei, einfach nicht aufzutauchen. Ich erklärte ihr, dass sie noch unterwegs war und sich später bestimmt melden würde. Sie solle sich keine Sorgen machen, das täten wir ja auch nicht.« Sonja Barth schob das Glas mit einer energischen Bewegung beiseite. »Ich fand es nicht ungewöhnlich, dass Elly eine Verabredung nicht eingehalten hatte. Es war Sommer, sie war unterwegs.«

»Sie war auch nicht erreichbar.«

»Das stimmt, aber Elly hing nicht ständig am Handy, und es gibt Gegenden, wo das Netz nicht gut ist. Und womöglich hatte Karina den Termin verwechselt – so überlegte ich damals, am Anfang.«

Ellys Mutter konzentriert sich auf die Argumente, die ihre eigenen Entscheidungen und die damalige Einschätzung stützten, überlegte Emma. Das war verständlich und sehr gut nachvollziehbar, verstellte aber den Blick auf die aktuellen Fragen. Ich sollte gehen, dachte Emma und erhob sich. »Ich danke Ihnen für Ihre Geduld und Ihre Zeit und …«

Sonja Barth winkte ab. »Bitte wünschen Sie mir nicht alles Gute! Das ist vorbei. Und es kommt auch nicht wieder. Ich hatte meine Chance.« Sie stand auf. »Ich bringe Sie zur Tür.«

Emma zögerte nur kurz, dann folgte sie ihr und verabschiedete sich. Sie stand bereits im Freien und wandte sich zum Gehen um, als Sonja Barth plötzlich noch einmal das Wort ergriff. »Sie konnte ihn nicht leiden«, rief sie ihr nach.

Emma drehte sich um. »Wen meinen Sie?«

»Elly mochte den Freund von Karina nicht, den sie ja seinerzeit gerade kennengelernt hatte. Sie hat mal so einen Spruch gemacht. Na ja, ich dachte mir nichts dabei, und ich kann das auch nicht konkreter wiedergeben. Vielleicht hat sie einfach nur befürchtet, dass Karina mit einem Mann an ihrer Seite alles andere vernachlässigen würde, also auch die Freundschaft zu ihr – wie das ja oft genug geschieht.« Sie zuckte mit den Achseln.

»Eine weitere Erklärung für ihre Antipathie hat sie nicht genannt?«

»Nein … Ich trau dem nicht, das meinte sie noch. Ach ja – sie hat damals in einer Marketingfirma gejobbt, und da war sie ihm wohl auch mal über den Weg gelaufen.«

»Können Sie das zeitlich konkreter einordnen?«

»Schwierig … Vielleicht ein Jahr vor ihrem Verschwinden? Oder auch nur ein paar Monate? Ich habe es gar nicht genauer wissen wollen, mal wieder. Andererseits kannte ich den Mann ja auch gar nicht.«

Emma nickte. »Ich danke Ihnen für den Hinweis. Vielleicht finden sich noch weitere Punkte, an denen wir ansetzen können. Ach, eine Sache noch, Frau Barth – als Elly damals verreist ist, hat sie ihren Laptop mitgenommen?«

»Ja, natürlich. Kennen Sie jemanden unter vierzig, der ohne diesen ganzen Kram auf Reisen geht?«

»Die wenigsten wahrscheinlich.«

»Na sehen Sie.«

»Und ihre persönlichen Sachen ...«

»Die gibt es nicht mehr. In der Nacht nach dem Fund ihrer Leiche habe ich alles zusammengeräumt und am nächsten Tag weggebracht – Klamotten, Bücher und so weiter.«

Sonja Barth wartete keine Antwort ab, sondern schloss die Haustür. Emma warf einen Blick zurück auf blinde Fensterscheiben. Das Unkraut stand hoch in einem Vorgarten, der die Bezeichnung längst verwirkt hatte. Leere, Trauer, Selbstvorwürfe, ein stechender Schmerz, der alles in einen Kokon aus Verzweiflung hüllte. Emma gab sich einen Ruck und ging zurück zur Haustür. Sonja Barth öffnete. »Haben Sie etwas vergessen?«

»Es steht mir nicht zu, Ihnen Ratschläge zu erteilen oder Sie irgendwie trösten zu wollen. Das kann ich auch gar nicht.«

Sonja Barth blickte sie unverwandt an.

»Sie haben Ihrer Tochter vertraut«, fuhr Emma fort. »Sie war Anfang zwanzig, erwachsen, eine Studentin, die längst ihr eigenes Leben geführt hat, und sie ist jemandem über den Weg gelaufen, der sie getötet hat. So etwas lässt sich unmöglich verhindern. Es lässt sich nicht einmal ausschließen, dass sie ihrem Mörder schon kurze Zeit nach Reiseantritt über den Weg lief, und auch eine schnelle, intensive Suche wäre erfolglos geblieben.«

»Genau das hat die Polizeipsychologin gesagt, aber es hilft nicht, sich damit herausreden zu wollen. Der Konjunktiv ist ein schlechter Tröster.«

»Es geht nicht um Ausreden. Es geht um einen Erklärungsversuch, der alle möglichen Aspekte einschließt und vor dessen Hintergrund Sie sich wieder in die Augen blicken können.«

»Sie sind noch sehr jung«, entgegnete Barth. »Ich verstehe, was Sie mir sagen wollen, aber ...«

»Ich denke nicht. Ich bin Ermittlerin und ständig konfrontiert mit zum Teil unfassbaren Grausamkeiten und menschlichen Abgründen. Vor Jahren befand ich mich in einer Situation ...« Emma holte tief Luft. Das klang viel zu sachlich, dachte sie. Sachlich, kühl, distanziert. Es war der Versuch, Abstand zu wahren, aber genau er verhindert, dass wir wieder ganz und gar zu uns finden und uns annehmen können, mit all dem erlittenen Schmerz und auch der Dankbarkeit, ihn ausgehalten und schließlich überwunden zu haben, selbst wenn die Wunden blieben. Für immer. »Ich war Gefangene von drei Männern, denen ich mit meinen Ermittlungen zu nahegekommen war«, fuhr sie schließlich fort. »Sie hatten sich vorgenommen, mir in den letzten Stunden meines Lebens unvorstellbare Schmerzen zu bereiten, bevor sie es beendeten. Das war ihr Plan.«

Sonja Barth starrte sie aus großen Augen schweigend an.

»Ich habe damals nicht viel gedacht – aber ein Gedanke hielt sich hartnäckig in mir: So sollte es nicht enden. Ich war jung und immer noch wehrhaft, auf meine Weise. Und so endete es auch nicht. Nun stehe ich hier vor Ihnen, und damit dürfte klar sein, dass ich es überlebt habe.«

Sonja Barth schluckte. »Sie haben drei Männer überwältigen können?«, flüsterte sie.

»Sagen wir so – ich habe sie überrascht, einen konnte ich töten, den anderen schwer verletzen, der dritte hat sich aus dem Staub gemacht und wurde später von seinen eigenen Leuten aus dem Weg geräumt. Das hätte ich gerne selbst übernommen, wenn ich ehrlich bin. Aber ich will nicht undankbar sein. Ich habe überlebt und mich zurückgekämpft. Dieser Albtraum schlummert immer noch in mir – manchmal hellgleißend und verstörend laut. Auch das ist Teil der Wahrheit, und er wird immer zu mir gehören, dessen bin ich mir bewusst. Doch ich bin stärker als diese Last«, fügte Emma nach kurzem Zögern hinzu. »Und das gibt mir Kraft.«

Elly Barths Mutter sagte kein Wort.

»Befreien Sie sich von der Schuld, die Sie sich selbst zuschreiben, mit der Sie sich lähmen«, fügte Emma noch hinzu. »Auch wenn es melodramatisch klingt – es ist Ihre einzige Chance.« Damit drehte sie sich um. Ihr Herz klopfte laut und ungestüm.

»Warten Sie!«, rief Sonja Barth ihr nach.

Emma drehte sich erneut um.

Die Frau trat zwei Schritte näher. »Können Sie ihn finden?«, fragte sie mit rauer Stimme.

»Den Mörder Ihrer Tochter? Ich kann und darf Ihnen nichts versprechen, aber ich halte das keineswegs für ausgeschlossen. Zurzeit lautet mein Auftrag, eine flüchtige Straftäterin aufzuspüren, aber je mehr ich über den Fall erfahre und auch in die Nebengeschichten eintauche, desto deutlicher gewinne ich den Eindruck, dass hinter all dem etwas ganz anderes steckt. Trotzdem muss ich ...«

»Bitte finden Sie ihn«, flüsterte Sonja Barth. »Selbst wenn dieser Mord nichts mit Ihrer Suche nach Karina zu tun haben sollte. Sie sind doch auch Privatdetektivin. Finden Sie ihn – ich muss wissen, was damals geschehen ist.«

»Ich versuche es.« Emma ging zurück zu ihrem Wagen, saß einen Moment still da und blickte aus dem Fenster, bevor sie Padorn eine Nachricht schrieb.

Emma konnte in dieser Nacht lange nicht einschlafen. Sie schmiegte sich eng an Christophs breiten Rücken und nahm seinen Atem in sich auf, während die Eindrücke des Tages ruhelos in ihr umhergeisterten. Ein halbherzig verfolgter Vermisstenfall – weil Erwachsene ihren Aufenthaltsort frei wählen durften und die Unruhe einer Freundin wenig zählte –; Jahre später ein Mordfall mit einer beharrlich schweigenden Verdächtigen, die schließlich verurteilt wurde, aber fliehen konnte. Der vernachlässigte Vorgarten, ein Haus, das niemanden mehr interessierte, eine Mutter, die sich aufgegeben hatte, ein Vater, der im Schmerz geflohen war. Sie konnten einander nicht mehr in die Augen blicken, weil sich Schuld in ihnen spiegelte.

Christoph war der Fels in der Brandung. Der Mann, der jeden Weg mit Emma gehen würde. Er streckte plötzlich einen Arm nach hinten und strich über ihren Oberschenkel. »Schlaf endlich.«

Sie lächelte. »Tu ich doch längst.«

»Dein unruhiger Geist wirft große Schatten.«

So etwas Ähnliches hatte sie an diesem Tag schon einmal gehört.

6

Padorn hatte bei einem Online-Pokerspiel viele Stunden die besseren Karten gehabt und schließlich deutlich weniger verloren als gewonnen. Das war die gute Nachricht. Dabei hatte er sich die halbe Nacht um die Ohren geschlagen, obwohl er wusste, dass sich das rächen würde – das war die schlechte Nachricht war, denn er würde den halben Sonntag brauchen, um für die Firma aufwändige Videoüberwachungen bei einem neuen Objekt zu überprüfen, wozu er unter der Woche nicht gekommen war. Der Auftraggeber war relativ neu, und Christoph ging selbstverständlich davon aus, dass Padorn hierbei besonders sorgfältig vorging und den Abschluss pünktlich vorlegte. Und die zweite Hälfte des Tages würden Emmas Nachforschungen beanspruchen. Wobei die Reihenfolge im Grunde egal war.

Was zunächst relativ harmlos geklungen hatte – die Suche nach einer Flüchtigen im Abgleich mit dem Fall und ihrem Umfeld –, weitete sich inzwischen in alle möglichen Richtungen aus. Emma hatte längst ihre eigene These zum Geschehen oder zumindest einen Verdacht, der sie nicht ruhen lassen würde. Und auch im Hinblick auf Elly Barth könnte sie durchaus richtig liegen.

Padorn verbarg seinen rasselnden Wecker um zehn Uhr leise stöhnend unter dem Kopfkissen und kroch wenige Minuten später aus dem Bett. Das Wetter war herrlich – er riss das Fenster auf und blickte in einen kitschig blauen Sommerhimmel, bevor er im Bad verschwand, immer noch seufzend. Andere Leute fahren an den Strand oder sind zum

Picknick mit Freunden verabredet, dachte er. Ich sitze demnächst vor mindestens zwei Monitoren, lausche dem Rauschen der Bits und Bytes und warte auf Treffer in den Suchroutinen oder tauche ins Netz, recherchiere Dutzende von neuen und alten Informationen, setze sie in Bezug zueinander und bin immer wieder verblüfft, was sich auf diese Weise herausfinden lässt. Er drehte die Dusche auf. Mal ehrlich, seit wann habe ich Lust auf Picknick? Oder auf die lärmende Fülle am Strand?

Manchmal besuchte Padorn seine alte Mutter, und sie tranken Kaffee zusammen und aßen ihren selbstgebackenen Kuchen. Sie erzählte all die Geschichten, die sie ihrem Sohn seit Jahrzehnten erzählte, und er hörte aufmerksam zu, lachte und lächelte an den richtigen Stellen, stellte die Fragen, auf die sie mit großen Augen wartete. Hin und wieder suchte Padorn sich ein verstecktes Ufer an einem einsamen See oder verbrachte eine Nacht in einer Bar mit einer jungen Frau – mit einer sehr jungen Frau. Das war Padorns Achillesferse. Seit Jahrzehnten. Die Vorliebe für ganz besonders junge Frauen. Die Sehnsucht nach ihnen hatte mit der Zeit nicht nachgelassen, obwohl er sich abgrundtief dafür schämte. So groß die Abscheu auch war – er konnte sie doch nicht ändern, höchstens versuchen, sie auszutricksen. Der einzige Mensch, der davon wusste, war Emma.

Padorn wertete es als besonders glücklichen Umstand in seinem Leben, dass er ihr vertrauen konnte. Seit ungefähr fünf Jahren, rechnete er nach, während er sich unter das rauschende Wasser stellte – seit sie damals in einem Fall Christoph observiert hatte und auch er, Padorn, in Verdacht geraten war und dabei einiges ausgegraben hatte. Eine alte Geschichte, die ihm ewig nachhängen würde. Vergiss die alten Geschichten, dachte er. Aber so einfach war das nicht, für niemanden, wie sie bei der Bearbeitung der Fälle immer wieder feststellen mussten. Alte Schuld, altes Leid, Versäumnisse, beschämende Leidenschaften glühten im Verborgenen weiter, und sobald ein Funke übersprang, brannte alles lichterloh. Auch ihn trieb seine verborgene Leidenschaft immer wieder um, selbst wenn er längst ein Arrangement für sich gefunden hatte, das vieles leichter machte, niemandem schadete und keine Schuld anhäufte. Die Frau, mit der er hin und wieder eine Nacht verbrachte, zunächst in einer Bar und später in einem Hotelzimmer, gab sich für ihn als junges Mädchen aus, sehr jung und unschuldig, und es funktionierte – einen lustvollen Moment lang, für den er bezahlte. Sie war keine sechzehn, sondern fünf oder auch zehn Jahre älter, doch es spielte keine Rolle. Er vertraute in diesem Moment der Illusion. Und die hieß Sheila und ging immer mit einem fröhlichen Lachen nach Hause, das lange in Padorn nachhallte.

Darüber hinaus gab es noch andere Möglichkeiten, Punkte auf dem Karmakonto zu sammeln. Im letzten Herbst, als noch niemand etwas von einer Pandemie ahnte, die bald zuschlagen würde, war Padorn im Schweriner Asylantenheim tätig geworden und hatte angefangen, einigen Kids Informatikunterricht zu geben. Padorn war in seinem bisherigen Leben nicht unbedingt als leuchtendes Beispiel im Bereich ehrenamtlicher Arbeit aufgefallen, und die Wahrheit war, dass er eine Wette verloren hatte – gegen Sheila – und den Einsatz einlösen musste. Die Wahrheit war auch, dass ihm der Job Spaß gemacht hatte. Als das öffentliche Leben heruntergefahren wurde, hatte er alte PC und Laptops verteilt und dafür gesorgt, dass der Unterricht online weitergeführt werden konnte. Das war nicht dasselbe, aber besser als gar nichts. In diesem Sommer hatte er ein paarmal mit seinen Schülern und Schülerinnen im Freien gesessen, und er war verblüfft gewesen, wie eifrig die Gruppe bei der Sache war.

Padorn setzte die Kaffeemaschine in Gang und briet sich ein paar Spiegeleier. Er frühstückte vor dem Laptop und konzentrierte sich auf das Ergebnis seines Suchprogramms, mit dem er seit dem Vorabend den Inhalt von Karinas Festplatte durchsuchen ließ – zum dritten Mal innerhalb der letzten Tage. Stichwörter: Elly, Stefan Mahler, eine Marketingfirma, auf die ihn Emma hingewiesen hatte. Als er sich zum zweiten Mal Kaffee nachgegossen hatte, stoppte das Programm und meldete Treffer. Padorn trank einen Schluck und stellte die Tasse ab. Karina hatte einige alte Mails von Elly interessanterweise in einem versteckten Ordner gespeichert. Die beiden hatten sich wenige Monate zuvor bei einer Veranstaltung an der Uni kennengelernt, und Elly berichtete, dass sie den Zuschlag für den Job als Redaktionsaushilfe in einer Marketingfirma erhalten hatte. Damals verwendete man noch Strichzeichen auf der Tastatur, um Emotionen auszudrücken – freudiges Lachen drückte man mit :-D aus. In einer zweiten Nachricht berichtete Elly, dass sie Stefan Mahler getroffen hätte. *Dein Lover hat mich allerdings übersehen – oder übersehen wollen,* schrieb sie weiter. *Habe ich so wenig Eindruck bei ihm hinterlassen? Oder mag er mich etwa nicht? Kaum vorstellbar, oder?* Zwinkerblinzel *;-). Vielleicht hat er gar nicht mitbekommen, dass ich mich auf die Stelle beworben hatte. Er wirkte jedenfalls etwas irritiert. Oder ich spinne!* In einer weiteren Mail beschrieb Elly erneut, dass Stefan sich seltsam verhielt. Und ein paar Tage später: *Wir müssen unbedingt reden, Kara. Hier stimmt was nicht.*

Padorn kniff die Augen zusammen. Leider fehlten die jeweiligen Antworten, die Karina sehr wahrscheinlich geschrieben hatte. Die Bedenken, die Elly geäußert hatte, waren ihr immerhin so wichtig gewesen, dass sie die Nachrichten gesichert hatte – noch dazu in einem Ordner, der sich bei einem groben Überblick nicht erschloss. Hier ist was faul, dachte er und startete einen neuen Suchdurchlauf mit veränderten Stichwörtern, ergänzt um Angaben zu der Firma. Dann riss er das Fenster auf und zündete sich eine Zigarette an. Er inhalierte tief und blickte auf die Uhr. Er ging jede Wette ein, dass Emma sich in Kürze melden würde. Vielleicht sollte ich ihr zuvorkommen. Er rief ihre Nummer über Kurzwahl auf.

Emma meldete sich nach dem zweiten Klingelton. »Ich wollte dich gerade anrufen. Hast du was entdeckt?«

»Ich denke schon. Elly hat was gegen den Mahler gehabt. Warum, erschließt sich im Moment noch nicht«, erwiderte Padorn und erläuterte kurz die Treffer.

»Das ist vielleicht ein Ansatz, zumal es den Hinweis von Ellys Mutter bestätigt«, murmelte Emma. »Hast du heute schon was vor?«

»Ich habe ein Date mit einem Schreibtisch, und mein Chef ist garantiert ein wenig ungehalten. In der letzten Woche sind ein paar wichtige Sachen liegen geblieben, keine Ahnung, warum ich ...«

»Schon gut, Padorn – also bis gleich.«

Padorn rauchte seine Zigarette, speicherte anschließend die nächsten Treffer auf seinem Laptop und machte sich auf den Weg.

Die Liste tauchte als vorletzter Punkt auf der Trefferliste auf, die das Suchprogramm vorschlug. Padorn hatte sich nach kurzem Austausch zurückgezogen, um zunächst mit Christoph die Firmenaufgaben abzuarbeiten, während

Emma sich mit den neuen Informationen befasste. Das Dokument, eine abfotografierte Tabelle, wirkte belanglos – eine Anordnung von Daten und Adressen, die handschriftlich eingetragen worden waren. Emma öffnete eine Kartenansicht. Die Angaben bezogen sich auf Adressen beziehungsweise Plätze in und um Lübeck, zwei Angaben stammten aus Hamburg, eine jeweils aus Wismar und Rostock. Sämtliche Daten waren in 2015 und Anfang 2016 erfasst worden. Damals hatte Elly – den zeitlichen Angaben der Mails an Karina folgend – ihren Job in der Marketingfirma angetreten. Im Sommer 2016 war sie verschwunden. Karina hatte die Tabelle der Freundin abgespeichert, wie auch die Mails – nur deshalb waren sie bedeutsam.

Emma drehte ihren Schreibtischstuhl herum. Falls der vermutete Zusammenhang mit den aktuellen Geschehnissen tatsächlich bestand, stellte sich die Frage, warum sie erst jetzt beziehungsweise Anfang des Jahres bedeutsam geworden waren. Inzwischen lag Ellys Verschwinden vier Jahre zurück, seit dem Entdecken der Leiche waren zwei Jahre vergangen. Emma wandte sich wieder zum Monitor um und suchte nach dem Speicherdatum des Listendokuments – Karina hatte es erst Ende 2019 auf ihrem PC gesichert, die Mails hatte sie natürlich früher erhalten, doch auch sie waren zusätzlich in einem anderen Ordner erst 2019 gespeichert worden. Emma runzelte die Stirn. Das war ein wichtiger Aspekt, dessen war sie sicher. Doch woher stammte die Liste? Warum tauchte sie erst Jahre später auf, und was genau machte sie so bedeutsam?

Emma ließ die Fragen einen Moment kreisen, dann öffnete sie die Akte zum Mordfall. Stefan Mahler hatte sich Anfang des Jahres von Karina getrennt, einige Wochen später war er ermordet worden. In der Zwischenzeit hatte die

Flüchtige ihn gestalkt ... Emma rief die Liste wieder auf den Monitor und teilte den Bildschirm, um beide Ansichten betrachten zu können. Karina hatte etwas entdeckt, das womöglich mit der Trennung zusammenhing. Warum erst jetzt? Und weshalb gab es keinerlei Hinweise auf einen Konflikt? War Stefan womöglich in krumme Geschäfte verwickelt gewesen, und Elly hatte etwas davon mitbekommen? Noch einmal: warum erst jetzt?

Emma rief die Website der Marketingfirma auf: ein kleines Unternehmen, das sich mit Marktanalysen und -strategien beschäftigte und sowohl Geschäftsleute als auch Politiker beriet, Stichwort: Profilschärfung, Kundenneugewinnung und -bindung. Elly hatte in der Redaktion gejobbt – als studentische Aushilfskraft – und war Stefan Mahler begegnet, der zwischen 2014 und 2016 an seiner Doktorarbeit geschrieben hatte und als Freiberufler für die Firma tätig gewesen war, bevor er in der Stiftung angestellt wurde. Worin genau seine damaligen Aufgaben bestanden hatten, erschloss sich nicht. Aktuell waren zwei Studenten, ein halbes Dutzend Festangestellte sowie etliche Freiberufler beschäftigt. Emma ging die Auflistung der Mitarbeiter und ehemaligen Kolleginnen von Elly durch, die mit einem Kurzporträt vorgestellt wurden. Ein älterer Typ – zuständig für Fotos, Videos und die Erstellung von Flyern – lächelte zufrieden in die Kamera. Er trug einen dunkelblauen Seemannspullover und wirkte lockerer und unbeschwerter als einige der jung-dynamischen Angestellten. Emma wählte kurzerhand seine Mobilfunknummer. Ein freiberuflich tätiger Fotograf dürfte sich kaum über einen sonntäglichen Anruf wundern oder gar ärgern. Zunächst schaltete sich die Mobilbox ein; Sascha Kuschowski versprach rasche Rückmeldung. Die Stimme passte zum sympathischen Ersteindruck von der Website. Emma stellte sich in zwei Sätzen vor und bat um Rückruf. Der erfolgte tatsächlich wenige Minuten später.

»Ermittlerin? Das klingt spannend«, erklärte er in aufgeräumtem Tonfall. »Und wie kommen Sie auf mich?«

»Es geht um den Mordfall Stefan Mahler«, erklärte Emma. »Er war mal ein Kollege von Ihnen.«

»Ich verstehe. Und die Täterin ist abgetaucht – das habe ich mitbekommen. Allerdings liegt es ja viele Jahre zurück, dass wir in einer Firma beschäftigt waren.«

»Ich weiß, das habe ich den Lebensläufen entnommen.«

»Und Stefan war nicht unbedingt der Kollege, mit dem ich eng zu tun hatte.«

»Ich bin an Hintergrundmaterial interessiert, und dazu muss ich auch mal ein paar Jahre zurückgehen.«

Schweigen.

»Es wäre schön, wenn wir ein persönliches Gespräch führen könnten«, fuhr Emma fort.

»Nun, ich bin gerade unterwegs. Ich habe ein Fotoshooting an der Küste ...«

»Vielleicht können wir uns dort treffen«, schlug Emma vor.

»Tja ... Warum nicht? Ich fahre demnächst nach Travemünde. Dort wird eine Segelschule für Kinder eröffnet – großes Tamtam, Presse, Lampions und so weiter. Die Kleinen schippern durch die Trave Richtung Dassower See, und Mami und Papi kriegen feuchte Augen. Und ich darf diese Erinnerung festhalten, womit ich sicher zwei, drei Stunden beschäftigt sein werde. Sie dürfen mich anschließend zum Essen einladen, sagen wir gegen achtzehn Uhr. Ich erzähle Ihnen dann, dass ich einen tollen Job habe und mich immer glücklich schätze, wenn ich Segelevents fotografieren und filmen soll und nicht mehr für Fußballspiele gebucht werde. Sie können sich gar nicht vorstellen, was in der Kreisliga der Kids so abgeht – also unter den Eltern. Ich habe mal die Kamera draufgehalten, als mehrere Elternpaare am Spielfeldrand übereinander hergefallen sind. Spannender Fight, kann ich Ihnen sagen.«

Emma lächelte. »Das klingt …«

»Es war fürchterlich! Stichwort: Vorbild. Also, ehrlich, ich wundere mich über gar nichts mehr in diesem Land.« Er lachte. »Aber lassen wir das. Bis später, Kommissarin.«

Emma legte das Smartphone beiseite und recherchierte ein paar aktuelle Informationen zu Sascha Kuschowski. Die Marketingfirma war lediglich einer seiner Auftraggeber, wie sie seiner Website entnahm. Der Fotograf ging auf die sechzig zu. Einige Porträts von ihm zeigten ihn als ergrauten Mann mit vollem Haar, zahlreichen Lachfältchen und Grübchen; er verbrachte viel Zeit am Wasser, wie seine wettergegerbten Gesichtszüge signalisierten, und hatte sich als Naturfotograf einen Namen gemacht hatte. Vor Jahren hatte er zudem mit mehreren anderen Kollegen einen Fotoband mit Stadtansichten der Hansestädte Hamburg, Lübeck, Wismar und Rostock veröffentlicht.

Emma brach am späten Nachmittag auf. Christoph hatte vorgeschlagen, sie zu begleiten, doch sie wusste, dass er sich nach der Bürozeit mit Padorn zum Sport verabredet hatte. »Halt lieber deinen Luxuskörper in Schuss«, hatte sie erwidert. »Das kriege ich auch alleine hin.«

Sie benötigte eine gute Stunde bis zur Segelschule, wo immer noch einiges los war. Emma schlenderte eine Weile übers Gelände und ließ die Atmosphäre auf sich wirken. Dann lief sie zur Pötenitzer Wiek hinunter und blickte zum Aussichtsturm Priwall Ost hinüber. Schließlich wandte sie sich um und ging langsam zurück. Sascha Kuschowski kam ihr am Ausgang entgegen – mit einer wuchtigen Kamera vor der Brust. Sie hob den Kopf und lächelte ihm zur Begrüßung entgegen.

»Schön hier, oder?« Er breitete kurz die Arme aus. »Die Kinder wissen das hoffentlich zu schätzen.« Er räusperte sich. »Meine Eltern hätten den Vereinsbeitrag kaum stemmen können.«

Emma zuckte mit den Achseln. »Segeln war nie mein Ding, Tennis auch nicht. Insofern ... Haben Sie einen Vorschlag, wo wir hier essen gehen können?«

Kuschowski nickte. »Gleich hier um die Ecke im Dünenpavillon. Beliebtes Lokal bei Radlern. Zwischen Fischsuppe und Piratenteller kriegt man da alles.«

»Das klingt verlockend.«

Der Fotograf machte es Emma leicht – er war ein offener Typ, der nicht erst mit ausschweifenden Erklärungen mühsam ins Gespräch gelockt werden musste. »Tja, wie ich schon am Telefon sagte – viel kann ich Ihnen zu Stefan nicht erzählen«, ergriff er das Wort, während sie auf der Terrasse auf das Essen warteten. »Ich hatte nur selten direkt mit ihm zu tun. Ein junger hoch engagierter Mann, der offensichtlich über beste Kontakte verfügte – das ist im Marketingsektor das A und O. Er kannte wohl jemanden in der Geschäftsführung und hat einen Beraterjob gemacht. Dabei hatte er nebenbei auch noch die Doktorarbeit an der Backe. Später ist er ja dann in die Stiftung gewechselt ... Das wissen Sie selbst.«

Emma nickte. »Haben Sie seine Freundin je kennengelernt?«

»Nein. Also – es kann sein, dass Sie ihn mal abgeholt hat, aber das war es dann auch schon ...« Kuschowski blickte kurz hoch, als das Essen serviert wurde – sie hatten sich beide für die Fischsuppe entschieden –, und lächelte dem Kellner zu. »Die ist köstlich«, bemerkte er dann zu Emma. »Aber glauben Sie ja nicht, dass der Fisch aus der Ostsee stammt – die ist ziemlich am Ende. Das Zeug wird von sonst wo angekarrt, und insbesondere die Touristen freuen sich, wenn sie im Urlaub hier oben regionale Küche genießen.« Er verdrehte kurz die Augen. »Aber das nur so nebenbei. Karina – nein, ich habe sie nicht kennengelernt und kann mir auch kein Urteil über sie erlauben oder eine Einschätzung abgeben. Stefan war ein Karrieretyp mit einer hübschen Partnerin, die noch studierte – irgendwas mit Software und IT, das erwähnte er mal.«

Immerhin hat Kuschowski mitbekommen, dass sie hübsch war, dachte Emma und begann zu essen. Die Suppe war zweifellos hervorragend, sie hätte ihr noch besser geschmeckt, wenn sie das Bild von der heimischen Küche nicht hätte korrigieren müssen.

»Er hatte ein Foto von ihr als Profilbild auf dem Handy«, fügte Kuschowski hinzu.

»Sagt Ihnen der Name Elly Barth etwas?«, fragte Emma einen Moment später weiter. »Genauer gesagt: Elisa?«

Der Fotograf überlegte einen Moment.

»Sie war einige Zeit als studentische Aushilfskraft beschäftigt und verschwand vor vier Jahren. Wie sich vor zwei Jahren herausstellte, war sie ermordet worden.«

»Man fand die Leiche im Lenorenwald«, murmelte Sascha Kuschowski nachdenklich und legte den Löffel kurz ab. »Es hieß damals, sie hätte sich auf den Weg gemacht und wohl was Besseres gefunden als Lübeck und Studium …«

»Wissen Sie zufällig noch, wer eine derartige Einschätzung abgab?«

Der Fotograf schüttelte den Kopf. »Nein. Ihr Verschwinden war natürlich mal Gesprächsthema ... Aber ich kann mich nicht genauer erinnern. Die Leute reden halt, und zwar auch gerne dann, wenn sie keinen blassen Schimmer haben und sich aufblasen wollen. Darüber hinaus bin ich ja eher der Bildtyp. Worte ...« Er winkte ab.

»Karina Pohl und Elly kannten sich aus der Uni, sie waren befreundet«, fügte Emma hinzu. »Und Karina war die Einzige, die sich von Anfang besorgt gezeigt hat.«

Kuschowski hob den Blick und deutete ein Nicken an. »Ja, stimmt, da war was. Mahlers Freundin hat sich erkundigt, ob in der Firma irgendetwas Besonderes vorgefallen wäre. Die Chefsekretärin erwähnte das mal. Sie fand es wohl merkwürdig, dass sie sich in der Firma umhörte. Details habe ich nicht mehr parat.« Er aß langsam weiter. Ein nachdenklicher Zug zeichnete sich auf seinem Gesicht ab.

Emma wartete einen Moment, doch der Fotograf fügte nichts mehr hinzu. »Elly und Stefan Mahler waren sich nicht besonders grün, stimmt's?«, fragte sie dann.

Kuschowski runzelte die Stirn. »Worauf wollen Sie eigentlich hinaus, Kommissarin?«

»Auf einen womöglich gemeinsamen Nenner, um den sich bisher noch niemand gekümmert hat«, erklärte Emma nach kurzem Überlegen. »Es gibt zu viele Unbekannte – sowohl bei dem Mord an Stefan Mahler als auch im Zusammenhang mit dem Verschwinden von Elly Barth und dem Motiv für dieses Tötungsdelikt. Karina Pohl hat jegliche Aussage verweigert.«

»Das spricht nicht gerade für sie.«

»Ihre Haltung kann alles Mögliche bedeuten.«

Sascha Kuschowski nahm sich ein Stück Brot und wischte den Suppenteller aus. Dann blickte er wieder hoch.

»Ich will einigen alten Geschichten auf den Grund gehen«, fuhr Emma fort. »Und dabei entdecke ich vielleicht auch Hinweise, die Karinas Flucht näher beleuchten könnten. Ich soll sie finden – das ist der eigentliche Auftrag –, doch blindes Herumstochern führt mich nicht weiter. Das hat bereits die Zielfahnder erfolglos abbrechen lassen, und auch wenn ich den Kollegen mit dieser Beschreibung unrecht tue: Karina Pohl ist verschwunden, und womöglich hat sie gute Gründe dafür, unauffindbar zu bleiben – für wen auch immer.«

Kuschowski lehnte sich zurück. »Demnach ist der Mordfall für Sie also keineswegs geklärt, obwohl das Urteil längst gesprochen wurde und die Angeklagte selbst kein einziges Wort dazu verloren hat?«

»Das Motiv ist unklar, für mich jedenfalls«, meinte Emma. Sie wich dezent aus, denn zu viel sollte sie nicht über die Details ihres Ermittlungsansatzes preisgeben. Dass Sascha Kuschowski längst stutzig geworden war und sich auf ihre Fragen und Erklärungen seinen eigenen Reim machte, verstand sich von selbst. Emma entschied sich immer wieder für diese offene Gesprächsführung, da sie schon oft genug die Erfahrung gemacht hatte, dass lange zurückliegende Geschehnisse erst dann wieder an die Oberfläche stiegen, wenn es neue Impulse gab. Ein stetiges Wiederholen von Sätzen, die in der Ermittlungsakte standen, brachte wenig. Andererseits musste sie damit rechnen, dass der Inhalt von Zeugenbefragungen eben nicht vertraulich behandelt wurde.

Der Fotograf sah sie unverwandt an.

»Wenn Sie ein Porträtfoto aufnehmen, ist es für den Gesamteindruck von entscheidender Bedeutung, ob der Hintergrund deutlich wird, scharf umrissen ist oder verschwommen bleibt«, führte sie weiter aus. »Ein nachdenkliches, verträumtes oder ängstliches Gesicht vor einer nichtssagenden Szene wirkt gänzlich anders, als wenn sich bei näherem Betrachten herauskristallisiert, dass der Porträtierte an einem Abgrund steht.«

Kuschowski lächelte plötzlich. »Stimmt. Und Sie versuchen, die Konturen des Hintergrunds herauszuarbeiten. Interessanter Job, hätte ich gar nicht gedacht.«

»Als externe Ermittlerin habe ich deutlich größere Freiheiten als die Kollegen und Polizistinnen, die direkt einem Kommissariat unterstehen. Das ist mit ein Grund, warum ich eher freiberuflich unterwegs bin – ganz ähnlich wie Sie.«

»Man kann sich die Aufträge aussuchen, es sei denn, das Konto ist leer gefegt. Dann wirkt der Freiheitsgedanke direkt mal sehr abstrakt. Man könnte auch sagen: Erst kommt das Fressen, dann kommt die Moral.« Er zwinkerte. »Dreigroschenoper, Brecht 1928. Sagt Ihnen das noch was?«

»Hatte ich tatsächlich im Deutschunterricht. Die Erkenntnis ist immer wieder aktuell.«

»Sie sagen es.« Kuschowski schob seinen Teller beiseite. »Ich muss gerade in diesen Zeiten auch so manchen Auftrag nur wegen des Honorars annehmen. Die weiterführende Frage lautet dann: Wo verläuft meine ganz persönliche Grenze?« Er kniff die Lippen zusammen. »Aber damit komme ich weit weg vom eigentlichen Thema.«

Oder auch nicht, dachte Emma. »Elly und Stefan – gab es da mal Ärger?«

Kuschowski rückte den Stuhl zurecht, hob den Kopf und winkte dem Kellner, bevor er Emma ansah. »Für Sie auch einen Espresso?«

Sie nickte.

Er bestellte und wandte sich dann wieder um. »Ich habe

zufällig mal mitgekriegt, dass sie Stefan im Blick behalten hat.«

Emma sah ihn verdutzt an. »Wie meinen Sie das?«

»Karina Pohl hat ihn beobachtet und ist ihm auch mal nachgefahren. So wirkte es auf mich.«

»Und an einen Zufall glauben Sie nicht?«

Kuschowski schüttelte den Kopf. »Eher nicht. Ich war auf dem Weg zum Parkplatz und habe gesehen, dass sie ihm nachstarrte, nur Momente später ebenfalls die Firma verließ und sich beeilte, nicht den Anschluss zu verlieren.«

Emma ließ die Szene wirken.

»Ein anderes Mal hat sie versucht, an seiner Bürotür zu lauschen, die ein Stück aufstand. Ich kam gerade aus dem Fahrstuhl, und als sie mich sah, ist sie schnell weitergegangen.«

Emma beugte sich vor. »Was haben Sie damals gedacht?«

»Schwer zu sagen. Es war etwas seltsam, zugegeben, aber ...«

»Nicht bedeutsam genug, um nach ihrem Verschwinden der Polizei einen Hinweis zu geben?«, fiel Emma ihm ins Wort.

Über Kuschowskis Gesicht flog zunächst Staunen, dann Ärger. Schließlich schüttelte er den Kopf. »Sie denken, dass ich versäumt habe, nachzuhaken?«

»Ich habe lediglich nachgefragt, weil ich es genauer wissen möchte. Ich mache Ihnen keinen Vorwurf. Wie käme ich dazu?«

»Die geschilderten Situationen waren belanglos«, erklärte Kuschowski. »Sie fallen mir tatsächlich erst jetzt wieder ein, da Sie hier so konkret fragen.«

Und plötzlich werden solche Details wichtig, dachte Emma. Sie griff nach ihrem Tablet. »Ich möchte Ihnen etwas zeigen«, erklärte sie und öffnete in ihren Dateien die Adressenliste. Emma wusste selbst, dass es gewagt war, das Dokument offenzulegen, doch sie vertraute ihrem Bauchgefühl. »Sagen Ihnen die angegebenen Orte etwas im Zusammenhang mit Ihrer Arbeit für die Marketingfirma?«

Kuschowski senkte den Blick und überflog die Angaben mit konzentrierter Miene, dann stutzte er. Schließlich hob er den Kopf. »Woher haben Sie das?«

»Darf ich Ihnen nicht sagen.«

Er hob eine Braue.

»Ich habe bereits sehr viele Ermittlungsdetails mit Ihnen besprochen und muss Sie dringend bitten, unser Gespräch für sich zu behalten«, betonte Emma und nickte in Richtung des Tablets. »Haben Sie eine Idee dazu?«

»Es handelt sich um öffentliche Plätze und Adressen in verschiedenen Städten, wie Sie zweifellos längst selbst bemerkt haben. Für sich genommen lässt sich dazu wenig sagen. Falls Sie jedoch an das Spielchen zwischen Elly und Stefan anknüpfen, würde ich sagen …«

»Dass sie ihn beschattet und die Orte und Adressen, die er aufsuchte, notiert hat?«, warf Emma verblüfft ein. Natürlich, was sonst? Das war ein in mehrfacher Hinsicht hochinteressanter Aspekt, denn Karina musste demnach geahnt oder gewusst haben, was Elly bewegte – warum sonst hätte sie die Liste auf ihrem PC verstecken sollen? Und – zum wiederholten Mal – warum erst jetzt?

Der Kaffee wurde serviert. Kuschowski nippte an seinem Espresso. »Sie sollten hinfahren«, sagte er dann leise. »Und sich dort gründlich umsehen.«

Emma hielt seinen Blick fest.

»Das wäre mein Tipp.«

»Hätten Sie womöglich noch eine Idee dazu?«

Er überlegte einen Moment. »Ich könnte mir vorstellen, dass sie ihm nicht nur gefolgt ist und die Adressen notiert hat.«

»Es könnte Fotos geben?«

Er nickte.

Und womöglich existierten sie nicht mehr oder waren so gut versteckt, dass die Suche danach erfolglos bleiben würde, überlegte Emma. Sie sah Kuschowski wieder direkt an. »Sie haben ein Fotobuch veröffentlicht, in dem die Hansestädte im Mittelpunkt stehen – Stadtansichten.«

Er lächelte verwundert. »Stimmt. Liegt schon eine Weile zurück. Inzwischen bin ich deutlich lieber in der Natur unterwegs. Aber manchmal muss das eine das andere gar nicht ausschließen.«

»Helfen Sie mir auf die Sprünge«, bat Emma ihn. »Kennen Sie die notierten Adressen im Sinne einer besonderen Bedeutung? Oder muss ich zunächst sämtliche Hansestädte abklappern, um mir ein Bild zu machen.«

»Es gibt schlimmere Aufgaben.« Plötzlich beugte er sich vor. »Hamburg, Sankt Pauli in einer eher schwierigen Gegend, eine abgelegene Straße am Hafen in Wismar, das Rostocker Bahngelände an einer stillgelegten Trasse, eine Passage hinter einem Bistro in Lübeck, die in einem kleinen Park in einer Sackgasse endet, ein Schrottplatz, verlassene Bootshäuser, Bahnhofsplätze und so weiter«, zählte er auf. »Das waren oder sind, soweit ich informiert bin, immer noch Treffpunkte und Schlafplätze von Obdachlosen. Die von ihnen bevorzugten Orte wechseln, je nachdem, wie kalt es ist und ob sie mal wieder vertrieben werden, weil Leute sich beschweren, die den Anblick der Ärmsten nicht ertragen, oder weil ein Gelände zur Bebauung freigegeben wurde – und da stören sie nur, diese Menschen, die nicht mal das Mindeste haben: ein Dach über dem Kopf.« Er nickte in Richtung des Tablets. »Einige der Orte sind hier aufgelistet.«

Emma sah ihn konsterniert an. Was hatte Stefan Mahler an diese Orte geführt? Das passte nicht ins Gesamtbild. Und wenn es um etwas völlig anderes ging? Woher stammte die Auflistung? Hatte tatsächlich Elly die handschriftlichen Vermerke vorgenommen, oder war sie selbst auf das Dokument gestoßen, das dann später auf Karinas PC gelandet war?

Emma kniff die Augen zusammen. Elly war ihm gefolgt. Das schien eine überzeugend gesicherte Annahme. Welchem Verdacht war sie nachgegangen?

»Sie wirken verstört«, ergriff Sascha Kuschowski wieder das Wort. »Passt der Hintergrund oder eher nicht?«

»Gute Frage«, murmelte Emma. »Danke für Ihre Hinweise.« Sie stand auf. »Darf ich Sie einladen?«

»Gerne.«

»Und falls Ihnen noch etwas einfällt, würde ich mich über eine Nachricht freuen.« Sie reichte ihm ihre Karte und ging zum Bezahlen ins Lokal. Als sie wieder ins Freie trat, war der Fotograf bereits aufgebrochen.

Auf dem Rückweg fuhr Emma durch Lübeck und steuerte einige Adressen an. Der kleine Park war voller Menschen, die einen schönen Sommerabend genossen, Obdachlose entdeckte sie bei flüchtigem Ausschauhalten nicht. Am Bahnhof saß ein Mann mit seinem Hund in der Nähe einer Imbissbude und hatte eine Blechbüchse aufgestellt; hinter ihm lag ein zusammengerollter Schlafsack. Sie legte fünf Euro in die Büchse und war beschämt, dass sie sich sofort besser fühlte.

Emma wusste kaum etwas über die Obdachlosenszene und hatte bislang als Ermittlerin nie etwas mit ihr zu tun gehabt. Eines verstand sich allerdings von selbst: Straftaten innerhalb der Szene tauchten so gut wie nie in offiziellen Statistiken auf und falls doch, dann als Randnotiz. Auch Vermisste waren kein Thema bei Menschen, um deren Spur sich kaum jemand kümmerte.

Sie ging zurück zu ihrem Wagen. Solange sie nicht wussten, in welchem Zusammenhang diese Liste bedeutsam war, schufen Spekulationen zusätzliche Verwirrung. Schließlich schickte sie Padorn ein Memo zu ihrem Gespräch mit Kuschowski und machte sich auf den Weg nach Gadebusch. Zehn Minuten später unterbrach sie ihre Fahrt und mailte auch der Lübecker Kommissarin sowie Ulrike Steiner ein Update.

7

Emma saß am Montagmorgen in aller Frühe in ihrem kleinen Büro am Schreibtisch – noch bevor Padorn nebenan die Kaffeemaschine in Gang gesetzt hatte und kaum dass Christoph mit einem kleinen Team Richtung Rostock aufgebrochen war.

Padorn schob wenig später die Zwischentür auf. »Ich schaue mir diese Adressen noch mal genauer an.«

Emma nickte. »Wenn Elly stutzig geworden ist, was Stefans Aktivitäten angeht, müsste dann nicht auch anderen Mitarbeitern etwas aufgefallen sein?«, überlegte sie.

»Das Ganze liegt Jahre zurück«, meinte Padorn achselzuckend.

»Nach dem Mord dürfte Stefan Mahler durchaus Gesprächsthema gewesen sein. Außerdem erwähnte der Fotograf eine Chefsekretärin, die …«

»Sekretärinnen wissen immer mehr«, stimmte Padorn zu. »Es dürfte sich lohnen, sie anzusprechen.« Er wandte sich um, als sein PC plingte.

Emma suchte die Nummer von der Website der Firma heraus, griff zum Telefon und sprach kurz darauf mit einer der Stimme nach zu urteilen sehr jungen Frau. Doch die Chefsekretärin Sandra Pasemann, die sich laut Kuschowski darüber gewundert hatte, dass Karina Pohl sich nach dem Verschwinden der Freundin nach Elly Barth erkundigt hatte, arbeitete inzwischen nicht mehr in der Firma. »Und Sie können mir nicht weiterhelfen?«, fragte Emma, nachdem sie sich vorgestellt und ihren Auftrag kurz umrissen hatte.

»Frau Pasemann hat einen neuen Job. Mehr weiß ich nicht. Ich bin ja erst seit knapp einem Jahr hier. Versuchen Sie doch, sie auf dem Handy zu erreichen«, schlug die junge Frau vor.

»Die Nummer habe ich gerade nicht zur Verfügung. Sie würden mir einen großen Gefallen tun und das Verfahren abkürzen, wenn Sie mir freundlicherweise ...«

»Selbst wenn ich die hätte – ich darf doch gar nicht einfach am Telefon persönliche Daten weitergeben«, warf die Mitarbeiterin ein, und das klang fast ein wenig schnippisch.

Emma seufzte. »Ich bin Ermittlerin, wie schon eingangs erklärt. Sie dürfen mir sehr wohl weiterhelfen. Falls Sie mir misstrauen, gebe ich Ihnen die Nummer der Staatsanwaltschaft Lübeck sowie der zuständigen ...«

»Schon gut, ich weiß nur, dass sie im Homeoffice ist, wie so viele«, unterbrach sie Emma erneut. »Ihre neue Nummer habe ich auch nicht. Wir waren nicht gerade beste Freundinnen.«

Emma spitzte die Ohren. »Gab es Ärger?«

»Das habe nicht gesagt. Aber ... Na ja, sie hält sich für was Besseres und weiß alles ganz genau.«

»Ich schätze, Frau Pasemann war immer gut informiert, oder?«

»So kann man es auch nennen.« Leises Räuspern.

»Lassen Sie mich raten: Kategorie Tratschtante und Klatschmaul«, riet Emma. »Falls die Bezeichnungen heute überhaupt noch verwendet werden.«

Leises Kichern. »Nur noch von Leuten jenseits der vierzig, denke ich, Aber ich weiß, was Sie meinen, und das könnte durchaus hinkommen.«

Emma verdrehte die Augen. Die Vierzig war noch weit entfernt.

»Sandra hatte und hat garantiert immer noch zu allem eine Meinung und war stets gut informiert. Beliebt war sie hier nur bei denen, die es schätzten, zu jedem Mist auf dem Laufenden gehalten zu werden.« Die junge Frau kam langsam in Schwung, stellte Emma fest. »Sie hat es übrigens gar nicht nötig zu arbeiten, und jetzt erledigt sie nur noch einen kleinen Job, den sie nebenbei von zu Hause im Homeoffice managen kann – und umgezogen ist sie auch.«

»Danke für Ihre Hinweise«, erwiderte Emma. »Diese Infos helfen mir in jedem Fall schon einmal bei der weiteren Suche nach einer Kontaktmöglichkeit weiter.«

»Gerne ... Ach, warten Sie einen Moment – ich glaube, ich weiß, wen ich fragen kann. Bleiben Sie kurz dran?«

»Natürlich.«

Keine Minute später meldete sich die Mitarbeiterin wieder. »Sandra ist vor ein paar Monaten nach Harkensee gezogen – das ist ein kleiner Ort zirka dreißig Kilometer nordöstlich von Lübeck, und bis zum Strand hat sie es nicht weit. Sie hat da oben ein Ferienhaus und lebt nun an der Küste.«

»Gibt es einen Partner?«

»Da bin ich überfragt. Ich weiß nur, dass sie schon seit einiger Zeit geschieden ist.«

»Vielen Dank noch mal.«

Emma beendete das Gespräch und loggte sich in die Polizeidatenbank ein, um die genauen Adressdaten abzufragen. Wie es aussah, hatte Sandra Pasemann ihren Wohnsitz noch nicht umgemeldet. Emma stand auf und stellte sich in die offene Verbindungstür. Padorn bediente zwei Monitore gleichzeitig und gab hoch konzentriert Daten ein. »Was brauchst du?«, murmelte er leise.

»Die ehemalige Chefsekretärin der Marketingfirma hat

eine neue Adresse, die noch nicht im Melderegister auftaucht«, entgegnete sie und fasste das Telefonat in wenigen Sätzen zusammen. »Ich würde Sandra Pasemann gerne besuchen, und ein paar Hintergrundinformationen zu ihr wären hilfreich«, erklärte sie abschließend.

»Verstehe. Ich fasse da gleich mal nach. Du kannst in der Zwischenzeit losfahren.«

»Das klingt gut.«

»Sagtest du Harkensee?« Er sah kurz hoch.

»So heißt der Ort.« Sie öffnete das Navi. »Über Schönberg brauche ich ungefähr eine Dreiviertelstunde.«

Padorn nickte. »Ich melde mich – ach, warte ... Der Ort ist übrigens ganz in der Nähe vom Lenorenwald.«

Emma stutzte. »Stimmt. Wenn ich schon mal da bin, könnte ich mir den Fundort von Ellys Leiche und diese Mammutbäume gleich einmal ansehen.«

Padorn hob einen Daumen. »Es heißt, dass sie riesig seien.«

»Gut, dass du es erwähnst. Wäre ich bei der Bezeichnung gar nicht draufgekommen.«

Emma brach Minuten später auf. Der Sommer zeigte sich immer noch von seiner besten Seite. Padorn meldete sich nach einer knappen halben Stunde. »Sandra Pasemann hat kürzlich ihren fünfzigsten Geburtstag gefeiert«, stieg er sofort ins Thema ein. »Und zwar in ihrem Ferienhaus und neuem Domizil in Harkensee – das hat sie auf Facebook gut dokumentiert. Sie wohnt in Rufweite zum ehemaligen Schloss, das inzwischen als exklusives Hotel und Veranstaltungsort genutzt wird. Da der Ort nicht riesig ist, wirst du sicher fündig – ich schicke dir zur Orientierung ein Foto, das in ihrem Garten entstanden sein dürfte.«

»Und sonst? Auffälligkeiten?«

»Die Scheidung dürfte wohl nicht zu ihrem Schaden gewesen sein«, fuhr Padorn fort. »Liegt ein paar Jahre zurück. Ihr Ex ist Teilhaber mehrerer Autohäuser an der Küste und in Hamburg, Abteilung Luxuskarossen. Sie hat das Ferienhaus gekriegt und besitzt eine weitere Immobilie in Wismar – ein ehemaliges Gästehaus.«

»In der alten Firma hieß es, sie hätte es gar nicht nötig zu arbeiten«, überlegte Emma.

»Das faule Leben ist ja womöglich langweilig und ein bisschen einsam – jetzt erst recht in einer Pandemie. Soweit ich auf die Schnelle feststellen konnte, arbeitet sie seit Anfang des Jahres für eine andere Marketingfirma, und zwar vorrangig im Homeoffice, wie so üblich in diesen Jobs und Zeiten.«

Geht uns das überhaupt etwas an?, dachte Emma. Kaum und lediglich in Bezug auf das, was Sandra Pasemann zu Elly und Karina zu sagen hat.

»Tja, mehr kann ich dir im Moment noch nicht bieten.«

»Danke, Padorn. Ob wir da überhaupt weiter in die Tiefe gehen müssen, entscheiden wir später.«

»Alles klar.«

In Harkensee folgte Emma den Hinweisschildern in Richtung des Schlosses. Die Fotos, die Padorn geschickt hatte, führten sie am Ende der Straße zu einem weiß gekalkten Haus mit blauen Fensterläden, das von hohen, akkurat geschnittenen Büschen und alten Bäumen eingefasst war. Das Grundstück war großzügig, Pflanzen, Rasen und Beete wirkten gepflegt, ein schicker Zweisitzer stand unter dem Carport. Emma trat ans Gartentor und klingelte. Nur einen Augenblick später trat Sandra Pasemann ins Freie, stutzte einen Moment und kam dann mit langsamen Schritten näher. »Ja, bitte?«

Emma lächelte und zückte ihren Ausweis. »Entschuldigen Sie die Störung, Frau Pasemann. Haben Sie ein paar Minuten Zeit?«

Pasemann war klein und rundlich, das Haar mittelblond mit einem Stich ins Rötliche, ihr Blick huschte in schnellem Wechsel über den Ausweis und Emmas Gesicht. »Habe ich was angestellt?« Sie lächelte breit.

Der blödeste Polizeibegrüßungswitz schlechthin. Emma bemühte sich um eine heitere Miene. »Bestimmt nicht. Ich ermittle im Fall der flüchtigen Karina Pohl.«

»Ach?« Pasemanns Brauen hoben sich ruckartig in die Höhe. »Ja, davon habe ich gehört. Ich weiß zwar nicht, was Sie sich von mir erhoffen, aber kommen Sie doch herein. Setzen wir uns auf die Terrasse?«

»Sehr gerne.«

Pasemann zupfte ihre bunte Bluse zurecht und ging voraus. Die weiße Hose war eng geschnitten, saß knapp und erlaubte nur kleine Schritte. »Wasser? Saft?«, fragte die ehemalige Chefsekretärin und bot Emma einen Platz unter einem Schirm an. Aus dem Wohnzimmer drang leise die Stimme eines Nachrichtensprechers.

»Ein Wasser wäre schön.«

Sandra Pasemann goss zwei Gläser ein. Sie trug mehrere auffallende Ringe und einen Armreif; ihre Hände waren fleischig und gerötet. Sie ließ sich in ihren Korbsessel fallen und musterte Emma mit direktem Blick. »Wie sind Sie auf mich gekommen?«

»Es gibt bislang keine Spur von Karina Pohl. Ich versuche mir ein Gesamtbild zu machen, das schließt auch den damaligen Job ihres Ex und ihre Freunde ein. Ich hoffe, auf diese Weise mehr über sie und damit auch über ihre möglichen Fluchtwege zu erfahren.« Das war nur die halbe Wahrheit, denn inzwischen ging es um einiges mehr.

Sandra Pasemann griff nach ihrem Glas. Es klirrte leise, als sie mit den Ringen dagegen stieß. »Ich kannte Karina Pohl nicht – sie war die Freundin des Mannes, den sie getötet hat, Stefan Mahler.«

»Und mit ihm haben Sie zusammengearbeitet.«

»Ich würde es anders ausdrücken – wir waren eine Zeit lang in einer Firma beschäftigt, hatten jedoch nicht sonderlich viel miteinander zu tun, so rein jobtechnisch. Ich war für die Geschäftsführung und für interne Abläufe zuständig. Wenn Sie mich nach meinem Eindruck fragen ... Nun, er war ein smarter Typ. Dass er auf diese Weise sterben musste ...« Sandra Pasemann schüttelte den Kopf und seufzte leise, aber tiefe Anteilnahme war nicht herauszuhören. »Ein attraktiver Mann übrigens, der hätte viele haben können«, fügte sie dann hinzu.

Emma griff nach ihrem Glas. »Hätte? Oder hatte er?«

Pasemann lächelte vieldeutig. »Keine Ahnung. Wie gesagt, ich hatte in der Firma nicht so viel mit ihm zu tun. Aber der Mann sah verdammt gut aus und hatte Charme. Wenn Sie mich fragen ...« Sie trank einen Schluck. »Ich wäre eifersüchtig und wachsam, wenn mein Mann so aussähe.«

Du bist geschieden, dachte Emma.

Sandra Pasemann hob das Kinn und kniff kurz die Augen zusammen, als hätte Emma den Gedanken laut ausgesprochen. »Im Moment weiß ich tatsächlich nichts, womit ich Ihnen weiterhelfen könnte.«

»Erinnern Sie sich an die Studentin Elly Barth?«

Die ehemalige Chefsekretärin überlegte einen Moment. »Die junge Frau, die vor einigen Jahren vermisst wurde – ja, sie war eine Weile in der Redaktion beschäftigt.«

»Elly und Karina waren befreundet«, erklärte Emma weiter. »Als Elly damals verschwand, hat Karina sich Sorgen gemacht und auch in der Firma nach ihr gefragt.«

Pasemanns Blick weitete sich. »Sie sind aber gut informiert«, staunte sie. »Ja, das stimmt, ich erinnere mich. Sie rief an und wollte wissen, ob mir etwas Besonderes aufgefallen sei – nach ihrer Ansicht sei etwas passiert. Sie klang übereifrig, und ich habe mich ziemlich darüber gewundert.«

»Warum?«

»Nun – Elly war ja gerade erst verreist und wohl nicht erreichbar. Muss man denn gleich vom Schlimmsten ausgehen? Das war mein Gedanke.«

»Da das Schlimmste eingetreten ist, hat Karina recht behalten, oder?«

»Ja, das hat sie«, beeilte sich Sandra Pasemann zu versichern. »Aber das konnte doch keiner ahnen! Zu dem Zeitpunkt hat sich niemand sonst beunruhigt gezeigt, nur Karina Pohl«, betonte sie. »Ihre Fragen wirkten in dem Moment überzogen, fehl am Platz, und hinterher ist man natürlich immer schlauer.«

»Können Sie sich an ihre konkrete Fragestellung erinnern?«

Sandra Pasemann verzog das Gesicht. »Schwierig, so genau weiß ich es nicht mehr.« Sie legte die Stirn in Falten. »Sie wollte wissen, ob in der Firma etwas passiert oder mir etwas aufgefallen sei und ob Elly sich ungewöhnlich verhalten habe. So ähnlich formulierte sie es. Ich konnte dazu nichts sagen. Die Studentin war eine Aushilfe – ich hatte wenig mit ihr zu tun.«

Die meisten Chefsekretärinnen haben ein Auge auf jeden und jede, dazu gehörst du auch, dachte Emma, und sie hören die Flöhe husten. »Könnte es sein, dass Karina Pohl einem handfesten Verdacht nachgegangen ist?«

Sandra Pasemann überlegte einen Moment. »Tja, das ist wirklich schwer zu sagen, erst recht im Abstand einiger Jahre. Allerdings kam mir damals ein seltsamer Gedanke, an den ich mich entsinnen kann.« Sie zögerte und warf Emma einen abwartenden Blick zu. »Ich will keinesfalls Gerüchte in die Welt setzen ...«

Natürlich nicht, dachte Emma und wartete einen Moment. »Erzählen Sie doch einfach, was Sie beschäftigte«, meinte sie dann und lächelte aufmunternd. »Eine Chefsekretärin bekommt doch meist eine ganze Menge mit und macht sich natürlich immer auch ihre eigenen Gedanken.«

»Ja, das stimmt.« Sandra Pasemann nickte. »Also, dann bringe ich es mal auf den Punkt: Ich hatte zwischenzeitlich den Verdacht, dass Elly vielleicht mal was mit Stefan Mahler hatte oder es genau darauf angelegt hat.« Sie hob eine Braue und warf Emma einen vielsagend anzüglichen Blick zu.

»Und was genau löste diese Vermutung aus?«

»Na ja, die beiden verließen oft kurz nacheinander die Firma und ... Elly war immer ziemlich erpicht darauf, zu erfahren, was Mahler so vorhatte.« Pasemann deutete eine unbestimmte Handbewegung an. »Hier eine Frage nach ihm, dort ein auffälliges Interesse an einem Projekt, das er betreute, wenn Sie verstehen, was ich meine.«

»So ungefähr«, erwiderte Emma. Dafür, dass die Sekretärin in der Firma kaum etwas mit der Aushilfe zu tun gehabt hatte und auch Stefan Mahlers Aufgaben nur am Rande in ihren Bereich gefallen waren, hatte sie bemerkenswert viel von deren Aktivitäten mitbekommen.

»Dann verschwand Elly. Niemand ahnte etwas, später suchte die Polizei nach Hinweisen, aber es gab keine, bis schließlich die Leiche entdeckt wurde. Und nun ist auch Stefan Mahler tot«, schob die frühere Chefsekretärin nach und setzte eine bedeutungsvolle Kunstpause.

Emma stutzte und beugte sich vor. »Gibt es vielleicht noch mehr, was Sie mir dazu sagen können?«

»Ich könnte – ja, aber ich muss Sie warnen. Das klingt jetzt ein bisschen nach Verschwörungstheorie, und vielleicht liege ich völlig daneben«, gab Pasemann zu bedenken.

»Das wird sich zeigen. Es ist nicht verboten, sich Gedanken zu machen. Ich bin häufig auf Spekulationen angewiesen – manche verwerfe ich ganz schnell wieder, andere führen mich wenigstens in eine neue Richtung.«

»Stefan Mahler ist tot, ermordet von seiner Freundin Karina, die nun auf der Flucht ist.« Erneute bedeutungsschwangere Pause. »Es war Karina, die sich damals nach Elly erkundigte – zu einem ungewöhnlich frühen Zeitpunkt. Niemand weiß, was passiert ist, oder?« Sandra Pasemann beugte sich vor. »Meine Idee dazu lautet: Was ist, wenn sie ein Hühnchen mit Elly zu rupfen hatte, weil die ihrem Freund nachstellte und der Streit eskalierte?«

Emma runzelte die Stirn. Das klang ziemlich unverblümt nach purer Sensationslust und einem Mordverdacht. »Warum sollte Karina dann nach ihr suchen und damit unnötigerweise auf sich aufmerksam machen?«, wandte sie ein. »Sie war diejenige, die zur Polizei gegangen ist.«

»Das war vielleicht ein Ablenkungsmanöver? Oder das Ganze ist erst später passiert, wer weiß?« Sandra Pasemann hob beide Hände. »Wie gesagt – nur so eine Idee. Stefan Mahler war äußerst attraktiv, und Elly war immer an ihm dran ... Das kann alles Mögliche bedeuten, wenn man den Faden ein bisschen weiterspinnt, oder?«

Emma schwieg einen Moment verdutzt. Sandra Pasemann lag mit ihrer Beobachtung durchaus richtig – Elly hatte Stefan Mahler im Blick behalten –, doch mit ihren Schlussfolgerungen und Andeutungen machte die ehemalige Chefsekretärin ihrem Ruf als üble Klatschtante alle Ehre. Andererseits war zu bedenken, dass sie nicht über das gleiche Hintergrundwissen wie Emma verfügte.

»Klingt das völlig abwegig für Sie?«

»Zurzeit ja«, erwiderte Emma. »Für eine solche Annahme haben sich keinerlei Hinweise gefunden. Wir wissen, dass die beiden Frauen befreundet waren.«

Sandra Pasemann nickte und zuckte mit den Achseln. »Wenn Sie es sagen.« Ihre Miene drückte leise Enttäuschung aus. »War ja auch nur so eine Idee. Vielleicht gucke ich zu viele Krimis.«

Einen Moment blieb es still. Hatte Karina ausschließlich in der Firma aktiv nach Elly gesucht?, fragte sich Emma und nahm sich vor, an dem Punkt noch einmal nachzufassen. »Worin genau bestand eigentlich Stefan Mahlers Job in der Firma?«, fragte sie schließlich weiter.

»Akquise«, erwiderte Pasemann prompt. »Ein Typ wie er konnte Kunden und Kundinnen allein mit einem Lächeln gewinnen.«

»Er war viel allein unterwegs?«

»Ja, natürlich.«

»Ich nehme mal an, sein Job war nicht nur auf Lübeck begrenzt?«

»Nein, keineswegs. Er war in der gesamten Küstenregion unterwegs«, erklärte Sandra Pasemann. »Kein schlechter Job, oder? Man trifft sich mit interessanten Leuten, hält bei Sekt und Fischhäppchen ein bisschen Small Talk und geht mit einem neuen Auftrag nach Hause. Außerdem dürfte er wichtige Kontakte geknüpft haben, die ihm wohl auch später nützlich waren – nach dem Wechsel in die Stiftung. Das war ja ein ziemlicher Karrieresprung für so einen jungen Typen.«

»Aus welchen Branchen bezieht die Firma ihre Kundschaft?«, fragte Emma weiter.

»Da ist alles Mögliche dabei – Einzelhandel, mittelständische Unternehmen, Neugründungen, Freiberufler, Politiker, die ihr Image aufpolieren wollen.«

»Ich verstehe. Und es geht dabei stets darum, Aufmerksamkeit zu erregen, den Umsatz zu steigern, ein Produkt einzuführen oder bekannter zu machen?«

»So ist es. Selbst eine biedere Versicherungsgesellschaft kann durch gezielte Werbung oder auch eine gut abgestimmte PR-Strategie neue Kunden gewinnen«, erläuterte Sandra Pasemann. »Ähnliches gilt für Banken, angesagte Clubs, innerstädtischen Handel.«

»Interessanter Aufgabenbereich.«

»Auf jeden Fall.«

»Warum haben Sie eigentlich die Firma gewechselt?«

Falls Pasemann die Frage überraschte, ließ sie sich nichts anmerken. »Ich hatte ein gutes Angebot von der Konkurrenz – weniger Arbeit für das gleiche Geld und dazu ein Neustart. Wer kann da schon widerstehen?« Sie lächelte.

Und ich wette, du hast einige Kunden gleich selbst mitgebracht, dachte Emma. Sie trank ihr Wasser aus. »Ich will Sie nicht länger aufhalten. Vielen Dank für Ihre Zeit und Unterstützung.« Sie stand auf.

»Natürlich, jederzeit. Wohin wende ich mich, wenn mir noch etwas einfällt?«, wollte die ehemalige Chefsekretärin wissen.

Emma reichte ihr eine Karte und verließ das Grundstück. Sie atmete tief durch, als sie hinterm Steuer saß. Sandra Pasemann hatte eine unangenehme Ausstrahlung; das Gespräch hinterließ einen schalen Nachgeschmack. Die möchte man nicht zur Feindin haben, dachte Emma. Sie war davon überzeugt, dass Pasemann noch deutlich mehr zu den Geschäften in der Marketingfirma wusste; auch der Wechsel zu einer anderen Firma könnte damit zusammenhängen. Doch diese Aspekte waren komplett unwichtig, solange keine Hinweise auf Ellys Verschwinden damit verbunden waren oder sich Anknüpfungspunkte zu den aktuellen Geschehnissen zeigten.

Emma wendete und fuhr über Kalkhorst und Hohen Schönberg Richtung Lenorenwald; für die Strecke benötigte sie kaum zwanzig Minuten. Die beiden riesenhaften Mammutbäume standen am nordöstlichen Randbereich des Waldes. Emma blickte – wie wohl die meisten Wanderer und Touristen – zutiefst beeindruckt die wuchtigen Stämme entlang in die Höhe. Völlig artfremd behaupteten die majestätischen Riesen im Forst ihren Platz und stellten neben Hünengräbern und wendischen Burgwällen eine Art Wahrzeichen des Waldes dar. Angeblich waren sie von Gärtnern gepflanzt worden, die für einen Gutsherren gearbeitet hatten.

Emma senkte den Blick wieder und ließ die Stille des Waldes einen Moment auf sich wirken. Dann konzentrierte sie sich auf die Angaben aus der Akte; Ellys Leiche war bei Baumfällarbeiten wenige Schritte abseits eines Wanderweges entdeckt worden. Emma lief einige Minuten in zügigem Tempo in südlicher Richtung weiter und verlangsamte schließlich ihre Schritte. Das ehemalige Grab war in dichtem Buschwerk verborgen gewesen, von dem gut zwei Jahre nach den Waldarbeiten und der Entdeckung der Leiche natürlich nichts mehr zu erkennen war.

Emma sah sich um. Die Frage, wie die Leiche transportiert worden war oder ob Elly vor Ort getötet wurde, hatte die polizeilichen Ermittlungen kaum beschäftigt – wie der ganze Fall insgesamt wenig Beachtung gefunden hatte –, erst recht, nachdem sich herausgestellt hatte, dass die als wahrscheinlich geltende Mordtat voraussichtlich nur kurze Zeit nach ihrem Verschwinden verübt worden war. Die rechtsmedizinische Untersuchung bot bemerkenswert wenige Anhaltspunkte, und niemand ging davon aus, dass sich noch ermittlungsrelevante Spuren finden würden. Elly war womöglich mit ihrem Mörder unterwegs gewesen, oder er war ihr gefolgt, hatte sie niedergeschlagen oder erstickt – sie war zufälliges Opfer eines Gewalttäters geworden. So zumindest lautete die Einschätzung des damals leitenden Beamten – jenem Exkommissar, der sich selten ein Fleißbienchen verdient hatte, wie Kommissariatsleiterin Dagmar Möller erläutert hatte. Handy und Laptop waren nicht aufgetaucht. Und Karina Pohl war damals die Einzige gewesen, die beunruhigt reagiert hatte. Verfügte sie bereits damals über die Liste mit den Ortsangaben? Und was könnte diese Annahme in Bezug auf den Mord an Stefan Mahler bedeuten?

Emma ging zurück zum Wagen und wollte gerade ihr Tablet zur Hand nehmen, als Padorn anrief. »Ich habe mich in einer ruhigen Stunde doch schon mal ein bisschen genauer umgesehen«, berichtete er. »Das Ehepaar Pasemann hat mir keine Ruhe gelassen.«

»Und? Hat es sich gelohnt?«

»Ich habe eine Verbindung entdeckt.«

Emma wartete.

»Der Ex der Chefsekretärin und Stefan Mahler kannten sich. Das zumindest ist mehr als wahrscheinlich, denn Georg Pasemann war und ist großzügiger Spender der Stiftung. Bei größeren feierlichen Anlässen konnte ich zudem beide identifizieren.«

»Das ist sehr interessant«, murmelte Emma. »Sandra Pasemann hat dazu nichts erwähnt …«

»Na ja, die Ehe ist längst geschieden. Vielleicht weiß sie nichts davon.«

»Möglich, aber es würde mich nicht wundern, wenn sie den Aspekt verschwiegen hat – wie so einiges andere auch«, entgegnete sie und berichtete von ihrer Unterredung.

»Vielleicht sollte ich mir die andere Firma, für die sie nun arbeitet, auch noch mal genauer ansehen«, überlegte Padorn.

»Das kann nicht schaden.« Emma blickte kurz auf ihr Display, wo ein Anruf von Dagmar Möller angezeigt wurde. »Die Lübecker Kommissarin ist in der Leitung. Wir reden später noch mal, okay?«

»Alles klar.«

Emma stellte die Verbindung zu Möller her.

»Sie hatten sich wohl kein freies Wochenende gegönnt?«, fragte die Kommissarin nach einem kurzen »Moin«.

»Das tue ich selten bei laufenden Fällen.«

»Wo sind Sie jetzt?«

»Ich habe mir gerade die Mammutbäume und das Grab von Elly Barth angesehen.«

Kurzes Schweigen. »Und ich habe mir diese Adressenliste im Detail vorgenommen und mit einer Suchabfrage abgeglichen, auch unter dem Stichwort der Obdachlosenszene«, erklärte die Hauptkommissarin dann. »Was man so macht an einem frühen Montagmorgen, wenn von fünf Telefonen nur zwei klingeln und fast so etwas wie Langeweile aufkommt.«

»Lassen Sie mich raten – Sie haben etwas entdeckt?«

»Habe ich«, stimmte Möller zu. »Zum einen sind an mehreren der angegebenen Adressen oder in der näheren Umgebung in den letzten Jahren Projekte entstanden, in denen insbesondere wohnungslose Menschen willkommen sind – Straßencafés, Bistros und andere Begegnungsstätten. Die Projekte wurden auch durch Spenden und öffentliche Gelder finanziert, und sie hatten einen längeren Vorlauf. Und die Stiftung, in der Mahler tätig war, gehört zu den stärksten Förderern und Spendern dieser überregionalen Projekte, wie ich inzwischen auch herausgefunden habe.«

Emma runzelte die Stirn. »Das klingt ... nun ja, fast honorig.«

»Zu schön, um wahr zu sein?«

»Ich habe kein Problem damit, einen Aspekt wieder fallen zu lassen, wenn sich herausstellt, dass ich mit meinem Verdacht falsch liege«, entgegnete Emma nach kurzem Überlegen. »Doch warum sollte Elly Barth Mahler observieren und Adressen notieren, und Jahre später entdecken wir sie gut versteckt auf Karina Pohls Rechner? Heißt das nicht, dass ihnen eine besondere Bedeutung zukommt?«

»Keineswegs auszuschließen ... Doch der Hintergrund bleibt nebulös. Und wenn ich das richtig verstanden habe, ist immer noch nicht klar, woher das Dokument ursprünglich stammt«, wandte Dagmar Möller ein. »Wir wissen nur, dass Karina Pohl es in einem Ordner abgespeichert hat, der noch weitere Dokumente zu Elly Barth enthielt.«

»Da muss ich Ihnen recht geben. Woran allerdings keinerlei Zweifel mehr besteht, ist die Tatsache, dass Elly ihm folgte. Das hat inzwischen auch die damalige Chefsekretärin bestätigt – eine übrigens durchaus schillernde Persönlichkeit, und das ist nicht positiv gemeint«, fügte Emma hinzu, berichtete kurz über die Begegnung und erläuterte Padorns Recherchen dazu.

Diesmal schwieg die Hauptkommissarin lange. »Es gibt noch etwas anderes, das nachdenklich stimmt und Ihren Ansatz stützt, und ich denke, dass Sie sofort aufhorchen werden«, meinte sie dann. »Ich habe mal ein bisschen weiter nachgeforscht. In den Jahren 2015 und 2016 sowie 2019 verschwanden drei obdachlose Frauen in Lübeck – in der direkten Umgebung dieser Adressen wurden sie zum letzten Mal gesehen.«

Emma stutzte.

»Keine tauchte wieder auf«, fuhr Dagmar Möller fort. »Es ist ungewöhnlich, dass ihr Verschwinden überhaupt bemerkt und dann auch noch gemeldet wurde. In dieser Szene werden Auffälligkeiten und Straftaten höchst selten zur Anzeige gebracht, und dass obdachlose Menschen plötzlich verschwinden, gehört zu deren Alltag und ihrem Leben auf der Straße quasi dazu. Falls sie nicht einfach nur weitergezogen sind, sondern beispielsweise einem Verbrechen zum Opfer fielen, wird das in der Regel nie bekannt.«

»Was war hier anders?«

»Einem Mitarbeiter aus einem Café, der auch in den beiden anderen Projekten als Aushilfe eingesprungen ist, war es aufgefallen. Er hatte guten Kontakt zu seinen Gästen und ist aktiv geworden.«

»Haben Sie Details dazu?«

»Nicht allzu viele, aber was ich habe, schicke ich Ihnen sofort. Außerdem werde ich anregen, in Hamburg, Wismar und Rostock ebenfalls nachzufassen. Vielleicht finden sich ähnliche Übereinstimmungen im Abgleich mit den Adressen und dem näheren Umfeld.«

Emma überkam ein mulmiges Gefühl. 2015 und 2016 – der Zeitraum, in dem Elly möglichweise Mahler auf die Schliche gekommen war.

»Sprechen wir es lieber nicht aus«, sagte Dagmar Möller plötzlich. »Noch haben wir nicht die geringste Ahnung, worum es hier geht.«

»Doch, wir haben sogar schon mehr als eine Ahnung, weil hier einiges zusammenpasst, was uns beunruhigt. Aber wir scheuen uns, sie auszusprechen, bisher jedenfalls.«

»Oder so. Bis später.«

Emma ließ das Smartphone sinken. Einen Augenblick später trafen die aktuellen Informationen aus Lübeck ein. Emma leitete sie an Padorn weiter. Sie schloss die Augen. Auch wenn sich nach den neuesten Erkenntnissen ein Hintergrund des Geschehens herauszukristallisieren schien – der Zeitpunkt warf nach wie vor Fragen auf. Was war in den letzten Monaten anders gewesen? Karina hatte vielleicht erst kürzlich etwas entdeckt, was sie stutzig machte. Doch warum erst jetzt?

Emma schlug die Augen wieder auf und dachte plötzlich an ihr Gespräch mit Martin Brunner zurück – Mahlers Kollege aus der Stiftung. Er hatte nichts Neues beizutragen gehabt, was die Beziehung von Karina und Stefan sowie mögliches Konfliktpotenzial anging – Trennung, Eifersucht, Streit, der eskaliert war und Karinas dunkelste Seite zum Vorschein gebracht hatte. Emma versuchte sich genauer zu erinnern. Plötzlich fiel ihr etwas ein. Brunner hatte erwähnt, dass die beiden sogar einen Hauskauf geplant hatten. Ein Aspekt, der belegte, wie ernst es den beiden mit ihrer Beziehung gewesen war.

Das Paar blickte auf viele Jahre Beziehung zurück, es existierte eine gefestigte Partnerschaft, beide verdienten gut, waren beruflich erfolgreich und wollten Nägel mit Köpfen machen, überlegte Emma weiter. Sie sah die beiden vor sich: Zukunftspläne und Aufbruchsstimmung, Immobilienanzeigen wurden gesichtet, Finanzen geprüft, Besichtigungen oder Gespräche mit einem Bauarchitekten, dann wurden womöglich die ersten Kartons gepackt, alter Kram aussortiert … Emma kniff die Augen zusammen. Dabei könnte Karina etwas aufgefallen – oder auch in die Hände gefallen sein. Dokumente, Papiere, die Liste, Fotos? Belege, die auf ein Geheimnis deuteten? Hinweise zu Straftaten, die belegten, dass Stefan Mahler womöglich ein Doppelleben geführt hatte? Darüber waren tiefes Entsetzen, erst Lähmung und dann ein heftiger Streit entbrannt, und schließlich hatte er die Beziehung beendet. Wochen später tötete ihn Karina – so zumindest lauteten die Erkenntnisse der polizeilichen Untersuchung sowie das Urteil der Gerichtsverhandlung. Auf ihrem Laptop hatte sie die Liste und Hinweise zu Elly versteckt, die ein ganz anderes Motiv andeuteten – und nun zusehends schärfer umrissen.

Der Mann könnte Dreck am Stecken haben – ein hoch spekulativer Gedanke und doch nachvollziehbar, dachte Emma, während sie den Motor startete. Und womöglich nicht er allein. Nach kurzem Überlegen machte sie sich auf den Weg nach Gadebusch. Bevor sie weitere Befragungen plante, sollte sie zu den einzelnen Punkten gemeinsam mit Padorn gründlich recherchieren.

8

Hauptkommissarin Dagmar Möller machte sich wenig später auf den Weg nach Hamburg. Eine weitere Teamsitzung mit dem LKA Hamburg stand seit zwei Wochen in ihrem Kalender, und genauso lange hatte sie auf der Frage herumgekaut, wie sie sich davor möglichst unauffällig drücken konnte. Koordinationsfragen zu gemeinsamen Ermittlungsstrategien bei überregionalen Delikten im Umfeld der Hansestädte – das klang staubtrocken, und kaum einer der berufenen Beamten oder Ermittlerinnen war davon überzeugt, dass die turnusmäßig erstellten und vollmundig klingenden Ablaufpläne die Polizeiarbeit in ihrem Alltag vor Ort tatsächlich erleichtern würden, ganz im Gegenteil.

Was im Wesentlichen dabei herauskam, waren weitere Richtlinien und Handlungsanweisungen, ergänzt um Kompetenzregelungen, Strategiepapiere und Zuständigkeitsdiagramme, die aufzeichneten, wie, wann, mit wem und warum eine Dienststelle auch überregional aktiv werden konnte, durfte oder sollte und wer in dem Fall wo unterschreiben musste. Wer auf der Suche nach Belegen für schwerfällige Bürokratieabläufe war, die hervorragende Schlupflöcher insbesondere für intelligente und gut vernetzte Straftäter gerade im Bereich der OK bereithielt, könnte dazu in dieser Gruppe seine Doktorarbeit schreiben. Im Alltag funktionierte der kleine Dienstweg bei sämtlichen Delikten immer noch am schnellsten und effektivsten, und die nötigen Unterschriften und Genehmigungen wurden zu einem späteren Zeitpunkt nachgeholt – wenn der Staatsanwalt Zeit hatte und die Richterin die Akte vom Tisch haben wollte, der Kollege in der IT oder im Archiv von der schnellen Sorte war. Dazu brauchte man eigentlich keine zusätzliche Einsatzbestimmungsgruppe, die regelmäßig tagte, ohne etwas zu bewirken.

Dagmar Möller schüttelte den Kopf. Ein Trauerspiel, wenn man es recht betrachtete und auf die resignative Seite gewechselt war. Dennoch hatte sie sich vorgenommen, das hehre Motiv der Koordinationsgruppe an diesem Tag auf Herz und Nieren zu prüfen – und abseits der Tagesordnung einen aktuellen Fall einzubringen, bei dem sich die zentralen Kommissariate der Hansestädte gemeinsam und ohne Verzögerung engagieren könnten. Ob die Hauptkommissarin damit auch nur ansatzweise Interesse wecken oder gar Handlungsbereitschaft erreichen würde, wagte sie selbst zu bezweifeln.

Gut zwei Stunden später, als die Sitzung für die Mittagspause unterbrochen worden war und Dagmar Möller sich entschieden hatte, auf einen gemeinsamen Besuch mit den Kolleginnen und Kollegen in der Cafeteria zu verzichten, fragte sie sich, warum sie nicht ihrer Skepsis und jahrzehntelangen Erfahrung vertraut hatte, statt ein großes Fass aufzumachen – so groß, dass sie selbst verwundert war. Diese Aufregung war ungesund, jenseits der sechzig erst recht, zumal ihre Blutdruckwerte alles andere als ideal waren. Und hatte sie sich nicht längst mit den widrigen Gegebenheiten im Polizeialltag abgefunden und ihre eigene Strategie entwickelt? Ja und nein.

Hier lagen die Dinge auf beunruhigende Weise anders. Niemand interessierte sich für Vorgänge, die entweder längst abgeschlossen waren – wie die Verurteilung Karina Pohls –, oder für Hinweise, deren bislang vorliegende juristische Beweislast so wenig wog, dass die Bezeichnung allein schon fehl am Platz war. So hatte es zumindest der Konferenzleiter ausgedrückt – ein LKA-Lackaffe, wie Möller ihn insgeheim nannte. Ein Beamter, der Zeit seines Berufslebens in keinem Ermittlungsteam aktiv gewesen war, ein Schreibtischverwalter, wie er im Buche stand, Mitte dreißig, Anzugträger, Nickelbrille, grellblaue Augen, ein stets flaches Lächeln in einem pickligen Gesicht. Möller konnte ihn nicht ausstehen, und manchmal wünschte sie sich, Typen wie er müssten dazu verdonnert werden, bei einer Mordermittlung an vorderster Linie mitzuwirken, bevor sie in leitender Funktion Vorträge halten durften oder in sterilen Büros theoretische Abhandlungen herunterbeteten, die im Polizeialltag nutzlos waren. Erst die Leiche und den Tatort begutachten – aus nächster Nähe Blut und Leichenstarre erblicken, entstellte Körper begutachten, Abgründe menschlicher Grausamkeit erfahren, den Schmerz und die Verzweiflung der Angehörigen aushalten, insbesondere wenn es um den Mord an jungen Menschen ging, womöglich an Kindern. Vor dem Hintergrund einer solchen Erfahrung verblasste alles andere zu unwichtigem Geschwafel – manchmal zu Unrecht, häufig angemessen.

»Sie haben nichts«, hatte Lackaffe zusammenfassend festgestellt. »Nichts, was uns hier in dieser Sondergruppe beschäftigen sollte. Die Flüchtige ist eine Mörderin, längst verurteilt, der Zusammenhang mit einem alten Vermisstenfall ist eine überaus wacklige These, und die verschwundenen wohnungslosen Frauen, die sie in Lübeck registriert haben, bieten keinerlei Anhaltspunkte, die über Zufallscharakter hinausgehen. Dass sie im Umfeld dieser Einrichtungen zum letzten Mal gesehen wurden, ist doch fast schon eine banale Erkenntnis. Es gab nie eine Ermittlung dazu, wenn ich Sie richtig verstanden habe – lediglich ein paar

Meldungen, die zufällig im System gelandet sind. Welche Handlungsanforderung liegt vor, dass wir hier übergreifend nachfassen sollten? Und dass eine junge Frau einem Kollegen nachstellte, kann alles Mögliche bedeuten, oder?«

Dagmar Möller hatte zweimal tief durchgeatmet, bevor sie zu einer Erwiderung in beißendem Tonfall ansetzte. »Sie sagen es – insbesondere, wenn die junge Frau wenig später verschwindet und Jahre darauf als Leiche wieder auftaucht. Was soll schon passiert sein?«

»Es existiert nicht der Hauch einer Beweislage für einen Straftatbestand, mit dem sich eine hoch spezialisierte Gruppe wie unsere, die sich auf einen klaren Zielhorizont fokussiert, befassen sollte.« Das hatte nahezu blasiert geklungen.

Möller hatte Mühe gehabt, ruhig zu bleiben und die hektisch hochschwappende Wutwelle flach zu halten, obwohl ihr zugleich bewusst war, dass sie in ihrer Dienststelle durchaus ähnlich argumentierte, wenn die Kollegen sich nicht an die Richtlinien hielten – oder eine externe Ermittlerin auftauchte und mit abenteuerlichen Thesen die Karten neu mischen wollte. Möller hatte kurz innegehalten und dann ein eiskaltes Lächeln aufgesetzt. »Eine hoch spezialisierte Gruppe mit klarem Zielhorizont wie wir, um es den großen Fischen endlich schwerer zu machen? Das klingt großartig – und das meine ich ironisch. Was kümmert uns dieser Kleinkram ohne Beweislage? Und was genau tun wir hier seit Monaten? Um genau zu sein: herzlich wenig. Letztlich läuft es schlicht darauf hinaus, neue Regelungen zu treffen, die die Prozesse eher behindern, statt Freiräume für effizientes Arbeit zu schaffen, wofür wir eigentlich angetreten waren. Das nennt sich dann großspurig Zielhorizont! Ich bitte Sie!«

»Kollegin …«

»Aber im Grunde ist das ja nichts Neues, so läuft es meistens. Vereinfachung, flache Hierarchien, direkter Austausch werden immer wieder gewünscht, ersehnt und angekündigt, doch heraus kommen schließlich bündelweise neue Verhinderungsparagraphen. Was für eine Ressourcenverschwendung! Und während wir uns hier stundenlang den Hintern platt sitzen und den Mund fusselig reden oder einschlafen, während die nächsten Schaubilder über den Monitor huschen, fehlen in den Kommissariaten in sämtlichen Dezernaten Kollegen und Nachwuchs, und wir sind in enger Auslegung der Richtlinien nicht mal berechtigt, auf die Schnelle ein paar übergreifende Recherchen anzustellen. Wenn wir es doch tun, um die nötige Arbeit endlich voranzutreiben, könnte es Ärger geben, weil man ja nicht einfach mal so etwas recherchieren darf …« Sie hatte energisch abgewinkt, um den jungen Beamten nicht zu Wort kommen zu lassen. »In dem aktuellen Fall wäre es tatsächlich hilfreich, schnell und ohne Umwege überregional zu prüfen und einen Abgleich in mehreren Dienststellen parallel durchlaufen zu lassen, ohne dass wir einen klar definierten Tatort haben und zwei Staatsanwälte und drei Kriminalräte mit Stempel und Siegel zustimmen müssen – und dafür Tage benötigen, wenn es schnell geht. Finden sich weitere Übereinstimmungen? Tatsächlich, ja – dann lasst uns loslegen. Nein, kein einziger Treffer – sieht eher nach Irrläufer aus, dann hätte es sich erledigt. Aber ich träume wohl.«

»Kollegin, ganz so einfach ist es dann doch nicht …«

»Natürlich nicht. Das ist ja genau der Punkt. Stellen Sie sich das mal vor, Kollege: Deutschland, aber einfach und effizient. Das fällt dann wohl unter Science-Fiction. Davon abgesehen – was kümmert uns das Verschwinden von obdachlosen Frauen und einer Flüchtigen, deren Tathintergrund womöglich ein ganz anderer ist?«

Dagmar Möller hatte dem empörten Blick des Lackaffen standgehalten, während Räuspern und Flüstern durch den Raum gekrochen waren, hier und da von einem unterdrückten Lachen und leisen Kommentaren begleitet; wenig später waren die Beamten in die Pause geströmt. Die Hauptkommissarin hatte nach einem letzten Blickwechsel mit dem Lackaffen eilig den Raum über den zweiten Ausgang verlassen und war die Treppe hinuntergelaufen.

In der Konditorei auf der gegenüberliegenden Straßenseite versorgte sie sich mit Kaffee und belegtem Brötchen. Sie setzte sich auf eine Bank in die Sonne und versuchte, den Ärger abzuschütteln, bevor sie zu essen begann, als sie einen jungen Mann bemerkte, der die Straße überquerte und ihren Blick suchte, während er näher trat. Er lächelte. Möller stutzte, dann erkannte sie den jungen Kommissar aus Rostock, höchstens dreißig. Er war neu in dem Koordinierungsteam, und sie hatte seinen Namen vergessen. Glücklicherweise hatte er nicht daran gedacht, sein Namensschild abzulegen. Alexander Stark, las sie und sah ihn an.

»Ich stehe auch nicht auf Kantinenessen«, erklärte er. »Darf ich mich zu dir setzen, Kollegin?«

»Hol dir erst was zu essen – das wäre mein Tipp. Sonst kriegst du nichts mehr von diesen hervorragenden Baguettes ab.«

»Das ist ein Argument. Halt mir den Platz neben dir frei.« Er lächelte und verschwand in der Konditorei.

Ja, klar, die Leute stehen hier Schlange, um neben mir zu sitzen und ihren Imbiss einzunehmen – neben einer schlecht gelaunten, sechzig Jahren alten und völlig unfitten

Kommissarin, die derart die Schnauze voll hat, dass sie sich nicht mal mehr im LKA Hamburg zusammenreißen kann. Sie verdrehte die Augen und trank einen Schluck Kaffee.

Alexander Stark nahm wenige Minuten später neben ihr Platz; sein Pausensnack war bemerkenswert üppig – Baguette, Obst, Kuchen. Er zuckte mit den Achseln, als er Möllers fragenden Blick bemerkte. »Wer weiß, ob ich heute Abend in Rostock noch was kriege«, meinte er und grinste.

»Darf ich fragen, was dich in diese Gruppe verschlagen hat?«

»Willst du andeuten, dass ich nicht ins Gesamtambiente passe?«

»Ich deute lieber gar nichts an.«

Stark winkte ab. »Es ist ganz einfach – man hat mich in dieses Team beordert, weil ich mich in Rostock wiederholt mit einem Dezernatsleiter und dem Staatsanwalt angelegt habe. So bin ich häufiger unterwegs, mit anderen Aufgaben befasst und störe die Abläufe nicht.«

Dagmar Möller hob eine Braue. Der Rostocker Kommissar war so ziemlich das Gegenteil von einem Lackaffen und unterschied sich auch deutlich vom Gros der anderen Teilnehmer – ein munterer junger Typ, aufgeräumt, humorvoll und direkt. Er trug Jeans, Sneaker und Shirt und wäre auch als Lehrer für Gemeinschaftskunde und Sport durchgegangen. »Und womit genau hast du dir Ärger eingehandelt?«

»Den nicht ordnungsgemäßen Umgang mit Dienstvorschriften, angeblich. Aber lassen wir das. Ich werde ohnehin demnächst versetzt, und mein neuer Chef soll wesentlich entspannter sein, wie ich gehört habe. Hauptkommissar Moritz Tambach – sagt er dir was?«

»Den Namen habe ich schon mal gehört.«

Stark lächelte erneut und biss von seinem Baguette ab. »Sehr lecker«, erklärte er mit vollem Mund. »Ich kann übrigens sehr gut nachvollziehen, was dich bewegt«, fügte er hinzu.

Dagmar Möller sah ihn von der Seite an. »Das können wohl einige, und bei deiner Vorgeschichte versteht sich das quasi von selbst. Fairerweise muss ich hinzufügen, dass ich als Leiterin meiner Dienststelle auch immer wieder gezwungen bin, auf die Bremse zu treten und die Einhaltung der Richtlinien anzumahnen – häufig aus gutem Grund. Doch wenn wir nur auf der Paragraphenwelle reiten und damit Abläufe verzögern, müssen wir uns nicht wundern, dass an so vielen Stellen Stillstand herrscht, nicht nur jetzt, in diesen besonderen Zeiten.«

»Na ja, Tempo ist nun mal ein Fremdwort in der deutschen Bürokratie. Lieber gar nichts bewegen, als einen Schritt zu viel oder irgendetwas mal ganz anders machen. Das trifft wohl auf viele Bereiche zu und spiegelt eine umständliche Gesellschaft wider«, erklärte Alexander Stark.

»Vielleicht hättest du Soziologie studieren sollen«, meinte Möller trocken.

»Warum nicht? Das eine schließt das andere ja nicht aus. Ich stehe noch ganz am Anfang.«

»Ich nicht mehr.«

»Und trotzdem legst du dich mit ... wie heißt er doch gleich noch?«

»Lackaffe – sorry, Harald Bentheim.«

Alexander Stark setzte ein breites Grinsen auf. »Legst du dich mit Lackaffe an und greifst diese Ermittlung auf.«

»Ehrlicherweise sollte ich zugeben, dass ich selbst ein bisschen verwundert bin und mich frage, warum ich mich so ins Zeug werfe. Vielleicht liegt es daran, dass ich in dem

Fall ein Vorbild habe – eine externe Ermittlerin, die sich um vieles nicht scheren muss, was uns täglich hemmt, und die sich über manches hinwegsetzt, auch wenn es mit Risiko verbunden ist. Sie hat den Fall neu aufgerollt und steckt ihre Nase nun in alle möglichen Angelegenheiten, obwohl der Auftrag – direkt von der Staatsanwaltschaft vergeben – zunächst lediglich lautete, dass sie die Arbeit der Zielfahnder übernehmen und die Flüchtige finden sollte.«

»Darfst du mir einen Namen nennen?«, warf Stark ein.

»Warum sollte ich?«

»Ich wäre gerne dabei.«

»Du solltest dir nicht die Finger verbrennen.«

»Längst geschehen. Auf einen Verweis mehr oder weniger kommt es nun auch nicht mehr an. Ich könnte übrigens in Rostock deine Anregung aufgreifen und genau das erledigen, was jetzt nötig ist, um einen Verdacht zu untermauern und wofür ich ohnehin bereits in Verruf geraten bin – einen Abgleich vornehmen, für den es keinen offiziellen Beschluss gibt.« Er lächelte und biss von seinem Kuchen ab.

Dagmar Möller runzelte die Stirn. »Bist du wirklich scharf darauf, deine Personalakte mit weiteren Einträgen zu zieren?«

»Das schreckt mich nicht. Außerdem ist mein demnächst neuer Chef anders drauf.«

»Und darauf willst du dich verlassen?«

»Klar. Ich bin Optimist.« Stark zwinkerte ihr zu. »Und noch was: Ich habe beste Kontakte in die Dienststelle Hamburg. Dort habe ich mein Praktikum gemacht, und es dürfte mir nicht allzu schwerfallen, einen Kollegen oder eine Kollegin zu gewinnen, der oder die sich in ähnlicher Weise einbringt. Damit bliebe dann nur noch Wismar übrig.«

Dorthin hatte Emma die besten Kontakte, dachte Möller. »Und woher rührt dein Interesse und dein übergroßer Eifer, ausgerechnet hier mitzumischen?«, fragte sie dann. »Aus Prinzip oder …«

»Obdachlose Frauen«, warf Stark ein. »Sie sind besonders wehrlos, noch prekärer ist nur noch die Lage für die Jugendlichen, die auf der Straße leben. Keine Wohnung, kein Job, keine Rechte. Wen interessiert es, was mit denen passiert?« Er räusperte sich und trank einen Schluck Kaffee. »Ein Freund von mir lebte lange auf der Straße. Selbstverschuldet, wie es immer so schön heißt. Aber was bedeutet das eigentlich? Wenn du Mist baust, deinen Job verlierst und nicht genügend Rücklagen hast, dass du weiter die Miete zahlen kannst, dann hast du es dir selbst eingebrockt? Jeder baut mal Mist – die einen fallen weich, die anderen verlieren jede Unterstützung, jeden Halt, jede Würde, wenn es ganz schlimm kommt.« Stark nickte nachdenklich. »Das Thema lässt mich nicht kalt, und ich würde gerne meinen Beitrag leisten.«

Persönliche Betroffenheit, dachte Dagmar Möller. Manchmal ist sie hilfreich oder sogar der entscheidende Motor, ein anderes Mal sorgt sie dafür, dass man sich verrennt und nicht mal im Ansatz objektiv bleiben kann.

»Versuch nicht, mir das auszureden«, fügte Alexander Stark hinzu. »Ich könnte zeitnah etwas bewegen – und das war doch genau das, was du in der Konferenz eingefordert hast: Spontan agieren, weil man annimmt, dass da richtig was im Argen liegt, und zwar ohne erst einen Stapel an Anträgen und Genehmigungsverfahren auf den Weg zu bringen.«

Du beeindruckst mich, dachte Möller und musterte Stark eindringlich. »Die Kollegin, die hier die Fäden in der Hand hält, heißt Emma Klar – BKA-Sonderermittlerin für externe Recherchen und Privatdetektivin. Sie hat in Wismar und Rostock schon so manche Ermittlung mitgestaltet. Staatsanwältin Ulrike Steiner, die ursprünglich in Rostock tätig war, hat sie eingebunden, um Karina Pohl zu suchen. Und ein paar Tage später …«

»Ist hier richtig die Kacke am Dampfen. Gefällt mir. Also – wie machen wir es?«

Dagmar Möller war unschlüssig, ob sie die lax vorgetragene Einschätzung in diesem Wortlaut stehen lassen wollte, aber im Grundsatz lag Alexander Stark natürlich richtig. Sie war darüber hinaus immer noch nicht sicher, dass die Einbindung eines hoch motivierten und übereifrigen Kommissars, der immer wieder gerne übers Ziel hinausschoss, die allerbeste Idee war. Vielleicht sollte sie die Entscheidung Emma Klar überlassen. »Ich melde mich, Kollege. Lass mich …«

»Willst du noch mehr Zeit verlieren?«

Sie schüttelte den Kopf. »Die alten Fälle liegen viele Jahre zurück. Auf ein paar Tage kommt es nicht mehr an. Und ich will keinesfalls etwas überstürzen und mir hinterher selbst vorwerfen müssen, dass ich eine aufstrebende Kommissarskarriere verhindert habe.«

Stark seufzte. »Na schön.« Er räumte seine Essensreste zusammen. »Sag einfach Bescheid. Ich bin gerne dabei.«

»Das mache ich. Danke.« Dagmar Möller sah ihm eine Weile nach. Schließlich meldete sie sich für den Rest der Konferenz ab und fuhr nach Lübeck zurück. Sie brauchte Ruhe und Zeit zum Nachdenken.

9

Obdachlose Frauen – das Stichwort hatte Emma keine Ruhe gelassen. Während Padorn weiter im Netz Ausschau hielt und seine üblichen Quellen anzapfte – auf der Suche nach erhellenden Verbindungen und Hintergrundmaterial insbesondere auch zur Arbeit der Stiftung –, hatte sie seit ihrer Rückkehr ins Büro etliche Telefonate geführt, um in einem weiteren Anlauf mehr über Stefan Mahler und sein Engagement zu erfahren. Das Ergebnis war gleich null. Die Eltern in München waren nicht bereit zu einem Gespräch – sie wollten mit dem Tod ihres Sohnes abschließen, wie der Vater betonte, um dann einfach aufzulegen. Und erneute Nachfragen im Umfeld der Unizeit sowie bei Kolleginnen und Ex-Kollegen erwiesen sich als ebenso wenig hilfreich. Niemand zweifelte daran, dass Stefan das Opfer seiner ehemaligen Partnerin geworden war und wichtige Arbeit geleistet hatte. Auf die Frage, ob es auch einen anderen Hintergrund gegeben haben könnte, wusste niemand eine schlüssige Antwort.

Emma versuchte schließlich, Hauptkommissarin Dagmar Möller zu erreichen, jedoch vergeblich. Später informierte die Kommissariatsleiterin sie per SMS, dass sie den drei vermissten obdachlosen Frauen in Lübeck nachgehen und sich melden würde. Auch Richtung Hamburg und Rostock plane sie, ihre Fühler auszustrecken. Emma war verblüfft und beeindruckt. Die Kollegin schien zutiefst beunruhigt, sonst würde sie kaum persönlich aktiv werden.

Ich habe beste Kontakte zum Wismarer Kommissariat und werde da nachhaken, schrieb Emma zurück. *Und mit dem*

Rostocker Team von Moritz Tambach habe ich mehrfach eng zusammengearbeitet. Er wird das gerne bestätigen. Diese Hoffnung hegte Emma zumindest – die Ermittlungen mit ihm waren nicht immer einvernehmlich und harmonisch verlaufen, doch früher oder später hatten sie stets an einem Strang gezogen und Fälle gemeinsam aufgeklärt. Insbesondere bei den letzten Ermittlungen, in deren Mittelpunkt Staatsanwältin Ulrike Steiner gestanden hatte, war die Zusammenarbeit mit Tambach entscheidend gewesen.

Möller schickte als Antwort lediglich das Zeichen eines hochgereckten Daumens.

Am späten Nachmittag hatte Emma genug von der Schreibtischarbeit; sie brach nach Wismar auf und meldete sich, bereits hinterm Steuer sitzend, beim Kommissariatsleiter Torsten Friedmann an. Sie war keine zehn Minuten unterwegs, als Robin Grossner, ein entfernter Freund, mit dem Stefan Mahler regelmäßig Squash gespielt hatte und der bislang nicht zu erreichen gewesen war, sie anrief. Auch er wusste allerdings zunächst nichts Neues zu berichten. Emma wollte sich gerade bedanken und das Telefonat beenden, als ihr plötzlich noch ein Stichwort einfiel. »Sagen Sie, Herr Grossner, hat Stefan Mahler vielleicht mal erwähnt, dass er gemeinsam mit seiner Partnerin einen Hauskauf plante?«

»Ja, daran erinnere ich mich tatsächlich. Er hat erzählt, dass sie sich auf die Suche machen wollten.«

»Können Sie das zeitlich einordnen?«

»Tja … vielleicht im letzten Sommer oder auch im Herbst«, erwiderte Grossner. »Aber daraus ist ja dann nichts geworden, und wenig später war Schluss zwischen den beiden.«

»Das klingt ein wenig seltsam, oder?«

»Sie meinen, wenn man so viel Zukunft plant und sich entschließt, ein Haus zu kaufen, trennt man sich nicht kurz darauf, noch dazu Knall auf Fall?«

»So etwas in der Art geht mir gerade durch den Kopf«, erwiderte Emma.

»Vielleicht hat sich ja erst in dem Zusammenhang gezeigt, dass es eben nicht passt«, meinte Robin Grossner. »Andererseits …«

»Ja?«

»Ich will nicht spekulieren …«

»Sagen Sie ruhig, was Ihnen durch den Kopf geht«, ermunterte Emma ihn. »Jeder neue Ansatz oder Hinweis kann hilfreich sein. Oder auch Bedenken angesichts dessen, was bislang zum Tathintergrund bekannt wurde.«

»Na schön. Ich habe Karina so gut wie gar nicht gekannt, und ich würde auch nicht behaupten, dass Stefan ein enger Freund war, mit dem ich mich intensiv über Persönliches ausgetauscht hätte. Wir haben uns hin und wieder beim Sport getroffen und hinterher auch mal was zusammen getrunken. Und das war es dann auch schon. Aber … Na ja, man gewinnt ja einen Eindruck. Stefan war ein Mann, der gut ankam, keine Frage. Ich hatte allerdings nie den Eindruck, dass er sich großartig für andere Frauen interessierte oder fremdging. Wie gesagt, die beiden waren seit mehreren Jahren ein Paar, sie wussten doch garantiert um die Stärken und Schwächen des anderen und hatten sich entschieden, ein Haus zu kaufen. Und plötzlich steht ein Konflikt im Mittelpunkt, der zum sofortigen Bruch führt und sogar tödlich endet?«

»Ihr Zweifel ist unüberhörbar«, stellte Emma fest.

»Vielleicht steckte etwas anderes hinter der Trennung – das wäre mein Gedanke dazu«, meinte Robin Grossner.

»Etwas Grundsätzliches, mit dem sie nicht zurechtkam und wovon kein Außenstehender etwas ahnte.«

»Und darum hat er den Schlussstrich gezogen?«

»So hieß es, ja. Und beide haben sich nach außen hin bedeckt gehalten.«

»Und dann ermordet sie ihn?«

»Tja, was soll ich sagen? Das klingt alles schon ein bisschen verrückt, wenn ich ehrlich bin, aber man weiß ja häufig nicht, was in den Leuten vorgeht.«

»Darin stimme ich Ihnen unbedingt zu.«

»Es hieß auch, Stefans Exfreundin hätte sich in keiner Weise zu ihrer Tat und den Umständen geäußert, und nun ist sie auf der Flucht, und offenbar weiß niemand so richtig, was los war«, fügte Grossner einen Augenblick später hinzu. »Auch wenn der Fall ja geklärt ist – offiziell jedenfalls.«

Wir ahnen inzwischen, dass es einen völlig anderen Hintergrund gibt, aber noch fehlen die zündenden Ideen, die uns voranbringen könnten, dachte Emma. »Auch das ist eine zutreffende Beschreibung«, bemerkte sie dann. »Hat Stefan eigentlich mal etwas über seine Projekte und sein Engagement in der Stiftung erzählt? Zwischen einem Match und dem nächsten?«

»Der Job hat ihm Spaß gemacht, das war ihm anzumerken. Er hatte eine Menge Einfälle und war immer Feuer und Flamme – oder besser gesagt meistens ... Ärger gibt es ja überall mal.«

»Hat er dazu mehr erzählt?«, hakte Emma nach.

»Er machte mal ein paar Andeutungen zu einem Projekt, bei dem es wohl in der letzten Zeit nicht ganz rundlief. Irgendetwas beschäftigte ihn mehr als sonst. Aber Einzelheiten kann ich Ihnen dazu nicht nennen.«

»Ich danke Ihnen, Herr Grossner, falls Ihnen doch noch irgendwas dazu einfällt, das Sie im Nachhinein nachdenklich stimmt, würde ich mich über eine Rückmeldung freuen.«

»Ja, das mache ich gerne, und viel Erfolg bei den Ermittlungen.«

Emma unterbrach die Verbindung. Wer könnte mehr über Unstimmigkeiten oder Konflikte in der Stiftung wissen? Martin Brunner, der Mitarbeiter und Kollege, bei dem Mahler nach seinem Auszug ein paar Tage gewohnt hatte, müsste davon eigentlich etwas mitbekommen haben. Doch erwähnt hatte er bei ihrem kurzen Gespräch nichts. Vielleicht lohnte es sich, den Punkt anzusprechen. Emma parkte wenig später vor dem Wismarer Kommissariat und suchte zunächst die Telefonnummer der Stiftung heraus.

Martin Brunner nahm das Gespräch sofort persönlich an. »Natürlich erinnere ich mich noch an unsere Unterredung«, erklärte er, nachdem Emma sich vorgestellt hatte. »Gibt es noch Fragen?«

»Ja, in der Tat. Erinnern Sie sich an ein Projekt, das Stefan Mahler leitete oder begleitete, bei dem es Ärger gab oder besonders stressig zuging?«

Brunner lachte leise. »Das ist bei den meisten Projekten früher oder später der Fall.« Das klang amüsiert. »Wenn wir etwas auf den Weg bringen – ein soziales Engagement oder die Unterstützung regionaler Kunst- und Architekturprojekte beispielsweise –, gibt es eine Vielzahl von Aufgaben zu bewältigen. Und es läuft selten alles glatt – das wäre ganz im Gegenteil eher die Ausnahme.«

»Ich verstehe. Können Sie sich an das letzte Projekt erinnern, an dem Ihr Kollege federführend beteiligt war?«

»Sie wollen es aber sehr genau wissen.«

»Das entspricht meiner Arbeitsweise.«

»Na schön«, meinte Brunner schließlich. »Ich mache mich mal schlau. Viele Aufgaben laufen ja parallel und über lange Zeiträume.«

»Ich danke Ihnen.« Emma steckte das Smartphone ein und betrat wenig später das Kommissariat.

Torsten Friedmann war in eine Unterredung mit zwei uniformierten Kollegen vertieft und bedeutete ihr von Weitem, schon mal voraus in sein Büro zu gehen. Wenige Minuten später kam er nach, nahm nach einem prüfenden Blick hinter seinem Schreibtisch Platz und sah sie an. »Du hast am Telefon nicht allzu viel erzählt. Was die Zielfahnder nicht geschafft haben, sollst du jetzt erledigen, auf deine Art natürlich?« Er stützte die Ellenbogen auf den Tisch.

»So ungefähr«, erwiderte Emma. »Aber ganz so einfach ist es nicht. Der Fall hat offenbar doch etliche Untiefen.«

»Ich denke, die Akten sind geschlossen?«

»Nun ist die Frau auf der Flucht, und wir finden sie womöglich nur, wenn wir die ganze Geschichte untersuchen.«

»Wie sollte es auch anders sein?«, gab Friedmann seufzend zurück.

»Staatsanwältin Steiner hat auffallend schnell grünes Licht gegeben, und im Lübecker Kommissariat herrscht inzwischen viel Unruhe.«

»Okay, und wobei genau kann ich helfen?« Er blickte auf die Uhr. »Ich habe ungefähr eine Viertelstunde Zeit ...«

»Die dürfte reichen«, warf Emma ein. »Wir suchen inzwischen nach konkreten Hinweisen im Zusammenhang mit dem Tötungsdelikt an einer Freundin der Flüchtigen, deren Leiche vor zwei Jahren im Lenorenwald entdeckt wurde. Die Frau hat Stefan Mahler observiert. Inzwischen ahnen wir, was dahinterstecken könnte, und sind auf der

Suche nach weiteren Belegen«, kam sie zum Punkt und umriss die bisherigen Ergebnisse ihrer Nachforschungen so ausführlich wie nötig.

Friedmanns Sessel knarzte, als er sich zurücklehnte und seine gewohnt skeptische Miene aufsetzte, während Emma auf die verschwundenen Frauen in Lübeck einging. »Und nun planen wir die Recherchen auf die anderen Hansestädte auszuweiten und uns das Engagement der Stiftung genauer ansehen, insbesondere im Hinblick auf diese Adressen«, beendete sie schließlich ihre Zusammenfassung.

Torsten Friedmann schwieg eine Weile. »Du hast die Kollegin Möller überzeugen können«, murmelte er schließlich. »Das will was heißen.« Er nickte und sah sie nachdenklich an. »Von welchem Zeitraum sprechen wir?«

»In Lübeck verschwand jeweils 2015, 2016 und 2019 eine Frau. Die Kollegin wird dazu hoffentlich in Kürze mehr entdecken.«

»Oder auch nicht«, murmelte Friedmann und wandte sich zu seinem PC um. »Das Wismarer Bistro, das auch von dem Engagement der Stiftung profitierte und als soziales Projekt ausgebaut wurde, gibt es seit zwei Jahren«, erklärte er nach einigen Klicks. »Die Stadt hat sich nach einigem Hin und Her beteiligt. Das Engagement kam gut an, nachdem sich die anfangs geäußerten Befürchtungen der Anwohner und Geschäftsinhaber in der Nähe, so ein Ort könnte sich zum sozialen Brennpunkt mit Drogen- und anderen Problemen entwickeln, als haltlos erwiesen hatten. Dort ist übrigens jeder Gast willkommen, und der Ansatz – womöglich der entscheidende – hat sich bewährt. Ich erinnere mich an eine stimmungsvolle Einweihungsfeier – bei der sich natürlich der Bürgermeister, Stadträte und andere Behördenleiter und Geschäftsleute gerne ablichten ließen.«

»Kann nicht schaden, mal ein paar Punkte für die nächste Wahl oder die Karriereleiter zu sammeln?«

»So in etwa.«

»Insgesamt klingt das vielversprechend.«

»Durchaus.« Friedmann suchte kurz Emmas Blick. »Um zum Punkt zu kommen: Hier gab es keine Vermisstenmeldung, aber eine tote obdachlose Frau.«

Emma beugte vor sich.

»Das neue Jahr war erst zwei Tage alt, als die Leiche entdeckt wurde – in einem Gebüsch in der Nähe vom Ostfriedhof und den Angelteichen in Wismar-Kluß. Eine junge Frau, ungefähr zwanzig, keine Papiere, kein Handy, keine Hinweise, die bei der Identifizierung halfen. Fest stand schnell, dass sie brutalste Gewalt erfahren hatte, einschließlich mehrfacher Vergewaltigung, und der Fundort nicht der Tatort war. Entweder wurde ihre Leiche dort abgelegt, oder sie hatte fliehen können, war zusammengebrochen und hatte Schutz im Gebüsch gesucht. Wir haben einen Aufruf in den Medien gestartet, auf den zunächst niemand reagierte. Ein paar Wochen später rief jemand anonym aus dem Bistro an, wie wir später feststellten. Der Anrufer erklärte, dass er die Frau einige Male in dem Lokal gesehen habe. Er kannte nur ihren Vornamen – Franzi – und war nicht bereit für eine detaillierte Aussage.«

Emma blickte Friedmann stumm an. »Habt ihr in dem Bistro nachgefragt?«

»Natürlich. Niemand wusste, woher sie kam und wohin sie wollte oder welche Kontakte sie hatte. Sie war erst einige Zeit zuvor in Wismar gelandet. Und es hatte auch niemand irgendetwas beobachtet.«

»Kann ich die Akte haben?«

Der Kommissariatsleiter zögerte nur kurz. »Kannst du.

Viel ist es nicht. Ich maile sie dir.« Er hielt ihren Blick fest. »Wird dein Fall jetzt klarer?«

»Ja, und es zeigen sich Konturen, auf die ich gerne verzichtet hätte ... Gibt es eigentlich DNA-Spuren?«

»Schau dir den rechtsmedizinischen Bericht an und sprich mit der Ärztin, wenn du es noch genauer brauchst.«

»Mach ich.«

Friedmann blickte auf seine Uhr. »Ich muss los – halt mich auf dem Laufenden.«

»Natürlich – und danke für die unkomplizierte Unterstützung.«

Emma setzte sich einen Moment später in den Wagen, verschickte ein Update an Padorn und Möller und überflog den Bericht der Rechtsmedizin, bevor sie sich zu Fuß auf den Weg Richtung Marktplatz machte und die Angaben der Ärztin sacken ließ – es handelte sich um dieselbe Ärztin, die auch das Gutachten zu Elly verfasst hatte. Doktor Dorothea Klein hatte Franzis Alter auf Anfang zwanzig geschätzt, gestorben war sie vermutlich an inneren Blutungen aufgrund brutaler Gewalteinwirkung. Ihr allgemeiner Zustand war schlecht gewesen, was auch auf Drogen- und Alkoholmissbrauch sowie schlechte Ernährung zurückzuführen war. Der genaue Todeszeitpunkt war schwer zu bestimmen gewesen, da die Leiche einige Zeit in der Kälte gelegen hatte. Emma nahm sich vor, die Rechtsmedizinerin zeitnah zu kontaktieren.

Das sanierte Bistro befand sich in der Bahnhofstraße, unweit des Alten Wasserturms im Lindengarten. Alle Tische im Außenbereich des Bistros waren bei bestem Sommerwetter besetzt. Ein Schild über dem Eingang verwies auf das Engagement der Stiftung für Wohnungslose, die hier besonders willkommen seien – im Winter wurden Schlafsäcke ausgegeben, und es gab heiße Suppe. Emma warf einen forschenden Blick in die Runde. Auf den ersten Blick hätte sie nicht sagen können, welcher Gast Tourist, Einheimischer oder Wohnungsloser war. Alle trugen luftig-leichte Kleidung, die meisten traten sportlich oder leger auf. Der Sommer macht es einfacher, dachte Emma und betrat das Lokal.

Hinterm Tresen stand ein breitschultriger Typ Ende dreißig mit Glatze und Vollbart – auf seinem Namensschild am Shirt stand Karim. Emma bestellte einen Milchkaffee.

»Kann ich sonst noch was für dich tun?«, fragte er. »Falls du etwas essen möchtest ...«

Emma zückte ihren Ausweis.

Karim runzelte die Stirn, während er ihrer Bewegung folgte und schließlich den Ausweis musterte. »Gab es Ärger?«

»Ich bin wegen Franzi hier.«

Karim runzelte die Stirn. »Du kommst ein bisschen spät ... oder gehen wir zum Sie über?«

»Darauf können wir verzichten«, erwiderte Emma. »Ich bin zufällig im Rahmen einer anderen Ermittlung auf mehrere Fälle gestoßen, in denen obdachlose Frauen spurlos verschwanden.«

»Glaube ich gerne, dass das ein Zufall ist. Wer kümmert sich schon um diese Menschen?«

»Ich weiß – das ist ein zweifellos schwieriges Terrain, aber die Umstände erschweren natürlich, dass Ermittlungen zielgerichtet erfolgen können.«

Der Einwand schien Karim nicht sonderlich zu beeindrucken. »Und was interessiert dich an dem alten Fall?«, fragte er. »Dazu dürftest du wohl jetzt erst recht nichts mehr entdecken.«

»Der Fall Franzi könnte sich als besonders wichtig erweisen«, erwiderte Emma. »Sie ist nicht einfach verschwunden, sondern ihre Leiche wurde gefunden. Und vielleicht entdecke ich einen Ansatz, der uns auch in den anderen Fällen weiterführt.«

»Der Ansatz liegt doch auf der Hand – sie wurde misshandelt, vergewaltigt und wie Dreck weggeworfen«, entgegnete Karim. »Und den anderen dürfte Ähnliches widerfahren sein.«

Emma hielt seinem Blick stand. »Ich möchte diese Spur verfolgen«, erklärte sie in energischem Ton. »Ich bin übrigens immer dann erfolgreich, wenn mir Leute einzureden versuchen, dass es doch sowieso viel zu spät und völlig aussichtslos ist.«

»Und warum erst jetzt?«

»Weil ich bei meinen anderen Recherchen erst jetzt auf den Zusammenhang gestoßen bin und nun dem Verdacht nachgehe, dass Franzi vielleicht kein Einzelfall war.«

»Obdachlose Frauen verschwinden immer wieder – in allen Städten der Welt.«

»Irgendwo muss ich ja anfangen.«

Karim drehte sich um und griff nach einem Wasserglas. Er trank einen Schluck. Es war zu erkennen, dass er mit sich rang.

»Der anonyme Anruf im Kommissariat erfolgte von hier«, fuhr Emma fort. »Ein Gast hat sie wiedererkannt, und er hat vielleicht noch mehr bemerkt. Darum bin ich hier.«

Karim zuckte mit den Achseln, aber sein Blick war hellwach.

Emma wartete, trank einen Schluck Kaffee und wischte sich den Milchschaum von den Lippen. »Ich schätze, du hast die Polizei informiert.«

Karim zögerte noch einen Moment. Dann nickte er. »Ja, das war ich. Ich habe nicht die besten Erfahrungen mit der Polizei oder anderen Behörden gemacht, ich war selbst mal eine Weile wohnungslos und …« Er winkte ab. »Egal. Ich habe sie nach dem Aufruf in den Medien erkannt und wenig später die Polizei informiert. Mehr kann ich dir auch nicht sagen.«

»Vielleicht doch. Die Details sind wichtig.«

Karim wandte sich um, als zwei Gäste an den Tresen traten. Er nahm die Bestellungen entgegen und stellte Tassen und Gläser bereit. Die Kaffeemaschine brodelte leise. Schließlich trat er wieder zu Emma. »Franzi tauchte Ende des Jahres zum ersten Mal hier auf – in der Adventszeit. Sie hat sich mit heißem Tee und einem neuen Schlafsack versorgt und kam vielleicht drei-, viermal. Vorher hatte ich sie noch nie hier gesehen. Es ging ihr nicht besonders gut, hatte ich den Eindruck. Sie wirkte angeschlagen – aber … na ja, das ist nicht ungewöhnlich. Wo sie geschlafen hat, weiß ich nicht. Immerhin taute sie etwas auf.«

»Du hast dich also mal mit ihr unterhalten?«

»Sie war selten zum Reden aufgelegt …«

»Aber hin und wieder hat sie doch was gesagt?«

Karim verzog den Mund und nickte. »Bei ihrem letzten Besuch war sie etwas besser drauf, und sie bemerkte, dass sie einen Job in Aussicht hätte.«

Emma runzelte die Stirn.

Karim hob kurz die Hände, dann goss er Kaffee ein und reichte die Tassen mit einem freundlichen Gruß über den Tresen. »Ich habe ihr nicht geglaubt«, wandte er sich schließlich wieder an Emma.

»Warum nicht?«

»Wohnungslose kriegen nicht einfach so einen Job –

oder es ist ein mieser …« Er kniff plötzlich die Augen zusammen und starrte Emma an. »Willst du darauf hinaus?«

»Das wäre eine Idee im Sinne eines Ansatzes, oder?«

»Ich hatte eher den Eindruck, dass sie … ein bisschen gesponnen hat. Manche träumen von sich plötzlich bietenden Chancen und schwelgen in ihren Sehnsüchten, und indem sie davon reden, fühlt es sich wahrer an, als es ist.«

»Vorstellbar«, meinte Emma. »Aber es könnte auch mehr dahinterstecken, also greife ich das mal auf. Kannst du dich vielleicht an das Datum ihres letzten Besuchs erinnern?«

Kopfschütteln. »Ende Dezember muss dir reichen. Genauer kann ich es nicht sagen.«

»Hat sie vielleicht doch eine weitere Andeutung gemacht?«

Karim schüttelte erneut den Kopf.

Emma wartete noch einen Moment, dann bezahlte sie den Kaffee und gab Karim ihre Visitenkarte. »Ruf mich an, wenn dir noch etwas einfällt – bitte.«

Er nickte.

Sie nahm den Nebenausgang und blickte einen Moment auf die bunte Gästeschar; leise Musik, Kaffeeduft. Ein Transporter mit dem Logo eines Cateringservice bog in den Hof. Sie schlug den Weg über den Marktplatz ein und beschloss spontan, in Wismar zu bleiben. Ein friedlich beschaulicher Sommerabend. Später saß sie auf dem Balkon, notierte die wichtigsten Stichpunkte für Padorn und Dagmar Möller, schrieb der Rechtsmedizinerin eine Mail und telefonierte eine Weile mit Christoph.

Padorn rief an, als sie aus den Gemüseresten im Tiefkühlfach und Würstchen aus der Dose ein spätes Abendessen zubereitete, das kaum diese Bezeichnung verdient hatte.

»Ich nehme an, ich soll auf die übliche Weise vorgehen und nach Franzi Ausschau halten«, meinte er und gähnte laut.

»Das wäre mein Vorschlag. Ab Mitte Dezember in Wismar, Vorweihnachtszeit – es dürfte genügend Fotos und Clips geben …«

»Mehr als genug«, murrte Padorn. »Aber ich versuche mein Glück und füttere das Suchprogramm mit einigen Schlagworten, die uns bislang vorliegen.«

»Darüber hinaus – Franzi dürfte wohl die Abkürzung von Franziska sein.«

»Damit werden wir natürlich einen Durchbruch schaffen«, meinte Padorn in ironischem Ton.

»Du hast schon ganz andere Zusammenhänge entdeckt. Ich bin sicher, dass du auch hier fündig wirst – früher oder später.«

»Danke für die Blumen.«

»Immer wieder gerne.« Emma drehte sich zum Herd um. »Ich sehe gerade, dass mein Essen anbrennt.« Sie zog die Pfanne von der Platte und rümpfte die Nase. »Christoph wäre entsetzt, wenn er wüsste, was ich heute Abend zu mir nehme.«

»Schick ihm ein Foto. Er wird wahrscheinlich sofort aufbrechen, um dir in Wismar etwas Vernünftiges zu kochen.« Padorn lachte. »Guten Appetit. Aber wenn du einen Tipp willst – die gute alte Pizza ist meist die bessere Wahl, wenn man keinen begabten Koch an seiner Seite hat.«

»Da ist was dran.«

Emma setzte Padorns Rat wenig später um. Als sie schlafen ging, hatte sich Dagmar Möller immer noch nicht gemeldet.

10

Timo Schiller, Ende dreißig, war kein Unbekannter. In seiner Akte waren einige, wenn auch kleinere Strafvergehen aufgelistet – im Großen und Ganzen ging es um Diebstahl, Containern, Drogenbesitz, doch die Delikte lagen schon etliche Jahre zurück. »Jugendsünden«, hatte er Dagmar Möller am Telefon versichert, kaum dass sie das Thema angeschnitten hatte. »Sonst wäre ich für den Job in dem Café gar nicht infrage gekommen.«

Da dürfte wohl etwas dran sein. Sie hatte Schiller am frühen Morgen erreicht und wollte ihn überreden, ins Kommissariat zu kommen und zu seinen angezeigten Vermisstenfällen auszusagen. Das hatte er schlichtweg abgelehnt. »Ich bin zur Café-Schicht in der Altstadt eingeteilt. Wenn es dringend ist, müssten Sie sich selbst auf den Weg machen. Ist doch gar nicht so weit von Ihrer Dienstelle entfernt, wenn ich richtigliege.«

Auch damit hatte er recht – das Café, das Timo Schiller genannt hatte, befand sich in der Nähe zum Günter-Grass-Haus, und ein Spaziergang würde ihr guttun. Wenn ich das schon höre, dachte Dagmar Möller entnervt. Gesunde Ernährung würde mir auch guttun, dicht gefolgt von einer ausgewogener Work-Life-Balance und regelmäßigem Gute-Nacht-Yoga. Ich tröste mich mit Mangoschnaps, fettigem Essen und irgendeiner neuen Serie auf welcher Streamingplattform auch immer.

»Oder Sie gedulden sich eine Woche – dann habe ich zwei Tage frei, bevor …«

»Na schön«, warf sie rasch ein. »Rechnen Sie in ungefähr einer halben Stunde mit mir.«

Es dauerte dann doch eine knappe Stunde, bis Dagmar Möller im Café eintraf. Timo Schiller – ein kleiner runder Typ mit rotblonden Locken und auffallend schlechten Zähnen – saß in dem kleinen Büro über einem Stapel Abrechnungen und sorgte zunächst dafür, dass sie den besten Cappuccino bekam, der je in Lübeck zubereitet wurde, wie er vollmundig betonte. Möller hielt die Einschätzung für deutlich übertrieben, musste aber wenig später zugeben, dass Schiller gar nicht mal so falschlag. »Lassen Sie mich gleich zur Sache kommen«, ergriff sie schließlich das Wort. »Wir sind zurzeit mit einigen unerfreulichen Fällen beschäftigt und …«

»Gibt es in ihrem Job auch erfreuliche?«, warf Timo Schiller mit breitem Lächeln ein.

Möller schüttelte den Kopf. »Selten. Aber ich möchte hier nicht in die Details gehen. Die vermissten Frauen, die Sie seinerzeit gemeldet haben, sind womöglich keine Einzelfälle.«

Schiller drückte einen Anruf weg und schob sein Handy beiseite.

»Sie haben drei Frauen als vermisst gemeldet, weil Sie inzwischen einen guten Kontakt in die Obdachlosenszene haben und …«

»Ich kann mir Gesichter merken«, warf Schiller ein. »Und die Vornamen kriege ich auch immer gut zusammen. Außerdem finde ich schnell einen Draht zu Leuten. Darum bin richtig in meinem Job.«

»Und warum genau sind Sie stutzig geworden?«

»Das müsste doch alles in der Akte stehen.«

»Stimmt, ich habe mich selbst davon überzeugt. Und

dennoch – eine persönliche Beschreibung aus Ihrem Munde wäre hilfreich.«

Timo Schiller zuckte mit den Achseln. »Ich arbeite hier in der Altstadt und helfe auch mal in dem kleinen Internet-Bistro in der Nähe der Uniklinik aus, das ja einen ähnlichen Schwerpunkt anbietet. Das dritte Projekt, eine Kunstwerkstatt, ist zurzeit geschlossen. Sie wissen schon – Corona und der ganze Mist. Und die drei Frauen waren jeweils von einem Tag auf den anderen wie vom Erdboden verschluckt. Erst Cora, dann Liane und schließlich Becky. Ich habe mir die Namen gemerkt.«

Dagmar Möller blickte in ihre Notizen. »Das war 2015, 2016 und 2019. Und Sie haben sich jedes Mal die Mühe gemacht, die Polizei zu benachrichtigen.« Sie sah wieder auf. »Was genau hat Sie stutzig gemacht?«

»Die drei waren ganz gut in Lübeck angekommen, sie tauchten jeden Tag auf, spätestens jeden zweiten, und plötzlich wusste niemand mehr, wo sie abgeblieben waren«, erklärte Schiller. »Ihre Schlafplätze blieben unbelegt, und auch fest getroffene Verabredungen wurden nicht eingehalten. Das kam mir merkwürdig vor – es passte nicht zu ihren Gewohnheiten. Das interessierte den Polizeibeamten, mit dem ich sprach, allerdings nicht die Bohne. Eine Obdachlose mehr oder weniger ... Und wie sollte man nach ihnen suchen? Sie hatten keine oder längst abgelaufene Papiere, uralte Handys, kein Konto und so weiter. Das muss ich Ihnen nicht näher erklären.«

Möller nickte.

Timo Schiller hob kurz die Hände. »Aber wenigstens das wollte ich tun – darauf hinweisen, dass ich ihr plötzliches Verschwinden bemerkt hatte. Und zum letzten Mal gesehen wurden sie an Orten, für die sich immerhin ein gemeinschaftlich initiiertes Projekt stark gemacht hatte, Treffpunkte, an denen soziales Engagement großgeschrieben wird und ich einen neuen Job gefunden habe – und das meine ich nicht ironisch.«

Nein, so klang es auch nicht, dachte die Hauptkommissarin und rief sich das Update von Emma Klar und ihren Nachforschungen in Wismar in Erinnerung. »Sagt Ihnen der Name Franzi etwas?«, fragte sie und suchte das Foto heraus, das in den Medien veröffentlicht worden war. »Ein womöglich ähnlich gelagerter Fall Anfang des Jahres aus Wismar, zu dem auch nur der Vorname bekannt ist. Vielleicht haben Sie etwas davon mitbekommen.«

Schiller nickte langsam. »Das war hier Gesprächsthema. Sie stammte auch aus der Szene. Aber es gibt einen großen Unterschied: Niemand hat sie vermisst – oder als vermisst gemeldet –, doch ihre Leiche wurde gefunden.«

»Ist sie Ihnen hier in Lübeck vielleicht auch mal in den entsprechenden Einrichtungen über den Weg gelaufen?«

Timo Schiller schüttelte den Kopf. »Nein, daran würde ich mich sehr wahrscheinlich erinnern – falls sie häufiger hier war –, und ich hätte mich in dem Fall sicher gemeldet.«

Das glaubte Möller ihm sofort. »Wir haben inzwischen in Erfahrung gebracht, dass Franzi von einem Jobangebot sprach, ohne dass wir Details dazu kennen«, führte sie weiter aus. »Es lässt sich allerdings nicht ausschließen, dass es diesen Job nie gab.«

»Sie meinen, sie hat ihn sich bloß ausgedacht?«

»Vielleicht. Oder sie wurde in eine Falle gelockt. Beide Möglichkeiten müssen wir in Betracht ziehen.«

Timo Schiller drehte seinen Stuhl von einer Seite zur anderen und verschränkte die Hände über dem Bauch. »Wahrscheinlich ist es ganz einfach. Die Frauen wurden irgendwo aufgegriffen, überfallen, entführt, und kaum eine von ihnen dürfte noch leben ... Manchmal taucht zufälligerweise eine Leiche auf. Das Verbrechen dahinter lässt sich aber nicht mehr aufklären und oft genug noch nicht einmal die Identität.«

»Das entspricht leider viel zu oft der Realität. Das Ganze hat inzwischen allerdings weitere Kreise gezogen, und eine genauere Betrachtung ist nur möglich, weil es auch Menschen wie Sie gibt. Ist Ihnen diese Frau schon einmal über den Weg gelaufen?«, fragte Möller weiter und zeigte Timo Schiller ein Foto von Elly Barth.

Er zögerte. »Ich habe ein vergleichsweise gutes Gedächtnis für Gesichter, aber natürlich kann ich mir über die Jahre hinweg nicht jeden einzelnen Gast merken.«

»Es ist möglich, dass sie zwischen 2015 und 2016 in Wismar alle drei Projekte ... besucht hat«, fuhr Möller fort. »Und vielleicht war zeitgleich dieser Mann auch vor Ort.« Sie zeigte ihm eine Aufnahme von Stefan Mahler.

Diesmal nickte Schiller sofort. »Das ist doch der Typ von der Stiftung – oder aus dieser Marketingfirma? Er war jedenfalls häufig hier und hat die Projekte von Anfang an begleitet, wenn ich richtig informiert bin.«

»Das sind Sie.«

Schiller stutzte plötzlich. »Ach, warten Sie mal, da war doch dieser Fall ...«

»Richtig«, warf Möller ein. »Er wurde Anfang des Jahres ermordet.«

Timo Schiller starrte sie verdutzt an. »Sagen Sie bloß, dass es da einen Zusammenhang gibt?«

»Dazu darf ich Ihnen nichts sagen, aber wir suchen gerade nach neuen Ansätzen.«

»Ich verstehe. Das ist ja ein Ding!«, staunte Schiller.

»Ist Ihnen womöglich etwas aufgefallen in Verbindung mit den Besuchen von Mahler?«

»Das liegt zum Teil einige Jahre zurück!«, betonte Schiller. »Ich weiß nur, dass er mehrfach vor Ort war, sich zu Besprechungen getroffen hat – mit allen möglichen Leuten. Das klang immer alles sehr nach wichtigen Geschäften. Ich fand ihn sympathisch und sehr engagiert, er hat immer ein ordentliches Trinkgeld gegeben. Na ja – und ich war richtig happy, dass ich den Job hatte. Der ist genau richtig für mich. Mit meinem kleinen Vorstrafenregister ist es gar nicht so leicht, was Vernünftiges zu finden, auch wenn die Geschichten ewig zurückliegen.« Timo Schiller wies auf Möllers Handy. »Und diese andere Frau, von der Sie mir gerade das Foto gezeigt haben ...«

»Elly Barth«, erklärte Möller. »Auch in ihrem Fall liegt ein Tötungsdelikt vor. Sie kannte Stefan Mahler persönlich, arbeitete seinerzeit in der Marketingfirma mit ihm zusammen und verschwand 2016.«

Schiller betrachtete die Aufnahme eine Weile. Dann schüttelte er den Kopf. »Tut mir leid – so auf Anhieb fällt mir nichts dazu sein.«

»Falls sich das ändert, würde ich mich freuen, wenn Sie sich bei mir melden.«

»Das mache ich.« Er nickte. »Es wäre übrigens keine schlechte Idee, wenn ich mir die Aufnahmen von den Leuten abfotografieren könnte – als Erinnerungsstütze.«

Dagegen hatte Dagmar Möller nichts einzuwenden. Als sie das Café verließ, war eine knappe halbe Stunde vergangen. Ein Gedanke rumorte in ihrem Hinterkopf, ohne dass sie ihn zunächst greifen konnte. Erst als sie wieder an ihrem Schreibtisch saß und einige Mails beantwortet hatte, bekam sie ihn plötzlich zu fassen. Die zeitliche Zuordnung musste überdacht werden. Elly Barth hatte Stefan Mahler im Blick behalten – so lautete der inzwischen gut belegte Verdacht. Möller öffnete die Akte sowie eine Datei von Emma Klar. 2015 bis Anfang 2016 hatten Mahler und Barth noch gemeinsam in der Marketingfirma gearbeitet; im Sommer war Elly Barth verschwunden, und Mahler hatte wenig später den Stiftungsjob angetreten.

Dagmar Möller tippte mit einem Kuli auf die Schreibtischplatte, bis ihr das Geklicke selbst auf die Nerven ging. Die Idee für diese Projekte war ursprünglich in seiner Eigenschaft als Berater der Marketingfirma entstanden, Stefan Mahler hatte sie dann angeschoben und begleitet, womöglich sogar selbst initiiert, nebenbei seine Doktorarbeit geschrieben und war schließlich auf eine Führungsposition der Stiftung gewechselt, um eine gut dotierte und angesehene Stelle anzutreten und zugleich ein besonderes Projekt vorzustellen und voranzutreiben. War diese Schlussfolgerung von besonderer Bedeutung? Im Moment nicht, aber der Aspekt sollte nicht unter den Tisch fallen, weil ein größerer Kreis Kenntnis von diesen Aktivitäten hatte.

Die Hauptkommissarin arbeitete ihre Telefonliste ab, dann rief sie Emma Klar an und brachte sie auf den neuesten Stand.

Die Kollegin schwieg eine ganze Weile. »Ähnliche Vorgänge in Wismar und Lübeck«, resümierte sie schließlich. »Bis auf den Unterschied, dass wir in Wismar ein Mordopfer zu beklagen haben. Wir sollten schnellstmöglich ...«

»Hamburg und Rostock hatte ich bereits ins Auge gefasst«, warf Dagmar Möller ein. »Es gibt einen jungen Kollegen, der gerne mit zu uns ins Boot käme«, berichtete sie weiter und erläuterte kurz den Hintergrund. »Alexander

Stark hat beste Kontakte zu einigen Hamburger Kollegen und wechselt demnächst in Rostock in das Kommissariat von Moritz Tambach …«

»Den Kommissariatsleiter kann ich nur wärmstens empfehlen. Wir hatten in den letzten Jahren häufig miteinander zu tun. Er ist an Leute gewöhnt, die zu eigenwilligen Ermittlungsansätzen neigen …« Emma räusperte sich leise. »Er soll einen schönen Gruß von mir bestellen, dann weiß Tambach gleich, woran er ist. Andererseits … Natürlich könnte auch ich jederzeit Kontakt zu ihm aufnehmen. Das ginge wahrscheinlich am schnellsten.«

»Das halte ich für eine gute Idee – Stark könnte sich erst mal auf die Hamburger konzentrieren und verdirbt es sich nicht gleich mit seinem neuen Chef«, meinte Dagmar Möller.

»Okay. Ansonsten statte ich heute der Tante von Karina Pohl noch mal einen Besuch ab.«

»Was versprichst du dir davon?« Möller überlegte kurz. »Wir waren doch schon beim Du, oder?«

»Ich denke schon. Und falls nicht, dann eben ab jetzt. Was Anna Cromberg angeht, so bin ich absolut sicher, dass die Frau weiß, wo sich ihre Nichte versteckt. Und wenn wir mit unserem Ansatz richtig liegen, fühlt sich Karina womöglich ermutigt, uns weitere Hinweise zu geben.«

»Na ja, mal sehen.«

»Warum so skeptisch?«

»Sie wird komplett untergetaucht sein. Falls sie die Mörderin ist, wird sie kein Risiko eingehen, dass wir sie doch wieder einfangen. Und sollte etwas ganz anderes dahinterstecken, was auch die Tat und ihre Schuld infrage stellt, ist ein gutes Versteck von allergrößter Bedeutung. Sie wird ihre Tante nicht in Gefahr bringen wollen.«

»Ich habe Cromberg kennengelernt«, wandte Emma ein. »Sie ist eine starke Persönlichkeit. Und ein weiteres Gespräch kann kaum schaden.«

»Darin stimme ich dir zu.«

»Ansonsten hoffe ich auf das besondere Talent meines Recherchemannes. Ich werde ihn bitten, dass er die Marketingfirma und den Zeitrahmen auch noch mal genauer unter die Lupe nimmt. Es würde mich allerdings nicht sonderlich wundern, wenn er den Aspekt längst berücksichtigt hätte. Warte mal …« Emma Klar brach ab.

»Noch eine Idee?«

»Eine Verbindung hat sich bereits gezeigt, wie mir gerade einfällt. Der Exmann der ehemaligen Chefsekretärin der Marketingfirma ist auch an der Stiftung beteiligt. Zufällige Überschneidung oder nicht – da sollten wir in der Tat genauer hinsehen.«

Dagmar Möller notierte sich den Namen und verabschiedete sich wenig später. Dann schickte sie Alexander Stark eine Nachricht. *Immer noch Lust, dir die Finger zu verbrennen?*

Immer gerne, kam die prompte Antwort.

Dann kümmere dich bitte um Hamburg. Rostock übernimmt die Kollegin. Sie kennt Tambach persönlich.

Alles klar.

Timo Schiller machte pünktlich Feierabend. Er übergab die Kasse, nahm sich ein paar belegte Brötchen vom Frühstück mit, die ab dem Nachmittag ohnehin niemanden mehr interessierten und am nächsten Tag natürlich nicht mehr verkauft werden durften, und ging Richtung Neue Hafenstraße und Trave. Er lief an den Gewerbegebäuden vorbei bis hoch zu den alten Schuppen. Dort blieb er einen Moment stehen, ließ den Blick schweifen, atmete mehrfach tief durch und kehrte schließlich wieder um.

Viele Nächte hatte er damals in dieser Gegend verbracht – in einem alten Schuppen oder Container, immer bereit, schnell seine Utensilien zu packen und das Weite zu suchen. Polizei und private Sicherheitsdienste waren häufig gar nicht das Problem gewesen. Manche sahen großzügig über eine versteckte Schlafstelle hinweg oder spendierten sogar mal einen Kaffee und eine Zigarette. Andere zeigten sich unfreundlich auf einem erträglichen Level, einige wenige ließen sich die Gelegenheit nicht entgehen und griffen hart durch. Das Problem waren immer Leute, die darauf erpicht waren, sich abzureagieren, Menschen, die sich groß, stark und machtvoll fühlen wollten, indem sie andere kleinmachten – und quälten. Arschlöcher, um es auf den Punkt zu bringen. Kranke Gewalttäter ohne jeden inneren Kompass, die es überall gab, in jeder Schicht, jeder Straße, jedem Hausblock. Hasserfüllte, nach unten tretende Kreaturen, die ihre Gewaltgier manchmal gut zu tarnen wussten. Timo Schiller war einigen begegnet. Er war mehrfach zusammengeschlagen worden. Und vergewaltigt.

Ein Zittern durchfuhr ihn. Er beschleunigte seine Schritte. Das war Vergangenheit. Eine düstere Zeit, die ihn nie endgültig verlassen würde und die ihm niemand ansah, der ihn im Café erlebte, wo er freundlich, fröhlich, zugewandt agierte, als hätte er nie etwas anderes getan. Mittlerweile wohnte er an der Ratzeburger Straße in einer kleinen Einzimmerwohnung, die ihm immer noch wie ein großartiges Geschenk, ein Sechser im Lotto vorkam. Sein Chef hatte sich für ihn starkgemacht, als er sich auf die Anzeige beworben hatte. Ohne ihn wäre das nie etwas geworden. Er liebte jeden einzelnen Meter seines kleines Reiches, putzte regelmäßig und behandelte seine bescheidene Einrichtung, als müsste sie fünfzig Jahre halten.

Timo Schiller lief die knapp sieben Kilometer zu Fuß nach Hause, aß seine Brötchen vor dem PC und zog dabei die Fotos von der Kommissarin auf den Monitor. Der Typ, der sich in Wismar – und in anderen Städten – für eine Szene eingesetzt hatte, vor der die meisten gerne die Augen verschlossen oder sie verachteten. Seine Freundin hatte ihn auf der Straße abgestochen, so war es in den Medien berichtet worden. Das Gesicht von Elly Barth sagte ihm immer noch nichts, allerdings hatte er das unbestimmte Gefühl, sie schon einmal gesehen – besser gesagt: wahrgenommen – zu haben. Es würde ihn nicht wundern, wenn ihm in den nächsten Tagen doch noch einfiele, wo er ihr begegnet sein könnte.

Schiller klickte das nächste Foto an und vergrößerte es. Die Aufnahme von Franzi, deren Leiche Anfang des Jahres in Wismar entdeckt worden war, wirkte seltsam nichtssagend. Möglicherweise hing das damit zusammen, dass das Bild für die Öffentlichkeit retuschiert worden war. Schiller blickte es konzentriert an und ließ seine Gedanken kreisen. Von einem Job war die Rede gewesen. Die Tagträumerei einer Wohnungslosen, die sich wichtigmachen wollte, oder steckte mehr dahinter? Das Angebot eines Gelegenheitsjobs in einer zwielichtigen Branche zum Beispiel? Er kniff die Augen zusammen und legte die Fingerspitzen aneinander.

Schließlich öffnete er seine Fotomediathek und suchte nach Aufnahmen, die seit den ersten Monaten nach Eröffnung der beiden Lokale und der Kunstwerkstatt entstanden waren. Er selbst hatte bei allen möglichen Gelegenheiten fotografiert, weil er alles festhalten wollte, was den Beginn seines neues Lebens markierte – die ersten Tage im Café, der Besuch der Presse und von Vertretern der Stadt, die erste Ausstellung, eine kleine Feier anlässlich des einjährigen Bestehens, die Zweijahresparty, eine größere Spende, deren Übergabe in festlichem Rahmen stattgefunden hatte, das Sommerfest im letzten August, der Auftritt einer Band Ende des vergangenen Jahres im Spätherbst, der auch viele Auswärtige angelockt hatte ... Und plötzlich entdeckte er Franzi. Er beugte sich vor und vergrößerte das Bild. Das Gesicht hatte nur entfernt Ähnlichkeit mit der Aufnahme, die die Kommissarin von der Toten zur Verfügung gestellt hatte und die von den Medien verwendet worden war – es wirkte voller, war von einem Lächeln erhellt und dunklen Haaren umrahmt –, dennoch war Schiller fest davon überzeugt, dass es sich um Franzi handelte. Sie war von seiner Kamera zu einem Zeitpunkt erfasst worden, als sie sich amüsierte und das Leben zumindest ein wenig zu feiern schien, bevor sie etliche Wochen später in Wismar unterwegs gewesen und auf ihren Mörder getroffen war – oder eine ganze Gruppe von Tätern.

Timo Schiller stellte die Porträts nebeneinander und wählte eine weitere Vergrößerung. Im Bereich der linken Schulter war ein Tattoo zu erkennen, das aussah wie eine Spinne. Das könnte die Kommissarin interessieren, dachte er sofort. Und es gab noch einen weiteren Punkt, der ihm plötzlich auffiel. Auf dem im Café entstandenen Foto stand dicht neben Franzi eine Frau, und die beiden waren offensichtlich in ein Gespräch vertieft. Schiller kopierte das Gesicht heraus und vergrößerte es, obwohl er längst sicher war – es handelte sich um Becky. Eine weitere Vermisste, die seinerzeit spurlos verschwunden war. Nach diesem Abend hatte sie niemand mehr gesehen.

11

Emma hatte den Rostocker Kollegen Moritz Tambach mehrfach zu erreichen versucht – ohne Erfolg. Schließlich hinterließ sie ihm eine Nachricht mit der Bitte um Rückruf und machte sich auf den Weg zum Markt. Anna Cromberg verkaufte ihre Kräuter und allerlei Selbstgezogenes seit Jahren an einem Stand in der Wismarer Innenstadt, wie Emma inzwischen wusste. Doch die meisten Händler hatten ihre Stände bereits abgebaut, auch Cromberg war nicht mehr zu sehen. Emma erstand noch einige Lebensmittel und fuhr anschließend nach Zierow. Dort wirkte alles still, niemand öffnete auf ihr Klingeln, das Hoftor war abgesperrt, aber ein Transporter stand mit geöffneter Seitentür vor einem Unterstand.

Emma umrundete das Grundstück – die Seiten wurden von einer Steinmauer und wild wucherndem Buschwerk begrenzt, und im rückwärtigen Bereich war Maschendraht bis gut über zwei Meter hochgezogen, die Sicht dahinter mit Brettern versperrt. Hier soll wirklich niemand auch nur zufällig einen Blick erhaschen können, dachte Emma. Sie ging wieder nach vorne und klingelte erneut. Irgendwo meckerte eine Ziege, eine zweite antwortete. Schließlich drehte Emma sich um, ging zum Wagen zurück und beschloss zu warten.

Hauptkommissar Moritz Tambach rief an, als sie gerade krachend von einer Möhre abgebissen hatte. Sie kaute einige Male heftig und schluckte, bevor sie sich melden konnte.

»Mahlzeit«, meinte Tambach trocken. »Kann ich sonst noch was für dich tun?«

»Ich denke schon. Hast du kurz Zeit?«

»Ich sollte bereits vor drei Minuten im Besprechungsraum sitzen ...«

»Dann passt es ja. Ich mache es kurz.« Emma skizzierte den Fall und fasste ihre bisherigen Recherchen zusammen. Tambach warf einige Zwischenfragen ein und schwieg schließlich.

»Von dieser Flucht habe ich natürlich gehört, dass eine ganz andere Geschichte dahinterstecken könnte, wundert mich nur auf den ersten Blick. Staatsanwältin Steiner scheint ja durchaus skeptisch zu sein, sonst hätte sie kaum dich darauf angesetzt ...« Leises Räuspern. »Und nun arbeitest du mit Dagmar Möller zusammen – interessant.«

»Da fehlst nur noch du, oder?«

»Wer hat da noch seine Finger mit ihm Spiel, abgesehen von Padorn natürlich?«, überging Tambach die Frage.

Emma zögerte.

»Komm, keine Tricks oder Ausweichmanöver!«, erklärte Tambach energisch. »Solche Spielchen mache ich längst nicht mehr mit, das weißt du.«

»Ein junger Kollege aus Rostock hat sich wohl schon warmgelaufen bei dem Thema – er kennt Dagmar Möller aus einer Koordinationsgruppe mit irgendeinem schicken Namen, die regelmäßig in Hamburg tagt, und wird demnächst zu dir versetzt ...«

»Alexander Stark? Ach, du liebe Güte! Warum kriege ich immer diese Typen, die schon aus der Reihe tanzen, bevor sie die erste Akte aufgeschlagen haben?«

»Weil sie bei dir richtig sind.«

»Noch mehr Honig ums Maul ertrage ich nicht.« Pause. »Was erwartest du jetzt von mir?«, fragte er schließlich.

»Ganz harmlos …«

Tambach schnaubte. »Ja, wie immer!«

Emma lächelte. »Es ist wirklich nichts dabei. Es wäre hilfreich, wenn du dich mal in eurer Datenbank umsehen würdest, und zwar zunächst ohne offizielle Anfrage …«

»Datenrecherche auf puren Verdacht.«

»So handhaben wir es jetzt in Wismar, Lübeck und auch Hamburg, wenn alles klappt. Stichwort: Vermisste junge Frauen aus der Obdachlosenszene, womöglich in Verbindung mit einer Einrichtung, bei der sich die Lübecker Stiftung starkgemacht hat. Oder auch unbekannte Tote, bei denen diese Szene naheliegt. Adresse schicke ich dir, einige Namen und Fotos auch, damit du dir ein Bild machen kannst.«

»Weil ich ja sonst nichts zu tun habe«, murrte Tambach.

»Du kriegst ja bald Unterstützung.«

»Soll mich das trösten?«

»Aufmuntern. Du kannst doch den Kollegen früher anfordern – der hätte bestimmt nichts dagegen.«

»Und was hilft es euch weiter, wenn sich der Verdacht bestätigt?«, fragte Tambach.

»Jede zusätzliche Übereinstimmung bringt womöglich weitere Namen ins Spiel – oder führt uns zu Zeugen.«

Tambach seufzte. »Na schön, du hörst von mir.«

»Danke, Kollege.« Emma legte das Smartphone beiseite. Als sie hochschaute, sah sie Anna Cromberg am Hoftor. Sie blickte in ihre Richtung. Emma stieg aus und winkte, dann trat sie langsam näher.

»Warten Sie schon lange?«, fragte Cromberg, musterte sie aufmerksam und strich sich eine Locke aus der Stirn. Sie machte keine Anstalten, das Tor zu öffnen. Ihre Körperhaltung signalisierte deutliche Abwehr.

»Einige Minuten. Ich hatte die Hoffnung, dass Sie zu Hause sind.«

»Was kann ich für Sie tun?«

»Ich habe Neuigkeiten und würde sie gerne mit Ihnen besprechen. Haben Sie vielleicht ein paar Minuten Zeit?«

»Das passt gerade nicht so gut.« Anna Cromberg hob das Kinn. »Oder haben Sie meine Nichte gefunden?«

Emma schüttelte den Kopf. »Nein.«

»Dann haben wir nichts zu besprechen, Kommissarin Klar.« Cromberg nahm die Hand vom Tor und war im Begriff, sich abzuwenden.

»Ich habe inzwischen einige Tage recherchiert – mit bemerkenswerten Ergebnissen – und bin davon überzeugt, dass der Mord an Stefan Mahler vor einem völlig anderen Hintergrund verübt wurde«, erklärte Emma.

Anna Cromberg wandte sich wieder um. Ihr Blick war kühl und doch interessiert. »Und warum erzählen Sie mir das?«

»Weil ich davon ausgehe, dass Ihre Nichte sich früher oder später doch bei Ihnen melden wird. Und dann könnten Sie ihr etwas ausrichten«, erklärte Emma. »Sagen Sie ihr, dass wir auf die Geschichte mit den verschwundenen obdachlosen Frauen gestoßen sind. Ersten Hinweisen dazu ist wohl vor Jahren bereits Elly Barth nachgegangen, bevor sie spurlos verschwand und ermordet wurde.« Emma war sicher, dass Anna Cromberg der Name etwas sagte, auch wenn sie ihr Mienenspiel hervorragend im Griff hatte.

»Karina hatte eine Liste mit Orten auf ihrem Rechner gespeichert. Wir haben uns diese Adressen genauer angesehen und überprüfen zurzeit in Hamburg, Lübeck, Wismar,

Rostock eine Verbindung mit vermissten und/oder getöteten Frauen aus der Obdachlosenszene. Elly hatte womöglich einen bösen Verdacht und musste aus diesem Grund sterben – die Vermutung liegt nahe. Und Karina scheint einiges dazu herausgefunden oder zufällig entdeckt zu haben. Das hat sie so sehr schockiert, dass sie lieber schwieg, als sie vor Gericht stand. Ich könnte mir vorstellen, dass auch sie in Gefahr ist. Doch …« Emma zuckte mit den Achseln. »Dazu kann ich im Moment nur spekulieren. Uns fehlen konkrete Anhaltspunkte.«

Anna Cromberg blickte sie unverwandt an.

»Es wäre ausgesprochen hilfreich, wenn wir mehr erfahren würden. Sagen Sie ihr das.« Emma wandte sich um.

»Warten Sie.«

Emma drehte sich wieder um. Crombergs Blick hatte sich verdunkelt. »Sie gehen davon aus, dass ich weiß, was passiert ist und Karina vor dem Zugriff der Behörden schütze. Doch Sie liegen falsch. So ist es nicht, ich habe keine Ahnung«, sagte sie leise.

»Und ich denke, dass das nicht die Wahrheit ist oder nur ein Teil davon«, entgegnete Emma. »Abgesehen davon kann sich Ihre Nichte kaum für den Rest ihres Lebens verstecken.«

»Ich weiß nicht, was geschehen ist«, wiederholte Cromberg in ernstem Tonfall. »Ich weiß nur, dass …« Sie blickte zu Boden.

»Sie denken, dass Karina ihn nicht ermordet hat?«

Anna Cromberg sah wieder auf und schüttelte den Kopf. »Nein. Sie ist keine Mörderin. Wer weiß, was da passiert ist. Und ich stimme Ihnen zu – ich denke auch, dass sie in Gefahr ist. Aber sie kann gut auf sich aufpassen.«

»Davon bin ich überzeugt, sonst wäre sie kaum so weit

gekommen«, erwiderte Emma. »Aber sie muss reden – Hinweise liefern, mit denen wir etwas anfangen können. Sagen Sie ihr das – falls sie sich meldet.«

Cromberg nickte. Sie hatte längst verstanden, dass Emma von dem Kontakt zu ihrer Nichte überzeugt war.

Emma zog ihr Smartphone aus der Tasche, als eine Nachricht von Dagmar Möller mit leisem Vibrieren einging. »Entschuldigen Sie, das könnte wichtig sein«, erklärte sie und öffnete die Mail, die neben einigen Hinweisen im Anhang Fotos enthielt.

Der Mitarbeiter aus dem Lübecker Café hat ein paar Schnappschüsse herausgesucht, schrieb Dagmar Möller. *Und er hat etwas entdeckt – offensichtlich war Franzi nicht nur in Wismar unterwegs, sondern auch in Lübeck. Ich habe mir gleich noch mal den Bericht der Rechtsmedizin angesehen – die junge Frau hat sich stark verändert, doch das Tattoo ist als Identifizierungshinweis eindeutig. Und offensichtlich kannte sie eine andere vermisste Obdachlose. Ich werde den Mitarbeiter bitten, uns sein gesamtes Material zur Verfügung zu stellen. Damit könnte sich dein Recherchemann beschäftigen.*

Emma klickte sich durch die Bilder – Franzi hatte die Frau gekannt oder kennengelernt, von der lediglich der Name Becky bekannt war; sie verschwand ebenfalls Ende 2019. Noch gab es keine Leiche, aber dass sie noch lebte, hielt Emma für wenig wahrscheinlich.

All diese jungen Frauen sind mit allergrößter Wahrscheinlichkeit längst tot und irgendwo verscharrt, dachte Emma und blickte wieder hoch. Und wir suchen Jahre später nach erkalteten Spuren, auf die wir zufällig stoßen, während wir nach einer als Mörderin verurteilten und geflohenen Frau fahnden. Franzis letzte Tage und Stunden waren grausam.

Emma kniff die Augen zusammen. Elly und Franzi, dachte sie. Und Becky sowie viele weitere Opfer. Der Antwort auf die Frage, was all das mit dem Mord an Stefan Mahler zu tun hatte, kamen sie bislang damit keinen Schritt näher.

Anna Cromberg sah sie an. »Schlechte Nachrichten?«

»Weitere Spuren und Hinweise. Beunruhigend und vage zugleich. Wir brauchen mehr als das, aber ... immerhin gibt es sogar erste Namen. Und wir würden über keinen einzigen Anhaltspunkt verfügen, wenn sich niemand an diese Frauen erinnern würde oder keiner bereit wäre, sie aus der Anonymität zu holen. Franzi, Elly, Becky – drei Namen von vielen weiteren. Das jedenfalls ist zu befürchten.«

Dazu sagte Anna Cromberg nichts.

Emma verabschiedete sich und ging zum Wagen zurück. Sie ließ die Fensterscheibe herunter und blickte einen Moment auf die idyllische Küstenlandschaft. Ein Ort wie geschaffen für ein friedlich beschauliches Leben, im Einklang mit der wunderbaren Natur, im Einklang mit sich selbst und einer Handvoll Menschen, die einem nahe, vertraut, wertvoll waren und sich in schwierigen Situationen schützend davorstellten. All das hatten die jungen Frauen, von denen sie bislang nur einige Vornamen kannten – Cora, Liane, Becky, Franzi – nicht erfahren. Und Elly Barth war gestorben bei dem Versuch, den Hintergründen auf die Spur zu kommen. Diese Schlussfolgerung bot sich zurzeit an. Sie hatte etwas beobachtet, das auf keinen Fall bekannt werden sollte. Im Mittelpunkt ihrer Aufmerksamkeit hatte Stefan Mahler gestanden, und womöglich nicht er alleine. Wonach klang das? Nach Verbrechen, die – in der Regel – nur Männer begingen.

Sie hatte gerade erneut die rechtsmedizinischen Berichte geöffnet, als ihr Handy klingelte – eine unbekannte Nummer. Emma stellte die Verbindung her und meldete sich mit einem schlichten »Hallo?«.

»Spreche ich mit Emma Klar?« Eine weibliche Stimme, die rau und kräftig zugleich klang.

»Kommt darauf an.«

»Nun, mein Name ist Dorothea Klein, Rechtsmedizinerin. Wenn mich nicht alles täuscht, haben Sie mich angeschrieben, und es klang dringend. Falls ich falschliege mit meinem Eindruck, können wir das Gespräch sofort beenden, was mir durchaus recht wäre, und ich gehe zurück auf mein Boot und genieße die …«

»Bitte nicht, denn Sie liegen völlig richtig, es ist dringend«, warf Emma rasch ein. »Ich bin manchmal übervorsichtig, wenn ich angerufen werde und die Nummer nicht kenne. Berufsbedingte Zurückhaltung, wenn Sie so wollen.«

»Verstehe. Also, was ist los mit diesen Fällen, die Sie da neu aufgerollt haben?«

»Darüber würde ich sehr gerne mit Ihnen sprechen, allerdings wäre mir ein persönlicher Austausch lieber.«

Seufzen. »Ich habe dienstfrei«, erklärte Doktor Klein. »Und langweiliges Wiederkäuen alter Fälle ist so gar nicht mein Ding.«

»Ich mache mich gerne auf den Weg zu Ihnen, und ich kann Ihnen versichern, dass langweiliges Wiederkäuen es nicht einmal ansatzweise trifft.«

»Na schön. Ich liege mit meinem Boot in Boltenhagen, an der Weißen Wiek, wenn Ihnen das etwas sagt.«

»Tut es. Passt es Ihnen in ungefähr einer halben Stunde?«

»Das lässt sich einrichten. Ich schicke Ihnen den Standort aufs Handy.«

»Sehr gerne.« Emma legte das Smartphone beiseite und startete den Motor.

Vor einigen Jahren hatte sie ein Fall auch nach Boltenhagen geführt. Sie hatte damals lange im Trüben gestochert, bis sich schließlich herauskristallisierte, dass sich jemand auf einen jahrelangen Rachefeldzug begeben hatte, auf bemerkenswert perfide und kaum zu entschlüsselnde Art. Diesmal ging es um etwas ganz anderes, dessen war sie sicher. Sie wusste, dass sie sich gegen eine vorschnelle Festlegung auf ein Motiv und einen Täterhintergrund wehren sollte, andererseits stach es so sehr heraus, dass eine Fokussierung unausweichlich schien.

Als sie am Hafen in Boltenhagen eintraf, schickte sie die Fotodateien von Dagmar Möller an Padorn weiter. *Such nach anderen Gesichtern,* fügte sie hinzu. *Männer, die, von Mahler abgesehen, auch im Umfeld der Stiftung und der Marketingfirma auftauchen. Ich bin sicher, dass etwas besonders Hässliches geschehen ist. Wir wissen nur noch nicht, wie und wo und vor allen Dingen: wer. Es begann 2015, soweit die Schlussfolgerung nach den bisherigen Belegen, und es endete mit dem Tod von Stefan Mahler.*

Dieser Typ aus dem Café ist kein schlechter Fotograf, dachte Padorn. Timo Schiller hatte bei mehreren Feiern und zu besonderen Anlässen nicht nur die Kamera hochgehalten und geknipst, um ein Datum und ein Zusammentreffen festzuhalten, sondern Besonderheiten herausgesucht – ein Musiker, der verzückt auf seine Gitarre blickte, zwei Frauen, in deren Gesichtern das Lachen hochschwallte, eine andere, die ins Leere blickte, ein junger Mann, der hastig und verstohlen an seiner Zigarette zog, ein anderer, der gierig aus einer Flasche trank. Entstanden waren dabei

– neben Gruppenfotos – auch Porträts einzelner Gäste, dazu ein paar Anzugtypen, Leute von der Presse, Menschen, denen man ansah, dass sie ein Amt, eine Behörde vertraten, junge und ältere Frauen in teuren Klamotten. Wir sind spendabel und an sozialen Projekten interessiert, stand in Leuchtschrift über etlichen Gesichtern – wir geben Geld und schenken Aufmerksamkeit, wir helfen, wo es auch uns zugutekommt. Wer könnte etwas dagegen einzuwenden haben?

Padorn brauchte nicht lange, bis er Stefan Mahler entdeckte – hier und da im Gespräch vertieft, meist lächelnd oder mit nachdenklicher Miene, aber immer gut aussehend. Ein smarter Erfolgstyp, wie ich nie einer war, dachte Padorn. Als ich so jung war, wurde dieser Begriff noch gar nicht benutzt. Die DDR hatte sich gerade abgeschafft, ein neuer Staat war zusammengezimmert worden inmitten all der Träume, Sehnsüchte, Hoffnungen und falschen Bilder von einer Freiheit, die mehr Anstrengung und Einsatz erforderte, als vielen bewusst oder gar angenehm war. Dafür lebe ich noch und bin nun, dreißig Jahre später – nach manch aufgegebener Hoffnung und vielen geplatzten Träumen – auf der Suche nach Belegen, die den Mord an ihm, dem smarten Typen, erhellen könnten.

Padorn nickte, das war eindeutig ein Punkt, der für ihn sprach, auch wenn wohl niemals jemand auf den Gedanken käme, ihn als smart zu bezeichnen. Er ließ die Bilder durchlaufen und auf sich wirken. Auf einem Foto, das in der Kunstwerkstatt entstanden war, entdeckte er schließlich Karina Pohl. Sie stand an einer Bar im Freien, Sommer vor einem Jahr, und blickte in die Ferne. Ihre Miene war schwer zu deuten. Glücklich und unbeschwert oder auch nur heiter und in Feierlaune wirkte sie nicht.

Padorn lehnte sich zurück. Momentaufnahmen eigneten sich nicht für weitreichende Schlussfolgerungen. Und doch ... Er schickte Emma die einzelne Datei sowie weitere Bilder, die zum selben Zeitpunkt bei diesem Anlass entstanden waren. Dann klickte er sich durch die Gesichter, fütterte sein Suchprogramm und startete die Zuordnung. Sie dürfte etliche Stunden in Anspruch nehmen. Padorn lockerte seine Schultern, erhob sich und ging in den Hof, um eine zu rauchen und einen weiteren Kaffee zu trinken. Die Sonne stand tief, der Tag schlenderte mit gemächlichen Schritten dem Ende entgegen. Zwei Kollegen verabschiedeten sich, kurz darauf verließ die Bürokraft das Gelände, beiläufig winkend. Besonders gesprächig und zugewandt war die junge Frau nicht. Meist verkroch sie sich hinter ihrem Schreibtisch und arbeitete konzentriert ihre To-do-Liste ab. Dafür nahm sie Padorn jede Menge Kleinkram und Buchhaltungsaufgaben ab, sodass ihm genug Zeit blieb, um zum Beispiel Emmas Recherchen zu unterstützen. Das war zweifellos ein schätzenswerter Pluspunkt.

Christoph traf wenig später ein und setzte sich neben ihn. »Hast du eigentlich in letzter Zeit mal meine Frau gesehen?«, fragte er und öffnete eine Bierflasche.

»Dürfte in etwa zwei Tage zurückliegen.« Padorn zuckte mit den Achseln.

Christoph trank einen großen Schluck und blickte ihn dann von der Seite an. »Muss ich mir Sorgen machen?«

»Nein. Es geht um eine kleinteilige Suche. Und, ja – um eine hässliche Geschichte, die zwischen all den einzelnen Punkten hier und da hervorguckt. So ähnlich beschreibt Emma es.«

»Wie hässlich?«

»Erfolgreiche Männer in tollen Jobs und Unternehmen,

die sich für sozial Benachteiligte einsetzen, für die besonders Wehrlosen in diesem Land ihr Herz entdecken, andere mitreißen und ein Feuer der gemeinsamen Anstrengungen entfachen, Politiker, Geschäftsleute und gut situierte Privatleute mit ins Boot holen, Spendengelder lockermachen, Projekte anschieben, die man einfach nur gut finden muss und ...«

»Komm zum Punkt, bevor ich hier einschlafe! Oder übst du für einen Pressetext?«

»Und dabei verschwindet hier und da mal eine Frau. Eine Obdachlose«, fuhr Padorn unbeirrt fort. »Bemerkenswerterweise fällt ihr Verschwinden nur auf, weil diese angeschobenen Projekte für mehr Aufmerksamkeit und Nähe gesorgt haben – auch und gerade für Menschen, die sonst immer untergehen. Und falls der oder die Täter aus dem genannten Umfeld stammen, würde ich sagen ...«

»Ein Eigentor?«

Padorn nickte. Er hob seine Tasse und trank einen Schluck.

»Ist es gefährlich für Emma?«

»Noch nicht. Sie ermittelt auch nicht mehr allein.«

»Aber sie ist ständig ohne Begleitung unterwegs.«

»Wie so oft.« Padorn zuckte mit den Achseln. »Sie klappert die Kontakte ab, sammelt hier und dort weitere Beweise – nervt die Leute. Du weißt schon.«

»Ja, ich weiß.« Christoph streckte seine Beine aus. »Sag mir Bescheid, wenn du den Eindruck hast, dass es ...«

»Na klar.«

Sie schwiegen eine Weile.

»Soll ich was kochen?«, fragte Christoph schließlich.

»Hätte ich nichts gegen.«

12

Emma war einen Augenblick lang fest davon überzeugt, dass sie sich beim angegebenen Standort geirrt hatte. Das Boot, vor dem sie stand, war kunterbunt, mit tibetischen Gebetsfahnen geschmückt und wirkte, nun ja – ungewöhnlich, um es höflich zu formulieren. Das Segel flatterte halbherzig im Wind, Tisch und Stühle konnten durchaus vom Sperrmüll stammen, die Holzverkleidung an Deck war an vielen Stellen verwittert und aufgeraut; auf einer Wäscheleine flatterten Hosen und Shirts, die Jahrzehnte alt schienen, und die Frau, die ihr entgegenblickte, hätte auf jedem Heavy-Metal-Konzert eine gute Figur gemacht. Sie war höchstens mittelgroß, schmal gebaut, aber ihre Oberarme waren muskulös und sehnig. Ihr Alter war schwer zu schätzen – irgendwas zwischen Mitte vierzig und Anfang sechzig, ihre Schultern waren tätowiert, das Haar war unter einem Tuch zusammengebunden, sie trug Ledershorts und ein Oberteil in undefinierbarer Farbe, die Sandalen hatten geschätzt Jahrzehnte hinter sich. Gegen sie wirkte Johanna Krass – Emmas Vorgesetzte beim BKA in Berlin, die keinerlei Wert auf Konventionen legte und stets underdressed unterwegs war – bieder und gewöhnlich.

Die Frau lächelte, während sie Emmas Miene beobachtete. »Richtig, ich bin Dorothea Klein, Rechtsmedizinerin. Es ist immer wieder ein Vergnügen zu beobachten, mit welchen Erwartungen Menschen zu mir kommen«, erklärte sie und begrüßte Emma mit kräftigem Händedruck, sobald sie das Boot betreten hatte.

»Die einen sind tot und dürfen davon ausgehen, dass ich sie respektvoll behandele und alles dafür tue, ihrem Ableben auf die Spur zu kommen. Andere erwarten eine Ärztin zu treffen, die auch so aussieht, und das heißt: seriös und gesetzt, distinguiert, sagt man wohl, oder?«

Emma lächelte und setzte sich auf einen der wackligen Stühle. »Ich lasse mich gerne überraschen.«

»Dann sind Sie bei mir genau richtig, Kommissarin Klar. Möchten Sie etwas trinken?«

Emma zögerte.

»Ich habe selbstgebrannten Schnaps, aber den biete ich Ihnen natürlich nicht an.« Sie lachte. »Saft, Wasser, Tee?«

»Ein Saft wäre schön.«

Dorothea Klein verschwand kurz unter Deck und kehrte mit einem Tablett und einer Karaffe Orangensaft zurück. Sie goss zwei Gläser ein. »Elly Barth und Franzi«, sagte sie dann leise. »Es gibt also einen Zusammenhang?«

»Davon gehe ich aus.« Emma trank einen Schluck und begann schließlich ihre bisherigen Ermittlungen vor dem Hintergrund ihres Suchauftrags zu skizzieren.

Dorothea Klein zog einen Tabakbeutel aus ihrer Gesäßtasche und drehte sich eine Zigarette, während sie konzentriert lauschte. Sie nickte mehrfach und inhalierte tief. »Es ist immer eine besondere Herausforderung, Fälle zu vergleichen, die so weit auseinanderliegen, noch dazu vor dem Hintergrund völlig unterschiedlicher Liegezeiten«, erklärte sie, als Emma schließlich schwieg. »Elly Barth hat zirka zwei Jahre in ihrem Grab gelegen – ich erinnere mich gut an sie. Und von der jungen Frau, von der wir nur den Namen Franzi kennen, wussten wir, dass sie auf der Straße gelebt hat. Das war nicht viel, aber es erklärte manches. Ich bin davon ausgegangen, dass sie tagelang Missbrauch und

Gewalt erlebt hat und getötet werden sollte, doch sie konnte wohl noch fliehen, bevor sie wenig später starb.« Die Rechtsmedizinerin warf Emma einen fragenden Blick zu.

»Davon würde ich auch ausgehen.« Emma nickte. »Die Auffindesituation entspricht einem solchen Szenario. Die anderen vermissten Frauen – allein in Lübeck liegen drei Namen vor, in den anderen Städten, die zum Tatprofil passen, fassen wir gerade nach – sind nicht wieder aufgetaucht. Die Täter wollen keine Spuren hinterlassen. Wir wissen übrigens auch, dass Franzi, deren Leiche in einem Außenbezirk von Wismar gefunden wurde, und eine andere Vermisste, die uns unter dem Namen Becky bekannt ist, in einer Lübecker Einrichtung zusammengetroffen sind. Fotos von einer Veranstaltung zeigen die beiden.«

Doktor Klein zog kraftvoll an ihrer Zigarette. »Wie das Leben manchmal so spielt. Und nun? Was kann ich tun? Was erhoffen Sie sich?«

»Meine These lautet, dass Elly etwas entdeckt hat und erwischt wurde. Sie dürfte demnach Ähnliches erfahren haben wie Franzi und sehr wahrscheinlich die anderen Vermissten. Dass Ellys Leiche wieder auftauchte, war Zufall.«

»Sie suchen nach weiteren Gemeinsamkeiten.«

»So ist es.«

»Wie schon eingangs erwähnt – es ist ein höchst anspruchsvoller Ansatz, Übereinstimmungen bei Leichen festzustellen, bei denen wir in einem Fall nach langer Liegezeit nur ein Skelett haben, noch dazu begraben, und im anderen einen Körper, der höchstens zwei Tage tot war.«

»Das ist mir klar.« Emma nickte. »Franzi trug Kleidung, wie ich dem Bericht entnommen habe.«

Klein strich die Asche ab. »Die ich mir sehr genau angesehen habe. Aber bei Elly gab es nur noch spärliche Reste, was nach so langer Zeit wenig überraschen dürfte.«

»Würden Sie sich Ihre Dokumentation noch einmal ansehen – im Hinblick auf die Frage, ob es Ähnlichkeiten gibt?«

Dorothea Klein beugte sich vor und griff ihr Glas. »Ich unterstütze Ihre Suche gerne, aber Sie sollten sich keine großen Hoffnungen machen.«

Emma hob das Kinn. »Ich will die Täter rankriegen. Das hat nicht viel mit Hoffnung zu tun, eher mit Akribie und einem langen Atem.«

»Gut. Sie hören von mir. Ich bin morgen im Institut und gehe sämtliche Berichte noch einmal durch, einschließlich der Dokumentationen der Kriminaltechnik und Spurensicherung.«

»Die bei Franzi gesicherte DNA könnte noch eine Rolle spielen«, fügte Emma hinzu.

»Das habe ich auf dem Schirm.«

»Danke für Ihre Unterstützung.« Emma leerte ihr Glas und verabschiedete sich wenig später.

Bevor sie in ihren Wagen stieg, sah sie noch einmal zurück – die Gebetsfahnen flatterten im Wind. Sie lächelte, dann entschied sie, nach Gadebusch zu fahren. *Vermisse dich,* schrieb sie Christoph.

Das passt. Wir haben gerade von dir gesprochen.

Und Hunger habe ich auch.

Passt auch. Ich habe gekocht.

Hauptkommissar Moritz Tambach war an Emmas Sonderaufträge und ihre eigenwilligen Wege längst gewöhnt. Er wusste auch, dass sie mit ihren Nachforschungen selten in eine komplett falsche Richtung lief, doch als Teamplayerin war sie alles andere als eine Idealbesetzung. Und manchmal drohte ein Fall auch gefährlich aus dem Ruder zu laufen, weil Emma ihre Prioritäten anders setzte, als es in den Dienstvorschriften für polizeiliche Abläufe und Ermittlungsregeln vorgesehen war. Dass der Erfolg ihr oftmals recht gab, stand für sie im Vordergrund.

Nach der letzten Einsatzbesprechung ging er in sein Büro zurück, loggte sich in die Datenbank ein und rief die Vermisstensuche auf, wobei er die Abfrage örtlich und zeitlich begrenzte und im Abgleich mit der Adresse des neu gestalteten Bistros vornahm, das auf Initiative der Lübecker Stiftung auch in Rostock entstanden war. Der Schwerpunkt lag hier auf obdachlosen Jugendlichen, die sich dort treffen und austauschen konnten sowie schnellen und unkomplizierten Kontakt zu einem Streetworker oder anderen Sozialarbeitern fanden. Bei der ersten Durchsicht gab es keinen Treffer. Auch die zweite Abfrage lief ins Leere, aber Tambach konnte nicht ausschließen, dass er den falschen Ansatz verfolgte. Schließlich gab er den Auftrag an sein Rechercheteam weiter, fuhr seinen PC herunter und machte Feierabend.

Der Kollege, der ihn am nächsten Morgen ansprach, als er gerade seinen ersten Kaffee trank, war neu im Team, und Tambach brauchte einen Moment, bevor er sich an seinen Namen erinnerte. Kommissar Richard Gabler war vor einigen Monaten aus Greifswald zu ihnen gestoßen, wo er gemobbt worden war – das allerdings wusste in Rostock nur Tambach als sein Vorgesetzter. Gabler sah aus wie Theo Lingen in seinen mittleren Jahren, wobei die meisten jüngeren Leute den Schauspieler und Regisseur kaum noch kennen dürften, der vor mehr als vierzig Jahren gestorben war und oft den blasiert arroganten und steifen Anzugtyp gegeben hatte. Tambachs Großmutter hatte sich die alten Komödien immer wieder angesehen und sich ausgeschüttet vor Lachen. Auch das lag nun schon etliche Jahre zurück. Doch selbst ohne diese Parallele wirkte der vierzigjährige Gabler wie ein seltsam aus der Zeit gefallener und ungelenker Typ mit Nickelbrille und war wie geschaffen für Spott und Ausgrenzung. Soweit Tambach wusste, hatte er sich jedoch inzwischen gut in Rostock eingelebt und kam im Rechercheteam klar.

»Komm doch rein, Kollege.«

Richard Gabler nickte, richtete seine Brille und trat näher. Er trug tatsächlich Anzug und Krawatte.

Tambach räusperte sich. »Was kann ich für dich tun?«

»Ich habe mir gestern diese Adresse näher angesehen«, erklärte Gabler mit auffällig näselnder Stimme, die Tambach einen Moment irritiert innehalten ließ, bevor er schnell nickte. »Über die Vermisstensuche und ungeklärte Fälle bin ich nicht weit gekommen – oder habe zu viele Treffer erhalten, die nicht ins Profil passen«, erklärte er weiter.

Tambach legte seine Hände ineinander.

»Also habe ich mal Tagesmeldungen und Anzeigen durchlaufen lassen.«

Der Hauptkommissar blickte ihn verblüfft an. »Sämtliche Meldungen aus mehreren Jahren?«

»Warum nicht? Das hört sich schlimmer an, als es ist.« Richard Gabler winkte ab. »Es lässt sich ja alles filtern.« Er lächelte verständnisvoll. »Dafür haben wir ja Computer. Es kann so einfach sein.«

Tambach trank einen Schluck Kaffee. »Na schön. Und was hast du entdeckt?«

»Das Protokoll zu einer Anzeige.« Gabler klappte sein Tablet auf. »Es ist vor ungefähr einem Jahr entstanden. Ein Student hat eine Entführung gemeldet.«

»Wie bitte?« Tambach beugte sich vor.

Gabler setzte ein schmallippiges Lächeln auf. »Na ja, niemand hat die Angaben ernst genommen. Der Student war zugekifft, und was er berichtete, klang verworren und wenig glaubhaft.«

»Und was genau hatte er beobachtet?«

»Ein Mädchen, das zuvor das Bistro besucht hatte, sei in einen Wagen gezerrt worden – wenige hundert Meter von der Adresse entfernt.« Gabler schob die Brille zurecht. »Niemand konnte das bestätigen. Und die Beschreibung war zu vage, um überhaupt etwas daraus abzuleiten. Ein Gast erklärte auf Nachfrage, er könne sich nur an den Studenten erinnern. Damit war das Ganze vom Tisch. Allerdings hat der Typ sich zwei Tage später noch einmal bei der Polizei gemeldet, um seine Aussage zu bekräftigen …«

»Der Student?«

»Genau. Aber …« Gabler zuckte mit den Achseln. »Es kam nichts Erhellendes mehr hinzu.«

»Wie lauteten seine Angaben?«

Richard Gabler senkte den Blick. »Er beschrieb eine Sechzehn-, Siebzehnjährige, schlank, blond, tätowiert, Jeans, die sehr locker saßen, alte Lederjacke, ausgetretene Sportschuhe, Ohrenpiercing. Man hätte ihr angesehen, dass sie auf der Straße lebte.«

Einen Moment blieb es still. Dann wandte Tambach sich zu seinem PC um, gab das Aktenzeichen ein und rief den Vorgang auf. »Danke, Gabler«, meinte er dann. »Damit lässt sich was anfangen. Ich kümmere mich um den Rest.«

Richard Gabler klappte das Tablet langsam zu und warf

Tambach einen unsicheren Blick zu, dann erhob er sich langsam. »Das war es tatsächlich?« Die Frage, was das Ganze sollte, stand ihm quer über die Stirn geschrieben.

»Ja, Kollege. Falls sich noch Fragen oder weiterer Recherchebedarf ergeben, sage ich dir Bescheid.«

»Okay.« Gabler verließ den Raum mit einem beiläufigen Nicken.

Der Student hieß Konrad Parker und ging erst im dritten Anlauf an sein Handy. »Was gibt's?«, lautete die direkte Frage.

»Nicht ganz einfach zu beantworten«, erklärte Moritz Tambach und stellte sich kurz vor. »Und bevor Sie sich lange wundern: Ich melde mich auf Ihre Anzeige im letzten Jahr – die angebliche Entführung eines jungen Mädchens in der Nähe eines Bistros.«

»Echt? Ihr seid ja so was von schnell, ich bin begeistert«, erwiderte Konrad Parker in beißendem Ton. »Habt ihr sie gefunden, vielmehr die Leiche?«

»Nichts dergleichen. Ich möchte es einfach noch mal genauer wissen.«

»Nach einem Jahr wollen Sie es noch einmal genauer wissen?« Parker lachte laut auf. »Meine Fresse, wenn ich so arbeiten würde …«

»Nun mal halblang«, warf Tambach energisch ein. »Wenn wir jedem mutmaßlichen Verdacht, für den sich nicht der geringste Beweis findet, mit einem Einsatzkommando nachgehen würden, hätten wir nur noch Chaos. Außerdem würden wir in beträchtlichem Ausmaß gegen geltendes Recht verstoßen, und was dann los ist, möchten Sie sich gar nicht ausmalen. Sie waren bis oben hin zugekifft, und niemand sonst konnte Ihre Angaben bestätigen. Damit lässt sich wenig anfangen.«

»Richtig. Aber bekifft hin oder her – das Mädchen ist nicht mehr aufgetaucht, und niemand hat sich darum gekümmert.«

»Jetzt kümmere ich mich. Und ich will es genauer wissen. Können Sie im Kommissariat vorbeikommen?«

»Das passt gerade nicht so gut«, entgegnete Parker. »Ich habe einen Job über die Semesterferien und …«

»Dann kommen Sie nach Feierabend.«

»Und wer bezahlt mir die Fahrt von Schwerin nach Rostock? Das ist ja nicht gerade um die Ecke.«

Tambach seufzte und überlegte einen Moment. »Na schön. Eine Kollegin, die in der Gegend unterwegs ist, wird sich mit Ihnen in Verbindung setzen.«

»Würden Sie mir auch noch verraten, warum die ganze Geschichte nach einem Jahr plötzlich doch hochkocht und ziemlich dringlich zu sein scheint?«

Moritz Tambach schloss kurz die Augen. »Wir ermitteln in einem Fall, bei dem vermisste Frauen aus dem Obdachlosenmilieu eine Rolle spielen. Und auch der eine oder andere Mord, wie es aussieht.«

Schweigen.

»Ja, ich gebe zu, wir hätten vielleicht etwas genauer hinsehen sollen«, fügte der Hauptkommissar hinzu. »Auch wenn ein bekiffter Student zugegebenermaßen nicht sehr überzeugend wirkt, falls ich das so offen sagen darf.«

»Ja, dürfen Sie«, erwiderte Parker dann leise. »Und vielleicht passiert ja nun doch noch etwas. Immerhin.«

»Nicht auszuschließen. Die Kollegin wird nicht ruhen, bis sie weiß, was da abgelaufen ist.«

Tambach verabschiedete sich, unterbrach die Verbindung und schrieb Emma eine Nachricht. Den Vorgang, den der

Kollege Gabler alias Theo Lingen ausgebuddelt hatte, hängte er an.

Die Sonne ging gerade auf, als Dorothea Klein sich auf den Weg machte. Sie war eine geübte Frühaufsteherin. Um diese Zeit benötigte sie kaum eine Stunde bis zum Institut für Rechtsmedizin in Schwerin. Unterwegs besorgte sie sich ein Frühstück und frischen Kaffee. Die Aufgabe klang vergleichsweise spannend – ein Abgleich zwischen weit auseinanderliegenden Fällen war eine besondere Herausforderung. Die Rechtsmedizinerin traf vor sechs im Institut ein, und es war so still, wie sie es erwartet hatte. Etliche Akten lagen auf ihrem Schreibtisch, im Untersuchungsraum glänzten Tisch und Instrumente, es roch intensiv nach Desinfektionsmittel.

Sie fuhr den PC hoch und schaltete einen zweiten Monitor dazu. Das Skelett im Lenorenwald, eine junge Frau – Elly Barth –, deren Tod mit größter Wahrscheinlichkeit auf grobe Gewalt zurückzuführen war und ungefähr vier Jahre zurücklag, sowie ein zweites Opfer – Franzi –, das nach schwerer Misshandlung Anfang des Jahres in der Kälte starb. Ein Tattoo an der Schulter hatte nun zu ihrer Identifizierung beigetragen sowie darüber hinaus für weitere Erkenntnisse gesorgt und eine Verbindung geschaffen. Wie einfach es manchmal war und wie sehr neben dem unruhigen Geist einer forschen Ermittlerin oftmals auch der Zufall eine Rolle spielte – man musste ihm nur eine Chance geben, sich zu zeigen.

Doktor Klein stöpselte ihre Kopfhörer ein und spielte eine Playlist ab – laut, metallisch, unmissverständlich, bizarre Rhythmen, die sich zu dramatischen Melodien aufschwangen, die kaum diese blumige Bezeichnung verdienten, schrecklich, kreischend, dann wieder sich müde dahinschleppend und betörend verheißungsvoll. Ein Stück wie das Leben und Sterben selbst. Sie ging sämtliche Dokumente und Aspekte ihrer Untersuchungen durch, dann rief sie die Ergebnisse, Analysen und Auflistungen der Kriminaltechnik auf den zweiten Bildschirm. Kleidungsstücke oder Reste davon, der Inhalt von Taschen, herumliegender Müll, DNA am Körper von Franzi und in den Körperöffnungen. Die Rechtsmedizinerin nahm sich Zeit, stellte Fotos nebeneinander, begutachtete und verglich die Auffindesituationen. Fest stand zunächst nur eins: Beide Frauen hatten Gewalt erfahren; eine hatte eventuell fliehen können, die andere war an einem Ort begraben worden, zu dem nur der Zufall geführt hatte – ein stilles Versteck, das ohne ihn nie entdeckt worden wäre und mehrere Jahre später eine Ermittlerin auf den Plan rief, die es ganz genau wissen wollte.

Vielleicht gibt es dort noch mehr versteckte Gräber, dachte Dorothea Klein. Ein weitläufiger Wald mit abseitigen Wegen und dichtem Unterholz dürfte so manches Geheimnis bergen. Sie erinnerte sich an einen Fall, bei dem eine junge Frau ihr totes Neugeborenes im Wald begraben hatte – liebevoll bestattet mit Blumen und Kräutern –, bevor sie sich selbst das Leben genommen hatte. Und die Rechtsmedizinerin erinnerte sich, dass sie erleichtert reagiert hatte, als sich herausstellte, dass das Kind nicht getötet worden war. Totgeburt. Es war einer jener schrecklichen Fälle gewesen, wo das Leben mit dem Tod begonnen hatte. Und diese Mutter hatte das nicht verkraftet.

Dorothea Klein nahm sich ein zweites Mal die Utensilien vor, die in Franzis Taschen gefunden worden waren – Feuerzeug, Taschentuch, ein abgebrochener Bleistift, ein alter Kaugummistreifen. Unauffälliges und nichtssagendes Beiwerk. Interessanter war das schmale dunkelblaue Plastikband am linken Handgelenk der Leiche. Derlei wurde in Clubs und bei Konzerten ausgegeben – die Bändchen hatten den früher üblichen Bezahlt-Stempel abgelöst, den man am Eingang vorzeigte, wenn man zwischendurch nur mal kurz frische Luft schnappen wollte. Heutzutage arbeiteten die Veranstalter auch gerne mit einer App und einem QR-Code, das galt insbesondere für Festivals. Klein runzelte die Stirn und wandte sich zu dem großen Monitor um. Sie klickte sich durch die Aufnahmen und Listen zum Leichenfund im Lenorenwald – und dann entdeckte sie es: ein schmales Bändchen aus Plastik auch hier, diesmal in zartem Violett. Elly hatte es womöglich ebenfalls an der linken Hand getragen, doch der Verschluss hatte sich gelöst, und die Kollegen von der Fundortsicherung hatten es im Grab entdeckt und gesichert. Plastik verrottet nicht, dachte Doktor Klein und gönnte sich ein kleines Lächeln – zumindest dauert es ein paar hundert Jahre. Schlechte Nachrichten für Täter, falls sich daraus eine Spur ableiten ließ. Die Rechtsmedizinerin vergrößerte die Aufnahmen, doch ein Schriftzug oder Ähnliches war in dieser einen Ansicht nicht zu erkennen. Details, die seinerzeit nicht wichtig schienen – weder bei Elly noch bei Franzi.

Dorothea Klein hob den Blick. Wenn ich Kommissarin wäre, würde ich die Asservate anfordern und sehr genau untersuchen lassen, dachte sie. Und ich würde mir überlegen, ob beide Frauen womöglich am selben Ort gewesen waren, bevor sie starben. Sie kniff die Augen zusammen. Ein Gedanke, der an Brisanz gewann, wenn man sich klarmachte, dass zwischen den Todesfällen mehrere Jahre lagen. Das dürfte den Verdacht der Ermittlerin stärken, dass es um einen zusammenhängenden Fall ging.

Doktor Klein stellte wenig später die Fotos zusammen, schrieb einen kurzen Bericht dazu und mailte ihn Emma Klar. *Vielleicht können Sie etwas damit anfangen,* ergänzte sie ihre Angaben. *Falls ja, würde ich mich über eine Rückmeldung freuen.*

Emma Klar antwortete eine gute halbe Stunde später, als Dorothea Klein zwei Kollegen begrüßt und sich soeben mit einem frischen Kaffee versorgt hatte.

Danke für die prompte Unterstützung! Ihr Hinweis dürfte Gold wert sein. Und natürlich halte ich Sie auf dem Laufenden.

Die Rechtsmedizinerin lächelte zufrieden und wandte sich dem Tagesgeschäft zu.

13

Emma hatte den Bericht der Ärztin noch vor dem Frühstück an Dagmar Möller und Tambach weitergeleitet, bevor sie sich wenig später gemeinsam mit Padorn in das Fotomaterial vertiefte. Bei keiner offiziellen Feier im Rahmen der gesponserten Cafés oder Bistros hatten Gäste derartige Armbänder getragen, wie sie die Rechtsmedizinerin entdeckt hatte. Der Vollständigkeit halber nahm Emma noch Kontakt zu Karim auf, dem Mitarbeiter aus dem Wismarer Café, und bat Dagmar Möller, auch in Lübeck nachzufragen – um wenig später gleichlautende Bestätigungen zu erhalten. Derlei Bändchen waren inzwischen out.

»Diese Fotos alleine sind nicht aussagekräftig. Wir müssen uns die Dinger genauer ansehen«, murmelte Emma.

»Unbedingt.« Padorn goss sich die nächste Tasse Kaffee ein und griff nach einem weiteren belegten Brötchen.

Emma starrte noch eine Weile auf die stark vergrößerten Fotos und war mit jedem Augenblick mehr davon überzeugt, dass hier kein Zufall vorlag, sondern ein hinreichender Beweis, dass bei beiden Mordopfern ein gemeinsamer Täterhintergrund vorlag. Jeder Staatsanwalt, jede Staatsanwältin würde sofort Bedenken anmelden – ganz so einfach war es dann doch nicht. Natürlich nicht, erst recht nicht angesichts der Belanglosigkeit eines solchen Allerweltartikels. Und doch – diese Übereinstimmung war bemerkenswert. Dann fiel ihr ein, dass sie angesichts der brisanten Neuigkeiten von Doktor Dorothea Klein vergessen hatte, Tambachs Hinweis auf einen möglichen Entführungsfall vor einem Jahr aufzugreifen. Sie schrieb dem Studenten Konrad Parker eine Kurznachricht und schickte Dagmar Möller der Einfachheit halber eine Kopie auch dieses Vorgangs.

Minuten später rief die Lübecker Kollegin an. »Der Besuch der Rechtsmedizinerin war demnach ein Erfolg, und es kommt hier inzwischen einiges zusammen«, erklärte sie nach kurzer Begrüßung. »Doch bevor du mir noch zwanzig weitere Nachrichten, Berichte, Kopien, Updates schickst, lass uns kurz reden. Ich habe nämlich auch Neuigkeiten.«

»Ich stelle dich mal auf Lautsprecher, dann kriegt Padorn gleich alles mit.«

»Ist mir recht. Hallo, Padorn.«

»Moin, Kommissarin Möller.«

»Fassen wir kurz zusammen«, ergriff die Lübeckerin wieder das Wort. »Es gibt also weitere Indizien, die für einen Zusammenhang sprechen. Ich kümmere mich darum, dass wir uns diese Bändchen so schnell wie möglich ansehen können. Wenn ich das richtig in Erinnerung habe, schuldet mir der leitende Kriminaltechniker noch was ... Ich denke, an dem Punkt kommen wir wie meist in solchen Fällen nur über den kurzen Dienstweg schnell weiter, zumal unterschiedliche Kommissariate zuständig waren – das Übliche, aber lassen wir dieses Thema, bevor ich anfange, mich über Umständlichkeiten in behördlichen Abläufen aufzuregen. Worauf könnten diese Dinger hinweisen, noch dazu in den unterschiedlichen Farben?«

»Eine simple Kennzeichnung?«, schlug Emma vor.

»Wofür?«, entgegnete Möller.

»Hinweise auf einen privaten Club?«, warf Padorn ein.

Gar kein schlechter Gedanke, dachte Emma. »Die Frauen wurden gefangen gehalten, sie mussten Gewalt und Missbrauch ertragen«, überlegte sie weiter. »Möglicherweise wurden sie im Vorfeld angelockt – ich denke dabei an das Jobangebot, das Franzi erwähnte. Oder die Täter überfielen sie – falls sich der Aspekt mit der Entführung in Rostock bestätigt, wäre das ein Beleg auf möglicherweise unterschiedliche Vorgehensweisen.«

»Wie auch immer – das weist alles in allem auf üble Geschichten hin, erklärt aber diese Bändchen trotzdem nicht hinreichend.« Dagmar Möller klang unzufrieden. »Schon gar nicht vor dem Hintergrund, dass Elly Barth keine Obdachlose war, sondern sich sehr wahrscheinlich als Spionin betätigt hat.«

»Und geschnappt wurde. Dann endete sie auf ähnliche Weise wie Franzi und all die anderen.«

Kurzes Schweigen.

»Vielleicht hat Elly sich anwerben lassen?«, überlegte Emma weiter. »Um mehr zu erfahren? Klingt das plausibel? Warum hat sie nicht die Polizei benachrichtigt, statt sich in solche Gefahr zu begeben?«

»Lasst uns mit dem Spekulieren aufhören!«, warf Dagmar Möller in energischem Ton ein. »Auf welche Weise die Frauen verschwanden, entführt oder angelockt wurden, lässt sich zum jetzigen Zeitpunkt nicht mit einer konkreten Beweislage sichern – es gibt nur erste Indizien. Dazu gehören diese Bändchen, zu denen wir hoffentlich bald mehr erfahren. Warten wir ab, was der Student dazu noch beizutragen hat. Fest steht im Moment lediglich, dass zwei der Frauen, die im Abstand von mehreren Jahren im gleichen Umfeld unterwegs waren und spurlos verschwanden, aufgrund von brutaler Gewalteinwirkung starben. Dass den anderen Ähnliches widerfahren sein könnte, ist zu befürchten, aber wir wissen nicht, ob sämtliche Vermisstenfälle tatsächlich in diesen Fokus gehören.«

»Ellys Leiche sollte nie entdeckt werden«, fügte Emma einen Moment später leise hinzu. »Und ihr Fund hat die Täter sicher alarmiert. Franzi konnte wahrscheinlich fliehen. Auch das hat Unruhe ausgelöst. Wäre sie rechtzeitig gefunden und gerettet worden, wären wir wohl längst weiter.«

Emma schaute Padorn an, der ihr einen skeptischen Seitenblick zugeworfen hatte. »Wenn sie geredet und falls man ihr geglaubt hätte«, meinte er leise. »Außerdem waren wir wenig später nur noch mit dem Ausbruch der Pandemie beschäftigt.«

»Wichtiger Punkt«, stimmte Möller zu. »Und um die anderen Vermissten hat sich nie jemand ernsthaft gekümmert. Es ist erstaunlich, dass ihr Verschwinden überhaupt aufgefallen ist, und es ist keineswegs auszuschließen, dass ihre Zahl deutlich höher ist.« Leises Räuspern. »Kommen wir zum nächsten Punkt und meinen Neuigkeiten. Der junge Kollege Alexander Stark hat seine Kontakte in Hamburg genutzt und nachgeforscht. Es gibt zwei Vermisstenfälle, die in unser Schema passen. In einem Clubhaus, dessen Ausbau die Stiftung mitfinanziert hat, verschwanden zwei junge Frauen im Teenageralter – eine im Herbst 2016, die andere Anfang dieses Jahres. Es gab keine einzige Spur. Das übliche Schema.«

»Und wer hat sie vermisst gemeldet?«

»Eine Obdachlose. Sie hat im Clubhaus und in der näheren Umgebung Zettel aufgehängt – allerdings erst Anfang dieses Jahres, nachdem die zweite Frau verschwunden war. Ein Streetworker hat das aufgegriffen und schließlich weitergeleitet.«

»Gibt es mehr zu der Wohnungslosen?«

»Ja, aber bevor du dir Hoffnungen machst – sie ist vor einigen Monaten schwer erkrankt, war lange im Krankenhaus und hat sich selbst entlassen. Ihr derzeitiger Aufenthaltsort ist unbekannt. Womöglich ist sie verstorben.«

»Vielleicht sollten wir mit dem Streetworker reden«, schlug Emma vor.

»Das war auch Starks Idee. Er fasst bereits nach und wird uns informieren, nach Möglichkeit noch heute.«

Stille.

Schließlich ergriff Padorn das Wort. »Wenn ich das Ganze zusammenfassen darf …«

»Nur zu!«, warf Dagmar Möller ein.

»Wir haben es bislang mit insgesamt acht Frauen zu tun, acht Opfern. Sie wurden oder werden vermisst, es gibt einen gemeinsamen Hintergrund zum Tat- oder Entführungsort und bislang zwei Tötungsdelikte, die wir dem Umfeld zuordnen können. Sieben Frauen stammen aus der Obdachlosenszene. Elly Barth, die sehr früh Mahlers Aktivitäten im Blick hatte, hat ihre Nachforschungen nicht überlebt. Und nun haben wir diese Bändchen als weitere Anhaltspunkte. Das dürfte es treffen, oder?«

»In etwa. Vergessen wir nicht die flüchtige Karina Pohl, die für einen Mord verurteilt wurde, den sie sehr wahrscheinlich nicht begangen hat«, fügte Emma hinzu. »Ja, schon klar – das ist hoch spekulativ, aber ich bin inzwischen davon überzeugt, dass sie es nicht war. Sie hat geschwiegen und ist untergetaucht, weil sie weiß, wer dahintersteckt – jemand, gegen den sie nicht auszusagen oder anzutreten wagt. Jemand, vor dem sie große Angst hat. Wird es nicht allmählich Zeit, eine offizielle Ermittlung anzuschieben, bei der wir über die regionalen Grenzen hinaus zusammenarbeiten?«

»Tja, das wäre ja mal was! Dem Vorschlag kann ich mich nur anschließen«, meinte Dagmar Möller. »Aber ich habe immer noch Zweifel, ob das reicht. Was wir entdeckt haben, kann bei juristisch enger Auslegung garantiert nicht so deutlich punkten, wie es uns gerade vorschwebt. Das Spiel kennen wir schon. Was uns ins Auge sticht und einen Zusammenhang widerspiegelt, heißt noch lange nicht, dass es eine Ermittlung anschieben kann.«

»Was bin ich froh, dass ich nicht rund um die Uhr in dieser Mühle feststecke«, murmelte Emma.

»Wir sollten uns mit der Staatsanwältin besprechen«, fuhr die Hauptkommissarin fort. »Ulrike Steiner ist immerhin dafür verantwortlich, dass diese Fälle überhaupt Beachtung finden – auch wenn sie mit einer solchen Entwicklung bestimmt nicht gerechnet hat. Dennoch wird auch sie einwenden müssen, dass die Beweislage weder eindeutig noch ausreichend ist, selbst wenn die Indizien für sich sprechen und auf Überstimmungen hinweisen.«

Sie wird eine weiterhin verdeckte Ermittlung befürworten, dachte Emma – unter dem Deckmantel der Suche nach einer Flüchtigen.

»Ich versuche, noch heute Morgen einen Termin bei ihr zu bekommen«, fuhr Dagmar Möller fort. »Haltet mich auf dem Laufenden.«

»Alles klar …« Emma warf einen Blick auf ihr vibrierendes Handy. »Der Student hat sich gerade mit einer Nachricht gemeldet. Ich breche gleich nach Schwerin auf. Wir hören später wieder voneinander.«

»Gut. Bis dann.«

Emma unterbrach die Verbindung und sah Padorn an.

Der nickte. »Du musst gar nichts sagen – ich wühle mich weiter durch Berichte, Veröffentlichungen und Fotos zu Leuten aus der Stiftung und Marketingfirma, erweitere den Rechercherahmen und schaue mich auch mal im Darknet um, auf der Suche nach bösen Geschichten rund um entführte Frauen aus der Obdachlosenszene.«

Emma hob eine Braue.

Padorn zuckte mit den Achseln. »Es gibt nichts, was es nicht gibt, schon gar nicht im Bereich abgrundtiefer menschlicher Grausamkeit. Darüber hinaus notiere ich selbstverständlich jede Besonderheit und Auffälligkeit und fasse in jedem einzelnen Punkt nach.«

Emma lächelte. »Wir verstehen uns hervorragend, wie ich immer wieder feststelle – und natürlich«, sie hob kurz eine Hand, »ist mir klar, dass du auch noch einen anderen Job hast. Aber du wirst es wie immer verstehen, alles unter einen Hut zu bekommen.«

»Ich gebe mir Mühe.«

Emma hob einen Daumen.

Konrad Parker jobbte in einem Rehazentrum im Süden von Schwerin und wartete bereits am verabredeten Treffpunkt im Außenbereich, als Emma eintraf. Er saß an einem kleinen Tisch und blickte ihr entgegen – ein schmaler Typ Anfang zwanzig mit dunklen Augen und glatten Haaren, die er zu einem Zopf zusammengebunden hatte. Er trank aus einem riesigen Thermosbecher und nickte ihr zu. Emma grüßte und stellte sich kurz vor, dann setzte sie sich ihm gegenüber. »Was studieren Sie eigentlich?«, fragte sie.

»Sportmedizin. Reha ist ein wichtiger Bereich.« Er blinzelte. »Und fragen Sie jetzt bitte nicht, warum ein angehender Sportmediziner Gras raucht …«

Emma hob beide Hände. »Versprochen, damit halte ich mich nicht auf. Das geht mich außerdem nicht das Geringste an. Doch Sie werden zugeben, dass der Aspekt für die Einschätzung einer Aussage wichtig ist. Wenn Sie drei, vier Bier oder ein paar Schnäpse getrunken hätten, würde ich ähnlich abwägen müssen, ob ich Ihrem Eindruck zu hundert Prozent vertrauen kann.«

»Na schön, mit der Antwort kann ich leben.«

»Das freut mich. Dann erzählen Sie mal von dem Abend, und zwar so ausführlich wie möglich.«

»Ich war auf dem Nachhauseweg und bin am Hafen entlanggelaufen – Höhe Warnemünde am alten Strom«, begann Konrad Parker zu berichten. »Es war eine laue Sommernacht, und ich war bester Dinge.«

»Waren Sie alleine?«

»Ja, ich kam von einem Treffen mit zwei Kommilitonen – wir wollten eigentlich für eine Prüfung lernen, aber … na ja …« Er verzog den Mund. »Das haben wir dann verschoben.«

Emma nickte verständnisvoll.

»Das Bistro befindet sich in der Kirchenstraße. Ich hatte davon gehört, dass es im Rahmen eines sozialen Projekts entstanden ist und insbesondere jüngeren Menschen von der Straße einen Anlaufpunkt bietet – einschließlich Beratung und Unterstützung. Es war einiges los, als ich da vorbeikam, obwohl es schon ziemlich spät war – Livemusik, jede Menge Leute. Ich habe spontan beschlossen, einen Abstecher zu machen und mitzufeiern.«

»Können Sie sich an das genaue Datum erinnern?«

»Ich fürchte nicht. Es war jedenfalls ziemlich warm – mitten im Sommer vor etwa einem Jahr.«

»Haben Sie Fotos gemacht?«

»Nein. Ich bin nicht der Selfietyp und greife nicht dauernd nach dem Handy, um alles festzuhalten. Ich finde das eher nervig.«

»Ich auch, doch im Rahmen von Ermittlungen profitieren wir natürlich davon.«

»Verstehe, aber wie gesagt …« Er zuckte mit den Achseln und nahm seinen Thermosbecher wieder zur Hand.

»Und dann? Ist Ihnen das Mädchen sofort aufgefallen?«

Parker nickte. »Sie stand draußen mit einigen Leuten zusammen und warf mir einen Blick zu, als ich kurz reinging, um mir etwas zu trinken zu holen …«

»Was für Leute?«

»Wie bitte?«

»Was waren das für Leute, mit denen sie zusammenstand?«

»Keine Ahnung. Einige waren in ihrem Alter – zwischen fünfzehn und achtzehn, würde ich schätzen, einige auch älter. Sie tranken alkoholfreies Bier, ließen aber eine Flasche mit Hochprozentigem kreisen, das habe ich mitbekommen. Ich habe mich dazugesetzt, Musik gehört und mich etwas später dann ein paar Minuten mit ihr unterhalten.«

»Hat sie einen Namen?«

Konrad Parker schüttelte den Kopf. »Nein, den hätte ich der Polizei natürlich genannt. ›Nenn mich, wie du willst‹, hat sie gesagt. ›Spielt doch sowieso keine Rolle.‹ Und sie sah aus, als würde sie das absolut ernst meinen.«

Emma sah einen Moment nachdenklich in die Ferne. »Welchen Eindruck machte sie auf Sie? Wirkte sie traurig, ängstlich, unruhig oder angespannt?«

»Eher resigniert, aber auf so eine gleichmütig coole Art – sehr abgeklärt für eine Jugendliche. Sie meinte dann noch, dass solche Projekte wie das Bistro ohnehin in erster Linie denen nützen, die sich damit schmücken oder Steuern sparen wollen. Diese Bemerkung hat mich ziemlich überrascht. Über wie viel Lebenserfahrung verfügt ein Teenager?«

»Über zu viel in ihrer Lage, würde ich sagen.«

Parker nickte. »Stimmt auch wieder.« Er überlegte einen Moment. »›Und doch bist du hier‹, habe ich ihr geantwortet. Darauf hat sie nur müde gelächelt. ›Man kriegt guten Kaffee und den einen oder anderen Tipp für sichere Schlafplätze‹, meinte sie. ›Das ist ja auch schon was wert.‹«

Emma zog ihr Tablet aus der Tasche und schlug es auf, um die Personenbeschreibung von der Anzeige zu überfliegen. »Sie haben sie auf sechzehn, siebzehn Jahre geschätzt, sie war schlank, blond, tätowiert. Sie trug Jeans, die sehr locker saßen, dazu eine alte Lederjacke, ausgetretene Sportschuhe, Ohrenpiercing.« Emma blickte wieder hoch. »Sie haben betont, dass man ihr das Straßenleben angesehen hätte.«

Parker nickte. »Ja, sie war schon länger unterwegs, davon war ich überzeugt.«

Emma wartete einen Augenblick, doch der Student fügte nichts mehr hinzu. »Sie haben versucht, mit ihr ins Gespräch zu kommen und sie näher kennenzulernen?«

»Wie kommen Sie darauf?« Das klang fast ein wenig ungehalten.

»Nun, Sie können sie sehr gut beschreiben, und Sie haben mitbekommen, dass sie das Bistro verließ und wenige hundert Meter weiter in einen Wagen gezerrt wurde. So lauten Ihre Angaben, die Sie sich darüber hinaus die Mühe gemacht haben, bei der Polizei anzugeben und zwei Tage später sogar noch einmal zu bekräftigen. Sonst säßen wir gar nicht hier zusammen.«

Parker runzelte die Stirn. »Es klingt irgendwie merkwürdig, wie Sie das beschreiben.«

»Warum?«

»Als hätte ich sie beobachtet oder sogar bedrängt …«

»Nichts dergleichen!« Emma schüttelte rasch den Kopf. »Diese junge Frau hat Ihnen offenbar imponiert oder Sie sogar schwer beeindruckt. Sie haben die Augen offen gehalten und Ihre Beobachtungen der Polizei mitgeteilt. Nur das ist wichtig«, betonte sie eilig. »Ich hoffe, dass Sie noch viel mehr mitbekommen haben – womöglich, ohne dass es Ihnen bewusst war. Sie haben Schuhe und Jacke beschreiben können, dann fällt Ihnen vielleicht doch noch etwas zu dem Auto ein, in das sie gezerrt wurde.«

Konrad Parker blickte auf den Becher in seinen Händen. »Ja, Sie haben recht – sie hat mich irgendwie berührt«, meinte er nach längerer Pause. »Sie führte ein Leben, das ich mir kaum vorzustellen vermag, und war deutlich reifer als ich. Ich habe sie gefragt, ob sie noch irgendwo was essen möchte. Ich würde sie einladen ...« Er schüttelte den Kopf. »War so eine spontane Idee von mir.«

Sie hat ihm gefallen, dachte Emma, und er hatte sich womöglich mehr von dem Abend erhofft, aber das war in diesem Moment unwichtig.

»Das hat sie sofort abgelehnt«, fuhr Parker fort. »Sie ließ sich eine Schachtel Zigaretten spendieren und nahm auch den Zwanziger, den ich ihr gab, und dann brach sie abrupt auf. Sie warf nur noch einen langen Blick zurück in Richtung Bistro, dann machte sie sich auf den Weg und ...«

»Konnten Sie erkennen, wem der Blick galt?«

Parker sah sie verdutzt an. »Wie meinen Sie das?«

»Sie warf einen langen Blick zurück – könnte es sein, dass dort jemand war, den sie fixierte?«

»Darauf habe ich nicht geachtet.«

»Okay. Wie ist es dann weitergegangen?«

»Ich bin ihr ein paar Minuten später gefolgt.«

Emma sparte sich das Warum.

»Sie lief ein ganzes Stück vor mir …«

»In welche Richtung?«

»Am Heimatmuseum Warnemünde entlang, dann weiter Richtung alter Strom. Ich habe meine Schritte beschleunigt, um sie nicht aus den Augen zu verlieren, und dann sah ich den Wagen, der kam aus einer der Querstraßen und …«

»Beschreiben Sie ihn! Alles, was Ihnen dazu einfällt.«

»Ein heller Transporter, ein Lieferwagen, das ist alles, was ich weiß. Ich war zu weit entfernt. Er stoppte direkt neben ihr, die Seitentür schwang auf und …«

»Versuchen Sie, diesen Moment einzufrieren!«, warf Emma ein. »Was konnten Sie erkennen? Wie hat sich das Mädchen verhalten?«

Parker atmete tief durch. »Sie erschrak und duckte sich zur Seite. Ein Typ sprang aus dem Wagen, packte sie und zerrte sie in den Wagen. Er war schwarz gekleidet, mehr konnte ich nicht erkennen – es ging rasend schnell. Einen Augenblick später fuhr der Wagen an, bog ab und verschwand in der Dunkelheit.« Parker schüttelte den Kopf. »Ich stand da wie vom Donner gerührt. Die Situation war für mich eindeutig, doch als ich sie später bei der Polizei schilderte, wurde schnell klar, dass man mich nicht ernst nahm. Ein bekiffter Typ, der sich was aus den Fingern saugte oder unter Halluzinationen litt. Ich war längst deutlich ernüchtert, aber … Natürlich hatte ich das Zeug noch im Blut oder auch im Kopf, und sehr wahrscheinlich wirkte ich nicht sonderlich überzeugend. Darum bin ja zwei Tage später noch mal hingegangen.«

Emma schwieg eine Weile, dann blickte sie den Studenten wieder an. »Können Sie sich daran erinnern, ob das Mädchen ein Armband trug – besser gesagt ein schmales farbiges Bändchen?«

»So was wie diese Freundschaftsbänder?«

Interessant, dachte Emma. »Wir wissen es noch nicht genauer; feststeht, dass diese Dinger bereits zweimal aufgetaucht sind. Das Material besteht höchstwahrscheinlich aus Plastik – langlebiges Zeug.«

Er überlegte kurz und zuckte mit den Achseln. »Keine Ahnung. Ich kann es nicht ausschließen, aber so ein Teil ist mir zumindest nicht aufgefallen.«

»Könnten Sie noch mal über das genaue Datum nachdenken?«, fragte Emma weiter. »Vielleicht wissen Ihre Kommilitonen, mit denen Sie zum Lernen verabredet waren, mehr dazu.«

Parker nickte. »Ich frage mal nach.«

Emma stand auf. »Danke. Melden Sie sich, falls Ihnen noch was einfällt.«

Wenige Minuten später saß sie wieder im Wagen. Es war nicht verwunderlich, dass die Kollegen Konrad Parkers Angaben auch zwei Tage später wenig Beachtung geschenkt hatten. Die Beschreibung der jungen Frau klang zwar durchaus detailliert und gut beobachtet, spiegelte allerdings vorrangig sein kaum verhohlenes Interesse an dem Mädchen wider; dafür blieb das weitere Geschehen viel zu verschwommen. Hätte die junge Frau doch wenigstens eine einzige Spur hinterlassen, dachte Emma – einen Schuh verloren zum Beispiel. Doch so blieb sie eine Namenlose – eine von vielen –, deren Verschwinden in Rostock womöglich mit einer Entführung einhergegangen war.

Emma kaute einen Moment auf ihrem Daumennagel, während sie darüber nachdachte, ob es sinnvoll sein könnte, in dem Bistro nach anderen Zeugen zu suchen, dann entschied sie sich dagegen. Die Szene lag ein Jahr zurück, der einzige zuverlässige Zeuge hatte schon mehr Engagement gezeigt, als man erwarten durfte. Sie startete den Motor und schlug den Weg nach Gadebusch ein. Es gab mehr als genug zu recherchieren, und fairerweise sollte sie Padorn damit nicht alleinlassen.

Emma hatte bereits eine gute Stunde vor dem PC gesessen, als der Student anrief. »Es war der dreißigste Juli«, erklärte er.

»Sicher?«

»Ganz sicher. In der Arbeitsgruppe gibt es jemanden, der sich immer alles notiert.«

»Wie schön.«

»Ja und manchmal ganz schön nervig, aber in diesem Fall …«

»Bin ich sehr froh«, entgegnete Emma. »Herzliche Grüße an den Studienkollegen.«

»Werde ich ausrichten …«

Konrad Parker klang eine Spur zögerlich, und Emma wartete noch einen Moment. »Haben Sie noch mehr für mich?«

»Ich weiß nicht … Vielleicht, aber … Na ja, das ist sicher ziemlicher Quatsch …«

»Nur keine Scheu«, ermunterte Emma ihn.

»Na schön«, meinte Parker schließlich. »Ich habe heute früher Feierabend gemacht und war vorhin noch kurz einkaufen. Und … na ja – also, ich hätte schwören können, dass auf dem Parkplatz genauso ein Lieferwagen stand, wie ich ihn an dem Abend gesehen habe, als das Mädchen entführt wurde. Und ich schwöre: Ich habe nicht gekifft.«

Emma blinzelte.

»Ich weiß, was Sie sagen wollen – von diesen Wagen gibt es Tausende, und vielleicht sehe ich Gespenster, erst recht nach unserem Gespräch«, wandte Parker ein. »Das kann ich nicht ausschließen. Dennoch – ich hatte irgendwie ein mulmiges Gefühl, erst recht, als der Typ gleich hinter mir vom Parkplatz fuhr und mir folgte …«

»Er hat Sie verfolgt?«, warf Emma verblüfft ein.

»Nun – er blieb eine ganze Weile hinter mir, als ich in meine Unterkunft fuhr. Zufall? Ich …«

»Haben Sie sich das Kennzeichen gemerkt?«, fiel Emma ihm eilig ins Wort.

»Es war ziemlich verdreckt, man konnte es nicht lesen. Aber ich denke, dass der Wagen Rostocker Schilder hatte.«

»Ein oder zwei Fahrer?«

»Ich habe nur einen erkennen können – beschreiben kann ich ihn aber nicht … Ach, vergessen Sie es! Das hat bestimmt keinerlei Bedeutung. Ich sehe wohl doch Gespenster. Was sollte der denn auch ausgerechnet von mir wollen?«

Emma hob eine Braue. Womöglich ist der Typ mir gefolgt, überlegte sie, und hat sich anschließend an Parkers Fersen geheftet. Oder das Ganze hatte nicht das Geringste zu bedeuten, weil der Student zu Überreaktionen neigte und nicht nur eins und eins zusammenzählte, sondern auch noch drei und vier hinzurechnete.

»Sind Sie noch dran?«

»Ja, natürlich«, antwortete Emma. »Ich spare mir die Frage, ob Sie versucht haben, ein Foto zu schießen …«

»Ich saß im Auto! Wie sollte ich denn …«

»Wie gesagt – ich spare mir diese Frage. Halten Sie am besten weiterhin die Augen offen. Vielleicht gibt es einen Zusammenhang, vielleicht auch nicht. Und falls Ihnen noch etwas auffällt, melden Sie sich.«

»Alles klar.«

»Ach, warten Sie, eine Sache noch – Sie wohnen während des Jobs in Schwerin?«

»Ja, ich spare mir die öde Fahrerei.«

»Dann schicken Sie mir doch bitte die genauen Adressdaten von dem Supermarkt und Ihrer Unterkunft. Und bezeichnen Sie bitte auch den Standort, an dem der Wagen schließlich eine andere Route einschlug.«

»Kriegen Sie gleich.«

Emma verabschiedete sich, ließ das Handy sinken und ging hinüber zu Padorn. Er hob den Blick. »Was Neues?«

»Ein heller Lieferwagen.«

Padorn verzog das Gesicht. »Geht es vielleicht noch etwas ungenauer?«

»Möglicherweise handelt es sich um dasselbe Fahrzeug, mit dem das Mädchen aus Rostock entführt wurde«, erwiderte Emma und schilderte Konrad Parkers Verdacht. »Das klingt insgesamt nicht gerade bestechend glaubhaft, auch wenn er diesmal nicht gekifft hatte, und dennoch halte ich es für sinnvoll …«

»Fahrzeuge zu überprüfen, auf die wir zugreifen können, falls sich die Hinweise verdichten?«

Emma lächelte. »Du nimmst mir das Wort aus dem Mund. Alle Wagen im Umfeld der Lokale und Einrichtungen, vorzugsweise Fahrzeuge, die dem Umfeld der Stiftung oder der Marketingfirma zugerechnet werden, sollten genauer unter die Lupe genommen werden. Der Zugriff auf die Kfz-Daten sollte kein Problem sein.«

»Die Recherche teilen wir uns aber!«

»Selbstverständlich.«

»Was noch?«

»Konrad Parker ist von der Reha-Einrichtung zum Einkaufen gefahren«, überlegte Emma halblaut. »Er schickt mir gleich sein Bewegungsprofil. Vielleicht gibt es eine Möglichkeit, an Bilder der Verkehrsüberwachung zu kommen.« Sie seufzte. »Das Ganze ist in Schwerin passiert. Wie wir dort mal eben ganz schnell an Informationen kommen, ist mir im Moment schleierhaft. Darum müssen sich Dagmar Möller und Tambach kümmern.«

Padorn nickte langsam. Er beugte sich kurz über seine Tastatur, dann sah er wieder hoch, runzelte die Stirn und suchte Emmas Blick. »Falls an dieser Verfolgungsnummer doch was dran ist, hat der Typ dich im Blick behalten, oder?«

Emma hob beide Hände.

»Das sollte Christoph unbedingt wissen.«

Emma wollte etwas einwenden, aber sie verkniff sich die Bemerkung. An der Stelle würde Padorn eigenmächtig handeln – das dürfte er so mit Christoph abgemacht haben. Er bestand darauf, über jede noch so zarte Andeutung eines Risikos, das mit Emmas Recherchen verbunden war, informiert zu werden. Sie geriet nicht zum ersten Mal in echte Gefahr, weil sie eine Spur trotz unberechenbarer Lage verfolgte und ihre Partner nicht auf dem Laufenden hielt.

»Du hast recht. Ich spreche mit ihm – gleich heute Abend.«

»Versprochen?«

»Ja!«

»Okay, dann lass uns weitermachen.«

»Sofort – ich schicke Dagmar noch eine Info zum neuesten Stand.«

»Sie wird sich freuen.« Padorn verdrehte die Augen.

14

Als Dagmar Möller das Büro der Staatsanwältin verließ, waren fast zwei Stunden vergangen, und ihr schwirrte der Kopf. Ulrike Steiner hatte alles sehr genau wissen wollen, und die zwischenzeitlich neu eingetroffenen Hinweise von Emma Klar hatten die Diskussion erneut befeuert. Die entscheidende Frage lautete – das war vorab klar gewesen –, in welcher Weise die bisher vorliegenden Rechercheergebnisse und zig Indizien nach einer Woche verdeckter Nachforschungen gewichtet werden konnten, um offiziell und womöglich mit Hilfe einer Sonderkommission weitreichende Ermittlungen anschieben zu können.

Das Ergebnis der Unterredung verwunderte die Kommissariatsleiterin nicht – die bislang ermittelten Hinweise waren beunruhigend, aufwühlend, richtungsweisend und doch nicht ausreichend, um das ganz große Paket in einer LKA-Gruppe zu schnüren, wie die hagere Staatsanwältin es ausdrückte. Zu viel Stückwerk, zu viele Verbindungen, die nicht als eindeutige Treffer in der Beweisführung bewertet werden konnten, noch nicht. Wie engagiert und zielstrebig die Juristin argumentierte, abwog, diskutierte und nach pragmatischen Lösungen suchte, die ja mit dem ursprünglichen Ansatz – der Suche nach Karina Pohl – nur noch am Rande zu tun hatten, nötigte Dagmar Möller jedoch großen Respekt ab. Ulrike Steiner war eine Staatsanwältin, die stets bereit war, den Blick zu weiten, statt ihn auf ein einzelnes Muster zu begrenzen. Dass Steiner und Emma Klar sich seit Jahren kannten und schätzten und immer wieder erfolgreich zusammenarbeiteten, war im Gespräch mit Möller unmissverständlich klar geworden.

»Wir machen weiter wie bisher«, hatte die Staatsanwältin schließlich in energischem Ton entschieden. »Ich halte Ihnen den Rücken frei, wo ich kann, und bin für jede kreative Auslegung der Dienstvorschriften zu haben – nach vorheriger Absprache natürlich. Auch das BKA, dem Emma Klar ja direkt unterstellt ist, sofern sie nicht als Privatdetektivin agiert, wird von mir informiert. Manchmal sind ja die Grenzen durchaus fließend, und mir ist klar, dass Emma immer mal wieder übers Ziel hinausschießt, aber ... Na ja. Sie heimst mehr Treffer als Fehlschläge ein und verfügt über einen guten moralischen Kompass. Das schätze ich sehr. Und sobald es den einen richtungsweisenden Beweis gibt, schlagen wir zu – ich denke zum Beispiel an diese Bändchen – und können mit offiziellen Befragungen im Umfeld des Tathintergrundes starten. Vorher aktiv zu werden ist ohnehin zu riskant. Wer immer auch an diesen Straftaten beteiligt ist – sie laufen seit Jahren unentdeckt. Das werden wir ändern, aber wir sollten sie nicht zu früh warnen.« Kurzer Blick zum Fenster hinaus. »Was die Suche nach Karina Pohl anbelangt, so gehe ich davon aus, dass sie bislang eher ruht«, hatte Ulrike Steiner schließlich nachdenklich hinzugefügt.

Die Lübecker Kommissarin hatte Steiner im Zusammenhang mit einigen anderen Fällen bereits kennengelernt und hielt sie für eine Bereicherung im schnöden Alltag der Staatsanwaltschaft. Ulrike Steiner war aus Rostock zu ihnen gestoßen – und natürlich hatte sich schnell herumgesprochen, dass sie ihren dortigen Posten zwei Jahre zuvor nicht freiwillig geräumt hatte. Sie war sämtlichen Spekulationen und allem Getuschel entgegengetreten, in dem sie sehr resolut selbst die Initiative ergriffen und kein Blatt vor den Mund genommen hatte.

»Ein Callboy aus Rostock ist ermordet worden«, hatte sie ihrem neuen Team kurz nach Dienstantritt in einer Besprechung erklärt. »Sie haben alle davon gehört, dessen bin ich sicher. Sie haben auch mitbekommen, dass ich Rico kannte. Daraus ist mir ein Strick gedreht worden, sodass ich die Behörde schließlich verlassen habe. Nun bin ich hier, und ich hoffe, dass wir gut zusammenarbeiten werden. Wenn es dazu noch Fragen gibt, dann stellen Sie sie hier und jetzt und gerne auch sehr direkt – damit kann ich gut umgehen. Später sollte diese alte Geschichte unsere Arbeit allerdings nicht mehr stören. Und ich weiß mich durchaus zu positionieren, falls ich den Eindruck gewinne, dass es im Team an Konzentration für unsere Aufgaben mangelt, weil die Gerüchteküche für Ablenkung sorgt.«

Sie hatte einen scharfen Blick in die Runde geworfen, und natürlich hatte sich niemand zu Wort gemeldet. Keiner wollte es mit Steiners Scharfzüngigkeit aufnehmen. Dagmar Möller erinnerte sich an leises Räuspern, neugierige und auch unsichere Blicke sowie einige hochgezogene Augenbrauen. Doch die ganz große Aufregung und das geifernde Tuscheln hinter vorgehaltener Hand waren damit im Keim erstickt. Tratschtanten gab es in jeder Behörde, Tratschonkel auch. Dagmar Möller war sicher, dass auch über sie selbst einige Geschichten kursierten. Das war nach Jahrzehnten im Polizeidienst weder verwunderlich, noch störte es sie großartig. Wer ihr allerdings so richtig ans Bein pinkeln wollte, lernte sie von ihrer garstigen Seite kennen.

Die Hauptkommissarin lockerte nach Verlassen von Steiners Büro kurz ihre Schultern. Dann machte sie sich auf den Weg in die Cafeteria und wählte das Tagesmenü – irgendein Fisch in irgendeiner Soße, dazu Kartoffeln und irgendein Mischgemüse, ein Schälchen Salat. Das Gericht schmeckte besser, als es aussah. Ihr Handy klingelte zweimal, während sie aß, und sie schaltete es auf stumm, nachdem sie mit einem kurzen Blick aufs Display festgestellt hatte, dass der Anruf aus ihrer Behörde kam. Nach dem Essen besorgte sie sich einen Espresso, ging damit in den Hinterhof und informierte Emma in aller Kürze über die Besprechung. Ihr Handy vibrierte, als sie es gerade eingesteckt hatte – diesmal erkannte sie die Nummer von Alexander Stark. Sie stellte die Verbindung her. »Eigentlich bin ich noch mitten in der Pause«, erklärte sie.

»Ich auch«, gab Alexander Stark in gleichmütigem Ton zurück. »Ich habe sogar zwei freie Tage, nachdem ich so viele Überstunden angesammelt hatte, dass ich …«

»Komm zum Punkt.«

Leises Lachen. »Der Hamburger Streetworker hat einen Tipp für uns. Er meint, dass Luise …«

»Wer ist Luise?«

»Die Obdachlose, die die beiden Frauen vermisst gemeldet und Zettel aufgehängt hat. Hatte ich ihren Namen etwa nicht erwähnt?«

»Nein, hattest du nicht.«

»Na schön. Sie war krank und nach einem längeren Klinikaufenthalt später nicht auffindbar.«

»Das konnte ich mir gerade noch so merken von deinem letzten Anruf«, kommentierte Dagmar Möller in ironischem Ton.

»Und inzwischen gibt es einen Hinweis auf ihren Verbleib«, berichtete Stark unbeirrt und mit deutlich aufgeregter Stimme weiter. »Das hat der Streetworker in Erfahrung gebracht. Luise hat eine Schwester, die in der Nähe vom Ratzeburger See, genauer gesagt, in einem Waldstück zwischen dem Ratzeburger und Mechower See eine Wochenendhütte hat. Dort könnte Luise untergekommen sein – sie war wohl schon häufiger dort, wenn es ihr besonders schlecht ging und die Schwester sich erweichen ließ, ihr das Häuschen eine Weile zu überlassen.«

Es geht doch nichts über eine fürsorgliche Familie, dachte Dagmar Möller.

»Die Adresse schicke ich dir gleich«, fuhr Stark fort.

»Wie sicher ist der Tipp?«

»Es ist ein guter Tipp, würde ich sagen – auch weil es keinen anderen Hinweis gibt und der Streetworker einen tollen Job macht.«

»Okay. Dann …«

»Ich könnte selbst hinfahren!«, warf Alexander Stark rasch ein.

»Wenn mich nicht alles täuscht, gehörst du demnächst zu Tambachs Truppe, und zwar in Rostock.«

»Ich habe gerade frei, außerdem habe ich die Spur entdeckt, und Tambach ist doch längst dabei!«

»Wir können nicht einfach ohne jegliche Rücksprache über seinen Kopf hinweg entscheiden, dass du hier aktiv eingreifst. Ein paar Recherchen anzustellen und Kontakte um Unterstützung zu bitten ist etwas völlig anderes, als regional übergreifend als Kommissar aufzutreten und Fragen zu stellen.«

»Aber er weiß doch längst …«

»Glaub mir, das gefällt keinem Dezernatsleiter«, beharrte die Hauptkommissarin. »Auch wenn er noch so offen ist für pragmatische Wege.«

»Dann reden wir mit ihm!«

Dagmar Möller überlegte einen Moment. Stark war engagiert, vielleicht eine Spur zu eifrig. Das konnte auch nach hinten losgehen. »Ich melde mich wieder«, erklärte sie dann. »Du solltest das ohnehin nicht alleine übernehmen.«

»Aha. Und warum nicht? Es ist doch kein Ding, die Adresse zu überprüfen und vielleicht ein paar Fragen zu stellen. Ich bin ohnehin in der Nähe.«

»Das ist kein Argument.«

»Na schön.« Das klang wenig begeistert.

»Hör zu, Stark – diese Ermittlung ist eine knifflige Angelegenheit, und wir können inzwischen kaum einschätzen, ob wir nicht längst Aufmerksamkeit erregt haben, und zwar bei den Leuten, die etwas zu verbergen haben. Noch einmal: Du gehst da nicht alleine hin – so oder so nicht. Dein Chef wird informiert, und ich tausche mich vorab mit Emma Klar aus. So lange hältst du die Füße still. Habe ich mich deutlich ausgedrückt?«

»Ziemlich deutlich.«

»Klasse. Bis später.«

Möller steckte das Handy wieder ein und trank ihren Espresso aus. Warum mache ich das nicht selbst?, dachte sie plötzlich. Weil mein Schreibtisch überquillt und im Kommissariat bereits zig Aufgaben auf Erledigung warten, die nicht mehr auf die lange Bank passen. Auf dem Weg in ihr Büro hinterließ sie Emma eine Sprachnachricht und leitete Alexander Starks Infos weiter. Eine halbe Stunde später telefonierte sie mit ihrem Amtskollegen in Rostock und holte sich sein Okay.

Die Hütte lag geschützt inmitten einer kleinen Baumgruppe am Rande eines Feldes – ein kleines Holzhäuschen, das wenig mit den üblichen Wochenend- oder Ferienhäusern und touristischem Standard zu tun hatte. Insgesamt machte alles einen sehr bescheidenden Eindruck und wirkte kaum winterfest. Eine Hütte für den kurzen Aufenthalt – gut geeignet für Jäger, Förster und Waldarbeiter, die sich eine Pause gönnten. Doch in der tief stehenden Abendsonne wirkte das Ambiente durchaus idyllisch. An der rechten Hauswand lehnte ein Fahrrad. Emma ließ ihr Fernglas wieder sinken.

»Da ist jemand«, sagte Alexander Stark leise.

Emma hob erneut das Fernglas. Eine ältere Frau war zur Tür herausgetreten. Ihr Haar war lang und wirkte selbst auf die Entfernung verfilzt, sie trug bunte Hosen und ein grellrotes Sweatshirt. Sie setzte sich in einen Korbsessel und zündete sich eine Zigarette an. Auf dem Boden stand eine Flasche. Sie griff danach und trank einen kräftigen Schluck.

»Wie gehen wir vor?«, fragte Stark, während er eine Hand auf den Türgriff legte.

»Das weiß ich in etwa, wenn ich die ersten Worte mit der Frau gewechselt habe«, erwiderte Emma. Sie zuckte mit den Achseln, als der junge Beamte sie verblüfft ansah. »Warum soll ich mir hier großartige vernehmungstaktische Vorgehensweisen zurechtlegen? Vielleicht redet sie gar nicht mit uns. Ich muss spontan agieren und hoffe darauf, dass ich die richtigen Fragen stelle.«

»Okay.« Stark griff nach seiner Jacke, die auf dem Rücksitz lag.

»Die solltest du hierlassen«, meinte Emma.

»Warum?«

»Viel zu elegant. Wir sollten hier nicht als schnieke Polizisten auftreten.«

»Du findest, dass ich schnieke aussehe?«

»Ja, ein bisschen schon«, erwiderte Emma. Alexander Stark war ein attraktiver Typ; seine Kleidung war aufeinander abgestimmt, zumindest sorgsam ausgewählt, der Haarschnitt modern, gepflegte Hände, polierte Schuhe. »Kommt vielleicht hier nicht so gut an«, fügte sie hinzu.

»Aber dann sieht man meine Waffe.«

»Die lässt du auch hier.«

»Okay.« Stark musterte Emma einen Moment unschlüssig.

»Meine Jeans ist zehn Jahre alt«, erklärte sie. »Und das Sweatshirt trage ich auch beim Fahrradfahren. Ich lege selten Wert darauf, modisch auf dem Laufenden zu bleiben.«

Stark nickte. Das glaubte er ihr aufs Wort. Emma lächelte. So viele Jahre trennten sie gar nicht, aber im Moment fühlte sie sich deutlich erfahrener. »Das könnte gerade hier wichtig sein«, fügte sie noch hinzu.

Sie stiegen aus. Emma bemerkte aus den Augenwinkeln, dass Luise zu ihnen hinüberstarrte. Emma ging langsam vor und setzte eine entspannte Miene auf. Alexander Stark blieb neben ihr.

Luise war fünfzig Jahre alt, so hatte der Streetworker berichtet, aber sie wirkte wie siebzig. Der Alkoholmissbrauch hatte sie frühzeitig altern lassen; das Leben auf der Straße hatte sein Übriges getan. Sie setzte sich gerade auf und kniff die Augen zusammen. »Was wollt ihr hier? Habt ihr euch verfahren?«, rief sie ihnen mit rauer Stimme entgegen, als sie näher traten.

Emma schüttelte den Kopf. »Nein, wir möchten zu Ihnen«, erwiderte sie in freundlichem Ton. »Sie sind doch Luise, oder?«

Die Frau starrte einen Moment verdutzt von einem zum anderen. »Wer seid ihr?«

»Ich bin Emma Klar, das ist mein Kollege Alexander Stark, und wir würden Sie gerne kurz sprechen …«

»Lass bloß das affige Gesieze! Da krieg ich sofort Ausschlag von!« Luise grinste kurz und entblößte eine breite Zahnlücke. »Seid ihr von einem Amt, oder so? Ich darf das Haus hier nutzen, falls es darum geht – gehört meiner Schwester, die hat es von unserem Großvater geerbt oder irgendeinem Onkel, egal. Und sie hat großzügigerweise erlaubt, dass ich mich hier aufhalte.« Luise griff zur Flasche neben sich und trank einen großen Schluck. »Wollt ihr auch?«

Emma schüttelte den Kopf. »Im Moment nicht, danke.«

Luise grinste erneut und fixierte Alexander Stark. »Du auch nicht, junger Mann, oder? So ein billiger Fusel ist nichts für einen smarten Typen wie dich, was?«

Stark strich sich durchs Haar. »Nein, danke.«

Luise winkte ab und blickte wieder Emma an. »Also? Was habt ihr zu meckern? Hat sich irgendjemand beschwert?«

»Nichts dergleichen. Wir sind wegen der beiden Mädchen hier, die verschwunden sind.«

Luise hielt inne und stellte die Flasche wieder ab, ihr Blick war plötzlich wachsam.

»Die eine vor ungefähr vier Jahren, die andere Anfang des Jahres«, erklärte Emma weiter. Sie hielt Luises Blick fest. »Du hast Zettel aufgehängt.«

»Ist ja nicht verboten.«

»Auf keinen Fall.«

»Warum wollt ihr das wissen?«

»Wir sind Polizisten – mein Kollege ist Kommissar, und ich bin externe Ermittlerin. Ich arbeite für regionale Dienststellen und für das Bundeskriminalamt …«

»Ihr verarscht mich, oder?«

»Keineswegs«, erwiderte Emma. »Zurzeit untersuchen wir mehrere Fälle von verschwundenen Frauen und Mädchen an der Küste und in Hamburg, außerdem zwei Morde. Und Sie haben … Du hast die Zettel in der Nähe des Clubhauses aufgehängt, weil dir es dir ein Anliegen war, dass nach den Mädchen gesucht wird. Der Streetworker hat die Vermisstenmeldung weitergeleitet und uns davon berichtet. Darum sind wir jetzt hier.«

Luises Blick hatte sich zunehmend verdunkelt. Sie wischte sich über die Nase. »Euer Ernst?«, fragte sie leise, ihre Stimme verriet tiefe Anspannung. »Charly hat also mit euch geredet.«

»Richtig. Und wir möchten wissen, ob du etwas beobachtet hast, was uns weiterhelfen könnte.«

»Ihr seid ihr wirklich von der Polizei?«

Emma nickte.

»Warum kümmert ihr euch erst jetzt?« Luise griff wieder zur Flasche und trank einen Schluck, ohne sie aus den Augen zu lassen. Ihre Hand zitterte. »Das ist Monate her.«

»Weil wir erst jetzt Hinweise entdeckt haben, die auf einen gemeinsamen Hintergrund deuten. Und in der Zwischenzeit warst du gar nicht erreichbar …«

»Ich war krank.«

»Das wissen wir.« Emma sah sich um. »Hast du zufällig noch zwei Stühle für uns?«

Luise erhob sich mühsam und winkte Alexander Stark zu. »Komm mal mit und hilf mir.«

Einen Augenblick später nahm Emma auf einem rostigen Klappstuhl Platz. Stark setzte sich neben sie auf einen Hocker, der gut und gerne zwei Jahrzehnte alt sein dürfte.

Luise starrte Emma lange an. »Wenn die Polizei aufkreuzt, um irgendwelche Fälle zu untersuchen, sieht das aber anders aus ...«

Emma griff nach ihrer Dienstmarke.

»Lass mal stecken«, warf Luise ein. »Ich kann das ohnehin nicht beurteilen, und darum geht es mir auch nicht. Keine Uniformen, keine Polizeiautos, das übliche Getöse, wenn irgendwo was geräumt wird oder Alarm angesagt ist ...«

»Auf Getöse verzichten wir gerne. Alarm muss auch nicht sein. Außerdem gibt es bislang noch keine offizielle Ermittlung«, erklärte Emma unumwunden. »Wir haben die Vermissten im Umfeld des Obdachlosenmilieus zufällig entdeckt – im Zusammenhang mit einem anderen Fall – und an mehreren Orten weiter nachgeforscht. Wir entdecken bislang jede Menge Bruchstücke, die einen Verdacht zwar schüren, aber wir kommen nicht voran, wenn wir keine Zeugen ausfindig machen, Zeugen, die reden und uns weitere Hinweise liefern.«

»Von wie vielen Frauen geht ihr aus?«, fragte Luise.

Emma überlegte nur einen Moment. »Acht Frauen, zwei sind ermordet worden, das steht zweifelsfrei fest.«

»Es könnten auch mehr sein?«

Emma hob beide Hände.

»Und wie seid ihr ausgerechnet auf das Clubhaus in Hamburg gekommen?« Luise winkte ab. »Ach ja, obdachlose Frauen, nicht wahr?«

»In der Nähe ähnlicher Einrichtungen sind auch in anderen Städten Frauen verschwunden«, fügte Alexander Stark hinzu.

Luise sah ihn an und musterte ihn von oben bis unten. »Du stehst noch ganz am Anfang, nicht wahr? Willst spektakuläre Fälle lösen und dir als Kommissar einen Namen machen, indem du die großen Bösewichte schnappst, oder? Aber sieh dich vor – es gibt keinen größeren Abgrund als den menschlichen. Keine Kreatur ist so grausam und berechnend. Menschen haben das Böse erfunden, und sie pflegen und entwickeln es auf immer perfektere Weise.« Sie griff in ihre Hosentasche und zog einen Tabakbeutel heraus. Mit geschickten Fingern drehte sie eine Zigarette und zündete sie an. »Du musst dich mit diesem Abgrund beschäftigen, sonst schnappst du sie nicht, Kleiner. Und das macht was mit dir – mit jedem.« Luise blickte zur Seite und fasste Emma ins Auge. »Habe ich recht?«

Emma nickte. Ein klammes Gefühl durchströmte sie. Der Abgrund, in den sie damals geblickt hatte, als sie entführt worden war, lebte seitdem in ihr. Sie überwand ihn ein ums andere Mal, aber er behauptete seinen Platz, und so würde es bleiben – sein Echo war abgeschwächt, weniger schrill und doch unvergessen. Teith und seine Leute. Seinen Namen würde sie mit ins Grab nehmen. »Erzählst du uns was zu den beiden Mädchen?«, fragte sie schließlich.

Luise inhalierte tief. »Ich kannte nicht mal ihre Namen, ihre echten Namen, die interessieren ja auch nicht in unserer Welt. Die Kleine, die vor ... ja, fast vier Jahren verschwand, habe ich Lila genannt – sie hatte ein Faible für diese Farbe. Sie trug lila Hosen und war immer ganz wild darauf, ihr Haar genauso zu färben.«

Emma nickte, sie erinnerte sich, dass Luise die Farbvorliebe auf den Suchzetteln erwähnt hatte.

»Sie kam seit ein paar Wochen regelmäßig ins Clubhaus – man kann da ja auch duschen –, und sie hat ihr Haar dort gefärbt, wenn sie genug Geld zusammenhatte, um sich das Zeug zu kaufen. Oder sie hatte es geklaut.« Luise schnippte die Asche zur Seite. »Sie trug immer ein selbst gestricktes Püppchen mit sich herum, natürlich auch in Lila.« Ein Lächeln erhellte für einen Moment Luises Gesicht. »Die Kleine hat mächtig einen mitgekriegt«, fuhr sie dann in tieferer Stimmlage fort, und das Lächeln war wie weggewischt. »Sie ist weggelaufen von zu Hause, das steht mal fest.«

»Hat sie dazu was erzählt?«

Luise schüttelte den Kopf. »Musste sie nicht. Wir haben mal gemeinsam an einer Schlafstelle übernachtet – sie hat selten geschlafen. Albträume. Ich habe ihre Schreie heute noch im Ohr. Das hat wohl dazu beigetragen, dass ich sie nicht vergessen habe. Ich vergesse viel, aber Lila ... Sie ist immer noch da.«

Emma atmete tief durch. »Ist dir etwas aufgefallen, als sie verschwand? Hast du etwas beobachten können? Ist sie angesprochen worden? Oder ...«

»Du stellst zu viele Fragen auf einmal.«

»Stimmt – das ist eine Schwäche von mir.«

»Na ja, wenn es weiter nichts ist.« Luise drückte die Kippe aus und blickte hoch. Einen Moment schien sie nach den richtigen Worten zu suchen. »Ich hatte den Eindruck, dass sich die Geschichte wiederholt, als das zweite Mädchen vor einigen Monaten verschwand«, sagte sie schließlich.

»Darum hast du erst danach die Zettel aufgehängt?«

Luise nickte. »Lila hat damals erzählt, sie würde bald ein neues Leben beginnen, und das zweite Mädchen Anfang des Jahres hat sich mit denselben Worten verabschiedet. Viele von uns erzählen solche Geschichten – Hoffnungen, Fantasiegebilde, an denen kaum etwas dran ist. Häufig ist es die reinste Spinnerei.« Luise zuckte mit den Achseln. »Man braucht was zum Festhalten. Und wenn der Kopf mit einer schönen Träumerei beschäftigt ist, fällt das Grau oder Schwarz des Alltags weniger auf, und der Schmerz trommelt leiser. Wichtig ist das, was in dir ist, verstehst du?«

Emma nickte.

»Das zweite Mädchen war erst wenige Tage, vielleicht eine Woche zuvor das erste Mal im Clubhaus aufgetaucht. Sie nannte sich Klinge, fragt mich bitte nicht, warum. Ich habe ein paarmal mit ihr gesprochen. Sie war erstaunlich guter Dinge, hat oft gelacht – wahrscheinlich stand sie unter Drogen. An dem Abend, als ich sie das letzte Mal sah, wirkte sie aufgekratzt und fröhlich. Es gab ein kleines Fest im Clubhaus, bei dem alle möglichen Leute aufkreuzten, nicht nur unsereins, wenn ihr versteht.«

»Es war eine offizielle Feier mit Leuten, die gespendet und die Einrichtung ins Leben gerufen haben?«, warf Emma rasch ein.

»Das weiß ich nicht, kann sein. Es war jedenfalls mehr los als sonst. Und ...« Luise kniff die Augen zusammen. »Als Lila verschwand, war auch mehr los als üblicherweise.«

Emma tauschte einen schnellen Blick mit Alexander Stark.

»Es war in beiden Fällen einer dieser Abende, an denen viel los war. Das Clubhaus will ja offen für alle Gäste sein, nicht nur für Leute wie mich. Das ist der Anspruch.« Luise verzog das Gesicht und blickte einen Moment ins Leere. »Ich werde nachher abgeholt und fange ein neues Leben an – das waren Klinges Worte.«

Emma beugte sich vor, und der Klappstuhl knarzte.

»Ich musste sofort an Lila denken.«

»Hat Klinge mehr erzählt?«

»Nein. Sie tat ziemlich geheimnisvoll, als ich noch mal nachfragte. Ich habe ihr sogar erzählt, dass nach einer solchen Vorankündigung mal eine von uns verschwunden sei. Das hat sie nicht interessiert. Sie hat nur gelacht. Ich habe sie danach nie wiedergesehen und hatte ein mulmiges Gefühl. Dann habe ich die Zettel aufgehängt – um andere zu warnen. Einige Zeit später hat es mich dann umgehauen.«

Luises Schilderungen bestätigten das bisherige Muster – nicht mehr, nicht weniger. Mädchen und Frauen wurden angelockt oder entführt, eine unauffällige Kontaktaufnahme kam womöglich im Rahmen kleiner Feste zustande. Doch eine eindeutige Aussage, mit der sich die Täterfrage weiterverfolgen ließ, war etwas anderes. Selbst wenn sich nachweisen ließ, dass auch in diesen Vermisstenfällen Mitarbeiter und Vertreter der Stiftung und der Marketingfirma vor Ort gewesen waren, hieß das noch gar nichts. Emma hoffte inständig, dass Padorn bald erhellende Überschneidungen entdeckte.

»Ist dir im Zusammenhang mit dem Verschwinden der beiden Mädchen ein heller Lieferwagen in der Nähe des Clubhauses aufgefallen?«, fragte Emma weiter.

Luise überlegte nur kurz und schüttelte den Kopf. »Ich kann mich nicht erinnern, aber ich habe auch nicht auf so etwas geachtet. Autos und Lieferwagen fahren ja ständig durch die Gegend. Wie sollte mir so etwas auffallen?«

»Es hat sich dir eingeprägt, dass sich sowohl Lila als auch Klinge ähnlich geäußert haben, bevor sie verschwanden. Ich traue dir zu, dass du noch mehr wahrgenommen hast.«

Luise zuckte mit den Achseln.

»Und sonst? War jemand unter den Gästen, der sich auffällig benahm oder irgendwie hervorstach?«

»Kann ich nicht sagen. Ich weiß nur, dass Lila sich damals länger mit einem Typen unterhielt, der auch nicht zum ersten Mal da war. Er trug feinere Klamotten – das war keiner von uns. Eher so etwas Adrettes wie du.« Sie warf Alexander Stark einen kurzen Seitenblick zu.

Emma nestelte nach ihrem Handy, öffnete die Fotoapp und zeigte Luise ein Bild von Stefan Mahler.

Luise musterte es eine Weile. »Schwer zu sagen«, meinte sie dann. »Vom Typ passt das ganz gut. Mein Gedächtnis für Gesichter ist allerdings nicht besonders ausgeprägt. Ich habe in den letzten gut dreißig Jahren einfach zu viel gesoffen. Tut mir leid.«

»Da kann man nichts machen«, erwiderte Emma. »Du hast uns trotzdem weitergeholfen – wir haben zwei weitere Namen, die wir nun ebenfalls von der Liste der Namenlosen streichen können, Lila und Klinge. Und falls dir noch was einfällt …«

Luise lächelte mit breiter Zahnlücke. »Ich habe kein Handy.«

»Deine Schwester lässt dich vielleicht mal telefonieren.«

»Ja, aber nur vielleicht. Wenn ich ihr erzähle, dass ich mit der Polizei sprechen will, glaubt sie mir garantiert nicht.«

»Du kriegst das schon hin.« Emma reichte ihr eine Karte und stand auf. »Danke, Luise. Und alles Gute.«

Luise nickte und drehte sich die nächste Kippe.

Emma wandte sich um und ging langsam zum Wagen zurück, Alexander Stark blieb neben ihr.

»Es fehlt nur noch ein Name, oder?«, fragte er, als sie im Auto saßen.

Emma nickte. »Stimmt – die Frau aus Rostock, die wahrscheinlich entführt wurde.« Sie startete den Motor, wendete und fuhr den schmalen Weg zur Hauptstraße zurück. Dann bog sie Richtung Lübeck ab, wo Stark seinen Wagen nach der Besprechung mit Dagmar Möller abgestellt hatte.

Der Kollege blickte eine Weile zum Fenster hinaus. »Morgen fange ich in Tambachs Team an. Ich bin gespannt«, ergriff er schließlich das Wort.

Emma behielt den nachfließenden Verkehr im Blick. Kein Transporter in Sicht. »Ich denke, du wirst gut mit ihm arbeiten können«, meinte sie beiläufig.

»Wie bist du eigentlich zu deinem jetzigen Job gekommen?«, fragte er einen Moment später weiter. »Ich meine – du kannst dir ja die Fälle quasi aussuchen.«

Emma warf ihm einen ironischen Seitenblick zu. »Nun, nicht ganz. Ich bin dem BKA unterstellt, arbeite jedoch auch als private Ermittlerin. Und manchmal führt eines zum anderen.«

»Ja, das meine ich. Du musst auf keiner Dienststelle hinterm Schreibtisch sitzen und Aktenberge abarbeiten.«

»Ich sitze in meinem Büro hinterm Schreibtisch. Wo ist der Unterschied?«

»Du bist deutlich freier in deinen Entscheidungen.«

»Stimmt, und ich möchte auch nicht tauschen. Aber angefangen habe ich mal als LKA-Kommissarin in Dresden.«

»Und warum hast du da aufgehört?«

Emma sah erneut in den Rückspiegel. Sie spürte plötzlich, dass sie keine Lust hatte, Alexander Stark Rede und Antwort zu stehen. Der Kommissar war hoch engagiert und brannte vor Eifer, sich zu profilieren. Dagmar Möller vertraute ihm, doch Emma hatte ihn gerade erst kennengelernt. »Darüber rede ich vielleicht ein anderes Mal mit dir«, erwiderte sie leise.

Wenig später setzte sie ihn ab und machte sich auf den Weg nach Gadebusch. Sie blickte immer wieder in den Rückspiegel. Ich muss mit Christoph sprechen, dachte sie.

15

Die konkrete Zuordnung und Identifizierung der Personen aufgrund des vorliegenden Fotomaterials hatte nur anfangs eine besondere Herausforderung dargestellt – sobald klar war, worum es ging, und erste Überstimmungen vorlagen, füllte sich die Trefferliste.

Padorn hatte über Tage hinweg viele Stunden damit verbracht, recherchiertes Bildmaterial aus zig Quellen sowie Fotos abzugleichen, die zur Verfügung gestellt worden waren – zum Beispiel von Karim, dem Mitarbeiter des Cafés in Wismar. Bei offiziellen Anlässen oder Feierlichkeiten tauchten mehrfach dieselben Leute auf – Menschen, die sich in Position brachten und um Aufmerksamkeit buhlten, die sich gerne fotografieren ließen und von ihrer sozialen Seite präsentieren wollten. Dazu gehörten Mitarbeiter aus der Stiftung sowie der Marketingfirma, die sich auch um die geschäftlichen Abläufe gekümmert hatten – vorneweg Stefan Mahler –, leitende Angestellte aus regionalen und städtischen Behörden, Politiker, dazu Freunde und Angehörige, Presse sowie die Leiter der jeweils neu eröffneten Lokale und Einrichtungen. Auch Georg Pasemann, früherer Ehemann der ehemaligen Chefsekretärin, mit der Emma nicht unbedingt warm geworden war, gehörte zweimal zum illustren Kreis von Menschen, die mit schlanken Champagnergläsern und feistem Lächeln wiederholt auf das Wohl der Obdachlosen anstießen. Das Engagement hatte 2014 so richtig Fahrt aufgenommen, als Stefan Mahler in der Marketingfirma seinen Job angetreten hatte. Er hatte das Projekt, das gute Werk für obdachlose Menschen – mit deutlichem Schwerpunkt auf Frauen und Mädchen, den Schutzlosesten unter den Schutzlosen – angeschoben und bis zu seiner Ermordung umgesetzt und weitergeführt, seit 2016 sogar als verantwortlicher Projektleiter in der Stiftung. Mit gerade einmal Anfang dreißig – eine wirklich erstaunliche Karriere.

Entstanden waren in Hamburg und den Hansestädten an der Küste Anlaufpunkte, Cafés, Bistros, Clubhäuser, die von der Öffentlichkeit gut angenommen worden waren, ein Verdienst des Marketingprofis, so schätzte Padorn. Fast zeitgleich waren zunächst völlig unbemerkt ab 2015 nach und nach junge Frauen verschwunden, deren Verbleib kaum aufgefallen war, und falls doch, war das Echo schnell wieder verklungen. Um wie viele Opfer es tatsächlich ging, ließ sich kaum abschätzen.

Inzwischen mehrten sich die Hinweise auf ein professionelles Vorgehen, und es zeigte sich längst ein zunehmend schärfer hervorstechendes Muster. Und die Geschichte, die sich dahinter verbarg, klang abgrundtief böse – einige der Männer, die sich in der Öffentlichkeit für ihre solidarische, großzügige und engagierte Ader feiern ließen, waren möglicherweise an übelsten Gewalttaten beteiligt. So zumindest dürfte der Kern des Verdachts lauten – eine These, der bislang noch jegliche Beweiskraft fehlte. Mittendrin Stefan Mahler, dessen Ermordung nur auf den allerersten Blick geklärt schien und nicht das Geringste mit den aktuellen Ergebnissen ihrer Nachforschungen zu tun hatte. Vielleicht war er zum Risiko geworden, weil er ein besonders übler Bösewicht gewesen war, oder seine Rolle war eine gänzlich andere gewesen, ohne dass sich bisher Belege dafür gezeigt hatten. Dass er als Einzeltäter agiert hatte, schloss Padorn jedoch aus. Karina Pohls Flucht und ihr beharrliches

Schweigen passten zu einem undurchsichtigen Szenario mit mehreren Beteiligten im Hintergrund – höchstwahrscheinlich Männern mit besten Verbindungen und Verbündeten, vor denen sie Angst hatte. Alles andere ergab keinen Sinn, am allerwenigsten die angebliche Eifersuchtstat. Sie klang immer absurder.

Padorn kratzte sich am Hinterkopf. Die Rekonstruktion des Tatablaufs müsste demnach auch komplett überdacht werden – Karina könnte ihren Freund im Blick behalten haben und selbst Zeugin des Mordes geworden sein. Sie hatte ihm helfen wollen, doch er war auf der Straße gestorben. Möglicherweise, unter Umständen, eventuell – hätte, könnte, vielleicht. Zur endgültigen Erhellung des Geschehens konnte nur Karina Pohl selbst beitragen. Doch wie auch immer der Mord letztendlich eingeordnet werden musste – die vor Gericht verhandelte Tat und der Urteilsspruch wiesen keinerlei Ähnlichkeit mit dem Hintergrund auf, mit dem sich inzwischen insbesondere zwei Kommissariatsleiter in Lübeck und Rostock intensiv befassten, wenn auch noch unter dem Radar.

Und begonnen hatte die zielstrebige Suche mit der Liste. Sie war auf Karina Pohls PC aufgetaucht – gespeichert in einem Ordner, in dem Belege für Ellys Nachforschungen versteckt waren. Mit diesem Beleg waren die Ermittlungen ins Rollen gekommen. Schutzlose Frauen und Mädchen, die zum Opfer von Männern wurden, die sich zuvor mit ihnen profiliert hatten. Das klang abscheulich. Und Elly Barth musste sterben, weil sie Zeugin geworden war. So könnte es gewesen sein. Das klang folgerichtig.

Padorn stand auf und ging ein paar Schritte hin und her. Dann öffnete er das Fenster und zündete sich eine Zigarette an. Noch einmal, dachte er: Die Adressen waren in einer

Liste erfasst, die Elly abgeklappert hatte, als sie Stefan Mahler verfolgt hatte, der seinerzeit sein Projekt auf den Weg gebracht hatte. Ein tolles Projekt. Padorn runzelte die Stirn. Was genau hatte sie damals beobachtet? Wie oft war sie ihm tatsächlich gefolgt, bevor ihre Schnüffelei aufgefallen war? Und was hatte sie daran gehindert, die Polizei einzuschalten? *Wir müssen unbedingt reden, Kara. Hier stimmt was nicht.* So hatte sie ihrer Freundin geschrieben. Genau dazu war sie nicht mehr gekommen. Wann hatte Karina die Liste entdeckt? Auch diese Frage konnte bislang nicht beantwortet werden. Vielleicht lag der Fund Jahre zurück, ohne dass sie sich seinerzeit etwas dabei gedacht hatte, und es hatte einen aktuellen Auslöser gegeben, der ihr den Zusammenhang verdeutlich hatte. Oder die Entdeckung war neu und hatte Ereignisse ausgelöst, deren Ende noch nicht absehbar war.

Padorn inhalierte tief und warf einen Blick hinüber zum Nebengebäude, wo in Emmas und Christophs Wohnung gerade das Licht erloschen war. Die Sache mit dem Transporter, der womöglich sie und einen Zeugen verfolgt hatte, war zur Sprache gekommen, wie Padorn noch mit halbem Ohr gehört hatte, als die beiden das Büro nach der abendlichen Besprechung verließen und ins Nebengebäude gingen. Er war sicher, dass sein Freund und Chef entsprechend reagieren würde.

Padorn setzte sich wieder an den Schreibtisch. Er war zu aufgekratzt, um nach Hause zu fahren. Die Gedanken rotierten ohne Unterlass. Schließlich holte er sich ein Bier und vertiefte sich erneut in die Berichte, Listen, Zeugenaussagen, Fotos, die kurzen Clips im Netz, Namen und Lobhudeleien in der Presse, Selbstdarstellungen in den sozialen Netzwerken und so weiter und so fort. Selbst Stefan Mahlers Vater hatte es sich nicht nehmen lassen, aus Süddeutschland anzureisen und das Engagement mit einer großzügigen Spende zu unterstützen. Der Mann lebte mit seiner Frau im Münchner Umland; er war Eigentümer und Geschäftsführer eines deutschlandweit agierenden Cateringunternehmens. Auf einem Foto auf Instagram strahlte er neben seinem Sohn in die Kamera. Die beiden sahen sich ähnlich. Zwei attraktive und erfolgreiche Männer, der Sohn am Beginn einer vielversprechenden Karriere, der Vater mit Ende fünfzig mitten im Geschäftsleben. Der stolze Papa, dachte Padorn. Für die Eltern war die Welt untergegangen – sie hatten ihren einzigen Sohn verloren. Und möglicherweise hatten sie ihn gar nicht gekannt. Vielleicht hatten die meisten Menschen aus seinem Umfeld Stefan Mahler völlig verkannt. Dieser Verdacht stand immer mächtiger im Raum.

Was Padorn im Darknet an scheußlichen Verbrechen im Zusammenhang mit entführten Frauen – aus welcher Szene auch immer – entdeckt hatte, ließ ihn seit mehreren Nächten nicht gut schlafen. Es war ihm gelungen, mit einer Scheinidentität Zugang zu einer Gruppe zu finden. Ob das wirklich so eine gute Idee gewesen war, bezweifelte er inzwischen. Was für kranke Monster!, fuhr es ihm ein ums andere Mal durch den Kopf. Das war im Vorfeld klar gewesen, doch es war ein erheblicher Unterschied, schwarz auf weiß zu lesen, was manch männliches Gehirn sich an Quälereien ausmalte und im Rückblick auf die Gewalttaten en detail zu schildern vermochte. Nicht auszuschließen, dass Padorn es aus diesem Grund vorzog, lange im Büro und manchmal sogar über Nacht in Gadebusch zu bleiben.

Es kursierten »praktische Anleitungen für unauffällige Entführungen«, wie es in den dunkelsten Chats hieß. *Das funktioniert mit den Straßenmädels richtig gut*, erklärte ein

HUGO_2834 und ließ ein fettes Grinse-Emoji folgen. *Niemand fragt nach ihnen, niemand glaubt ihnen, falls sie je wieder auftauchen. Und wenn sie ganz verschwinden – muss ja manchmal sein –, kümmert es auch keinen. Unauffälliger könnt ihr es euch nicht gutgehen lassen.*

Padorn schloss für einen Moment die Augen. Sobald die Ermittlungen abgeschlossen waren, würde er diesen Bereich seiner Recherchen anonym ans LKA weiterleiten, das hatte er auch mit Emma besprochen. HUGO_2834 und viele seiner Kumpane wussten zwar, wie sie im Darknet anonym Anschluss zu gleich gesinnten Gewalttätern fanden, doch LKA-Ermittler mit entsprechenden IT-Kenntnissen hatten in den letzten Jahren auch dazugelernt, und es gelang auf Umwegen, Adressen zu identifizieren und Ermittlungen anzuschieben.

Unauffälliger könnt ihr es euch nicht gutgehen lassen. Was für ein furchtbarer Satz! Padorn ließ sich in die Rückenlehne fallen und wippte einige Male hin und her. Soziales Engagement für schutzlose Menschen Hand in Hand mit üblen Gewalttaten – derlei Zusammenhang war nicht brandneu, und doch ... Warum engagierte sich ein Typ wie Mahler in dieser Szene? Weil sie ihm eine glanzvolle Karriere ermöglicht und zudem eine perfekte Deckung geboten hatte – eine Win-win-Situation. Ohne Ellys Beobachtungen und ihre Nachricht an Karina Pohl hätten sie niemals einen Zusammenhang hergestellt.

Er stand wieder auf und rauchte die nächste Zigarette. Das Kraut bringt mich eines Tages noch ins Grab, dachte er und zog tief und genussvoll den Rauch in die Lunge.

Auch als Journalist hatte Padorn gelernt, dass man keinen Zusammenhang herstellen sollte, wenn er nicht zwingend bewiesen war. Eine Festlegung ohne eindeutige Beweise verengte nicht nur den Blick, sondern gab den Betroffenen oder Verdächtigen die Möglichkeit, sich zu positionieren, und viel Raum, Gegenmaßnahmen zu ergreifen, sich abzusichern. Wollte man eine Verbindung dennoch als wichtigen Verdachtsmoment unbedingt ins Spiel bringen, mussten handfeste Belege eine Einschätzung untermauern, die weit über Bauchgefühl oder sonstige ungute Gefühle und Ahnungen hinausgingen. Für polizeiliche Ermittler galt eine vergleichbare Strategie.

Vielleicht haben wir zu früh auf ein Pferd gesetzt, weil einige Aspekte in das Bild passten und der Rest sich auch wunderbar zu fügen schien, hielt sich Padorn vor Augen.

Er stöhnte leise und zuckte zusammen, als sein Handy plötzlich vibrierte. Er drückte seine Kippe aus und schloss das Fenster, bevor er aufs Display sah – Emma. Wahrscheinlich hatte sie sein lautes Gedankenkarussell nebenan scheppern gehört.

»Hi, Padorn, warum bist du nicht längst zu Hause?«, fragte sie in leisem Ton.

»Woher …«

»Das Büro ist hell erleuchtet, und ich rieche den Rauch bis hierher«, warf Emma ein. »Also, was ist los? Rauchst du eine nach der anderen, weil dich die Ermittlungen nicht zur Ruhe kommen lassen?«

»So könnte man es ausdrücken. Aber dir geht es, schätze ich, ja ganz ähnlich, sonst würdest du nicht aus dem Fenster starren.«

»Stimmt. Lila und Klinge«, sagte sie leise. »Zwei junge Frauen, noch Teenager, wollten ein neues Leben beginnen – so lauteten jeweils ihre letzten Worte, und die lassen mich nicht schlafen. Jemand hatte sich ihr Vertrauen erschlichen, möglicherweise eine Masche, wie wir aus dem Umfeld der

Taten nicht zum ersten Mal hören. Zufall? Wohl kaum. Und wenn es ganz schlecht läuft, kommen die Täter damit durch, weil zu viel Zeit vergangen ist. Zu viele Jahre, zu viele Spuren, die eiskalt sind und im Nichts enden, weil diese Frauen nie aktiv gesucht wurden, bis jetzt. Und maßgeblich wichtige Zeugen sind tot.«

Padorn räusperte sich. »Vielleicht ist unser Ansatz falsch«, meinte er dann.

»Wie meinst du das?«

Er ging zum Schreibtisch zurück. »Der Täter könnte sich auch hinter all denen verstecken, die wir bislang ins Visier genommen haben – die Stiftungsleute und edlen Geschäftsmänner bieten vielleicht eine perfekte Deckung.«

»Woher rührt dieser Gedanke?«

»Der rumort schon eine Weile«, erwiderte Padorn und schilderte Emma die Bedenken und Überlegungen insbesondere der letzten Stunden. »Mahler hängt da irgendwie mit drin, das liegt wohl auf der Hand – aber in welcher Weise ist alles andere als sicher, auch wenn wir ihm mittlerweile alles Mögliche zutrauen.«

Emma schwieg einen Moment. »Elly hat sich an seine Fersen geheftet. Sie muss irgendetwas mitbekommen haben.«

»Diesen Aspekt beten wir seit geraumer Zeit immer wieder herunter. Aber reicht das als Schlussfolgerung dafür, dass er an diesen Taten beteiligt oder sogar als Einzeltäter aktiv war?«

»Der Verdacht wiegt schwer, dass eine Gruppe die Taten verübt hat, insbesondere weil ...«

»Karina Pohl schweigt, ja, sehr wahrscheinlich aus Angst. Aber ›wahrscheinlich‹ reicht nicht. Mein alter Ressortchef hätte dieses Fazit jedenfalls verneint, und die Staatsanwältin muss sich ähnlich äußern, sobald es um offizielle Schritte geht, oder? Wir haben durchweg ein mulmiges Gefühl und befürchten das Schlimmste. Und sonst?«

Emma schwieg.

»Wer weiß, wen oder was Elly im Visier hatte, worauf sie tatsächlich gestoßen ist und woher diese Liste stammt.«

»Es fällt mir nicht leicht, aber du hast recht, das sind berechtigte Einwände«, gab Emma zu. »Mit unseren Recherchen liegen wir trotzdem nicht verkehrt. Selbst wenn sich jemand im Kreis derer verbirgt, die wir bislang auf dem Zettel haben, ist die ausgedehnte Suche die einzige Möglichkeit, mehr zu erfahren. Oder hast du eine andere Idee dazu? Wo sollten wir noch zu graben anfangen, wenn wir unseren Anfangsverdacht auf Eis legen?«

»Ich denke, es gibt zwei Szenarien. Nummer eins: Nicht sämtliche Vermisstenfälle, mit denen wir uns befassen, gehören zu unserem Fall. Szenario zwei: Der oder die Täter waren bereits vor 2015 aktiv und womöglich nicht nur hier oben an der Küste.«

»Nun, wir kennen das Problem«, wandte Emma ein. »In dieser Szene …«

»Finden wir keine Anhaltspunkte?«

»Zumindest sehr wenige.«

»Okay, aber ich könnte trotzdem nachfassen – mit Hilfe eines Tatprofils.‹«

»Wir verzetteln uns, wenn wir ohne eindeutige Anhaltspunkte im Trüben stochern und die nächsten vermissten Frauen oder ungeklärte Tötungsdelikte unseren Fällen hinzufügen«, gab Emma zu bedenken. »Wir sollten eine Konzentration auf die mit dem Fall verbundenen Elemente in der Obdachlosenszene anstreben. Dann könnte auch ein erweiterter Rechercheansatz mit Hilfe eines Tatprofils Ergebnisse zeigen.«

»Woran denkst du?«, fragte Padorn.

»Zum Beispiel an diese Bändchen, zu denen uns Dagmar Möller hoffentlich bald mehr sagen kann«, erwiderte Emma prompt. »Vielleicht tauchen sie im Zusammenhang mit anderen Veranstaltungen auf, und wir erhalten in gleichem Zuge Treffer und weitere Übereinstimmungen mit bereits erfassten Gästen, die wir dann befragen könnten. Oder andere Personen geraten in den Fokus. Die Sache mit dem hellen Lieferwagen könnte ebenfalls ein Aspekt bei der Suchroutine sein, auch wenn er zunächst beliebig klingen mag. Und die rechtsmedizinischen Befunde zu Elly und Franzi sind früher oder später zu berücksichtigen. Es gibt DNA, die bedeutsam werden könnte …«

»Warte, da wird mir ja schwindelig! Das ist eine Mammut-Aufgabe für ein großes Team, das sich Monate Zeit nehmen kann«, wandte Padorn an. »Am besten eine ganze LKA-Abteilung.«

»Wir sind ein Team und zeitlich nicht gebunden, oder? Und du bist der absolute Profi, was die Auswertung von Daten angeht, die Erstellung von fantasievollen Abfragen quer durchs ganze Netz, notfalls in Verbindung mit sehr kreativer Vorgehensweise.«

Padorn blinzelte. Das war typisch Emma, dachte er. Sie ließ sich selten entmutigen, und sie zog ihn immer wieder mit. Das war ihre Stärke. »Na schön. Wann fangen wir an?«

»Sofort. Ich bin jetzt ohnehin hellwach. Oder hast du noch was anderes vor heute Nacht?«

Padorn lächelte. »Alles klar. Ich koche dann mal Kaffee. Wie sagt Christoph immer so schön …«

»Schlaf wird ohnehin überbewertet, auch wenn er jetzt tief und fest vor sich hin schnarcht.«

Padorn hat absolut recht, überlegte Emma, während sie in einen Kapuzenpullover schlüpfte, ihre Schuhe anzog und die Tür leise hinter sich schloss. Nichts war klar, abgesehen vom Umfeld, aus dem die Opfer stammten, und die bislang entdeckten Übereinstimmungen berechtigten zur weiteren Suche, doch keineswegs zu einer Festlegung auf einen Täterkreis. Bei der Ausgangslage waren nicht einmal offizielle Befragungen möglich, nur freundliche Gespräche, die keinen Protokollwert besaßen. Hinzu kam, dass die Lage so undurchsichtig war, dass sie mit den richtigen Fragen womöglich Täter warnen könnten. Wäre Emma in einem Kommissariat beschäftigt, gäbe es längst keinen Ermittlungsbedarf mehr, und auch als Beamtin einer Soko müsste sie mehr vorlegen als eine Mappe voller Indizien und dunkler Vorahnungen. Ihre Aufgabe war und blieb das weitere verdeckte Ermitteln, weil sowohl Staatsanwältin Ulrike Steiner als auch Dagmar Möller zutiefst beunruhigt waren und sich nicht von bürokratischen Hindernissen aufhalten ließen.

»Wie gehen wir vor?«, fragte Padorn kurz darauf, während er Kaffee eingoss und eine Schale mit Keksen auf den Tisch stellte. Er sah aus, als hätte er drei Nächte nicht geschlafen, sein Bartschatten war grau, die Augenringe waren tief, aber er wirkte durchaus angeregt und guter Dinge, insbesondere wenn man bedachte, dass es ein Uhr früh war.

Emma hatte den Laptop aus ihrem kleinen Büro geholt und richtete sich neben Padorns Arbeitsbereich auf einem Beistelltisch ein. Sie erwiderte seinen fragenden Blick. »Ich halte deinen Hinweis und deine Bedenken für immens wichtig. Wir schieben den eingegrenzten Bereich der bisher erfassten Gäste, unter denen wir die Täter vermuten, zunächst beiseite und konzentrieren uns völlig auf die begleitenden Aspekte, vorneweg diese Armbändchen …«

»Die erinnern übrigens an Kabelbinder«, warf Padorn ein. Er wandte sich zu seinem PC um und platzierte die Fotos auf den großen Monitor. »Abgesehen davon, dass sie andere Farben haben – und über diese Abweichung sollten wir uns freuen, denn die Dinger finden ja in zig Bereichen Anwendung.«

Emma starrte die Bilder an – violett und blau gefärbte Armreifen aus Plastik. Zurzeit stellten sie wenig mehr als gewöhnliche Alltagsartikel dar. »Lassen wir uns nicht von der Beliebigkeit abschrecken, und machen wir uns auf die Suche nach ihnen – quer durchs Netz und natürlich in der Polizeidatenbank. Bisher können wir immerhin gesichert festhalten, dass sie bei zwei Mordopfern auftauchten. Doch keine Café- oder Bistrobesucherin trug in der Öffentlichkeit ein solches Bändchen, soweit ich weiß.«

Padorn nickte. »Auf den Fotos – es dürfte Hunderte sein – konnte ich nichts entdecken.«

»Man hat sie ihnen später angelegt – und es für überflüssig gehalten, sie wieder zu entfernen, weil die Täter davon ausgingen, dass weder Elly noch Franzi je wieder eine Rolle spielen würden.«

Emma trank einen Schluck Kaffee, loggte sich in die Datenbank der Polizei ein und rief sowohl regionale als auch bundesweite Register auf, um die Suchmaske mit den Kriterien zu füllen: vermisste Frauen aus der Obdachlosenszene, ungeklärte Todesfälle, Frauen, die am Rande von Feiern vermisst wurden, bunte Armbänder aus Plastik.

Um kurz nach vier zeigte die Suchroutine zwei Meldungen aus Berlin an. Dort war vor zwei Jahren eine junge wohnungslose Frau namens Viv in der Vermisstenkartei gelandet, nachdem ein ebenfalls Obdachloser die Polizei benachrichtigt hatte. Er war davon überzeugt, dass Viv am

Rande eines Kiezfestes von drei Typen entführt worden war. Das Protokoll war nicht sonderlich ausführlich. Dass die Meldung überhaupt erfasst und weitergeleitet worden war, durfte als bemerkenswert gelten, zumal der Beamte den Zeugen als höchstens mittelmäßig vertrauenswürdig eingestuft hatte. Der Fall gewann jedoch an Bedeutung, als Monate später, kurz vor Wintereinbruch, eine weibliche Leiche am Teltowkanal im Südwesten der Stadt entdeckt worden war. Ob es sich dabei tatsächlich um die vermisste Viv handelte, konnte nicht endgültig geklärt werden. Entscheidende und juristisch bedeutsame Hinweise auf die Identität der Toten hatten ebenso gefehlt wie Spuren, die eine Tatermittlung ermöglicht hätten. Nach einem Aufruf in den Medien hatte sich zwar ein weiterer Obdachloser gemeldet, der sicher war, dass es sich um die entführte Viv handelte, doch seine Angaben konnten nicht verifiziert werden und hatten zudem keine schlüssigen Belege für weitere Nachforschungen geliefert. Das Ganze war wenig später eingestellt worden. Emmas Suchraster hatte jedoch in der Fundort- und Opferbeschreibung entscheidende Details herausgefiltert: Viv hatte ein Armbändchen getragen, violettfarben, und sie war Opfer eines Gewaltverbrechens geworden.

Emma rief die Bilder aus dem Bericht der KTU auf und drehte den Laptop herum. Padorn hob den Blick. Seine Augen weiteten sich. »Niemals ist das ein Zufall«, sagte er leise.

»Ganz deiner Meinung. Berlin vor ungefähr zwei Jahren. Und irgendwo wird es bei diesem Fall eine weitere Parallele geben, die uns auf die Spur des Täters bringt. Darauf wette ich – und ich wette nie, wie du weißt.«

Padorn strich sich mit beiden Händen durchs Haar.

»Wir bräuchten Bewegungsprofile und Aufnahmen von der Videoüberwachung. Dann hätten wir ganz schnell …!«

»Datenschutzrechtlich ein richtig großes Problem. Außerdem ist das nach so langer Zeit natürlich illusorisch.«

»Ja, ja. Stell dir mal vor, wir könnten auf die Schnelle abfragen, wer von den bislang erfassten Personen zu dieser Zeit in Berlin unterwegs war …«

Emma winkte ab und rieb sich die Augen. »Ohne Beschluss kriegen wir nichts als Ärger, nicht zum ersten Mal. Doch zu diesem Kiezfest wird sicher noch einiges im Netz herumschwirren …«

»Mehr als uns lieb sein kann. Aber darum kümmere ich mich jetzt nicht mehr.«

»Weiser Entschluss. Wir machen erst mal Feierabend und holen ein paar Stunden Schlaf nach … Noch etwas wird klarer – die Frauen werden gefangen gehalten. Viv konnte fliehen, so wie Franzi. Da hat jemand nicht aufgepasst. Und das brauchen wir alles sehr viel genauer … später.« Sie gähnte. »Ich notiere mir schnell noch die wichtigsten Stichpunkte.«

Als Emma ins Bett fiel, ging es auf sechs Uhr früh zu, und Christoph war gerade aufgestanden. Sie hatte ein Memo für Dagmar Möller verfasst, das auch Johanna, Tambach und Friedmann erhielten, und war wider Erwarten anschließend innerhalb von Sekunden eingeschlafen.

16

Hauptkommissarin Johanna Krass hatte Emmas Nachricht zweimal gelesen – das erste Mal angestrengt seufzend, das zweite Mal mit großen Augen und zunehmend angespannter. Sie hatte von den Details zu dem Fall an der Küste bislang kaum etwas mitbekommen, und das war ihr durchaus recht gewesen. Emma hatte sich auf die Suche nach einer geflüchteten Straftäterin begeben und war schnell auf Ungereimtheiten zu dem verhandelten Mordfall gestoßen. Das verwunderte Johanna nach den bisherigen Erfahrungen mit der Kollegin herzlich wenig. Da der Auftrag von Staatsanwältin Ulrike Steiner höchstpersönlich erteilt worden war und sich im weiteren Verlauf zudem die Lübecker Kommissariatsleiterin Dagmar Möller eingeschaltet hatte, fühlte sich die Berliner BKA-Kommissarin in diesem Fall kaum zuständig. Welches Ausmaß die zu einem großen Teil verdeckt angestellten Ermittlungen inzwischen erreicht hatten, verblüffte sie dennoch. Und abgesehen von den Hansestädten führte nun auch eine Spur nach Berlin – sofern diesen Armbändern tatsächlich eine übergeordnete Bedeutung zukam. Sie sind gefesselt worden, dachte Johanna – das allein belegte noch keinen Zusammenhang. Auch andere Täter dürften diese oder vergleichbare Artikel benutzen. Allerdings gab es weitere Übereinstimmungen, was die Auswahl der Opfer und die Art der Tötungsdelikte anging.

Johanna sah auf die Uhr. Es war kaum neun Uhr, Emma hatte eine Nachtschicht eingelegt, wie die Sendedaten ihrer Nachricht vermuten ließen, und dürfte jetzt schlafen.

Johanna goss Kaffee nach, dann gab sie das Aktenzeichen ein und ließ sich wenig später mit dem Beamten verbinden, der nach dem Leichenfund am Teltowkanal zuständig gewesen war. Kommissar Bernhard Ludwig benötigte einen Moment, bis er die Verblüffung abstreifen konnte, dass sich eine leitende Beamtin des BKA für die mutmaßlich wohnungslose Viv interessierte.

»Wir klären gerade, ob es einen überregionalen Bezug gibt«, erläuterte Johanna nach wenigen einleitenden Worten.

»Einen Bezug zu anderen obdachlosen Frauen?«, fragte er nach.

»Richtig – vermisst oder entführt und getötet.« Johanna griff in die unterste Schublade ihres Schreibtisches und holte eine Keksdose hervor – der Notvorrat. Sie öffnete den Deckel und stöhnte unterdrückt. Dieser bescheidene Rest dürfte sie kaum über den Tag bringen. »Sind Sie noch dran?«

»Ja, ja«, beeilte sich Ludwig zu versichern. »Ich rufe gerade die Fallakte und die Dokumente auf.«

»Dann erzählen Sie mal.«

Kurzes Schweigen. »Es gibt nicht viel zu erzählen …«

»Jemand hat einige Monate zuvor eine Entführung gemeldet. Das Protokoll liegt mir auch vor«, erwiderte Johanna in dezent ungeduldigem Ton. »Die Kollegen haben das wahrscheinlich nicht so ernst genommen.«

»Doch, haben sie, sonst gäbe es das Protokoll gar nicht. Ein Typ von der Straße hat berichtet, wie eine Obdachlose – er kannte sie unter dem Namen Viv – von zwei Männern in ein Auto bugsiert wurde. Typen mit unfreundlichen Sprüchen. Das Problem – der Vorgang ließ sich nicht nachvollziehen. Der Mann hatte Gespenster gesehen oder war einfach schlecht drauf, war eine Option. Oder er lag richtig mit seinem Hinweis, dass die Frau gegen ihren Willen …«

»Das nennt man dann eine Entführung.«

»Genau. Monate später gab es eine Leiche am Teltowkanal, und ein anderer Typ von der Straße behauptete, dass es sich um Viv handelte.«

»Behauptete? Sie haben ihm nicht geglaubt?«

»Seine Angaben waren nicht zu verifizieren, geschweige denn, dass wir eine Fallermittlung aufmachen konnten.«

Das war im normalen Polizeialltag absolut nachvollziehbar, dachte Johanna und langte in die Keksdose. »Die Frau hatte ein buntes Bändchen am Handgelenk.«

»Und?«

»Das will ich mir ansehen.«

Schweigen. »Okay, ich kümmere mich darum. Sie hören von mir, Kollegin. Kann allerdings ein bisschen dauern. Wir sind unterbesetzt und …«

»Wir sind ständig und überall unterbesetzt. Ich brauche es trotzdem bis heute Mittag.«

»Ähm …«

»Macht nichts, wenn es noch schneller geht. Danke.« Johanna unterbrach die Verbindung. Manchmal ließ sie die BKA-Beamtin mit Sonderrechten und erweiterten Befugnissen auf wenig charmante Art heraushängen, andere Dezernate mussten sich dem zähneknirschend unterordnen, und – ja – das bereitete ihr durchaus Vergnügen. Sie nahm den nächsten Keks, dann vertiefte sie sich noch einmal in Emmas Bericht und ließ sich eine halbe Stunde später zunächst von Dagmar Möller ausführlicher und im Detail auf den neuesten Stand bringen, bevor sie sich mit Moritz Tambach austauschte. Den Kollegen aus Rostock kannte sie seit vielen Jahren.

Gegen halb zwölf meldete sich Kommissar Ludwig mit der Nachricht, dass das Beweisstück in der Asservatenkammer der LKA-Dienststelle für sie bereitlag. Geht doch, dachte Johanna und rieb sich die Hände. Wenn alles klappte und die Kollegin Möller ähnlich erfolgreich mit ihrem Vorstoß sein würde, könnten sie in Kürze einen Abgleich der bei drei Opfern sichergestellten Bändchen vornehmen lassen. Sie verließ ihr Büro, um zunächst ihren Keksvorrat aufzufüllen, bevor sie ins LKA fuhr.

Auf dem Weg zum Wagen rief Kommissar Ludwig an. »Ich habe mich gerade mit dem damals zuständigen Kollegen ausgetauscht, der seinerzeit mit dem Typen gesprochen hat, der sich nach dem Aufruf zum Leichenfund meldete. Und ich habe einen Namen: Cedric – Cedric Vorberg. Wenn Sie an der Stelle auch nachhaken wollen, könnte ich Kontakt zu einem Streetworker aufnehmen.«

Na bitte. Johanna war beeindruckt. »Das wäre klasse.«

»Okay, ich klemme mich dahinter.«

»Danke. Es wäre toll, wenn ich mit ihm reden könnte.«

»Alles klar.«

Johanna fuhr zum LKA Tempelhofer Damm und musste in der zentralen Asservatenstelle gut fünfzehn Minuten warten. Sie nutzte die Zeit, um Emma und Möller kurze Mitteilungen zu schicken und ihre Kekse zu verdrücken. Der Zucker bringt mich eines Tages noch um, dachte sie. Kurz darauf reichte ihr der Beamte am Schalter eine Box. Johanna trat beiseite an einen Tisch und musterte das unscheinbare Bändchen von allen Seiten. Ein Aufdruck oder eine Prägung oder Ähnliches war nicht zu erkennen – handelsübliche Kabelbinder, allerdings in Farbe und etwas breiter. Sie hatte immer einen kleinen Vorrat zu Hause, überlegte Johanna. Damit ließ sich alles Mögliche befestigen – im

Haushalt, am Fahrrad, im Auto, Kajak und so weiter. Die Dinger waren unverwüstlich.

Sie schoss eine ganze Fotoserie, verschickte die Datei und verließ wenig später das LKA. Kollege Ludwig rief erneut an, als sie sich gerade anschnallte. »Teltowkanal«, sagte er. »Im Sommer hält er sich meistens dort auf, meint der Streetworker, Nähe Kolonie Giesensdorf Uferweg. Sagt Ihnen die Gegend was?«

»Ich bin da manchmal mit dem Kajak unterwegs.«

»Gut. Ich schicke Ihnen den Standort, wo Cedric wahrscheinlich im Moment übernachtet, und ein Foto. Versuchen Sie Ihr Glück. Brauchen Sie Unterstützung?«

»Die hatte ich, den Rest schaffe ich alleine. Danke noch mal.«

Johanna überlegte nur einen Augenblick, dann startete sie den Motor und fuhr Richtung Lichterfelde Ost.

Emma stellte sich zehn Minuten unter die Dusche, am Schluss brauste sie sich kalt ab und hatte dann endlich das Gefühl, hellwach zu sein. Beim späten Frühstück ging sie Johannas und Dagmars Nachrichten durch und eilte schließlich zu Padorn ins Büro. Der Kollege wirkte auch deutlich munterer als etliche Stunden zuvor. Außerdem hatte er sich rasiert, was ihn zehn Jahre jünger machte.

»Johanna hat die Asservate fotografiert, und Dagmar schickt uns auch gleich ihre Fotos«, erklärte sie.

Padorn schob die Bilder aus Berlin auf den Monitor, wenige Minuten danach stellte er die Aufnahmen der Lübecker Kommissarin daneben. Das Ergebnis war ernüchternd. Bunte Bändchen ohne jegliche Kennzeichnung oder andere Besonderheiten, abgesehen von den Farben. Emma ließ sich in die Lehne zurückfallen. Einen Moment war sie zutiefst frustriert. Auch an dieser Stelle kommen wir nicht weiter.

Padorn räusperte sich. »Lass uns mit dem Sichten von Bildmaterial weitermachen«, schlug er vor. »Ich habe zu dem Berliner Kiezfest auch schon einiges zusammengestellt. Ich werde mein Suchprogramm spezifizieren, das dürfte nicht lange dauern. Falls hier dieselben Leute unterwegs waren, entdecken wir etwas – früher oder später …«

Emma stand abrupt auf und trat ans Fenster. »Womit haben wir es hier zu tun? Eine organisierte Bande von Entführern und Gewalttätern, die in vielen Städten agieren und bislang komplett unter dem Radar geblieben sind, weil in der Szene der Wohnungslosen Straftaten kaum auffallen? Und selbst wenn sich Leute melden, führen ihre Beobachtungen ins Leere. Kein Ermittlungsansatz – ohne vollständigen Namen, Adresse, DNA und so weiter. In dieser ganzen Datenflut entdecken wir viel, zu viel, doch auf den entscheidenden Punkt gebracht, der uns Ermittlungsspielraum verschaffen könnte: gar nichts …« Sie brach ab und griff nach ihrem vibrierenden Handy. »Die Chefin aus Berlin.«

»Hast du ausgeschlafen?«, fragte Johanna.

»Natürlich. Danke, dass du so schnell die Initiative ergriffen hast.«

»Ist eine Spezialität von mir.«

»Nun …«

»Wie bitte?«

»Schon gut«, beeilte sich Emma zu versichern.

»Dein Glück, denn du wirst staunen. Ich habe gerade mit einem Zeugen aus der Obdachlosenszene gesprochen.«

Emmas Blick weitete sich. »Ich bin …«

»Begeistert?«

»Könnte man sagen. Ich stelle dich auf Lautsprecher, Padorn sitzt neben mir.«

»Der Mann heißt Cedric Vorberg. Ihm sind in der fraglichen Nacht, als die junge Frau verschwand, drei angetrunkene Männer aufgefallen – sie verhielten sich auffällig, und er war anfangs absolut sicher, dass sie Viv entführt haben«, begann Johanna zu berichteten. »Die Tat selbst hat er nicht mitbekommen, dafür war ein Kumpel von ihm näher am Geschehen – Bodo. Er hat beobachtet, dass Viv von Männern mitgenommen wurde. Leider ist er inzwischen verstorben. Doch Cedric erinnert sich ziemlich gut an Bodos Schilderungen. Anfangs war er davon überzeugt, dass es sich bei der Dreiergruppe, die ihm an dem Abend aufgefallen war, um die Täter handelte. Inzwischen ist er nicht mehr so sicher. Er hat sich noch einige Male mit Bodo über die nächtliche Situation unterhalten. Während Cedric drei angetrunkene Typen gesehen hatte, zwei davon relativ jung, beschrieb Bodo in der Rückschau zwei Männer, ohne dass er sie altersmäßig zuordnen konnte. Einer wirkte sehr klar und deutlich in seiner Verachtung für wohnungslose Frauen. Sie seien nichts wert, und niemand würde sich um diesen Abschaum kümmern. Dann hätte er gelacht.«

Emma tauschte einen schnellen Blick mit Padorn.

»Viv hat noch nicht lange auf der Straße gelebt«, setzte Johanna ihren Bericht fort. »Die Sachen an ihrem Schlafplatz waren verschwunden, bis auf eine kleine Blechschachtel, die im Gebüsch lag, hat Cedric weitererzählt.«

»Warum hat man die Sachen mitgenommen?«

»Um Spuren zu beseitigen?«

Emma runzelte die Brauen. »Sie wurde bewusst ausgewählt? Nach welchen Kriterien?«

»Gute Frage. Noch ein Punkt – der Wagen stand ganz in der Nähe. Einzelheiten dazu gibt es aber nicht …«

»War es ein Lieferwagen?«

»Keine Ahnung, Emma – wie gesagt, keine Einzelheiten, und Bodo können wir nicht mehr fragen.«

»Konnte Cedric genauer beschreiben, wo ihm die Männer aufgefallen sind und wo sich der Schlafplatz befand?«

»Ja, die Standorte schicke ich euch gleich. Und bevor du nachfragst – das sind jede Menge Anhaltspunkte, doch sie reichen immer noch nicht aus, um hier offiziell alle Register zu ziehen. Wir brauchen mehr, viel mehr.«

Ich kann diesen Satz nicht mehr hören, dachte Emma. »Wir hätten längst mehr, wenn …«

»Ich weiß, Emma, das alte Spiel, und wir drehen uns im Kreis. Wir brauchen einen Verdächtigen oder eine Zeugin, die wir befragen können. Und es wäre gut, endlich diese Frau zu finden – du erinnerst dich an deinen ursprünglichen Auftrag?«

»Sehr witzig«, erwiderte Emma halblaut. »Sie ist abgetaucht. Und wahrscheinlich hält die Tante ihre schützenden Hände über sie. Aber auch das ist bislang nichts als eine Vermutung. Ich denke, dass sie sehr viel weiß oder ahnt und aus Angst …«

»Selbst das gehört in den Bereich des Spekulativen, wie ich kaum erwähnen muss, oder? Was ist eigentlich mit den Eltern von Stefan Mahler?«

»Die leben in der Nähe von München und sind nicht bereit zu weiteren Gesprächen«, erwiderte Emma. »Sie müssen den Tod des Sohnes verkraften, so hat es mich der Vater wissen lassen. Falls du weitere Kapazitäten freihast, lass doch noch mal deinen Charme spielen. Vielleicht reden sie ja mit dir.«

»Gar keine schlechte Idee. Manchmal beschleunigt ja das BKA-Aushängeschild den einen oder anderen Vorgang.«

»Das habe ich auch versucht – hat nicht geklappt.«

»Gut – ich übernehme das trotzdem. Du hörst von mir. Viel Glück bei der weiteren Datensichtung …«

»Ein Gedanke noch!«, warf Emma ein, bevor Johanna auflegen konnte. »Ist es Zufall, dass Cedric sein Lager am Teltowkanal aufgeschlagen hat – dort, wo auch die Leiche von Viv gefunden wurde?«

»Danach habe ich ihn natürlich gefragt. Er meint, dass ihm die Sache keine Ruhe lässt. Er durchstreift die Gegend und hofft, mal etwas mitzubekommen. Was Viv widerfahren ist, könnte auch anderen passieren, ganz in der Nähe womöglich. Außerdem habe das Mädchen das Wasser geliebt.«

»Verstehe. Okay, dann bis später.«

Emma blickte zu Padorn, der eine Kartenansicht geöffnet hatte und wenig später die Standorte verzeichnete, die Johanna übermittelte. Emma fasste die markierten Stellen ins Auge – das Kiezfest in Berlin-Tempelhof, der Schlafplatz, der ungefähre Parkplatz des abgestellten Wagens und der Fundort der Leiche am Kanal. Das Telefon klingelte mehrfach – Padorn sprach mit Christoph und einem anderen Mitarbeiter der Firma, kurz darauf meldete sich ein Kunde. Manchmal vergaß Emma, dass Padorn noch einen zweiten Job hatte, den er genauso sorgfältig erledigen musste. Sie nahm ihren Laptop, nickte ihm kurz zu und wechselte in ihr kleines Büro nebenan.

Berlin und Hamburg, dazu die Hansestädte – der oder die Täter waren viel unterwegs, möglicherweise zu zweit oder auch in der Gruppe, hin und wieder im Alleingang. Hass auf den Abschaum, Verachtung. Täter, die mal in dieser oder jener Stärke auftraten und nahezu unauffällig agierten – inmitten von kleinen Festen, Menschenansammlungen. Entführte und gefangengehaltene Frauen, die schließlich durch massive Gewalt starben. Franzi und Viv hatten kurz vor ihrem Tod die Flucht gewagt – zu spät, um die Täter benennen zu können, aber gerade noch rechtzeitig, dass die Gewalttaten aktenkundig und die Parallelen auch zu Elly Barth deutlich wurden. An der Stelle war die entscheidende Verbindung sichtbar geworden, auch wenn es sich dabei in letzter Konsequenz nur um ein Armbändchen handelte. Manchmal waren es die kleinen belanglosen Alltagsgegenstände, die zum Täter führten.

Emma blickte hoch. War Stefan Mahler viel unterwegs gewesen? Allein oder mit Kollegen? Gab es eine Möglichkeit, seine Reisen nachzuvollziehen? Zumindest bei den Anlässen, zu denen konkrete Termine vorlagen? Das betraf zum einen die Entführung in Rostock, die der Student Konrad Parker Ende Juli 2019 beobachtet hatte, sowie das Kiezfest ungefähr ein Jahr zuvor.

Emma griff zum Telefon und rief in der Stiftung an. »Ich hoffe, ich rufe nicht ungelegen an, Herr Brunner«, begrüßte sie den ehemaligen Kollegen von Mahler.

»Aber nein. Mir fällt gerade ein, dass ich mich noch einmal bei Ihnen melden sollte bezüglich des letzten Projekts, an dem Stefan gearbeitet hat.«

»Ach ja, aber deswegen rufe ich nicht an.«

»Da bin ich froh – ich habe das total verschwitzt. Wir haben sehr viel zu tun.«

»Dann will ich Sie nicht lange aufhalten, Herr Brunner – nur eine Frage. Abgesehen davon, dass Stefan Mahler während seiner Tätigkeit in der Stiftung naturgemäß viel unterwegs war, um vor Ort Projekte zu begleiten, können Sie sich möglicherweise an eine Reise nach Berlin erinnern, und zwar Ende Juli 2018? Privat oder dienstlich ist zweitrangig. Vielleicht lässt sich in alten Kalendereinträgen ein Termin nachvollziehen.«

Kurzes Schweigen. »Tut mir leid – nein. Stefans Account ist längst deaktiviert. Die Polizei hat nach dem Mord die aktuellen Daten eingesehen und für die Ermittlungen gespeichert, aber der Fall war ja schnell geklärt. Da spielte das keine Rolle mehr, schon gar nicht im Hinblick auf einen deutlich länger zurückliegenden Zeitraum.«

Und nun spielt es eine Rolle, dachte Emma. »Und aus den vergangenen Jahren liegt bei Ihnen keine Sicherheitskopie vor?«, fragte sie verblüfft.

»Nicht zu den alten Kalendern. Hinzu kommt, dass Stefan nicht gerade sehr sorgfältig war, was das Eintragen von Terminen anging.«

»Er hatte doch sicher ein Diensthandy.«

»Das hat uns die Polizei wieder ausgehändigt.«

»Lassen Sie mich raten – die alten Daten sind längst gelöscht?«

»Natürlich.«

Emma starrte einen Moment ins Leere.

»Ich verstehe, ehrlich gesagt, auch nicht, was genau Sie sich von der Einsicht in alte Termine erhoffen«, bemerkte Brunner. »Ich denke, Sie suchen nach …«

»Karina Pohl. Möglicherweise entdecke ich dabei Übereinstimmungen, die bei ihrer Flucht eine Rolle gespielt haben könnten«, erwiderte Emma ausweichend. »Deutlicher darf ich nicht werden.«

»Ich verstehe.« Martin Brunner klang nicht überzeugt.

»War er ein Fan der Hauptstadt und ist hin und wieder mal nach Berlin gereist?«, fragte Emma schließlich weiter.

»Er fuhr manchmal zu Konzerten, auch gemeinsam mit Karina ...«

»Können Sie sich genauer erinnern?«

Seufzen. »Vor zwei Jahren, du liebe Güte ... Warten Sie, ich google einfach mal, was da so los war«, meinte Brunner dann. »Wozu hat man schließlich diese Suchmaschine ... Ja, ich hab's! Depeche Mode war in der Waldbühne, und ich bin sicher, dass er mit Karina dort war. Das war am fünfundzwanzigsten Juli. Stefan hatte sich Urlaub genommen, und soweit ich mich entsinne, war er für einen mehrtägigen Berlintrip verabredet. Und bevor Sie fragen – ich weiß nicht, mit wem die beiden sich getroffen haben.«

Emma hatte sich eilig einige Notizen gemacht. Depeche Mode in der Waldbühne, Juli 2018 – dazu würden sie etwas im Netz und in den sozialen Netzwerken entdecken, das mehr hergab, dessen war sie sicher. »Danke für Ihre Geduld, Herr Brunner.«

»Gerne.«

Emma legte das Handy beiseite. Also doch Stefan Mahler? Oder Leute, die sehr dicht und komplett unauffällig in seiner Nähe waren, wie Padorn zu Recht angemerkt hatte? Sie griff erneut zum Handy. Anna Cromberg nahm den Anruf nach dem vierten Klingelton entgegen. »Ich kann Ihnen nichts Neues sagen«, erklärte sie, noch bevor Emma dazu kam, eine Frage zu formulieren.

»Ist Ihre Nichte ein Fan von Depeche Mode?«

»Wie bitte?«

»Die Gruppe trat am fünfundzwanzigsten Juli 2018 in Berlin auf. Stefan und Karina hatten Karten für die Waldbühne.«

»Ist das ...«

»Ja – mein Ernst! Ich muss genauer wissen, was auf dem Hauptstadt-Trip los war.«

»Aber wie soll ich …«

»Vielleicht hat Karina sich damals gemeldet – mit Fotos oder Nachrichten. Falls nicht … Sie wissen, worauf ich hinauswill.«

»Nicht ganz.«

Emma zögerte. Dann gab sie sich einen Ruck. »Wir haben ein weiteres Opfer entdeckt«, erklärte sie in angespanntem Ton. »In Berlin. Die Frau verschwand Ende Juli 2018. Ihre Leiche wurde wenige Monate später entdeckt. Sie hieß Viv und trug ein Armbändchen wie Elly. Bislang verzeichnen wir neun vermisste Frauen und drei Mordopfer. Und es dürften noch mehr sein. Falls Karina etwas dazu sagen kann und Angst um ihre Sicherheit hat, sorgen wir dafür, dass sie in einem Safe House untergebracht wird. Das sollten Sie unbedingt wissen – Sie und Ihre Nichte. Wenn Karina weiterhin in ihrem Versteck ausharrt und wir keine anderen Zeugen ausfindig machen beziehungsweise Beweise sichern können, befürchte ich, dass die Ermittlungen in Kürze eingestellt werden müssen. Auch verdeckte Maßnahmen können nur unter bestimmten Bedingungen weitergeführt werden. Das macht die Situation für Karina nicht besser. Denken Sie darüber nach.« Damit legte Emma auf.

Sie atmete zweimal tief durch und blickte hoch, als Padorn in der Tür stand. »Es gibt ein paar Schnappschüsse vom Konzert in der Waldbühne – auf beiden Accounts«, berichtete er. »Selfies vom Konzert und einige Berlinfotos. Interessant ist, dass Karina früher zurückgereist ist – oder Stefan hat kurzfristig seinen Aufenthalt verlängert. Das wird nicht deutlich. Sie erwähnt nur ihre vorzeitige Rückreise. Aber ich bleibe dran. Wenn wir herausfinden, wo die beiden untergekommen sind, wäre das auch schon mal ein wichtiger Schritt.«

»Dazu müssten Kontodaten oder auch die private Buchhaltung etwas hergeben, aber ob wir überhaupt so schnell an alte Belege herankommen …«

»Darf bezweifelt werden. Ich lasse mir was einfallen.«

Emma blickte auf ihr Handy, als eine Nachricht von Dagmar Möller eintraf. Bei der kurzfristigen Prüfung der Verkehrsüberwachung in Schwerin war nichts herausgekommen. Es gab mehr helle Lieferwagen als Sand am Meer … Emma blickte kurz in die Ferne. Dann stand sie auf. »Ich fahre nach Wismar. Gehe eine Runde tauchen und hoffe, dass ich unter Wasser einen guten Einfall habe. Oder du fündig wirst oder was auch immer uns endlich voranbringt.«

»Okay – sag Christoph Bescheid, dass du …«

»Ich fahre nur nach Wismar!«, entgegnete Emma unwirsch. »Für die Tour brauche ich keine Begleitung …« Sie brach ab. »Entschuldige – tut mir leid, Padorn. Ja, es war so vereinbart, ich sage ihm Bescheid und melde mich zwischendurch. Außerdem kann er meinen Standort prüfen. Und sollte ich irgendeinen hellen Lieferwagen entdecken, der mir zu nahe kommt, schlage ich sofort Alarm.«

»Das wollte ich hören.«

Emma klopfte Padorn im Vorbeigehen etwas verlegen auf die Schulter. Im Wagen sitzend schickte sie Christoph eine Sprachnachricht. Eine knappe Stunde später war sie auf dem Weg zum Wendorfer Strand und parkte neben einem Strandkorbverleih einige Meter westlich vom Hauptstrand. Padorn rief an, als sie ihren Rucksack mit dem Tauchzubehör vom Rücksitz griff.

»Ich hoffe, du bist noch nicht untergetaucht«, witzelte er.

»Kurz vor dem Absprung.«

»Ich habe auf Insta ein Selfie entdeckt, das Karina gepostet hat. Es zeigt das Paar vor einem Haus, die Unterschrift lautet: ›Nun erst mal ankommen und verschnaufen.‹«

»Und?«

»Das ist eindeutig kein Hotel.«

»Vielleicht haben sie bei Freunden oder Bekannten geschlafen …« Emma überlegte einen Moment. »Wir haben bei den bisherigen Recherchen keine Kontakte nach Berlin festgestellt …«

»Abgesehen davon, dass Karina während ihres Studiums eine Zeit lang in Berlin in einer WG gewohnt hat«, warf Padorn ein.

»Ach ja, sie hat ein Praktikum gemacht«, erinnerte sich Emma. »Das hatte ich ganz vergessen.«

»Die Erkenntnis bringt uns trotzdem nicht weiter, denn der Beitrag mit der Abbildung zeigt ein anderes Haus als die WG-Adresse. Das habe ich bereits geprüft.«

»Kriegst du mehr dazu heraus?«

»Ich hoffe. Man kann zwar kein Straßenschild erkennen, aber ein Geschäft lässt sich identifizieren, und im Hintergrund ist eine Parkanlage zu erkennen – damit ließe sich was anfangen. Es gibt Suchprogramme, die für solche Recherchen sehr nützlich sind.«

»Das klingt gut.«

»Finde ich auch. Bis später, und viel Spaß beim Abtauchen.«

Emma lächelte. Sie verstaute das Handy und lief hinunter zum Strand. Sie schwamm weit hinaus – weg von dem Badegetöse und den SUP-Begeisterten, die bei ruhiger See parallel zum Strand hinauspaddelten. Schließlich blieb sie auf der Stelle, bewegte nur noch die Beine und atmete gut zwei Minuten tief und kraftvoll durch. Dann setzte sie die Taucherbrille auf, ein letzter gleichmäßiger Atemzug, und sie glitt mit kraftvollen Beinschlägen in die Tiefe hinab. Blaue Stille. Im Einklang mit dem kalten Atem der See, ein Teil von ihr werden. Staunen, Freude, Ruhe. Sie wusste nicht, wie viel Zeit vergangen war, als sie wieder auftauchte. Nichts hatte sich verändert. Die Stand-up-Paddler waren immer noch unterwegs, am Strand eine bunte Menge. Sie tauchte ein zweites und ein drittes Mal, dann schwamm sie zum Strand zurück. Sie trocknete sich ab, verschnaufte einen Moment und machte sich dann langsam auf den Weg zu ihrem Wagen. Auf halber Strecke blickte sie hoch in Richtung ihres Fahrzeugs – und stutzte. Dort stand jemand und lehnte sich mit verschränkten Armen an die Beifahrertür. Emma beschleunigte ihre Schritte, und plötzlich sah er in ihre Richtung – ein groß gewachsener Mann unbestimmten Alters, das Gesicht verdeckt vom Schirm einer Mütze, und doch war Emma sicher, dass er sie fixierte. Sie griff nach ihrem Handy, doch als sie es entsperrt hatte, war der Mann verschwunden. Sie lief noch schneller und kam heftig atmend am Parkplatz an. Außer ihrem Wagen standen dort noch vier andere Fahrzeuge. Sonst war niemand zu sehen, und das Büro des Strandkorbverleihs war nicht besetzt.

Ich sehe Gespenster, dachte sie, doch das ungute Gefühl, das sie beschlichen hatte, wich nur allmählich, und ihr Herzschlag war deutlich zu schnell. Sie fuhr langsam und auf Umwegen zur Detektei und behielt den nachfolgenden Verkehr im Blick. Kein Lieferwagen, kein anderes Fahrzeug, das zu nah hinter ihr fuhr oder mehrfach auftauchte, nachdem es zuvor abgebogen war. Keinerlei Auffälligkeiten. Ein Typ mit Schirmmütze. Das klang ungefähr so spezifisch wie ein heller Lieferwagen.

17

Ein Mehrfamilienhaus in Berlin-Steglitz, Lichterfelde, Nähe Lilienthalpark – Padorn war sicher, dass der Abgleich stimmte. Erneut vergrößerte er den Ausschnitt von Karina Pohls Foto und notierte die Straßennamen. Mit Hilfe des Melderegisters ließe sich schnell feststellen, wer dort wohnte beziehungsweise Büros unterhielt. Zudem parkten am Straßenrand mehrere Fahrzeuge. Auch hierzu könnte er unaufwändig die Besitzer feststellen, wenn er mit Emmas Logindaten die Behördendatenbanken nutzte. Padorn versuchte, Emma zu erreichen, doch sie nahm nicht ab. Sie ist noch auf Tauchgang, dachte er. Schließlich schrieb er ihr eine SMS und informierte sie über sein weiteres Vorgehen. So war es vereinbart.

Wenig später verfügte er über eine elend lange Liste von gemeldeten Personen beziehungsweise Firmen in der Straße sowie etliche Fahrzeughalter. Padorn ließ die Namen und Daten alphabetisch ordnen und mit den bislang im Laufe der Ermittlungen verzeichneten Personen abgleichen – kein Treffer. Das musste jedoch nichts heißen. Es existierten womöglich Untermietverträge, die nicht offiziell gemeldet waren. Wer einen zweiten Wohnsitz, eine Ferienwohnung oder ein Büro angemeldet hatte, ließ sich allerdings ebenfalls recherchieren. Im dritten oder vierten Suchanlauf mit unterschiedlichen Parametern blieb Padorn schließlich an einem Namen hängen – ein Mann aus Lübeck hatte eine Wohnung gekauft, ein sechzigjähriger Expolizist, Klaus Dollert.

Padorn runzelte die Stirn. Wenn ihn nicht alles täuschte, war der Name bereits einmal gefallen, aber er wusste nicht mehr konkret in welchem Zusammenhang. Padorn öffnete die Akten zu den Lübecker Fällen und stieß auf Elly Barth. Ein Kommissar, der nicht gerade vor Arbeitseifer geglänzt hatte, als Karina Pohl die Freundin vermisst meldete, und vorzeitig in den Ruhestand gegangen war, wie Emma nach einem Gespräch mit Dagmar Möller berichtet hatte – ganz zu Beginn der Suche nach der flüchtigen Karina Pohl.

Padorn griff erneut nach seinem Handy und wollte gerade die Wahlwiederholung betätigen, als Emma anrief. »Das passt ja«, begrüßte er sie. »Ich hatte eben die gleiche Idee. Wie war dein Tauchgang?«

»Schön«, meinte Emma in eher gleichmütigem Ton.

»Du hast schon mal begeisterter geklungen.«

»Kann ich mir denken. Irgendein Typ hat an meinem Auto herumgelungert ...«

»Was?«

»Nichts, schon gut. Da stand nur jemand auf dem Parkplatz, und ich habe sofort mit Anspannung reagiert.«

»Hätte ich auch.«

»Na ja – man kann es auch übertreiben«, wiegelte Emma ab. »Es ist alles in Ordnung. Niemand hat mich verfolgt. Christoph hat sich auch schon gemeldet, die Tür ist dreifach abgesperrt, und ich bin vorsichtig.«

»Das höre ich gerne. Ich habe zu Berlin weiterrecherchiert und dazu auch die behördliche Datenbank genutzt – so ging es am schnellsten«, erklärte Padorn schließlich. »Du weißt schon – mit deinem Login ...«

»Das ist so besprochen, und Johanna drückt sämtliche Augen zu. Mach dir keine Gedanken. Was hast du entdeckt?«

»Karina und Stefan stehen vor einem Haus, in dem ein gewisser Klaus Dollert vor einigen Jahren eine Wohnung gekauft hat.«

Emma schwieg einen Moment. »Müsste mir der Name etwas sagen?«

»Nicht auf Anhieb, aber ich weiß, dass du ihn schon einmal gehört hast. Ich bin auch nicht gleich darauf gekommen. Das ist ein Lübecker Expolizist, der im Team von Dagmar Möller gearbeitet hat und vorzeitig …«

»Richtig! Der Beamte hat geerbt und ist raus aus dem Dienst! Dagmar war darüber sehr erleichtert, weil der Kollege alles andere als … Und was hat das zu bedeuten?« Emma klang perplex.

»Nun, zunächst einmal hat der Mann sein Geld wohl durchaus gut angelegt – eine Immobilie in Berlin ist eine sichere Anlage, habe ich mir sagen lassen.«

»Und woher kennen sich Stefan Mahler, Karina und der Expolizist?«, fragte Emma.

»Das dürfte wohl die entscheidende Frage sein – falls es sich nicht um einen Zufall handelt. Und da bin ich dann doch skeptisch.«

»Ich auch, allerdings …

»Vielleicht vermietet Dollert regelmäßig an Berlintouris«, überlegte Padorn.

Emma schwieg lange, und Padorn meinte, förmlich hören zu können, wie die Gedanken durch ihren Kopf geisterten. »Schick bitte auch Dagmar Möller diese neuesten Infos«, sagte sie dann. »Ich werde gleich mit ihr sprechen. Vielleicht entscheidet sie, den Ex-Kollegen einfach direkt zu fragen.«

»Mach ich.«

»Danke, Padorn – sehr gute Arbeit. Ich finde, du solltest Feierabend machen.«

»Würde ich ja gerne, aber mein Chef hat mir noch einiges auf den Tisch gelegt, was ich heute erledigen muss.«

Emma seufzte. »Dann hoffe ich, dass du schnell fertig wirst.«

»Im Handumdrehen, du kennst mich doch«, erwiderte Padorn, obgleich er wusste, dass er noch mindestens zwei Stunden zu tun haben würde. Er unterbrach die Verbindung und versendete die neuesten Infos. Dann kümmerte er sich um seinen Brotjob, auch wenn ihm der Themenwechsel nicht ganz leichtfiel.

Emma dachte minutenlang über die neu entdeckte Verbindung nach, während sie ihr Essen aus dem Ofen nahm und sich auf den Balkon setzte. Die Abendsonne stand über den Dächern von Wismar. Emma setzte sich und griff nach ihrer Gabel. Stefan Mahler und Klaus Dollert. Was hatte der eine mit dem anderen zu tun? Der Polizist war zu viel Geld gekommen – hatte er die Stiftung unterstützt? Dazu hatten sie bislang nichts entdeckt. War Dollert auch zur selben Zeit in der Hauptstadt gewesen? Ein hässliches Szenario entstand plötzlich vor ihrem inneren Auge. Stefan Mahler und ein Polizist. Karinas Angst und ihr Schweigen. Die entführte Viv. Zwei oder drei Männer hatten sich ihr genähert, so hatte Johannas Zeuge berichtet. Emma öffnete eine Karten-App. Der Lilienthalpark war nicht weit entfernt vom Teltowkanal. Wo hatte man sie versteckt? In der Wohnung? Zu gefährlich in einem Mehrfamilienhaus, dachte sie sofort. Andererseits kannten sie keine Einzelheiten zu den Räumlichkeiten. Emma vergrößerte den Ausschnitt und atmete tief aus, während sie ihre Überlegungen sacken ließ. Welche Rolle hatte Dollert möglicherweise beim Verschwinden von Elly Barth gespielt? Und all den anderen Obdachlosen?

Nicht schon wieder spekulieren, ermahnte Emma sich selbst energisch, unterbrach ihr Essen und setzte ein Memo für Johanna auf, das sie mit der Bitte abschloss, vor Ort die Gegebenheiten zu prüfen. Dann aß sie in Gedanken versunken und ohne Appetit weiter.

Als sie ihr Geschirr abräumte und die Kaffeemaschine anstellte, rief Dagmar Möller an. »Ich bin sprachlos«, erklärte die Kollegin. »Und das bin ich wirklich selten. Auch wenn wir noch keine Details kennen und uns hüten sollten ...«

»Besteht die Möglichkeit, den Mann zu befragen?«, warf Emma schnell ein. »Ganz offiziell und dennoch ohne dass er den Braten riecht?«

»Ich habe ehrlich gesagt die Nase voll davon, auf leisen Sohlen durch die Gegend zu schleichen! Wenn Dollert nichts damit zu tun hat, wird sich das schnell herausstellen. Aber falls er tatsächlich die entscheidende Verbindung darstellt, wird er reagieren – ich kenne ihn ganz gut.«

Dazu wäre Emma eine spontane Entgegnung eingefallen, doch sie sparte sich die Bemerkung. Die Kollegin war aufgewühlt und erbost. »Wir behalten ihn im Blick?«, fragte sie stattdessen.

»Das wäre meine Idee. Falls wir ins Nest gestochen haben, wird er aktiv werden – früher oder später. Der Kollege Alexander Stark könnte an ihm dranbleiben. Er ist bisher kaum in Erscheinung getreten und weit weg von Lübecker Geschichten. Ich werde Tambach bitten, ihn für die Aufgabe quasi an uns auszuleihen. Wäre eine Möglichkeit.«

»Was ist mit mir?«

»Du hältst den Kontakt zu ihm – im Hintergrund. Und sobald sich herauskristallisiert, dass wir auf der richtigen Spur sind, wird Steiner das große Team losschicken.«

Emma nippte an ihrem Espresso.

»Was ist los? Geht dir das zu schnell? Ich bin verblüfft. Wir haben endlich eine Handhabe und …«

»Ein Foto – wir haben ein Foto! Ein möglicher Zusammenhang würde bedeuten, dass wir … Ja, endlich eine Spur haben. Doch falls Dollert geschickt ist …«

»Ist er nicht!«, warf Dagmar ein. »Er wiegt sich in Sicherheit. Mein Telefonat mit ihm dürfte dir noch in den Ohren klingen. Und nun stellt sich heraus, dass der Ex-Kollege seine Wohnung einem Mann zur Verfügung gestellt hat, der mutmaßlich seit Jahren in Entführungs- und Tötungsdelikte verwickelt ist – auf welche Weise auch immer. Wir müssen den Ansatz mit der Wohnung selbstverständlich schnellstmöglich vertiefen – genaue Daten abfragen, den Kaufvertrag unter die Lupe nehmen, die Herkunft des Geldes klären und so weiter und so fort.«

»Er hat geerbt«, meinte Emma. »Wer weiß, wo das Geld herkommt. Auch das sollten wir prüfen.«

»Unbedingt. Ich rede so schnell wie möglich mit der Staatsanwältin und bringe das auf den Weg. Mal sehen, was sie dazu sagt.«

»Okay, und ich bleibe heute Abend in Wismar. Wir reden morgen weiter.«

Dagmar Möller legte ohne weitere Erwiderung auf.

Emma ließ das Handy sinken. Sie ging nach unten ins Büro und starrte einen Moment auf den dunklen Monitor, die angespannte Stimme von Möller klang in ihr nach. Dann fuhr sie ihren PC hoch. Klaus Dollert. In den sozialen Netzwerken war er zwar mit den üblichen Accounts vertreten, doch die Beiträge wirkten beliebig – Fotoserien zu Urlaubsreisen und Ausflügen an die Ostsee, auf dem Wasser, unterwegs in teuren Autos und Hotels. Schnappschüsse, die ein bequemes und finanziell sorgloses Leben spiegelten. Padorn würde sicherlich mehr entdecken, wenn er auf seine Art in die Tiefe ging, überlegte Emma. Doch sie war zu unruhig, um den Abend einfach ausklingen lassen zu können, und klickte sich durch die Bilder. Ferien in Neuseeland, ein Aufenthalt an der Algarve, das umgebaute Haus in Lübeck, ein großes Einweihungsfest im Kreise von Familie und Freunden. Wen immer Dollert beerbt hatte, es hatte sich gelohnt, und Emma hoffte sehr, dass sie bald mehr dazu erfahren würden. Warum reagierte sie so gedämpft? Weil ich vermute, dass Dagmar den Kollegen falsch einschätzt beziehungsweise unterschätzt, dachte sie. Falls er tatsächlich zu den Tätern gehört, ist er jahrelang unentdeckt geblieben und hat seine Spuren gut verwischen können. Welche Spuren im Umfeld von vermissten Wohnungslosen? Vielleicht lag Dagmar doch richtig, und es war Dollert, der nun über seine Selbstgewissheit stolperte. Emma speicherte die Bilddateien, schickte sie an die beteiligten Kollegen und fuhr den PC wieder herunter.

Sie blickte auf ihr Handy, als eine Nachricht von Christoph eintraf. *Ich bin ganz in der Nähe und könnte in zehn Minuten bei dir sein.*

Emma lächelte. Sie ging jede Wette ein, dass Christoph seine Termine geändert und so eingerichtet hatte, dass er den Abend in Wismar verbringen konnte. *Das klingt wunderbar.*

Hast du schon gegessen?

Irgendein Ofengericht. Ich müsste lügen, wenn ich beschreiben sollte, was das war.

Dann lass uns essen gehen, damit wenigstens ich weiß, was ich zu mir nehme. Und du isst noch ein Eis.

Schöne Idee.

Sie trafen sich am Markt in einem kleinen Lokal. Christoph wirkte müde, aber seine Augen strahlten, als er sie anblickte. Er wird nie müde werden, sich schützend vor oder hinter oder neben mich zu stellen, dachte Emma und griff plötzlich seine Hand. Er blinzelte. »Ich muss unbedingt erst etwas essen. Oder worauf wolltest du gerade hinaus?«

Sie lachte. Eine halbe Stunde später schlenderten sie in die Detektei zurück. Christoph zog sie in seine Arme, und sie gingen wortlos nach oben ins Schlafzimmer.

Emma wachte mitten in der Nacht auf und brauchte einen Moment, um sich zu orientieren. Dann griff sie ihr Smartphone, auf dem eine Nachricht von Padorn mit leisem Vibrieren eingegangen war. Emma schlug die Bettdecke zurück und setzte sich auf. *Falls du noch wach bist, ruf an!*

Sie schlich nach unten und betätigte die Kurzwahl. Padorn nahm sofort an. »Es ist ungesund, sich ständig die Nächte um die Ohren zu schlagen«, sagte sie leise.

»Weiß ich. Aber es lohnt sich. Ich habe die geposteten Beiträge von Dollert überprüft – nach Daten und Orten und so weiter – und zu seinem Lebenslauf einiges ausgegraben, was für die weiteren Ermittlungen wichtig sein dürfte. Der Exbulle ist seit einigen Jahren geschieden, und es gibt in seiner Verwandtschaft niemanden, den er beerbt haben könnte.«

Emma runzelte die Stirn. »Er kann auch …«

»Von einem alten Freund bedacht worden sein? Oder er hat beim Pokern gewonnen und darf das nicht so offen zugeben als pensionierter Beamter. Nicht auszuschließen. Entdeckt habe ich dazu nichts. Worauf ich jedoch gestoßen bin, könnte allerdings auch dafür sprechen, dass der Gute auf die andere Seite gewechselt ist und inzwischen einige

Quellen sprudeln, die er in seiner Zeit als Polizist versorgt hat.«

»Gibt es dafür Beweise?«

»Hinweise, die sich vertiefen ließen.«

»Und warum ist er aus dem Dienst ausgeschieden?«

»Sollte man ihn fragen. Vielleicht wurde es zu heiß an der einen oder anderen Stelle, oder er wollte seinen Wohlstand genießen, wer weiß. Apropos Wohlstand – Dollert fährt gerne mit schicken Autos durch die Gegend, und ich schätze, er wird es bald bereuen, an dem Punkt nicht mehr Zurückhaltung an den Tag gelegt zu haben.«

»Worauf willst du hinaus?«

»Nun, zumindest eine der Luxuskarossen stammt aus einem Autohaus aus Hamburg, Geschäftsführer: Georg Pasemann.«

Emmas Blick weitete sich. »Ach du …«

»Wenn ich was zu sagen hätte bei euren Ermittlungen und wir uns über Datenschutzbestimmungen und anderen Kram hinwegsetzen könnten, der uns nur aufhält …«

»Lass das bloß niemanden hören!«

»Das ist natürlich nur für deine Ohren bestimmt. Also, ich würde jedenfalls anregen, die Bewegungsprofile von Dollert, Pasemann und Mahler im Detail abzugleichen. Vielleicht kommen noch mehr dazu. Und wenn ich eine Einschätzung abgeben sollte, würde ich mich zu der Annahme hinreißen lassen, dass wir die drei häufig an einem Ort entdecken könnten, wobei die das natürlich nicht an die große Glocke hängen.«

Emma wechselte mit dem Telefon ans andere Ohr. »Ich ahne, worauf du hinauswillst – zum punktgenauen Abgleich bieten sich die Termine in Berlin 2018 sowie Rostock vor einem Jahr gut an.«

»Genauso ist es.«

»Wismar Ende 2019 ließe sich ebenfalls einreihen«, fügte Emma hinzu. »Franzi.«

»Sehe ich auch so.«

»Padorn, das sind ausgesprochen wichtige Erkenntnisse. Schick das gleich in die Runde.«

»Schon dabei.«

»Und dann leg dich endlich hin«, forderte Emma ihn auf.

»Das lohnt kaum noch. Es ist kurz nach vier.«

»Na schön – erinnere mich nach Abschluss dieses Falles bitte daran, dass ich Johanna um eine Sonderprämie für dich bitte.«

Dazu sagte Padorn nichts mehr.

Emma ließ das Telefon sinken. Sie blickte über die Schulter, als es an der Tür knarzte. Christoph sah um die Ecke. »Arbeit, und zwar unaufschiebbar?«

»Kann man so sagen. Padorn hat sich mal wieder selbst übertroffen«, erwiderte Emma leise. »Habe ich dich geweckt?«

»Ach was, halb so wild.« Er streckte sich. »Ich gehe unter die Dusche und kümmere mich dann ums Frühstück.«

»Es ist noch nicht einmal halb fünf ...«

»Was hat das eine mit dem anderen zu tun? Ohne Frühstück bin ich ungenießbar.«

»Finde ich gar nicht.«

Er zwinkerte und ging wieder nach oben. Kurz danach war das Wasserrauschen zu hören.

Emma fuhr den PC hoch und öffnete die Akte zu Franzi. Ihre Leiche war am zweiten Januar entdeckt worden – in der Nähe vom Ostfriedhof und den Angelteichen in Wismar-Kluß. Sie suchte eine detaillierte Kartenansicht heraus und vertiefte sich in die Berichte. Während Christoph in der Küche zu werkeln begann, forschte Emma in den anderen Protokollen nach Ansatzpunkten für weitere Überschneidungen.

»Ich kann um fünf Uhr noch nicht frühstücken«, meinte sie, als Christoph erneut in der Tür stand.

»Einen Kaffee?«

»Gerne.«

Er setzte sich zu ihr. »Ich habe heute früh ein paar Stunden frei. Du kannst mich also einplanen und komplett über mich verfügen.«

»Das höre ich gerne. Ich plane dich immer ein.«

Er lächelte.

»Lust auf einen Ausflug?«

»Mit dir: immer. Wohin soll es gehen?«

»Wismar-Kluß. Dort wurde eine Leiche entdeckt, Franzi, Anfang des Jahres. Und ich möchte mich dort ein bisschen genauer umsehen – ein bisschen Atmosphäre schnuppern.«

»Machen wir. Vielleicht solltest du aber doch vorher eine Kleinigkeit essen.«

Emma verdrehte die Augen.

Eine halbe Stunde später waren sie unterwegs. Der frühmorgendliche Berufsverkehr hatte längst eingesetzt. Christoph parkte am Eingang zum Wallensteingraben, und sie liefen von dort Richtung Teichgebiet und dann hoch zum Ostfriedhof und dem Kleingartenverein. Mitten im Winter ganz zu Beginn des neuen Jahres dürfte hier nichts losgewesen sein, dachte Emma. Ein eisiger Januarmorgen. Aber woher war Franzi gekommen? Und warum hatte sie niemanden um Hilfe gebeten? Die Kraft hatte nicht ausgereicht. Sie war erschöpft zusammengebrochen.

»Vielleicht ist sie doch hier abgelegt worden«, meinte Christoph.

Emma schüttelte den Kopf. »Das passt nicht.«

»Okay.«

Sie liefen in weitem Bogen zurück zum Wagen. Emma ließ die Atmosphäre auf sich wirken – beschaulich und friedlich am Rande der Hansestadt, Angelteiche, Gärten, ein paar abgelegene Häuser, im weiteren Umkreis angrenzend an Felder, Autobahn, ein bisschen Gewerbeansiedlung, darunter mehrere Werkstätten und Autohäuser ... Emma stutzte.

Christoph sah sie von der Seite an. »Eine Idee?«

»Vielleicht.«

Als sie in die Detektei zurückkehrten, ging es auf halb acht zu. Emma setzte sich sofort an den Schreibtisch und suchte im Netz nach den Autohäusern. Der Gedanke, dass Georg Pasemann an den Autohäusern beteiligt war, ließ sich nicht auf die Schnelle klären, dafür erinnerte sie sich plötzlich sehr deutlich an das Gespräch mit Sandra Pasemann und Padorns Recherchen zur Scheidung des Ehepaares. Er hatte festgestellt, dass die Exfrau kein schlechtes Geschäft gemacht hatte. Sandra war Eigentümerin des Ferienhauses in Harkensee und besaß eine weitere Immobilie in Wismar – ein ehemaliges Gästehaus ... Emma blickte hoch und tastete nach ihrem Handy. Padorn stellte sofort die Verbindung her. »Das ehemalige Wismarer Gästehaus von Sandra Pasemann. Wo finde ich auf die Schnelle Einzelheiten dazu?«

»Bei mir.«

»Ich denke, du hast ...«

»Das kriege ich schon hin. Der Chef ist unterwegs und guckt mir gerade nicht auf die Finger.« Er lachte leise. »Gib mir zwei Minuten.«

Es raschelte leise, ein Telefon klingelte im Hintergrund. Padorn fertigte den Anrufer schnell ab, dann meldete er sich wieder. »Ich brauche doch etwas länger. Melde mich in einer halben Stunde.«

Padorn rief nach zwanzig Minuten zurück. »Hübsches Anwesen«, sagte er leise. »Etwas außerhalb – zwischen Fischteich und Rosenthal gelegen. Das Haus wurde aufwendig saniert und wird nur noch privat genutzt. Im Grundbuch ist die Übertragung an Sandra Pasemann vermerkt.«

»Wann war das?«

»Vor vier Jahren.«

»Hm … Die Dame war mir extrem unsympathisch, aber dass sie mit solchen Taten zu tun haben könnte, fällt mir schwer zu glauben«, meinte Emma.

»Weil sie eine Frau ist? Das heißt nicht viel«, wandte Padorn ein.

»Stimmt.«

»Und es kommt noch etwas hinzu – der Kaufvertrag allein muss gar nichts heißen. Wer weiß, was die beiden zur Nutzung vereinbart haben.«

»Auch das ist ein berechtigter Einwand«, gab Emma zu. »Schickst du mir den genauen Standort und ein Update für alle?«

»Mach ich und …«

»Christoph ist noch hier und wird mich begleiten.«

»Ich bin begeistert.«

Emma legte das Handy beiseite, drehte sich um und sah zur Tür. Christoph trat ein. »Wohin werde ich dich begleiten?«, fragte er und stellte sich hinter sie.

»Wir wiederholen den Ausflug von heute früh. Diesmal haben wir eine konkrete Adresse.«

»Aber zunächst solltest du ...«

»Frühstücken. Du hast recht.«

18

Hauptkommissarin Dagmar Möller hatte am frühen Morgen die Informationen aus Emmas Team vom Vortag sowie die neuesten Hinweise prüfen lassen und war nach kurzem Austausch mit der BKA-Beamtin Johanna Krass mit den Ergebnissen direkt zur Staatsanwältin gegangen – im Eiltempo und mit deutlich erhöhtem Puls. Dabei habe ich noch nicht mal richtig gefrühstückt, dachte sie, als Ulrike Steiner sie hereinwinkte. »Nehmen Sie sich einen Kaffee«, forderte sie die Kommissarin nach einem langen Blick auf deren Miene auf. »Ich brauche nur noch eine Minute, dann bin ich ganz bei Ihnen.«

Dagmar Möller griff sich eine Tasse und nahm Platz. Steiner benötigte ihrer Einschätzung nach nicht einmal dreißig Sekunden. Dann wandte sie sich vom PC ab und blickte auf die Uhr. »Mein nächster Termin ist erst in einer halben Stunde. Und wenn es nötig wird, kann ich den auch verschieben. Legen Sie los! Was haben wir – abgesehen von diesen ominösen Bändern oder Bindern, die uns allen zu denken geben, aber keinen Richter der Welt beeindrucken werden?«

Die Kommissarin holte tief Luft und fasste die letzten Ermittlungen zusammen. »Wir haben also inzwischen deutlich mehr als diese Bändchen«, erklärte sie abschließend. »Ein Ex-Kollege mit viel Geld und einer Eigentumswohnung in Berlin taucht plötzlich und unerwartet auf, noch dazu in Verbindung mit Mahler – womöglich entdecken wir zeitliche Übereinstimmungen mit dem Berliner Fall

Viv. Und das Gästehaus in Wismar in der Nähe des Opfers Franzi, das inzwischen Sandra Pasemann gehört, lässt uns auch hellhörig werden. Das Gleiche gilt für die Luxusautos, die der Ex-Kollege neuerdings fährt – auch hier: Pasemann, dessen Nähe zur Stiftung belegt ist.«

Steiner war zwischenzeitlich aufgestanden und goss sich Kaffee ein. Einen Moment blickte sie schweigend zum Fenster hinaus.

»Und Dollert hat seinerzeit den Vermisstenfall Elly Barth bearbeitet«, fügte Dagmar Möller hinzu. »Da kommt einiges zusammen. Das ist mehr als eine dicke Wolke, die nur die beteiligten Ermittler alarmiert.«

»Das sehe ich auch so. Wir sollten ihn befragen, zunächst als Zeugen, aber offiziell«, entgegnete Ulrike Steiner schließlich und setzte sich wieder. »Er kennt Karina Pohl – und wir suchen sie. Das könnte ein vertretbarer Ansatz sein, denn so lautete ja mein ursprünglicher Auftrag an Emma Klar. Und mit dem Foto vor dem Haus, in dem der Mann Eigentümer einer Wohnung ist, können wir ihn überraschen – und hoffentlich aus dem Gleichgewicht bringen.«

Die Hauptkommissarin atmete tief aus. Damit lagen sie auf einer Linie und konnten endlich aus der Deckung kommen. Allerdings waren Emmas Bedenken zu Dollert keinesfalls zu unterschätzen. »Oder er stellt sich dumm und lässt uns mit dem geposteten Beitrag kaltschnäuzig ins Leere laufen.«

»Trauen Sie ihm eine solche Reaktion zu?«

Dagmar Möller wiegte den Kopf. »Der vorsichtige Einwand stammt von Emma, und ich befürchte, dass er sich nicht von der Hand weisen lässt.«

Die Staatsanwältin kniff die Augen zusammen. »Wir werden sehen. Lassen Sie ihn herbitten – in der Zwischenzeit suchen wir nach weiteren Belegen dafür, dass er Mahler und Pohl persönlich kannte.«

»Das dürfte auf die Schnelle nicht so einfach sein.«

»Natürlich nicht.« Steiner zuckte mit den Achseln. »Padorn soll sich kümmern, er ist mittendrin und ausgesprochen fähig. Ich rede mit dem Richter, auch um uns in dem Punkt der zunächst extern gewonnenen Ermittlungsergebnisse komplett abzusichern.« Sie nickte und griff zum Telefon. »Was ist mit Emma?«

»Sie macht einen Ausflug in Wismar – und schaut sich das ehemalige Gästehaus etwas genauer an.« Möller stand auf. An der Tür drehte sie sich noch mal um. »Wir sollten Dollert nach der Befragung im Blick behalten. Er kennt weder Emma noch den jungen Kollegen, der jetzt in Rostock zum Tambach-Team gehört.«

Ulrike Steiner nickte. »Auch das bespreche ich mit dem Richter. Und noch was – informieren Sie mich bitte, sobald Dollert eintrifft. Ich möchte bei der Befragung zumindest ein wenig Mäuschen spielen.«

Dagmar Möller schloss die Tür hinter sich und eilte nach einem Besuch in der Cafeteria in ihr Büro zurück. Das Brötchen lag wie ein Stein in ihrem Magen. Dagegen half nur frischer Kaffee. Sie rief Padorn an und unterrichtete ihn über das Gespräch mit der Staatsanwältin. »Es wäre ausgesprochen hilfreich, wenn wir noch mehr Indizien zur Verbindung zwischen Dollert und Mahler oder anderen Leuten aus der Stiftung präsentieren könnten.«

»Mein Programm läuft bereits zu den genannten Stichworten auf Hochtouren. Soll ich dir alles direkt schicken, solange Emma unterwegs ist? ... O sorry, das Du ist mir so rausgerutscht.«

»Damit kann ich leben, und wir sollten dabei bleiben.

Ansonsten ja – das ist eine gute Idee. Und: klasse Arbeit. Ich höre von dir.«

Die Hauptkommissarin legte das Handy beiseite und trommelte mit den Fingern auf der Schreibtischplatte. Schließlich rief sie die Bereitschaft an, legte aber nach zweimaligem Rufton wieder auf und biss sich auf die Unterlippe. Klaus Dollert war ein ehemaliger Kollege – sie hatten einander nie sonderlich geschätzt, doch bemerkenswerterweise fiel es ihr schwer, ihm einen Polizeiwagen vorbeizuschicken. Warum plötzlich dieses Zögern? Weil nicht sein konnte, was nicht sein durfte? Oder weil diese Fotos allein nicht ausreichten, wie Emma eingewandt hatte, und zu befürchten war, dass sie nicht nur ihr Pulver verschossen, sondern den Tätern Zeit verschafften, sich zu wappnen und Spuren zu beseitigen? Sie blickte einen Moment ins Leere, dann gab sie sich einen Ruck, griff ihr Handy und wählte Dollerts Nummer.

Nach dem dritten Rufton meldete sich der Ex-Kollege. »Dagmar! Erst hört man ewig gar nichts mehr voneinander und nun innerhalb weniger Tage gleich zweimal«, begrüßte er sie in schwungvollem Ton. »Was liegt an?«

»Ich brauche eine Aussage von dir – ganz offiziell«, erklärte Möller ohne Umschweife.

Einen Augenblick blieb es still. »Ernsthaft?«

»Du musst vorbeikommen und zwei Leute identifizieren.«

»Ach du liebe Güte – auf Arbeit bin ich gar nicht eingestellt.« Lachen. »Und worum geht es?«

»Erklär ich dir dann. Keine große Sache, aber sie muss erledigt werden, damit die Akte vom Tisch kann. Am besten noch heute.«

»Also ...«

»Na komm, so viel hast du nicht um die Ohren, oder?«

»Schick mir doch einfach ...«

»Das geht nicht«, unterbrach Möller ihn erneut. »Mach dich auf den Weg, so weit hast du es nicht. Und zehn Minuten später ist das Ganze erledigt.«

»Du schlägst ja eine ganz schöne Welle, aber gut, was sein muss, muss sein. Allerdings schaffe ich es erst gegen Mittag, ich habe jetzt einen Termin mit meinem Personaltrainer. Den möchte ich nicht absagen. Die Stunde ist gebucht – das kostet ein Heidengeld, aber der Mann ist super.«

Möller verdrehte die Augen. »Dann viel Spaß und bis später.«

»Alles klar.«

Möller atmete tief durch, dann rief sie den Kommissariatsleiter in Rostock an. Moritz Tambach zögerte nur einen Moment, als sie ihn auf Alexander Stark ansprach. »Na schön. Ich schicke den Kollegen los.«

»Steiner hat das bereits abgesegnet«, schob Möller nach. »Es kommt endlich Bewegung in die Ermittlung.«

»Gut zu hören. Ich drücke die Daumen.«

Eine gute Stunde später gingen weitere Fotos von Padorn ein. *Das ehemalige Gästehaus*, schrieb er dazu. *Es ist zurzeit unbewohnt, und Emma konnte ein paar Bilder von außen schießen. Außerdem habe ich in den Tiefen des Netzes Aufnahmen von einer fröhlich feiernden Männergruppe entdeckt. Ich schätze, sie sind in dem Gästehaus entstanden. Es dürfte kein Hexenwerk sein, hier mit den entsprechenden Modulen eine korrekte Identifizierung hinzukriegen. Im Hintergrund erkennt man eine Garderobe, und da hängen Winterklamotten. Mein Tipp: Ende 2019. Und Dollert ist da mittendrin, wenn auch nicht auf den ersten Blick zu sehen, Pasemann ist dabei, Mahler ist nur von der Seite und im Hintergrund aus-*

zumachen, kann aber mit etwas Mühe ebenfalls identifiziert werden. Und ein junges Mädchen ... Für die konkrete Auswertung brauche ich noch etwas Zeit. Ich denke, wir ahnen längst, um wen es sich handelt. Emma ist übrigens bereits auf dem Weg nach Lübeck.

Dagmar Möller sah sich die Bilder minutenlang auf dem großen Monitor an. Das stille Haus, das Emma eingefangen hatte, Fotos, die sie von außen gemacht hatte, hier und da direkt durchs Fenster oder über die Terrasse. Dass es sich um denselben Ort handelte, an dem – wann auch immer – eine Gruppe Männer zusammengekommen war, in deren Mitte sich eine junge Frau befand, war kaum abzustreiten. Franzi, dachte Möller. Wenn es gelingt, die schemenhaften Umrisse eindeutig zu identifizieren, hatte nicht nur Dollert ein Problem. Auch Pasemann konnte dazu vernommen werden, Mahler nicht mehr. Der Mord an ihm war vor genau diesem Hintergrund und wenig später, also in einem Zeitfenster geschehen. Fotos reichen nicht, flüsterte eine mahnende Stimme in ihr. Fotos belegen ein Zusammentreffen, nicht mehr, nicht weniger. Das würden die meisten Gerichte genauso feststellen. Und selbst wenn Franzi dabei gewesen war, würden sich Männer wie Dollert und Pasemann herauszureden wissen. Und doch ist es ein Anfang, sogar mehr als das.

Die Hauptkommissarin schickte die neuen Belege an die Staatsanwältin weiter und sah auf die Uhr. Es blieb genug Zeit, die Befragung gründlich vorzubereiten und darüber hinaus ihren üblichen Bürokram als Kommissariatsleiterin abzuarbeiten.

Als sie sich den nächsten Kaffee eingoss und ihren dumpf drückenden Magen mit einer Streuselschnecke zu beruhigen versuchte, stand Emma vor der Tür. »Alexander wartet im Auto«, erklärte sie. »Ich möchte die Befragung aus dem Nebenraum verfolgen.«

»Dann seid ihr schon zu zweit«, murmelte Möller.

Emma hatte ein ungutes Gefühl, als sie neben Ulrike Steiner in den Technikraum trat und durch die verspiegelte Scheibe blickte, wo gerade Dagmar Möller und Klaus Dollert Platz genommen hatten. Dagmars Anspannung war hautnah zu spüren. So unsympathisch sie Dollert auch fand – offensichtlich fiel es der Kommissariatsleiterin doch schwer, einen ehemaligen Kollegen vor dem Hintergrund gewichtiger Strafdelikte zu befragen, ohne dass er bislang etwas ahnte. Davon zumindest war im Moment auszugehen. Es war eine Sache, auf eine wenig erfolgreiche Zusammenarbeit mit ihm zurückzublicken oder auch diesen Typ Mann und seine Arbeitsauffassung eher gar nicht zu schätzen, aber eine ganz andere, ihn im Mittelpunkt einer bislang verdeckt geführten Ermittlung womöglich schwer zu belasten und zu entlarven.

Emma warf der Staatsanwältin einen fragenden Blick zu, doch Steiner sah nur kurz zur Seite und konzentrierte sich sofort wieder auf das Geschehen im Vernehmungsraum.

Klaus Dollert war ein mittelgroßer, sonnengebräunter Typ. Er trug Polohemd, Leinenhose und italienische Sneaker, soweit Emma die Marke richtig hatte erkennen können. Er hatte die Sonnenbrille ins kurz geschnittene Haar hochgeschoben und wirkte sichtlich ungehalten. »Ist das wirklich dein Ernst? Eine offizielle Befragung?«, wollte er wissen, hob die Hände und sah sich um. »Was soll das?«

»Ich habe keine andere Wahl, Klaus – also mach es bitte nicht unnötig schwer«, erwiderte Dagmar Möller und schlug ihren Hefter auf. »Kennst du dieses Paar?«, fügte sie schnell hinzu und entnahm ihm das Foto von Stefan Mahler und Karina Pohl vor dem Haus in Berlin, entstanden Ende Juli 2018.

Emma beugte sich vor und fixierte Dollerts Miene auf dem Monitor des Technikraums. Er kniff die Augen zusammen, sah auf das Bild, und sein Blick weitete sich. Emma war sicher, dass er mit einem Schlag erkannte, worum es ging. Langsam hob Dollert wieder den Kopf. »Wer soll das sein? Die beiden soll ich identifizieren? Willst du mir nicht endlich sagen, was ...«

»Hör auf zu lamentieren! Bei dem Paar handelt es um Karina Pohl und Stefan Mahler«, fiel Dagmar Möller ihm ins Wort. »Berlin im Sommer 2018.«

»Ja, und?«

»Stefan Mahler ist Anfang des Jahres auf der Straße niedergestochen worden, seine Lebensgefährtin Karina Pohl wurde wenig später schuldig gesprochen ...«

»Ach ja – das ist diese Mörderin, die fliehen konnte!« Dollert fasste sich an die Stirn. »Ich verstehe.« Er schüttelte den Kopf. »Und was hat das um Gottes willen mit mir zu tun?«

»Die beiden stehen vor einem Haus, das dir bekannt vorkommen müsste.«

»Warum?«

»Schau es dir bitte noch einmal genauer an.«

»Ein vierstöckiges Etagenhaus – Einzelheiten kann ich nicht erkennen. Berlin ist groß.«

Emma hörte, wie Steiner neben ihr scharf einatmete.

Dagmar fixierte Dollert. »Ich bin etwas verwundert. Die Gegend müsste dir bekannt vorkommen.«

»Müsste sie das?«

»Du bist seit mehreren Jahren Eigentümer einer Wohnung in dem Haus.«

Für einen Moment blieb es still. Dollert runzelte die Stirn, blickte rasch auf das Foto und dann wieder hoch. »Ja, und? Noch einmal, Dagmar – was soll das?«

»Wir suchen nach wie vor nach der flüchtigen Karina. Sie ist untergetaucht, und es gibt bisher keinerlei Hinweise auf ihren Aufenthaltsort. Und die Frage ist nun …«

»Du glaubst, dass ich etwas damit zu tun habe?«

»Hast du?«

Dollert starrte sie mit überzeugend gespielter Verblüffung an.

»Du hast den beiden deine Wohnung zur Verfügung gestellt, als sie in Berlin ein Konzert besuchten. Du kennst beide und …«

»Ich stelle immer mal wieder Leuten meine Wohnung zur Verfügung – ja, das stimmt. Dagegen ist wohl nichts einzuwenden. Aber an die beiden erinnere ich mich kaum, geschweige denn, dass ich die kenne. Wann war das? Vor zwei Jahren. Na ja, schon möglich, dass …«

Emma sah Steiner an, die sich leise räusperte. »Wie gut, dass wir die Ermittlungen zu den wohnungslosen Frauen verdeckt geführt haben«, bemerkte die Staatsanwältin leise. »Im Moment ahnt er noch gar nicht, worum es hier noch geht.«

Da wäre ich mir nicht so sicher, dachte Emma. Unter Umständen war Dollert nicht nur tief verstrickt in die Sache, sondern als ehemaliger Polizist mit zahlreichen Kontakten und Verbindungen sehr viel besser informiert, als sie es für möglich hielten. Mal sehen, woher das angebliche Erbe stammte, das ihm den frühen Ausstieg aus dem Berufsalltag und ein finanziell üppiges Leben als Pensionär ermöglicht hatte.

Dagmar Möller nickte nachdenklich. »Du vermietest also manchmal an Berlinreisende?«

»Vermieten ist zu viel gesagt – ich verdiene kein Geld damit, falls du darauf hinauswillst«, erwiderte Dollert. »Habe ich gar nicht nötig.«

»Natürlich nicht.«

»Hin und wieder überlasse ich meine Wohnung mal einem Freund oder Bekannten oder auch einem Freund eines Bekannten.«

»Sehr großzügig.«

Dollert zuckte mit den Achseln und überging Möllers dezent ironischen Ton.

»Es könnte also sein, dass Karina Pohl sich dort unter anderem Namen versteckt hält?«, fuhr die Kommissarin fort.

»Nein … Also, das glaube ich nicht. Falls es so ist, kann ich nichts dazu sagen.« Dollert wirkte einen Moment irritiert.

Er versucht sich zu sammeln, dachte Emma. Nicht mehr zuzugeben, als tatsächlich bewiesen ist, abzustreiten, andere Zusammenhänge anzubieten. Ein Ex-Polizist kriegt das hin, selbst in einer unerwartet brenzligen Lage.

»Wir werden das prüfen – prüfen müssen. Vielleicht hat ja jemand deine Schlüssel weitergegeben«, erklärte Möller beiläufig. »Du hast beide demnach nie persönlich kennengelernt?«

Klaus Dollert schüttelte den Kopf. »Soweit ich mich im Augenblick erinnere …«

Das klang vorsichtig ausweichend, dachte Emma, und war keine schlechte Antwort in einer Situation, die ihm durchaus noch einiges abfordern dürfte.

»Sie standen vor Monaten im Mittelpunkt eines Mordprozesses«, betonte Möller. »Das war dir nicht klar?«

»Vor Monaten ging es in diesem Land nur um eins – dieses Scheißvirus, das über den Kontinent hinwegfegte.«

Auch kein übler Hinweis, dachte Emma.

»Vielleicht kannst du dich daran besser entsinnen«, fuhr Dagmar Möller fort und legte das Partyfoto vom Wismarer Gästehaus auf den Tisch.

Diesmal verharrte Dollert deutlich länger; die Anspannung war ihm anzumerken, seine Kiefer mahlten angestrengt. Spätestens jetzt weiß er, worum es tatsächlich geht, dachte Emma, und sie war neugierig, was er sich nach diesem überraschenden Augenblick entlocken lassen würde.

»Ein fröhliches Beisammensein in Wismar, Ende letzten Jahres«, erklärte Möller in beiläufigem Ton. »Das Scheißvirus war bereits unterwegs, noch aber ahnte niemand von uns, was uns bevorstand. Hier herrscht jedenfalls die allerbeste Stimmung. Und Stefan Mahler war auch dabei – dürfte eine seiner letzten Partys gewesen sein, bevor er auf der Straße verbluten musste. Ich erkenne hier auch noch Georg Pasemann …«

»Wer soll das sein?« Dollert sah hoch.

»Du hast mit ihm an einem Tisch gesessen und gefeiert. Aber ich helfe deinem Gedächtnis gerne auf die Sprünge. Er besitzt mehrere Autohäuser in Hamburg und an der Küste, in Lübeck dürfte er auch aktiv sein – du fährst einen Luxuswagen aus seinem Unternehmen. Außerdem ist er in der Stiftung aktiv, in der Stefan Mahler beschäftigt war und einiges auf die Beine gestellt hat.« Die Hauptkommissarin tippte auf das Foto. »Hier ist auch er zu sehen, ein bisschen im Hintergrund, doch der Abgleich mit anderen Fotos führt zu einem Treffer. Dennoch beschäftigen sich die Spezialisten in der IT gerade intensiv mit der punktgenauen Identifizierung. Du bist allerdings mit einem Blick zu erkennen in dieser Runde. Behauptest du immer noch, dass du nicht weißt, wer Pasemann ist?«

Klaus Dollert zuckte betont langsam mit den Achseln. »Ja, kann sein. Und weiter?«

Möller fixierte ihn. »Das Mädchen in eurer Mitte. Kannst du dich genauer an sie erinnern?«

»Nein. Irgendein Mädchen, das ...«

Dagmar Möller beugte sich abrupt über den Tisch vor. »Irgendein Mädchen?«, fuhr sie Dollert an. »Diese junge Frau wurde zu Beginn des neuen Jahres tot aufgefunden! Sie war bekannt unter dem Namen Franzi und hatte übelste Gewalt erfahren. Man entdeckte sie ganz in der Nähe des ehemaligen Gästehauses, das im Übrigen laut Grundbuchamt Sandra Pasemann gehört. Und ich finde, du solltest jetzt mal langsam anfangen, ein bisschen aus der Deckung zu kommen, Ex-Kollege, denn ich bin inzwischen hundertprozentig sicher, dass du sehr genau weißt, worum es hier geht.«

Dollert legte die Hände auf den Tisch; er bemühte sich, Gelassenheit zu signalisieren, doch in seinem Gesicht arbeitete es. »Du irrst dich, Exkollegin. Ich habe überhaupt keine Ahnung, was du von mir willst«, entgegnete er. »Zwei Leute, die in Berlin vor einem Haus stehen, in dem ich eine Wohnung besitze, irgendeine Feier mit diversen Gästen, und später gab es einen Todesfall.« Er hob die Hände und ließ sie wieder sinken. »Willst du anhand dieser Indizien irgendwelche Verbindungen herstellen, die mich belasten? Ein bisschen dünn, oder? Damit kriegst du nicht mal einen Beschluss mit weitreichenden Ermittlungsbefugnissen.«

»Wenn du dich da mal nicht täuschst«, entgegnete Möller leise. »Die Staatsanwältin ist nämlich anderer Ansicht.«

»Wenn ich meinen Job noch richtig in Erinnerung habe, geht es bei der Polizeiarbeit allerdings nicht um Ansichten.«

»Stimmt.« Dagmar Möller erhob sich langsam. »Kurze Pause. Möchtest du einen Kaffee trinken.«

»Nein, danke. Ich möchte gehen und …«

»Ein bisschen wirst du dich noch gedulden müssen. Oder möchtest du einen Anwalt konsultieren?«

Dollert lächelte breit. »Wozu? Aber vergiss nicht, mir klarzumachen, ob du mich als Zeugen oder als Verdächtigen befragst.«

»Gut, dass du mich daran erinnerst.«

Dagmar Möller verließ den Raum und trat wenig später zu Emma und Steiner. Sie bebte vor Wut. »Wir brauchen ganz schnell handfeste Beweise«, erklärte sie mit schmalen Lippen.

Steiner blickte auf ihr Handy. »Die Kollegin Krass nimmt die Berliner Wohnung in Augenschein«, erklärte sie.

»Das ging ja schnell«, meinte Emma.

»Sie hat den Richter überzeugen können, dass die Flüchtige womöglich dort untergekommen sein könnte. Ein Technikteam wird sich auch umsehen – Spurenabgleich. Und bis zu den ersten Ergebnissen können wir Klaus Dollert auf jeden Fall festhalten.« Die Staatsanwältin sah einen Moment in den Nebenraum, wo Dollert ruhig auf seinem Stuhl saß. »Wir sollten ganz schnell noch deutlich mehr zu ihm finden – und zwar nun auf offiziellem Weg.« Sie nickte Möller zu. »Ich übernehme hier in Kürze die nächste Runde der Befragung, Sie instruieren in der Zwischenzeit Ihr Team, und ich will jedes Gespräch, jede Aktennotiz, jedes einzelne Update zu jedem Fall, zu jeder Vermissten, zu jedem Gedankengang, falls dazu in meinen Unterlagen noch was fehlen sollte, und ich will alle Informationen direkt zugeschickt bekommen, am besten sofort. Auf geht's!«

Ulrike Steiner drehte sich zu Emma um. »Und du hältst den Kontakt zu deiner Chefin und deinem Kollegen Padorn. Auch hier: Sämtliche Ergebnisse landen immer sofort auch bei mir.«

Emma nickte. Ihr Puls war deutlich erhöht.

»Und wie bereits besprochen: Falls wir ihn gehen lassen müssen, bleibt ihr unmittelbar an ihm dran, Emma, rund um die Uhr. Der Beschluss dazu dürfte auch gleich vorliegen.« Damit legte Steiner die Hand auf die Klinke. »Ich bin in zehn Minuten zurück. Vielleicht möchte der reizende Ex-Kollege ja doch einen Kaffee trinken.«

»Was ist mit Pasemann?«, warf Emma schnell ein. »Er wird bald von unseren Aktivitäten erfahren.«

Steiner zögerte. »Für eine Observation haben wir zu ihm noch zu wenig.«

»Er war unter den Leuten im Gästehaus ...«

»Das auf dem Papier seiner Ex gehört.«

»Aber womöglich nur aus steuerlich relevanten Gründen umgeschrieben wurde.«

»Außerdem wissen wir noch nicht hundertprozentig sicher, dass es sich bei dem Mädchen um Franzi handelt.«

»Wir wissen es längst, aber die Beweislage ist juristisch noch nicht gefestigt.«

»So kann man es auch ausdrücken.« Steiner blickte einen Moment ins Leere. »Vorschlag?«

»Der Kollege Stark bleibt an Dollert dran, und ich behalte Pasemann im Blick ...«

»Dazu müssten wir erst mal herausfinden, wo er sich gerade aufhält.«

»Das dürfte kein Problem sein«, behauptete Emma.

»Na schön – aber haltet Abstand, sonst fällt uns das auf die Füße, und wir können die Hinweise nicht verwenden.« Damit öffnete Steiner die Tür und eilte den Flur hinunter.

Dagmar Möller blickte ihr einen Moment hinterher. »Du kennst sie schon länger als ich. War sie schon immer so kooperativ und risikobereit? Ich kenne ein Dutzend Staatsanwälte, die hier deutlich zurückhaltender agieren und schon mal gar nicht aufs Tempo drücken würden.«

Emma wiegte den Kopf. »Sie ist zupackender geworden – der Fall in Rostock hat ihr ordentlich zugesetzt. Wenn man mal so richtig in der Klemme sitzt, verändert sich der Blickwinkel«, schob sie leise nach.

»Offenbar hat sie ihre eigenen Schlüsse daraus gezogen, und einer davon lautet: Bloß nicht zu lange warten. Finde ich ausgesprochen erfreulich.«

Emma lächelte. »Ich auch. Dann bis später, Kollegin. Ich spreche mich gleich noch mit Alexander Stark ab.«

»Tu das ... Ach, noch was. Ist das eine gute Idee, alleine zu observieren?«

»Es geht womöglich nur um einen Tag oder im Idealfall sogar nur um ein paar Stunden – bis wir entsprechendes Material zusammenhaben und Kollegen anfordern können.«

Möller überlegte kurz. »Na gut«, sagte sie dann. »Wir sollten allerdings nicht außer Acht lassen, dass hier sehr wahrscheinlich eine gut organisierte Gruppe seit Jahren aktiv ist und womöglich nicht lange fackelt, Zeugen und Zeuginnen zu beseitigen.«

»Ich bin mir dessen bewusst.« Emma wandte sich um und lief durchs Treppenhaus nach unten. Alexander Stark saß in seinem Wagen. Sie besorgte Kaffee in einem Bistro und brachte ihm einen Becher.

»Oh, danke. Geht's los?«

»Noch nicht. Kleine Planänderung. Du harrst hier weiter aus und heftest dich an Dollerts Fersen, falls er gehen darf. Ich mache mich auf die Suche nach Pasemann und behalte ihn im Blick.«

»Ähm …«

»Jedes Update bitte in die große Runde schicken.«

»Okay.«

Emma lief weiter zu ihrem Wagen und rief währenddessen Padorn an. »Ich muss sofort wissen, wo Georg Pasemann sich aufhält – finde es raus, ohne Spuren zu hinterlassen oder Argwohn zu erwecken.«

»Alles klar. Wie viel Zeit habe ich?«

»Eine Viertelstunde.«

»Gut.«

Emma setzte sich in ihren Wagen, trank einen Schluck und warf einen prüfenden Blick in die Runde. Sie hatte wenig geschlafen, war aber hellwach und vibrierte vor Unruhe. Eine illustre Männerrunde, darunter ein ehemaliger Polizist, Geld, Einfluss, Macht, wehrlose Frauen und Mädchen, Gewalt. Das alte Spiel. Elly hatte etwas mitbekommen und Karina ebenfalls. Kam sie doch als Mörderin infrage, weil sie Mahler mit ihrem Verdacht konfrontiert hatte und darüber ein Streit entbrannt war? Der Gedanke war nicht völlig von der Hand zu weisen, aber Emma zweifelte daran. Womöglich war es viel vertrackter gewesen, und sie überblickten das Geschehen immer noch höchstens zur Hälfte.

Sie atmete tief durch und schloss einen Moment die Augen, als ihr Handy vibrierte – Padorn. »Er ist unterwegs«, erklärte er. »Er fährt Richtung Harkensee – zu seiner Ex, nehme ich mal an.«

»Nur interessehalber: Wie hast du das herausbekommen?«

»Auf dem üblichen Weg. Ich habe mich ein bisschen auf Social Media umgesehen und seine Vorlieben ins Auge gefasst. Georg Pasemann interessiert sich nicht nur für tolle Autos, sondern auch für schöne Yachten. Ich habe ihn angerufen, mich als Bootsbauer ausgegeben und einen kurzfristigen Termin vorgeschlagen. Lange Rede, kurzer Sinn – er hat heute keine Zeit, weil er übers Wochenende in Harkensee ist … Erstaunlich, wie redselig die Leute oftmals sind, selbst wenn sie viel zu verbergen haben. Das werde ich nie verstehen, aber es ist gut für unsere Arbeit.«

»Aber deine Spur …«

»Kann man nicht zurückverfolgen. Er hat mich schon längst wieder vergessen. Doch du musst vorsichtig sein, die Ex kennt dich!«

»Ich bleibe völlig im Hintergrund. Es geht nur darum, ein paar Stunden zu überbrücken. Kannst du dieses Foto aus dem Gästehaus …«

»Ich arbeite längst die Details heraus.«

»Und?«

»Ich bin sicher, dass es Franzi ist.«

»Trägt sie so ein Bändchen?«

»Das ist auf dem Foto nicht zu erkennen, aber ich bleibe dran. Und du kriegst sofort neue Infos.«

»Das wollte ich hören.«

»Bis später.«

Emma blickte auf ihr Navi – über die L 105 benötigte sie eine gute halbe Stunde.

19

Die Wohnung erstreckte sich über zwei Stockwerke: Erdgeschoss und Souterrain. Es gab zudem einen hinteren Ausgang, der in einen kleinen Garten führte. In der darüberliegenden Etage befand sich das Büro eines Versicherungsmaklers, nebenan residierte eine Architektin. Etage drei und vier waren als Privatwohnungen gemeldet.

Johanna Krass trat beiseite, als der leitende Kriminaltechniker mit seinen beiden Kollegen eintraf.

Die Beweislage für den Durchsuchungsbeschluss war hauchdünn – so hatte ihr der Richter zähneknirschend erklärt. Und er hatte abgewinkt, als Johanna ein weiteres Mal darauf hinweisen wollte, dass die Flüchtige womöglich Unterschlupf gefunden hatte und die Gefahrenlage als unübersichtlich bezeichnet werden könnte oder sogar müsste. Das war natürlich Unsinn, doch der Richter brauchte etwas Überzeugendes für seine Argumentation. Da sie sich seit Jahrzehnten kannten, war ihm auch längst klar, dass sie händeringend nach Beweisen für andere Straftaten suchte. »Bloß keine Einzelheiten«, hatte er gemurmelt. »Und ich hoffe sehr, dass ihr irgendetwas entdeckt.«

Nun sah sich ein kleines Team in der Wohnung um, und Johanna hoffte inständig, dass sich der Aufwand rechtfertigen ließ. Auf den ersten und zweiten Blick war die Wohnung unauffällig, was etwaige Straftaten anging. Das Apartment entsprach höchsten Ansprüchen, war geeignet für Privataufenthalte und geschäftliche Anlässe; es war ausgestattet mit einer hochmodernen Küche und zwei Bädern, von denen jedes einzelne Johanna größer vorkam als ihre erste Wohnung, Ess- und Wohnraum sowie zwei geräumige Schlafzimmer. Im Souterrain befand sich ein Fitness- und Medienraum in der Art eines privaten Kinos, eine Sauna, ein weiteres Schlafzimmer und ein zusätzlicher Wohn- und Essraum. Johanna ging langsam durch sämtliche Räume.

»Wonach suchen wir eigentlich, Chefin?«, fragte der Leiter der KT, ein Mann in Johannas Alter, den sie nur unter dem Namen Gustav kannte.

»Hier war sicher seit Wochen niemand mehr – der Kühlschrank ist leer bis auf ein paar Getränke und unverderbliches Zeug. Bettwäsche ist abgezogen. Sieht aus wie ein Luxushotel – alles vom Allerfeinsten.«

»Und es wurde gründlich sauber gemacht?«

»Sehr gründlich. Wir schauen uns die Türen gleich genauer an. Irgendeinen Tipp, worauf wir achten sollen?«

Johanna überlegte einen Moment. »Ich möchte wissen, ob die Wohnung gut isoliert ist.«

»Du sprichst hier aber nicht von der Wärmedämmung für den Energieausweis?«

»Eher nicht. Schallisolierung. Wie viel dringt nach draußen und nach oben, wenn hier Party gemacht wird?«

»Ich dachte, wir suchen nach einer Flüchtigen«, entgegnete Gustav verblüfft. »Jemand, der sich versteckt, wird wohl kaum mit lauter Musik auf sich aufmerksam machen.«

Johanna zuckte mit den Achseln. »Ich möchte es trotzdem wissen.«

»Alles klar. Du bist die Chefin. Was noch?«

»Versteckte Räume.«

Gustav hob eine Braue, sagte aber diesmal nichts.

»Außerdem interessieren mich solche Bändchen oder

auch Kabelbinder.« Johanna öffnete ein Foto auf ihrem Handy. »So etwas in der Preisklasse.«

»Behalte ich auf dem Schirm.«

»Gut.«

Johanna lief ein zweites Mal von Raum zu Raum und fotografierte dabei. Sie inspizierte Schränke und Kommoden und ging schließlich in den kleinen Garten. Ein schmaler Weg führte zu einer Pforte, durch die man neben dem Haus auf einen Weg trat, der in eine Nebenstraße mündete. Johanna blickte am Haus entlang nach oben. Am Wochenende waren die Büros in der Regel nicht besetzt, schon gar nicht am Abend. Sie drehte sich um, als Gustav nach ihr rief. »Wir haben was.«

Sie drehte sich um. Gustavs Miene war schwer zu beschreiben.

Staatsanwältin Ulrike Steiner hatte Dollert bereits gut zwanzig Minuten schmoren gelassen, als die BKA-Kollegin sich mit einem Zwischenbericht und jeder Menge Fotomaterial meldete. Steiner überflog den Bericht, las ihn dann ein zweites Mal und sah sich die Aufnahmen an. Ein klammes Gefühl durchströmte sie. Sie ließ es einen Moment zu, dann verschickte sie das Update an die Ermittlergruppe und besprach sich kurz mit Kommissariatsleiter Friedmann in Wismar, bevor sie in den Vernehmungsraum hinüberging.

Klaus Dollert starrte sie verdutzt an und musterte sie von oben bis unten, während Steiner sich mit knappen Worten vorstellte und schließlich seinen Blick festhielt.

»Staatsanwaltschaft?«, wiederholte er. »Meine Güte, was fahren Sie denn hier auf? Ich weiß nicht, wo sich die Pohl herumtreibt. Ich kenne die gar nicht. Und ich möchte jetzt gehen.«

»Wir suchen weiterhin nach ihr«, entgegnete Steiner. »Und Ihre heutigen Termine müssen Sie wohl nach hinten verschieben. Unsere Besprechung hat Vorrang.«

»Ach?«

Sie fixierte ihn. »Sie werden gleich verstehen, warum. Lassen Sie uns über Ihre Berliner Wohnung sprechen. Wann waren Sie das letzte Mal dort?«

»Keine Ahnung. Das habe ich der Kollegin schon erzählt. Ich weiß nicht, warum Sie hier so einen ...«

»Sie erinnern sich nicht, wann Sie das letzte Mal in der Hauptstadt waren?«

»Nein – ist denn das so wichtig? Liegt ein paar Wochen oder auch Monate zurück.«

»Sie leisten sich ein ziemlich teures Ambiente in einer beschaulichen Gegend am Rande von Berlin.«

»Und? Ich kann es mir leisten.«

»Sie haben geerbt?«

»So ist es. Ein großer Glücksfall in meinem Leben.«

»Können Sie mehr dazu sagen?«

»Könnte ich, will ich aber nicht.« Er lächelte.

Steiners Miene blieb regungslos. »Sie haben sich die Renovierung der Wohnung einiges kosten lassen.«

»Stimmt. Wie gesagt – ich kann es mir leisten.«

»Ein elegantes Ambiente über zwei Etagen – einschließlich Sauna, Kino, Fitnessraum, alles hochmodern, eine Küche der Spitzenklasse. Sie haben sich nicht lumpen lassen.«

Dollerts Lächeln wirkte deutlich übertrieben. »Ich weiß. War mir wichtig«, meinte er betont beiläufig. Dabei dürfte ihm die Frage, ob es in Berlin eine Wohnungsdurchsuchung gegeben hatte, längst auf den Lippen brennen, aber er verkniff sie sich.

Die Staatsanwältin blickte auf ihr Tablet. »Sie haben sich darüber hinaus allergrößte Mühe gegeben, die Räumlichkeiten mit neuester Technik gegen Schall zu isolieren«, fuhr sie fort.

Dollert verschränkte die Arme vor der Brust. »Ich bin lärmempfindlich. In der Etage darüber befinden sich Büroräume. Das kann schon mal nerven.«

»Oder wollten Sie niemanden im Haus belästigen, wenn es bei Ihnen mal lauter wird?«

»Das ist ein weiterer Aspekt. Ich höre gerne laute Musik, und wenn ich mir einen Film ansehe oder ein Videospiel laufen lasse, drehe ich auch mal hoch.«

»Interessant. Dabei bezeichneten Sie sich doch gerade als lärmempfindlich.«

»Musik, Filme und dergleichen sind etwas anderes als Lärm. Außerdem sind ja auch mal andere Gäste dort.«

»Gut, dass Sie es erwähnen.« Steiner nickte und wischte über das Display. Die nächste Bilderserie zeigte den Fitness- und Saunabereich, den die BKA-Frau im Detail fotografiert hatte. »Und hier haben Sie sich etwas ganz Besonderes einfallen lassen«, fügte Steiner leise hinzu und drehte das Tablet in Dollerts Richtung. »Schauen Sie mal, hier ist ein Zwischenraum gebaut worden – eine kleine Kammer, eine Art Versteck, auf das man nur bei gründlicher Suche stößt.« Sie zog das Tablet wieder zu sich heran und hob den Blick. »Möchten Sie dazu vielleicht etwas sagen? Wozu diente es?«

Dollerts Brust hob und senkte sich beim angestrengten Atmen, seine Miene war erstarrt.

»Nun, wir wissen beide, dass es sich um eine Zelle handelt, ein Gefängnis«, fuhr Steiner fort. Ihre Stimme klirrte inzwischen vor Kälte. »Auch hier wurde auf die Schallisolierung allergrößten Wert gelegt. Warum wohl?«

Keine Antwort.

»Die Berliner Kollegen untersuchen das Ambiente zurzeit äußerst präzise und bis in jeden noch so kleinen Winkel. DNA wird sich wahrscheinlich nicht mehr sichern lassen. Aber DNA ist nicht alles. Das wissen Sie selbst.«

Steiner wischte weiter über das Tablet. »Schauen Sie mal, was die Kollegen auch noch entdeckt haben: schmale Ärmbändchen oder auch Kabelbinder in unterschiedlichen Farben, gut versteckt in einem Schmuckkästchen.« Sie hob eine Hand. »Und bevor Sie mir jetzt weismachen wollen, dass derlei Alltagsartikel in fast jedem Haushalt zu finden sind, erkläre ich Ihnen gerne, dass die bunten Farben durchaus ungewöhnlich sind, die Aufbewahrung ebenfalls und dass wir zudem genau solche Bändchen an drei Frauenleichen entdeckt haben. Eine wurde ganz in der Nähe Ihrer Berliner Wohnung am Teltowkanal gefunden. Die junge Frau hieß Viv – sie trug ein violettes Armband dieser Art und verschwand im Sommer 2018. Dazu liegt sogar eine Zeugenaussage vor. Ihre Leiche tauchte allerdings erst einige Monate später auf. Ich habe Bilder im Kopf, die eine furchtbare Geschichte erzählen. Eine Geschichte, die sich in Berlin in Ihrer Wohnung abgespielt hat – monatelang. Das Mädchen war Ihre Gefangene. Irgendwann konnte sie fliehen, aber es war zu spät. Sie starb an brutaler Gewalteinwirkung.«

Dollert rührte sich nicht.

»Und sie war nicht das einzige Opfer.« Ulrike Steiner beugte sich über den Tisch vor. »Ich darf noch einmal auf diese Feier in Wismar zurückkommen, die vorhin schon Thema war – die junge Frau in Ihrer Mitte hieß Franzi, und sie trug ein blaues Armband. Ihre eindeutige Identifizierung ist inzwischen auch gelungen.«

Das war zugegebenermaßen eine Finte, die Dollert den

Rest geben sollte, denn bislang hatten sie nicht viel zu Franzi finden können, was den Abgleich erleichtert hätte. Und auch Padorns Finessen waren bei allem Talent, Ideenreichtum und ausgefuchster Trickserei irgendwann Grenzen gesetzt. Da jedoch die Zeitschiene mit Ende 2019 gesichert war und sowohl Pasemann als auch Dollert und Mahler gut zu erkennen waren, erlaubte sich Steiner an der Stelle der Vernehmung, ihren Vorteil zu nutzen.

»Auch die junge Frau konnte offenbar eine günstige Situation nutzen und entkommen, bevor sie in eisiger Kälte zu Beginn des Jahres an ähnlichen Verletzungen starb wie Viv«, fuhr Steiner fort. »Ich möchte fast darauf wetten, dass es in dem ehemaligen Gästehaus in Wismar ähnliche Räumlichkeiten wie in Berlin gibt, wobei die Schallisolierung dort nicht so wichtig ist. Das Haus liegt abgelegen. Schreie dürften verhallen.« Die Staatsanwältin blickte kurz auf die Uhr. »Die Kollegen werden in Kürze dort eintreffen. Wie wäre es, wenn Sie die Zeit nutzen würden und ein umfassendes Geständnis ablegen?«

Dollert verzog den Mund.

»Möchten Sie einen Anwalt hinzuziehen?«

Er nickte.

»Weise Entscheidung. Eine Frage noch …«

»Ich möchte mich nicht äußern.«

»Sie ist ganz harmlos – was bedeuten die unterschiedlichen Farben?«

In seinen Augen blitzte es auf.

»Elly Barth – Sie erinnern sich? Auch bei ihr fand sich eines dieser Bänder.«

Dollert starrte sie wortlos an.

»Sie haben damals diesen Vermisstenfall bearbeitet – verschleppt beziehungsweise liegen gelassen trifft es wohl besser. Mit ihr fing Ihre Karriere in der Gruppe an, nicht wahr? 2016. Wenig später sind Sie zu viel Geld gekommen und haben sich knapp zwei Jahre darauf entschlossen, in den Ruhestand zu gehen. Wir werden sehr bald alle Einzelheiten dazu in Erfahrung bringen und ...«

»Ich möchte meinen Anwalt sprechen.«

Steiner richtete sich auf und fixierte ihn. »Wir haben bislang neun Opfer entdeckt, Herr Dollert. Vermisste Frauen, getötete Frauen aus der Obdachlosenszene – in Hamburg, Rostock, Lübeck, Wismar, Berlin«, sagte sie leise. »Und Sie hängen da mit drin.«

»Hören Sie endlich auf, mich mit Ihren Fragen, Kommentaren und unhaltbaren Anschuldigungen zu nerven. Ihre Beweislage ist dürftig, und das wissen Sie.«

Die Staatsanwältin lächelte. »Sie haben sich mit Leuten eingelassen, die Sie ohne Zögern über die Klinge springen lassen werden. Das berühmte Bauernopfer – dafür dürfen Sie sich jetzt hergeben. Denken Sie darüber nach, während Sie auf Ihren Anwalt warten. Freitagnachmittag dürfte es allerdings nicht ganz einfach sein, noch jemanden zu erreichen.«

»Das lassen Sie mal meine Sorge sein.«

Steiner erhob sich langsam. »Wen dürfen wir anrufen?«

Dollert nannte ihr eine Kanzlei aus Hamburg. Einen Moment später war Steiner auf dem Weg in den Konferenzraum zu Möllers Team. Dort herrschte entsetztes Schweigen. Die Kolleginnen und Ermittler hatten Steiners Gespräch über den Wandmonitor mitverfolgt.

»Ein ehemaliger Kollege«, sagte sie schließlich in die Stille. »Das macht es besonders schwer. Lassen Sie uns dieses Drama so engagiert, professionell und zügig beenden, wie es nur möglich ist. Ich bespreche mich mit dem Richter.

Halten Sie bitte die Presse so lange wie möglich zurück. Nach meinen bisherigen Erfahrungen kommt nicht viel Gutes dabei heraus, wenn so ein Fall erst mal an die große Glocke gehängt wird.« Steiner zog eine Braue hoch und nickte Dagmar Möller zu. »Schicken Sie bitte die Audiodatei in die bekannte Runde, und rufen Sie in der Hamburger Kanzlei an.« Damit verließ die Staatsanwältin den Raum.

Sie war keine fünf Schritte gegangen, als die Kommissariatsleiterin hinter ihr auftauchte und schließlich zu ihr aufschloss. Sie tauschten einen kurzen Blick und gingen langsam nebeneinander weiter. »Ich weiß, wie sich das anfühlt, wenn ein Kollege plötzlich im Mittelpunkt einer solchen Ermittlung steht«, ergriff Steiner schließlich das Wort. »Da müssen Sie durch. Ich kann Sie nicht trösten – mal abgesehen davon, dass ich im Empathiebereich selten Punkte sammle.«

Dagmar Möller sah nur kurz zur Seite. »Er war in meinem Team. Er hat quasi unter meinen Augen ...« Sie atmete tief durch.

»Das liegt jetzt ein paar Jahre zurück. Sie werden es nie vergessen. Nutzen Sie Ihr gesundes Misstrauen gegenüber jedem Menschen – ob Mitarbeiter, Kollege oder auch außerhalb des Dienstes. So einen Rat kann ich Ihnen immerhin anbieten.«

Möller nickte erneut.

»Und lassen Sie keine Möglichkeit aus, Dollert festzunageln.«

»Dazu habe ich noch eine Frage: Was ist mit einem Durchsuchungsbeschluss für sein Haus?«

»Das bespreche ich auch gleich mit dem Richter. Womöglich müssen wir uns an der Stelle noch etwas gedulden.« Steiner blieb kurz stehen. »Denn mit einem hat Dollert recht: Wir sind davon überzeugt, dass wir ihn festgenagelt haben, doch unsere Beweislage für Entführung, Misshandlung und Mord von gleich mehreren Frauen ist bislang nicht tragfähig, und ob wir auf der Basis Untersuchungshaft durchkriegen, ist auch noch fraglich. Fotos, Bändchen, Partys … Das ist zu dünn. Ich hoffe allerdings sehr auf Ihr Team, auf sämtliche Teams, die hier zum Einsatz kommen.«

»Soll ich noch mal versuchen, mit ihm zu reden?«, fragte Möller weiter.

»Warum nicht? Ob es etwas bringt, wage ich allerdings zu bezweifeln.«

»Seine Lage ist nicht so rosig, wie er denkt.«

»Sie spielen auf das Bauernopfer an?«

»Er weiß womöglich viel zu viel. Und seine Verbindungen in welche Kreise auch immer könnten ihm nun zum Verhängnis werden. Niemand wird sich von ihm in die Suppe spucken lassen oder sich verdächtig machen, indem er Dollert zur Seite steht. Der hat bislang mitgemischt und zugleich als Polizist Steine aus dem Weg geräumt – das zumindest darf vermutet werden. Eine Hand hat die andere gewaschen, aber das Spiel dürfte vorbei sein, wenn es eng wird. Und falls Dollert seine Haut retten will, muss er sich gut überlegen, wie es jetzt weitergeht. Ich glaube kaum, dass er seine Lage im Moment realistisch einschätzt.«

»Da könnte was dran sein. Fühlen Sie ihm noch mal auf den Zahn.« Steiner nickte. »Und halten Sie mich auf dem Laufenden.«

»Natürlich.«

Die Staatsanwältin nahm die Treppe in die nächste Etage und sammelte sich einen Moment in ihrem Büro, dann rief sie Emma Klar an.

Dagmar Möller genehmigte sich ein Stück Kuchen, obwohl sie wusste, dass der Imbiss unter die Kategorie Stressessen fiel und ihr innerhalb kürzester Zeit Magendruck und Sodbrennen bescheren könnte. Wäre es nicht wunderbar, wenn das auch mit Karotten funktionieren würde? Der Gedanke war unsinnig. Sie vertilgte den Kuchen, besorgte sich einen großen Latte macchiato und ging nach einem kurzen Abstecher in den Teamraum schließlich zu Klaus Dollert. Auf dem Tisch standen zwei leere Wasserbecher. »Wie wäre es mit einem Kaffee?«, fragte sie betont locker.

Er zögerte, dann nickte er. »Danke. Ist mein Anwalt da?«

Die Hauptkommissarin schüttelte den Kopf. »Vielleicht steht er im Stau.« Sie musterte ihn. Er wirkte inzwischen müde. Die Warterei zerrte auch an seinen Nerven, das war unübersehbar.

Er sah sie kurz an. »Gib dir keine Mühe, Dagmar. Die Situation ist komplett scheiße, aber ich rede nicht mit dir. Ihr grabt da irgendwelchen Müll aus, setzt alles in Verbindung zueinander, wie es gerade in eure Thesen passt, grabt neuen Müll aus und entdeckt dann mittendrin …«

»Dich – ja, durchaus, so ähnlich ist das wohl gelaufen. Und dem müssen wir nachgehen. Das dürfte dich kaum verwundern. Oder hättest du dich damals anders verhalten? Na ja, kommt darauf an, worum es ging. Nach dem, was sich jetzt zeigt, traue ich dir zu, dass du …«

»Interessiert mich nicht. Lass mich einfach in Ruhe.«

»Klaus, du solltest …«

»Reinen Tisch machen? Hör auf mit dieser Nummer, die zieht bei mir nicht.«

»Worauf hast du dich eingelassen?«, fragte Möller unbeirrt weiter. »Stehst du wirklich auf der Seite von Männern, die obdachlose Frauen entführen, quälen, töten? Oder hast du da sogar selbst mitgemacht? Was stimmt nicht mit dir?«

Dollert legte beide Hände auf den Tisch und spreizte die Finger. »Du sollst mich in Ruhe lassen!«, fuhr er sie an. »Wie oft soll ich dir das denn noch sagen?«

Bist du wirklich eins von diesen Arschlöchern?, dachte Dagmar Möller. Sie verzog keine Miene und erhob sich langsam. »Neun Opfer, von denen wir bislang wissen«, sagte sie leise und in scharfem Ton. »Lila und Klinge aus Hamburg, eine junge Frau aus Rostock, deren Name nicht bekannt ist ...«

»Was soll ...«

»Du hältst die Klappe!«, unterbrach sie ihn. »Cora, Liane und Becky aus Lübeck, dazu Elly Barth, die im Lenorenwald begraben wurde, Franzi aus Wismar, Viv aus Berlin.« Die Hauptkommissarin hob eine Hand. »Und du lässt mich ausreden! Viv war in deiner Berliner Wohnung, Franzi im Gästehaus, in dem auch du gefeiert hast. Alle Frauen – bis auf Elly – sind in der Obdachlosenszene unterwegs gewesen. Falls du nichts damit zu tun hast, aber dich hast schmieren lassen, solltest du ganz schnell die Seiten wechseln.« Dagmar Möller atmete tief ein.

»Bist du jetzt fertig?«

»Noch lange nicht.« Möller starrte ihn sekundenlang an, dann drehte sie sich abrupt um und verließ den Raum. Der Puls flog, ihr Magen drückte. Ich sollte mir auf meine alten Tage eine andere Strategie überlegen, dachte sie, während sie in den Teamraum eilte. Aufregung und mangelnde Selbstkontrolle sind wenig zielführend.

Eine halbe Stunde später traf der Anwalt aus Hamburg ein – er sah genauso aus, wie man sich einen schnieken Juristen aus der Hansestadt vorstellte: teurer Anzug, Designerbrille und eine Aktentasche aus feinstem Büffelleder. Doktor Johann Reihm dürfte kaum vierzig sein, das Haar war gegelt, das Lächeln wirkte ebenso geschäftlich wie dünn, der Blick aus den hellgrünen Augen war hingegen bemerkenswert milde. Eine Masche, dachte Möller und bat einen Kollegen, den Anwalt zu seinem Klienten zu bringen. In Kürze würde er volle Akteneinsicht fordern und sich gemeinsam mit seinem Mandanten eine hübsche Geschichte einfallen lassen.

Ein Kollege aus der Recherche meldete sich wenig später mit Informationen. Im Team hieß er nur Kai der Zweite, da ein IT-Beamter mit demselben Namen zehn Jahre vor ihm angefangen hatte. »Die Sache mit Dollerts Erbschaft stinkt.«

»Sag mir was Neues«, knurrte Möller.

»Das Konto, von dem ein großer Teil des Vermögens transferiert wurde, existiert nicht mehr«, fuhr Kai der Zweite fort. »Ein Typ aus Übersee. Aber das kann natürlich alles Mögliche bedeuten. Bis wir dazu verlässliche Daten vorliegen haben, vergehen Monate. Außerdem hält Dollert sein Geld ständig in Bewegung – Immobilienerwerb hier, Verkauf dort, Geschenke an die Kinder, neues Auto, ein paar großzügige Spenden, Darlehen an Freunde und so weiter.«

Möller kniff die Augen zusammen. »Das ist eine geschickte Vorgehensweise, oder?«

Der Kollege nickte. »Unbedingt, hochprofessionell. Wir brauchen ewig, um das zu entschlüsseln. Und ewig gewinnt locker gegen Fristen, an die wir gebunden sind.«

»Wir haben nicht viel Zeit, das dürfte wohl hinlänglich klar geworden sein. Bleib da trotzdem erst mal dran. Vielleicht fällt ein Name, der uns im weiteren Verlauf weiterhilft.«

»Okay. Noch was ...«

»Ja?«

»Die Scheidung war teuer für ihn – aber auch das könnte natürlich initiiert sein, um die Finanzen noch stärker rotieren zu lassen.«

Die Hauptkommissarin runzelte die Stirn. Das Ehepaar Pasemann war ebenfalls geschieden, fiel ihr ein. Das war ein interessanter Aspekt. Andererseits könnten die Ehefrauen etwas vom Treiben ihrer Männer mitbekommen haben. Und wer wollte mit so einem Mann zusammen sein? Sie nickte Kai dem Zweiten zu. »Kannst du mir die Daten dazu besorgen?«

»Dauert nur ein paar Minuten.«

»Danke.« Möller machte sich auf den Weg in ihr Büro. Sie setzte sich hinter ihren PC und starrte auf den dunklen Bildschirm.

Als der Kollege sich meldete, waren zehn Minuten vergangen. »Dollert lebt seit 2016 von seiner Frau getrennt und wurde 2017 geschieden. Die Pasemanns sind seit 2018 kein Paar mehr.«

»Interessant«, murmelte Möller. »Hast du eine Adresse von Dollerts Ex?«

»Schicke ich dir gleich.«

Natürlich könnte es sich auch um einen schlichten Zufall handeln, dass die Ehen beider Paare aus diesem Umfeld geschieden waren, überlegte Möller – oder es hing tatsächlich auch mit Geldtricksereien zusammen, wie sie der Kollege zur Sprache gebracht hatte. Wie auch immer – Nachfragen konnten an der Stelle keinesfalls schaden. Möller konnte sich sogar an Gaby Dollert erinnern. Sie waren sich mal auf einer offiziellen Veranstaltung begegnet, und Möller hatte damals gedacht, dass diese zarte, stille Frau so gar nicht zu Klaus und seiner schon immer großkotzigen Art passte.

Das Handy summte zweimal. Die Staatsanwältin schrieb, dass der Richter den Beschluss für eine Wohnungsdurchsuchung noch nicht unterschreiben würde. *Aber er liegt bereits in der Schublade. Die Observierungen sind genehmigt.*

Immerhin, dachte Möller. Die zweite Nachricht stammte vom Kollegen aus der Recherche. Gaby Dollert wohnte nicht mehr in Lübeck, sondern in Travemünde. Möller überlegte nur kurz, dann sagte sie dem Team Bescheid und machte sich auf den Weg.

20

Emma hätte das Eintreffen von Georg Pasemann in Harkensee beinahe übersehen. Sie hatte an einer unübersichtlichen Stelle am Straßenende geparkt und sich bei einem Rundgang die Füße vertreten, während sie mit Ulrike Steiner telefonierte. Der Aufruhr der Staatsanwältin war deutlich zu spüren. Als Emma zu ihrem Wagen zurückkam, schloss sich gerade das Tor im seitlichen Bereich des Grundstücks mit leisem Scheppern – und ein Sportwagen hielt neben dem Carport. Sie erkannte von Weitem einen Mann, bei dem es sich nach den vorliegenden Fotos um Pasemann handeln dürfte – ein gut fünfzigjähriger Typ in legerem Outfit.

Emma griff nach ihrem Fernglas und erhaschte einen Blick auf sein Gesicht, bevor er im Haus verschwand. Es wäre hinreißend, wenn ich hier Mäuschen spielen könnte, dachte sie und ließ das Fernglas wieder sinken. Vielleicht setzten die beiden sich auf die Terrasse, überlegte sie weiter – das Wetter jedenfalls lud dazu ein. Soweit Emma sich an ihren letzten Besuch erinnerte, war das Grundstück im hinteren Bereich mit dichtem Buschwerk abgeschottet, doch sie würde keine Mühe haben, dort gut versteckt dem Gespräch zu lauschen. Das war nicht der Plan gewesen, wandte eine mahnende Stimme in ihr ein, und die klang ein bisschen nach Christoph mit einer Note Padorn und einer Prise Johanna. Falls ich erwischt werde, könnte es die Ermittlungen erheblich zurückwerfen, dachte sie. Falls es mir gelingt, wichtige Details aufzuschnappen, könnten wir schneller handeln. Und vielleicht mache ich mir ganz unnötig Gedanken, weil die beiden gar nicht auf der Terrasse Platz nehmen würden. Das zumindest könnte sie in Erfahrung bringen.

Emma legte das Fernglas in den Wagen zurück und stellte ihr Handy auf lautlos. Dann schlich sie in weitem Bogen um das Grundstück herum an seine hintere Begrenzung, wo ein schmaler Trampelpfad es vom Feld trennte, an dessen Rand Kornblumen und Mohn blühten. Emma warf einen prüfenden Blick in die Runde. In der Ferne erkannte sie zwei Radfahrer und einen Traktor, ansonsten war niemand zu sehen. Sie ging in die Hocke und bahnte sich einen Weg durch das Buschwerk. Die Terrassentür stand auf, aber die Pasemanns zogen es offenbar vor, im Haus zu bleiben. Emma wollte sich gerade auf den Weg zurückarbeiten, als die Stimme von Sandra Pasemann ertönte. »Komm, setzen wir uns nach draußen. Das Wetter ist fantastisch.«

»Wie du willst. Trinken wir ein Glas Sekt?«

»Gerne. Aber denk dran, dass du noch fahren musst.«

»Kein Problem – nach einem Glas.« Georg Pasemann trat ins Freie und setzte sich nach einem weiten Blick in die Runde in einen breiten Korbsessel. »Wirklich wunderschön hier«, rief er. »Die Scheidung hat sich gelohnt.« Er lachte.

Emma stutzte – der Punkt beschäftigte die Lübecker inzwischen, wie Dagmar ihr mitgeteilt hatte. Emma hob den Kopf und blickte zur Seite, als Sandra Pasemann mit einem Tablett nach draußen trat. »Das finde ich auch.« Sie sprach zwar in gedämpftem Ton, war aber dennoch in der Stille gut zu verstehen. Sandra reichte ihrem Ex die Flasche, der entkorkte sie und goss ein.

Sandra setzte sich zu ihm, und sie stießen lächelnd an. Das wirkte vertraut und keineswegs nach geschiedener Ehe, auch wenn es Paare geben sollte, die sich nach der Trennung besser verstanden als in den gemeinsamen Jahren zuvor oder einander in Freundschaft verbunden blieben. Das war zumindest nicht völlig auszuschließen.

Georg Pasemann stellte sein Glas ab. »Du hattest also Besuch von einer Kommissarin – wann genau war das?«

»Anfang der Woche.«

Emma schärfte den Blick. Auf die Entfernung ließ sich wenig auf den Gesichtern ablesen. Georg sah seine Ex an. »Hat sie ihre Karte dagelassen?«

»Ja. Brauchst du sie gleich?«

Er nickte.

Sandra verschwand kurz im Haus und war keine Minute später zurück. Sie reichte Georg die Visitenkarte.

Er musterte sie einen Moment. »Ist dir etwas Besonderes aufgefallen?«, fragte er dann.

»Sie hat offenbar einige Nachforschungen zu Mahler und Pohl angestellt. Nun, bei der Suche nach der Flüchtigen kann ja alles Mögliche eine Rolle spielen. Sie ist wohl sehr geschickt.« Sandra zuckte mit den Achseln und trank einen Schluck. »Was mich etwas erstaunt hat, war die Frage nach Elly Barth und der Vermisstenanzeige. Sie wollte sehr genau wissen, was damals in der Marketingfirma los war.«

»Wie hast du reagiert?«

»Wie immer – ziemlich klug.« Kurzes Lachen. »Ich habe die Vermutung geäußert, dass Elly scharf war auf Stefan und ihm deshalb häufig gefolgt ist. Außerdem habe ich angedeutet, dass Karina davon ausgehend sogar ein Motiv hatte, Elly zu beseitigen.«

Georg Pasemann schwieg. Er streckte eine Hand aus und drehte sein Sektglas. »Hat sie dir das abgenommen?«

»Schwer zu sagen. Sie wollte es jedenfalls ziemlich genau wissen.«

»Verstehe.«

»Was ist los? Was beunruhigt dich?«

»Die Bullen schnüffeln ein bisschen sehr viel herum«, erwiderte er so leise, dass Emma seine Worte gerade noch verstehen konnte. »Ich wüsste zu gerne, wo die Pohl sich versteckt hält. Vielleicht sollten wir ... Moment.« Er griff in seine Innentasche und zog sein Smartphone heraus. Nach einem Blick aufs Display stand er auf, trat ein paar Schritte in Richtung Garten und hob das Handy ans Ohr.

Er hörte lange zu. »Dann weiß ich Bescheid. Wir bleiben in Kontakt«, sagte er schließlich, beendete das Gespräch und drehte sich zu seiner Ex um.

»Was ist?«

»Ich muss zurück – ein wichtiger Termin.«

»Kannst du nicht etwas deutlicher werden?«

»Ein Freund hat Probleme – mit seinen Ex-Kollegen. Wir müssen uns etwas überlegen.«

Emma atmete scharf ein. Georg Pasemann war darüber im Bilde, dass Dollert in der Vernehmung saß, damit war die Verbindung eindeutig belegt, auch wenn ein belauschtes Gespräch allein kaum als Beweis durchging. Es dürfte trotzdem spannend werden. Sie duckte sich, kroch aus dem Gebüsch und eilte zu ihrem Wagen. Ihr Herzschlag hatte kräftig beschleunigt. Sie diktierte ein Memo und wartete, bis Pasemanns Wagen in Sicht war. Bis zur Autobahn folgte sie ihm in sicherem Abstand, kurz nach der Auffahrt gab er Gas, und sie konnte mit seinem Sportwagen nicht mithalten. Er fährt nach Hamburg, dachte sie, als seine Rücklichter immer kleiner wurden. Er gehörte dazu und war womöglich ein führender Kopf. Und er war alarmiert. Verdammt,

Karina – kriech endlich aus deinem Versteck, dachte Emma aufgebracht. Wir brauchen Beweise!

Der Bungalow lag am Rande von Travemünde in der Nähe der Gneversdorfer Mühle. Gaby Dollert hatte Möller sofort erkannt, als sie sich in der Haustür gegenüberstanden. »Ich habe mit Ihrem Exmann zusammengearbeitet«, erklärte die Hauptkommissarin dennoch und zückte ihren Ausweis. »Und wir haben uns mal bei einer Feier kennengelernt. Haben Sie einen Moment Zeit für mich?«

Gaby Dollert zögerte höchstens den Bruchteil eines Augenblicks, dann zog sie die Tür weit auf. »Ja, ich erinnere mich natürlich. Kommen Sie herein.«

Keine Fragen, keine Verwunderung, geschweige denn Ablehnung, höchstens Verunsicherung. Gaby Dollert ging durch eine breite Diele ins Wohnzimmer und wies auf die Sofaecke. »Bitte. Mögen Sie etwas trinken?«

»Danke, nein.«

Gaby Dollert setzte sich zu ihr. Sie erschien Möller noch zarter als einige Jahre zuvor. Das schulterlange Haar war mit weißen Strähnen durchzogen, im ungeschminkten Gesicht hatten es die Lachfältchen schwer gegen die tiefen Linien der Mundpartie. »Ihr Mann wird zurzeit im Kommissariat befragt«, ergriff die Kommissarin das Wort.

»Wir sind nicht mehr verheiratet. Ich denke, das wissen Sie.«

»Stimmt. Können Sie sich vorstellen, welchem Verdacht wir nachgehen?«

Kopfschütteln.

Sie lügt, dachte Dagmar Möller, und das nicht besonders gut.

»Ich will es mir nicht vorstellen«, erklärte Gaby Dollert

schließlich. Sie betrachtete ihre Fingernägel und sah dann wieder hoch.

Das klang schon anders. Dagmar Möller hielt ihren Blick fest. »Waren Sie mal in Berlin?«

»Sicher.«

»Klaus ist Eigentümer einer Wohnung am südlichen Rand der Hauptstadt.«

»Mag sein. Er legt sein Geld gut an. Er hat ein gutes Händchen für Finanzen.«

Da bin ich sicher. »Gaby … ich darf doch Gaby sagen?«

»Natürlich.«

»Im Moment spricht sehr viel dafür, dass die Wohnung für ganz bestimmte Zwecke genutzt wird. Es fand dort nachweislich mindestens ein schweres Verbrechen statt«, begann Möller zu berichten. »Die kriminaltechnischen Untersuchungen laufen noch. Eine junge obdachlose Frau wurde entführt und in einer eigens dafür ausgebauten Zelle im Untergeschoss gefangen gehalten. Monate nach ihrem Verschwinden entdeckte man ihre Leiche am nahe gelegenen Teltowkanal, das war Ende 2018.«

Gaby Dollert war bleich geworden. »Um Gottes willen! Was reden Sie denn da?«

»Die junge Frau war schwerster körperlicher Gewalt ausgesetzt. Wir vermuten, dass sie mit letzter Kraft fliehen konnte«, fuhr Dagmar Möller fort. »Wir gehen zudem davon aus, dass sie nicht das einzige Opfer war, das auf diese oder vergleichbare Weise ihr Leben verlor, nicht nur in Berlin.«

Dollerts Miene war eingefroren.

»Klaus gehörte auch zu einem Kreis von Gästen, in deren Mitte sich eine Obdachlose aus Wismar befand, bevor sie Anfang des Jahres unter vergleichbaren Umständen tot aufgefunden wurde. Die Liste wird sicher noch um etliche weitere Opfer ergänzt werden, sobald die Ermittlungsergebnisse vollständig sind und die Fälle abgeschlossen werden können«, erklärte die Hauptkommissarin weiter. »Im Moment gehen wir von neun vermissten Frauen aus, drei Leichen haben wir bislang entdeckt und zuordnen können. Bis auf ein Mordopfer stammen sämtliche Frauen aus der Obdachlosenszene. Und ich finde, Sie sollten jetzt Ihre durchaus glaubhafte Erschütterung ablegen und mit uns kooperieren. Alles andere ist …«

Gaby Dollert unterbrach sie mit einem heftigen Kopfschütteln. »Ich habe nicht die geringste Ahnung, warum Sie mir das erzählen und was diese Horrorgeschichten mit Klaus zu tun haben sollen«, flüsterte sie mit rauer Stimme.

»Das nehme ich Ihnen nicht ab, und Ihre Bemerkung zu Beginn des Gesprächs klang anders«, entgegnete Möller. »Sie wissen, dass ich nicht hier bin, um über alte Zeiten zu plaudern.«

»Was wollen Sie von mir?«

»Wie schon gesagt, wir benötigen Belege, Beweise, Aussagen, die uns helfen, diese Fälle – Horrorgeschichten, da gebe ich Ihnen recht – abzuschließen.«

»Sie irren sich, wenn Sie denken, dass ich …«

»Ihr Exmann war kurz vor seinem Ausscheiden aus dem Polizeidienst an den Ermittlungen zum Fall einer vermissten Frau beteiligt, genauer gesagt, hat er dafür gesorgt, dass die Nachforschungen eingestellt wurden«, fiel Dagmar Möller ihr ins Wort. »Warum? Nun, die Frau war eine Zeugin, und sie hätte ihm und seinen Kumpanen gefährlich werden können. Elly Barths Leiche wurde vor zwei Jahren zufällig im Lenorenwald entdeckt, und ich bin sicher, dass Klaus weiß, wie sie dahingekommen ist. Er hat sich für sein

Schweigen fürstlich bezahlen lassen – in diesem und mutmaßlich vielen anderen Fällen, und er war mittendrin in diesem grausigen Geschehen.«

Klaus Dollerts Exfrau rührte sich nicht.

»Ich glaube, Sie wussten oder ahnten, an welchen Taten Ihr Ehemann beteiligt war – darum haben Sie sich von ihm getrennt.«

»Ich weiß überhaupt nicht, wovon Sie reden«, beharrte Gaby Dollert im Flüsterton. »Das ist doch Wahnsinn! Er war Polizist und Ihr Kollege.«

»Glauben Sie mir – das erschüttert mich zutiefst.«

»Das Gefühl habe ich nicht. Vielleicht sollten Sie gehen.«

»Gaby ...«

»Hören Sie schon auf!«, fiel Dollert ihr plötzlich barsch ins Wort. »Das war doch alles ganz anders ...«

»Ach? Und wie genau?«

»Klaus hat sich vor einigen Jahren auf windige Finanzgeschichten mit irgendwelchen Typen eingelassen, die Geld von hier nach da verschoben haben – davon habe ich zufällig etwas mitgekommen und mir den Rest gedacht. Ich bin ja nicht blöd. Ja – er hat sich kaufen lassen. Börsentricksereien, Bitcoin-Deals, Betrug und so weiter.«

Dagmar Möller war nicht wirklich überrascht, aber die Frage, warum sie nicht viel eher etwas bemerkt hatte, zerrte erneut an ihr.

»Er hat zwischendurch im Dezernat für Wirtschaftskriminalität ausgeholfen, nicht wahr?«, fuhr Gaby Dollert fort.

Allerdings, erinnerte sich Möller. Hat ihm richtig Spaß gemacht der Ausflug, entsann sie sich weiter, während sie ein Nicken andeutete. Nach einem halben Jahr war er in

Dagmars Team zurückgekehrt. Es war keineswegs auszuschließen, dass er diese Zeit für Geschäfte besonderer Art genutzt hatte – doch das eine schloss das andere nicht aus. Diese Kontakte konnten vieles erklären.

»Er hat sich verändert, und mir war das alles andere als geheuer«, berichtete Gaby Dollert weiter. »Ich wollte nicht das Geringste damit zu tun haben. Unsere Ehe hatte schon seit zehn Jahren nicht mehr stattgefunden. Wir haben uns schließlich getrennt und dann Nägel mit Köpfen gemacht. Alles andere ist doch ...« Sie schüttelte den Kopf. »Einfach nur Irrsinn! Klaus und Gewalt gegen Frauen? Nie im Leben.«

»Er hat sich kaufen lassen«, entgegnete Möller in energischem Ton. »Und er hat sich verändert, das haben Sie gerade selbst betont. Er gehört zu einer Bande von Kriminellen – Finanzdeals, Betrug in ganz großem Stil, ein Polizist, der Steine aus dem Weg räumt und mitmischt, und die Geschäfte werden gebührend gefeiert ...«

»Mit obdachlosen Frauen, die entführt, misshandelt und dann getötet wurden? Ich glaube nicht ein Wort davon!«

»Es gibt Fotos, die Klaus inmitten einer Gruppe von feiernden Männern zeigen – in ihrer Mitte befindet sich eine junge obdachlose Frau, die wir identifizieren konnten.« Das war geschönt und würde in der bisherigen Form vor Gericht kaum Bestand haben, doch Dagmar Möller pfiff gerade auf hundertprozentig sichere Beweisführung. »Wenig später ist sie tot. Das ist doch kein Zufall.«

»Und was soll das beweisen? Zeigen die Fotos die Tat?«

Die Hauptkommissarin hob eine Braue. »Hören Sie, Gaby ...«

»Nein, Sie hören jetzt zu!« Dollert beugte sich vor. »Mein Ex hat eine besondere Vorliebe für starke, kraftvolle, schöne Frauen – wenn ich mal ein bisschen aus dem Nähkästchen plaudern darf.«

»Nur zu.«

»Ich bin nie dieser Typ gewesen, wie Sie unschwer feststellen können. Der hätte sich doch nicht mit irgendwelchen gescheiterten Straßenmädchen eingelassen, die kaum wissen, wo sie die nächste Mahlzeit oder den nächsten Schuss herbekommen sollen. Das hatte er doch gar nicht nötig.«

Dagmar Möller atmete tief durch. Du hast es nicht verstanden, dachte sie und war einen Moment völlig perplex. Männer, die Frauen misshandelten, vergewaltigten und sogar töteten, folgten keiner sexuellen Präferenz oder besonderen Vorlieben, sondern übten Macht aus, indem sie erniedrigten. Dass Gaby Dollert sich – noch dazu als ehemalige Polizistenehefrau – dieser Erkenntnis verweigerte, war bemerkenswert. Oder eine Schutzbehauptung.

»Die würde er nicht mit der Kneifzange anfassen.«

»Hat er sich mal so geäußert?«

»Ich kenne Klaus. Er hat nicht viel übrig für Leute, die sich derart gehen lassen, dass sie in irgendwelchen Büschen schlafen und betteln oder sich auf Spenden und öffentliche Zuwendungen verlassen ... Er hat sie verachtet. Ach, ich habe schon viel zu viel gesagt.«

Ganz im Gegenteil, dachte die Hauptkommissarin. Sie war immer noch entgeistert. Doch vielleicht war das der springende Punkt. Verachtung. Klaus hatte womöglich wieder ein Auge zugedrückt und sich weiterhin gut bezahlen lassen, und seine Ex hatte nicht einmal im Ansatz begriffen, dass das eine so schlimm war wie das andere. »Er wusste, was da passierte, und er hat es nicht verhindert – das wäre auch eine Möglichkeit«, sagte Möller leise.

»Das wissen Sie doch gar nicht.«

»Er hat die Hand aufgehalten und zugelassen, dass diese Mädchen gequält und getötet wurden – was interessierten ihn gescheiterte Straßenmädchen? Und anschließend hat er sich von einer schönen und dominanten Frau zeigen lassen, wo es langgeht. Ein ganzer Kerl, oder?«

Gaby Dollert zuckte nur kurz zusammen. »Er war in Ihrem Team, und Sie haben nichts davon mitgekriegt. Darüber sollten Sie mal nachdenken, finde ich.« Sie hob das Kinn.

Möller nickte. »Das tue ich.«

»Ich möchte, dass Sie jetzt …«

»Sie sind mich gleich los. Sagt Ihnen der Name Stefan Mahler etwas?«

Gaby Dollert schüttelte den Kopf.

»Er hat in einer Stiftung gearbeitet, die mit Projekten für Obdachlose von sich reden machte – in mehreren Hansestädten an der Ostseeküste.«

»Und?«

»Klaus kannte ihn.«

»Na und? Ich weiß nicht, worauf Sie hinauswollen.«

»Diese auch städtisch geförderten Projekte waren Anlaufstelle für obdachlose Menschen, und ein Großteil der Opfer wurde ganz in der Nähe entführt beziehungsweise zum letzten Mal in der Umgebung gesehen«, erläuterte Möller.

»Warum erzählen Sie mir das?«

»Stefan Mahler ist ermordet worden – angeblich von seiner eifersüchtigen Partnerin, der verurteilten und seit geraumer Zeit flüchtigen Karina Pohl. Vielleicht haben Sie davon gehört.«

»Ja, kann sein. Und was spielt das für eine Rolle?«

»Gute Frage.« Dagmar Möller beugte sich vor. »Wenn Sie meine Meinung wissen wollen, dann geschah dieser Mord nach den neuesten Erkenntnissen ganz sicher vor einem völlig anderen Hintergrund.«

Gaby Dollert runzelte die Stirn. »Wollen Sie das meinem Ex etwa auch noch anhängen?«

»Wir haben es nicht nötig, einem korrupten Polizisten etwas anzuhängen. Klaus ist so tief verstrickt, dass er früher oder später auf die Hilfe genau der Behörden angewiesen sein wird, die er seit Jahren für dumm verkauft. Das könnte sich rächen.« Die Hauptkommissarin stand auf. Sie bebte innerlich. »Danke für das Gespräch. Ich finde alleine raus.«

In der Diele wäre sie beinahe über einen Schuh gestolpert. Auf dem Weg zum Wagen nestelte sie mit fahrigen Fingern ihr Smartphone aus der Tasche und beendete die Audioaufnahme. Das Gespräch konnte maximal als belastendes Hintergrundgeräusch dienen, als Beweis in einem offiziellen Verfahren würde es kein Gericht zulassen. Sie verschickte die Datei dennoch – auch an Steiner. Dann ließ sie den Motor an und stellte ihn wieder ab, als sie Emmas Memo auf ihrem Handy entdeckte. Sie hörte es ab, aktivierte das Headset und rief die Kollegin an. Der Ruf verhallte, doch Emma meldete sich mit einer SMS. *Ich höre erst die Audiodatei ab und melde mich dann.«*

Dieser Tag nimmt kein Ende, dachte Dagmar Möller, während sie nach Lübeck zurückfuhr. Die Abenddämmerung hatte ein blutrotes Band ausgeworfen; einige Schäfchenwolken leuchteten violett – ein wunderschöner Anblick. In Kürze wird das Netz wieder voll sein mit tollen Aufnahmen und Bildern von einer farbenfrohen und schönen Welt hier oben an der Küste, dachte Dagmar. Wir freuen uns über die sanft heranrollende Ostsee, friedliche

Strände, imposante Klippen und ein schönes Leben abseits jeglicher Bösartigkeiten. Dabei sind sie mitten unter uns. Obdachlose Mädchen als Freiwild für grausame Gewalt- und Machtfantasien. Menschen zweiter Klasse, um deren Verbleib sich normalerweise kaum jemand kümmerte.

Als Emma anrief, fuhr Dagmar Möller gerade auf den Parkplatz des Kommissariats. Sie stellte die Verbindung her. »Großartig, nicht wahr?«

»Das klingt scheußlich«, sagte Emma leise.

»Damit hatte ich nicht gerechnet.«

»Du hast auf Schützenhilfe gehofft?«

»Natürlich. Aber nun wissen wir wenigstens, woran wir sind.«

»Ist Klaus Dollert noch bei euch?«

»Er bespricht sich ausführlich mit seinem Anwalt. Sie werden sich eine Strategie überlegen. Was hast du jetzt vor?«, fragte Dagmar Möller.

»Ich bin unentschlossen. Ich könnte Pasemann nach Hamburg folgen, Er dürfte entweder in seinem Autohaus sein oder ...«

»Ist das eine gute Idee? Du weißt nicht mal, ob er tatsächlich dorthin fährt.«

»Ich bin sicher, dass er das tut. Er kennt mich nicht ...«

»Das kannst du nicht wissen!«, warf Möller ein.

»Es wäre wichtig zu erfahren, was er vorhat«, entgegnete Emma nach kurzer Pause.

»Er wird sich nicht rühren.«

»Er fühlt sich sicher.«

»Emma! Mach das nicht alleine.«

»Okay, aber auf die Schnelle ...«

»Ich schicke Alexander Stark. Er wird froh sein, dass die Warterei ein Ende hat und sich auch für ihn endlich etwas tut. Und falls Dollert gehen darf, bleibt genug Zeit für andere Lösungen.«

»Okay. Einverstanden.«

»Dein Glück«, murmelte Möller und unterbrach die Verbindung. Dann informierte sie Stark.

Wenige Minuten später betrat sie den Teamraum. Keiner von ihren Leuten hatte Feierabend gemacht. Die Hauptkommissarin seufzte und blickte in die Runde. »Neuigkeiten?«

Kai der Zweite hob den Kopf. »Dieser Typ, mit dem Emma Klar zusammenarbeitet ...«

»Jörg Padorn?«

»Ja, genau der. Er hat Profildaten beziehungsweise Adressen geschickt, die wir uns mal genauer ansehen sollen, seiner Ansicht nach. Die verwendeten Suchkriterien dürften wir offiziell nicht so ohne Weiteres benutzen ...« Kai der Zweite wiegte den Kopf. »Ich will nur, dass du es weißt.«

»Schon gut. Hat er irgendeinen Account gehackt, was uns um die Ohren fliegen könnte?«

»Ich denke nicht – er hat Verkehrsüberwachungsdaten benutzt und mit Bewegungsprofilen abgeglichen und dabei ein bisschen umfassender recherchiert, als wir das ohne Aktenzeichen dürften.«

»Er hat Dollerts und Pasemanns PKW im Blick behalten?«

Kai der Zweite zuckte mit den Achseln und lächelte. »Vielleicht. Es gibt drei Adressen, die seiner Ansicht nach auffällig sind – im Sinne unserer Fälle. Womöglich können wir sie auf elegantem Weg zu gegebener Zeit in die Ermittlungen einschleusen. Darf halt nicht rauskommen, dass wir schon vorher über die Daten verfügt haben.«

Möller nickte. »Ich höre.«

»Ein stillgelegtes Containerschiff in Hamburg, eine ehemalige Kfz-Werkstatt hier bei uns in Lübeck sowie in Rostock eine Schlosserei am Hafen, die ihren Betrieb auch längst eingestellt hat.« Kai der Zweite zögerte einen Moment. »Falls Dollert redselig wird, fällt ihm zu den Orten vielleicht mehr ein.«

»Mit einem Hamburger Anwalt an seiner Seite? Da hege ich meine Zweifel. Aber wir behalten die Adressen natürlich im Hinterkopf.« Dagmar Möller blickte auf ihre Uhr. »Apropos – wie lange reden die schon?«

Achselzucken.

»Gut, wir warten. Habt ihr schon gegessen?«

Kopfschütteln.

»Bestellt Pizza – auf meine Kosten.«

Zustimmendes Gemurmel.

»Oder Döner, was auch immer.« Die Hauptkommissarin ging in ihr Büro und hörte sich das Gespräch mit Gaby Dollert ein zweites Mal an. Ich habe komplett danebengelegen, dachte sie. Als ich nach Travemünde aufbrach, war ich davon überzeugt, auf eine erschütterte Exfrau zu treffen, die mir in kürzester Zeit von den Untaten ihres geschiedenen Mannes berichten würde. Dann hätten wir Klaus zu fassen bekommen … Doch es war ganz anders gekommen. Die Finanzbetrügereien würden sie ihm kaum auf die Schnelle nachweisen können, und der Rest bestand aus düsteren Geschichten mit vielen Fragezeichen. Verachtung.

21

Je näher Emma Hamburg kam, desto angespannter wurde sie. Georg Pasemann war nicht zu unterschätzen. Falls er nicht nur oberflächlich von den Ermittlungen erfahren hatte, durfte er nicht den Hauch einer Ahnung gewinnen, dass er observiert wurde. Alexander Stark hatte sich inzwischen gemeldet – er war zunächst auf dem Weg ins Autohaus, und sie würden sich später in der Nähe der Privatadresse treffen. »Halt bloß Abstand!«, hatte sie ihn eindringlich gewarnt.

»Ich kriege das schon hin.«

Villengegend. Harvestehude. Tennisstadion Rothenbaum. Emma parkte hinter einem Kindergarten und griff nach ihrem Rucksack. Pasemanns Haus befand sich zwei Querstraßen weiter, und es war schlechterdings unmöglich, sich in der Nähe seines Grundstücks unbemerkt auf die Lauer zu legen, wie sie es in Harkensee getan hatte. Sie schlenderte langsam die Straße hoch. Das Tor zu Pasemanns Zufahrt war ebenso geschlossen wie die Garage. Das Anwesen wirkte still. Auf der gegenüberliegenden Seite befand sich ein paar Meter die Straße hinunter ein kleines Weinlokal mit einigen Tischen im Außenbereich. Sehr edel, vermutete Emma, zu edel. Sie würde auffallen. Vielleicht auch nicht. Drei junge Leute saßen um einen Tisch und amüsierten sich offenbar prächtig. Ein Paar verließ das Geschäft mit einem schmuckvoll verpackten Geschenkkarton. An einem Stehpult unterhielten sich zwei Männer in Businessoutfit. Emma ging langsam weiter. Ihr Handy vibrierte in der Hosentasche.

Er ist hier und bricht gerade auf, schrieb Alexander Stark. *Melde mich gleich wieder.*

Zehn Minuten später rief Stark an. »Den Nachhauseweg dürfte er nicht eingeschlagen haben. Er fährt Richtung Süden. Womöglich verlässt er die Stadt.«

»Bist du sicher, dass er am Steuer sitzt?«

»Na ja … Ich bin natürlich nicht so dicht aufgefahren, dass ich sein Gesicht erkennen könnte.«

Emma runzelte die Stirn. Pasemann hatte genügend Vorsprung gehabt, um ein paar Haken zu schlagen. »Bleib einfach noch eine Viertelstunde dran. Wer weiß, was das für ein Spielchen werden soll. Ansonsten treffen wir uns hier.«

»Alles klar. Ich melde mich.«

Emma steckte ihr Smartphone wieder ein und ging die Straße hoch. In einem Garten in Pasemanns direkter Nachbarschaft leuchteten Lampions, und leise Musik erklang – eine Feier. Ein schöner Sommerabend lockte die Menschen ins Freie. Emma umrundete das Grundstück und hob den Blick – im Garten von Pasemann brannte die Außenbeleuchtung. Eine zweite Zufahrt war zu erkennen – und ein Fahrzeug, ein eher unauffälliger Mittelklassewagen. Das musste noch nichts heißen, aber es war nicht auszuschließen, dass Georg Pasemann längst zu Hause war und davon ausging, einen etwaigen Verfolger abgeschüttelt zu haben. Emma musterte die Reihe der geschlossenen Fenster und ging langsam weiter. Sie war davon überzeugt, dass es eine versteckte Videoüberwachung gab. An der linken Seite des Hauses entdeckte sie einen Erker mit Balkon. Emma sah kurz hoch und war sicher, dass die Tür geöffnet war. Sie ging rasch weiter, wechselte die Straßenseite und blieb im Schutz eines SUV stehen, der direkt neben einem Parkverbotsschild stand. Erneut blickte sie nach oben und meinte zu erkennen, dass dort jemand saß. Ihr Herz klopfte. Sie griff in ihren Rucksack und zog das Fernglas heraus. Pasemann. Er trank ein Glas Wein und wirkte zufrieden. Das Hakenschlagen war ihm gelungen. Hinter ihm tauchte plötzlich eine junge Frau auf, die neben ihm stehen blieb und die Hände auf seine Schultern legte. Dann beugte sie sich herunter und küsste ihn auf den Hals.

Emma ließ das Fernglas sinken, griff ihr Handy und benachrichtigte Stark.

Der Sportwagen hat mich abgehängt. Ich bin gleich da, antwortete er sofort. *Soll ich erst mal an der Vorderseite bleiben?*

Tu das.

Emma war davon überzeugt, dass Pasemann sich in Sicherheit wiegte und demnächst Besuch erhalten und/oder sich über einen Chat austauschen und damit Spuren hinterlassen würde, die früher oder später wichtig werden könnten.

Sie ging ein paar Schritte weiter und schickte ihren Standort in die Runde, bevor sie ein Stück weiterlief. Am Innocentiapark setzte sie sich auf eine Bank. Das könnte eine lange Nacht werden, dachte sie. Nach einigen Minuten schlenderte sie langsam zurück auf die Vorderseite. Im Weinlokal wurde soeben ein Tisch frei. Sie wollte Alexander Stark anrufen, als sie sah, dass er gerade den freien Tisch ergatterte.

Emma setzte sich zu ihm und beschrieb ihre Beobachtungen. Der Kellner trat an den Tisch, sie bestellten Wasser und ernteten dafür ein dezentes Stirnrunzeln. Alexander Stark lächelte. »Etwas Brot und Käse wäre wunderbar.«

»Ich kann den kleinen Käseteller empfehlen.«

»Das klingt gut.«

Der Kellner nickte zufrieden und eilte zum nächsten Tisch.

Emma hoffte, dass die Bestellung nicht lange auf sich warten lassen würde. Der Kollege blickte sie an. »Ich esse nur einen Happen, dann übernehme ich die Rückseite, okay?«

»Einverstanden.«

Emma nickte. Sie war unruhig. Als der Kellner den Imbiss brachte, waren kaum fünf Minuten vergangen. Stark aß eilig ein paar Bissen, belegte sich dann rasch ein Brot üppig mit mehreren Käsesorten und verließ den Tisch. Zurück blieb ein trauriger Rest. Padorn rief an, als sie überlegte, eine zweite Bestellung aufzugeben.

»Hast du in der Zwischenzeit mit Dagmar gesprochen?«, fragte er.

»Nein. Es gibt keine Neuigkeiten.«

»Wie man es nimmt – ich habe das Team mit drei Adressen versorgt.« Leises Räuspern.

»Ach ja – die Nachricht hat mich natürlich auch erreicht«, versicherte Emma rasch. »Ich hatte nur noch keine Zeit, mich damit zu befassen.«

»Hast du jetzt Zeit?«

»Habe ich.«

»Frag mich bloß nicht, wie ich da rangekommen bin.«

Emma lächelte. Manchmal bedeutete diese Bemerkung nichts anderes, als dass Padorn sehr wohl Wert darauf legte, über seine fantasievolle Vorgehensweise zu berichten und für seinen genialen Ansatz gelobt zu werden. »Na komm, eine Andeutung darfst du wohl machen.« Sie hob den Blick. Auf der Vorderseite der Villa blieb es still und dunkel.

»Ich habe alle möglichen Daten der Verkehrsüberwachung genutzt. Sollte dich deine Chefin fragen, dann weißt du Bescheid.«

Das klang weniger aufregend, als Emma angenommen hatte. »Das ist alles?«

»Na ja – ich musste natürlich auch noch Profil- und Bewegungsdaten von Pasemann …«

»Sag nicht, dass du seinen Account gehackt hast!«

Zögern. »Nicht direkt. Aber …«

»Aber was?«

»Die Sicherheitsvorkehrungen in seinem Autohaus sind alles andere als die Luxusausführung«, erklärte Padorn und gab sich Mühe, zerknirscht zu klingen. »Was mich, ehrlich gesagt, etwas verwundert hat. Es war also nicht besonders schwer …«

»Okay, keine weiteren Einzelheiten«, warf Emma ein. »Du konntest also Termine und Orte nachvollziehen?«

»Richtig. Dass ein Geschäftsmann wie Pasemann mit mehreren Standorten und Filialen viel unterwegs ist, versteht sich von selbst. Aber die Adressen, die ich überprüft habe, weil sie gehäuft auftauchen, sind bemerkenswert – ein Containerschiff in Hamburg, eine Werkstatt in Lübeck sowie ein Hafenbetrieb in Rostock. Dort ist nichts.«

»Und was macht die Orte so bemerkenswert?«

»Die Betriebe und das Schiff sind stillgelegt.«

»Vielleicht will er die Grundstücke erwerben«, schlug Emma vor.

»Scharfsinnige Schlussfolgerung – das hatte er tatsächlich vor. Aber er ist nur bei einem Objekt als Käufer aufgetreten, nämlich im Falle der Lübecker Kfz-Werkstatt. Bei den anderen Betrieben ist Dollert mit eingesprungen.«

»Woher weißt du das nun wieder?«

»Na ja …«

»Okay, es gibt Mailverkehr dazu, nehme ich an.«

»Ebenso scharfsinnig – ja, natürlich, und wenn man an anderen Stellen ein bisschen nachfasst … Wie dem auch sei, Pasemann hatte schon vor längerer Zeit mal Interesse bekundet. Komplett überblicke ich diese Abläufe natürlich nicht, aber …«

»Worauf, denkst du, läuft das hinaus? Gibt es überhaupt einen Zusammenhang mit unseren Fällen?«, warf Emma ein. »Er kauft hier und da Grundstücke und stillgelegte Betriebe – das machen Geschäftsleute wie er. Zudem verschiebt er auch Geld oder wäscht Schwarzgeld, das ist nach dem, was Dollerts Ex angedeutet hat, sehr wahrscheinlich. Auch das gehört wohl zu den üblichen geschäftlichen Aktivitäten solcher Typen.«

»Und vielleicht schlägt er zwei Fliegen mit einer Klappe.«

Emma hielt inne.

»Dieser Rostocker Betrieb befindet sich in einem sehr abgelegenen Hafenbereich.«

Plötzlich wusste Emma, worauf Padorn hinauswollte. »Die Entführung«, murmelte sie. »Du denkst, man könnte dort Frauen verstecken?«

»Wäre mein Gedanke. Und noch was – auf der Verkehrsüberwachung ist auch ein heller Transporter zu erkennen, ohne Möglichkeit der Identifizierung. Ja, schon klar, diese Kisten fahren überall herum, aber wenn sie immer wieder ins Blickfeld geraten, sollte man wohl mal nachhaken. Das habe ich den Lübecker Rechercheleuten auch gesagt.«

»Hat Tambach diese Info schon?«

»In dieser Detailliertheit nicht.«

»Okay – ich schreibe ihm gleich noch mal. Vielleicht kann er ja einen Spaziergang am Hafen machen.«

»Gut. Und Dagmar Möller?«

»Setze ich in cc. Obwohl sie garantiert im Moment keine Zeit hat, sich eingehender damit zu befassen. Und noch was, Padorn …«

»Ich habe keine Spuren hinterlassen!«

»Man hinterlässt immer Spuren – stammt der Spruch nicht von dir?«, wandte Emma ein.

Padorn murmelte etwas Unverständliches. »Du bist nicht alleine unterwegs, oder?«, wechselte er dann rasch das Thema.

»Nein. Ich behalte nur das Haus im Blick und esse Käsehappen. Und mit Christoph telefoniere ich auch gleich noch. Danke der Nachfrage. Bis später, Kollege.«

Dagmar Möller wäre fast hinter ihrem Schreibtisch eingenickt, als ein Kollege in der Tür stand. »Dollert will eine Aussage machen.«

Sie stand auf und versuchte so schnell wie möglich, die Trägheit abzuschütteln. Sie informierte die Staatsanwältin und machte sich auf den Weg in die Vernehmung. Unterwegs besorgte sie sich einen doppelten Espresso.

Klaus Dollert wirkte ähnlich müde, wie Möller sich fühlte, während der Anwalt aussah, als hätte er gerade einen zweistündigen Schönheitsschlaf und eine Runde Erweckungs-Yoga hinter sich. Johann Reihm nickte ihr zu und blieb sitzen. »Frische Getränke?«, fragte Möller.

Beide winkten ab. Die Hauptkommissarin ließ dennoch Wasser und Kaffee bringen. Sie wollte noch etwas Zeit gewinnen, um Steiners Eintreffen abzuwarten. Die Staatsanwältin schrieb ihr kurz darauf eine SMS und bat sie, ihre Kopfhörer einzusetzen. *Ich bin im Nebenraum und könnte die eine oder andere Frage aus dem Hintergrund beisteuern.* Möller deutete ein dezentes Nicken an und stellte das

Mikro ein, dann startete sie die Aufnahme und sprach einige einleitende Sätze, bevor sie Dollert ansah.

Der ehemalige Polizist hob das Kinn und holte tief Luft. »Ich habe nichts mit diesen getöteten Mädchen zu tun, das möchte ich vorausschicken.«

Natürlich nicht, dachte Dagmar Möller. Hatte ich etwas anderes erwartet? »Dann erklär mir doch mal, was dieses Versteck in deiner Berliner Wohnung bedeuten soll, in dem mindestens ein Opfer gefangen gehalten wurde – Viv. Wie viele es tatsächlich waren, werden wir womöglich nie erfahren. Der Aufwand dieser akkurat ausgebauten Zelle spricht jedenfalls für sich.«

»Ich habe keine Ahnung.« Dollert hob kurz die Hände. »Diese Wohnung … Ich habe sie nur manchmal genutzt. Sie ist eher so etwas wie eine Kapitalanlage und …«

»Lass es mich so ausdrücken: Du hast dich kaufen lassen und für einen stolzen Preis beim fröhlichen Finanzjonglieren mitgemacht, und nicht nur dabei«, warf Möller ein. »Geldschiebereien mit allem, was dazugehört. Deine sogenannte Erbschaft ist erstunken und erlogen. Aber das ist nur eine Seite dieser miesen und …«

Johann Reihm beugte sich über den Tisch. »Liegen dazu Beweise vor oder basieren Ihre Anschuldigungen auf Mutmaßungen und Verdächtigungen, Kommissarin Möller?«

Sie bedachte ihn mit einem kühlen Blick. »Sie wissen selbst, dass wir gerade dabei sind, alles Mögliche auszugraben, und das wird dann eng für Ihren Mandanten. Aber Sie machen nur Ihren Job, das ist mir klar.«

Reihm zuckte mit den Achseln. »Was Sie noch nicht ausgegraben haben, gehört nicht hierher. Und über die Brisanz Ihrer Ausgrabungsarbeiten entscheiden nicht Sie allein – so lauten nun mal die Regeln. Mein Mandant hat sich bereit erklärt, eine Aussage zu machen, mit deren Hilfe Sie den Fall – oder die Fälle – abschließend klären können. Wir sollten uns hier und jetzt darauf konzentrieren. Was die angeblichen Wirtschaftsdelikte angeht …« Er winkte mit süffisantem Lächeln ab.

Möllers Puls schnellte hoch. »Belassen Sie es dabei«, hörte sie plötzlich Steiners Stimme in ihrem Ohr. »Verpulvern Sie keine Energie auf den hanseatischen Juristen. Um die Wirtschaftsdelikte kümmert sich bald ein anderes Dezernat. Das wird dem ehemaligen Kollegen längst klar sein.«

»Na dann.« Dagmar Möller fasste wieder Dollert ins Auge. »Also schön, eine Kapitalanlage. Und weiter?«

»Ich war selten dort. Stefan hat sie hingegen häufig genutzt, allein oder auch mit anderen. Er war Berlinfan. Das Foto, das ihr mir gezeigt habt, zeigt ja auch ihn und seine Partnerin.«

»Danke für die Erörterung«, erwiderte die Hauptkommissarin ironisch. »Du willst also darauf hinaus, dass nur Stefan Mahler mehr zu diesem Versteck berichten könnte?«

»Ja, darauf möchte ich hinaus.«

»Großartig! Leider kann er selbst dazu nichts mehr sagen.«

»Ist mir klar.«

Nun wurde auch die Strategie offensichtlich. Möller spürte, wie ihre Gesichtszüge verhärteten. »Wie praktisch«, presste sie hervor. Sie werden alles ihm in die Schuhe schieben, dachte sie. Eine perfekte Ausgangsbasis, die gar nicht mal so aussichtslos klang – zumindest bei der jetzigen Beweislage.

»Stefan hatte zwei Gesichter«, fuhr Klaus Dollert einen Moment später fort. »Der smarte Geschäftsmann, der in der Stiftung aktiv war und schon nach kurzer Zeit alle für sich einnehmen konnte – überzeugend, charismatisch, mitreißend, erfolgreich und …«

»Schon gut, ich habe es so ungefähr verstanden. Und das zweite Gesicht?«

»Er stand auf Straßenmädchen.«

Dagmar Möller atmete tief ein.

»Diese Projekte für die Obdachlosen … Das dürfte ein Vorwand gewesen sein, ihnen nahezukommen.«

»Hat er das so gesagt?«

»So direkt nicht. Aber jetzt im Nachhinein und angesichts dieser Fälle reime ich mir so einiges zusammen.«

»Ich reime mir im Nachhinein immer alles Mögliche zusammen.«

Der Anwalt hob eine Hand. »Mein Mandant wird sich nicht selbst belasten, Kommissarin Möller. Er hat keine Straftat beobachtet und nicht versäumt, die Behörden einzuschalten, falls Sie darauf hinauswollen.«

Ja, ungefähr darauf wollte ich hinaus, dachte Möller, verkniff sich aber die Bemerkung.

»Herr Dollert war selbst Polizist und kann eins und eins zusammenzählen.«

»Prima«, entgegnete Möller in galligem Ton. »Doch vage Andeutungen und Kenntnisse in den Grundrechenarten allein sind noch keine Aussage, mit der wir etwas anfangen, geschweige denn fallbezogen punkten können.« Sie fasste den Ex-Kollegen ins Auge. »Also?«

Dollert zögerte kurz. »Er hat das Mädchen angeschleppt, das in Wismar auf der Feier dabei war«, erklärte er dann. »Daran erinnere ich mich. Sie nannte sich Franzi. Er hat dafür gesorgt, dass sie sich frisch machen konnte, sie trug neue Klamotten, war geschminkt und bester Dinge. Es gab reichlich zu essen und zu trinken …«

»Eine weitere Aktion im Sinne der guten Taten?«, warf die Hauptkommissarin ein. Sie öffnete die Akte und musterte zum wiederholten Male das Foto, das Padorn entdeckt hatte. Auf dem Ausschnitt waren keine Details zu erkennen – dass es sich bei der jungen Frau um Franzi handelte, war höchstwahrscheinlich. Die Ähnlichkeit war unbestreitbar, das hatten auch ihre IT-Leute inzwischen bestätigt. Dennoch: Dollert gab ihre Identität auffallend schnell zu und kam ihnen an dem Punkt entgegen. Das wäre gar nicht nötig gewesen. Dagmar Möller sah hoch.

»Als ich die Feier verließ, lebte die Kleine noch, und es ging ihr gut«, fuhr er fort.

»Das ist kein Beweis, dass …«

»Stefan war der Letzte im Gästehaus. Das wird Georg Pasemann auch bestätigen. Wir sind nämlich zusammen aufgebrochen. An die anderen Teilnehmer kann ich mich nicht erinnern.«

Viel hätte nicht gefehlt, und Dagmar Möller hätte mit beiden Händen auf den Tisch geschlagen. »Greifen Sie den Fall Elly Barth auf«, meldete sich Steiner in ihrem Ohr.

»Lass uns über Elly reden«, nahm Möller den Hinweis sofort auf. »Der Vermisstenfall. So fing es für dich an, nicht wahr?«

Dollert tauschte einen schnellen Blick mit seinem Anwalt.

»Habt ihr euch in dem Zusammenhang kennengelernt, Klaus – du und Stefan Mahler – oder doch schon eine Weile davor, und du konntest in seinem Sinne aktiv werden?«

»Das spielt doch keine Rolle …«

»Und ob das eine Rolle spielt!«

»Wir sind uns mal vorgestellt worden. Das muss hier als Aussage reichen, Dagmar.«

»Es reicht nicht!«

Johann Reihm hob beide Brauen. »Sie kennen den Spruch mit dem Spatzen in der Hand und der Taube auf dem Dach, oder?«

Dagmar Möller kniff die Augen zusammen. »Na schön. Weiter.«

»Ja, ich wusste, dass ihn die Frau nervte. Die beiden waren Arbeitskollegen, als Stefan noch in der Marketingfirma beschäftigt war und sich bereits damals mit den Projekten beschäftigte. Er hat mal erzählt, dass sie ihn stalkte …« Dollert zögerte. »Das war ihm schon ziemlich unangenehm. Aber mir war nicht klar, worum genau es dabei ging.«

»Natürlich nicht.«

»Hätte ja auch sein können, dass sie scharf auf ihn war.«

Die Hauptkommissarin verdrehte die Augen. »Und als sie später verschwand …«

»Sie war angeblich verreist, und niemand hat sich darum gekümmert!«, widersprach Dollert.

»Bis auf Karina Pohl, Ellys beste Freundin und zugleich ausgerechnet die Lebensgefährtin von Stefan Mahler. Und nun erzähl mir bitte nicht, dass du dir nicht deinen Teil gedacht hast!«, fuhr Möller ihn an.

»Ich habe mir erst später meinen Teil dazu gedacht.«

»Ich glaube dir kein Wort.«

Johann Reihm hob den Blick. »Noch einmal – das dürfte nicht ausschlaggebend sein, Frau Kommissarin.«

Möller beachtete den Einwand nicht. »Du hast höchstpersönlich dafür gesorgt, dass die Suche verschleppt wurde und dich fürstlich dafür bezahlen lassen. Womöglich warst du an ihrem Mord beteiligt.«

»Wir können das auch abbrechen«, warf Reihm ein. »Dann erfahren Sie gar nichts mehr.«

»Der Anwalt hat recht«, erklärte Steiner in Möllers Ohr. »Wir wissen, dass Dollert zumindest manipuliert hat. Aber können wir es ihm beweisen? Zurzeit wohl eher nicht.«

»Na schön. Aber was werden wir in dem Gästehaus in Wismar entdecken?«, fuhr Dagmar Möller fort, nachdem sie sich einen Moment gesammelt hatte. »Dort wird es – wie in Berlin auch – zügig eine kriminaltechnische Hausdurchsuchung geben. Die Zusammenarbeit mit den Wismarer Kollegen ist eng und einvernehmlich, auch über die regionalen Grenzen hinweg. Das Foto, das wir entdeckt und auf dem wir unter anderem dich identifiziert haben, Klaus, verweist auf eine Feier, die noch nicht so lange zurückliegt. Wir werden auf Spuren stoßen, die deine Aussage womöglich nicht stützen. Und dann?« Die Hauptkommissarin neigte den Kopf. »Neun verschwundene Frauen oder Mädchen, die wir bis jetzt in diesem Zusammenhang entdeckt haben – drei sind als Leichen wieder aufgetaucht, wie ich nicht müde werde, immer wieder zu betonen. Was ist mit den anderen sechs passiert? Wenn wir irgendwo auch nur ein Haar von dir finden und ...«

»Ich habe nichts damit zu tun!«, warf Dollert in plötzlich heftigem Ton ein. »Mahler ist euer Mann. Er hat die Mädchen angeschleppt, und was später mit ihnen geschah, weiß niemand. Ich dachte, dass er sie gut bezahlte und dann gehen ließ. Dass sie vermisst wurden, habe ich gar nicht mitbekommen. Das hat niemand mitbekommen.«

»Du lügst schon wieder. Wir kennen den Namen Franzi nur, weil es einen Aufruf in den Medien und eine Rückmeldung gab.«

»Davon weiß ich nichts.«

»Du lügst immer noch.«

Johann Reihm stützte die Hände auf den Tisch. »Ich finde …«

»Wir brauchen mehr«, erklärte Möller, ohne ihn zu beachten und ließ Dollert nicht aus den Augen. »Viel mehr. Diese furchtbaren Geschichten einfach komplett demjenigen anzulasten, der sich nicht mehr wehren kann, ist ein erbärmliches Schauspiel – oder auch eine Steilvorlage, die du nutzen willst. Dann lass uns doch den Faden mal weiterspinnen – wer hat deiner Ansicht nach Stefan Mahler auf dem Gewissen? Wirklich seine eifersüchtige Exfreundin?«

»Sie ist verurteilt, wenn ich dich erinnern darf, und ihr seid nicht in der Lage, die Flüchtige zu schnappen. Ist das auch meine Schuld?«

Dagmar Möller hob kurz beide Hände. »Diese Eifersuchtsgeschichte ist sehr wackelig und nur durchgegangen, weil die Beschuldigte nicht geredet hat. Doch wer weiß, was damals passiert ist und warum sie sich entschied zu schweigen … Fragen wir uns doch mal, wem Stefan Mahlers Tod nutzt. Dir? Pasemann? Wem noch? Die Ausgangslage ist im Moment mit einem toten Mahler ziemlich perfekt.«

Dollert starrte sie wütend an.

»Sie sollten nichts mehr sagen«, bemerkte Johann Reihm zu seinem Mandanten. Dann wandte er sich an Dagmar Möller. »Wir werden jetzt gehen. Überprüfen Sie die Fälle doch einfach hinsichtlich der Möglichkeit, dass Stefan Mahler der Täter sein könnte, nach dem Sie suchen. So lässt sich die Akte sehr schnell schließen.« Er stand auf. »Sie wissen wohl selbst, dass Sie zu wenig haben, um Untersuchungshaft durchzubekommen.«

»Er hat recht«, sagte Steiner leise. »Lassen Sie ihn gehen, wir behalten ihn im Blick.«

Dagmar Möller blieb sitzen, während Dollert und sein Anwalt den Raum verließen. Einen Moment später trat Ulrike Steiner zu ihr.

Möller sah hoch. »Und was haben wir jetzt erreicht?«

»Er hat zugegeben, dass diese Feier dort mit der kurz darauf getöteten Frau stattfand. Die Wismarer Kollegen können unmittelbar aktiv werden.« Die Staatsanwältin blickte auf die Uhr. »Also morgen – das habe ich bereits angesprochen. Die regional übergreifende Zusammenarbeit klappt demnach, das haben Sie ganz richtig dargestellt.«

»Ja – und zwar ohne eine aufwendig zusammengestellte LKA-Gruppe, die erst mal zwanzig Bedingungen und Einzelaspekte prüft und abgleicht, bevor sie den Hintern hochkriegt ...«

Steiner warf ihr einen fragenden Blick zu.

»Ach, vergessen Sie es. Ich bin in einer dieser Gruppen und stelle fest, dass Koordinationsbemühungen nur dann sinnvoll sind, wenn man auch mal sein Regelwerk in die Ecke knallt und sich genauer ansieht, worum es geht.«

»In diesem Fall um tote und vermisste Frauen aus einem Milieu, das nur wenige interessiert.«

Einen Moment blieb es still. Dagmar Möller hob plötzlich den Blick. »Karina Pohl ist diejenige, die Licht ins Dunkel bringen und die ehrenwerte Clique belasten könnte. Das ist der Grund, warum sie die ganze Zeit geschwiegen hat und sich versteckt.«

Ulrike Steiner blickte einen Moment ins Leere. »Das sieht Emma längst so«, sagte sie dann.

»Und wenn es sie bereits erwischt hat?«

Die Staatsanwältin stutzte, dann schüttelte sie den Kopf. »Ich schätze, dass die beiden dann eben hier noch selbstsicherer aufgetreten wären. Aber es dürfte sie natürlich brennend interessieren, wo sich Karina Pohl aufhält …« Steiner griff nach ihrem Handy. »Emma geht nicht ran«, sagte sie einen Moment später.

»Sie hat es stumm gestellt.«

»Natürlich …« Steiners Smartphone summte leise. »Sie hat geschrieben, dass sie noch in Hamburg ist. Dort tut sich nach wie vor nichts.« Steiner sah wieder hoch. »Und wir machen jetzt Feierabend. Ein paar Stunden Schlaf werden uns guttun. Den Kopf können wir uns auch morgen noch zerbrechen.« Damit wandte sie sich zur Tür um.

Dagmar Möller sah der Staatsanwältin einen Augenblick nach. Dann ging sie hinüber in den Teamraum. Zwei Recherchekollegen saßen noch vor ihren Monitoren. »Wir sollen Feierabend machen – sagt Steiner.«

»Machen wir – später«, erklärte Kai der Zweite. »Ich habe zwischendurch eine längere Pause eingelegt. Lass uns weitersuchen, Chefin. Jetzt ist es hier still. Niemand nervt. Wir können die Füße auf den Schreibtisch legen und haben die kalten Pizzareste für uns. Was will man mehr?«

»Verstehe. Gibt es einen Ansatz, den ihr gerade im Blick habt?«

»Wir folgen zum einen der Spur des Geldes. Das dürfte auch die Wirtschaftsleute freuen. Und dann ist da noch die Sache mit den Adressen und dem hellen Lieferwagen. Dieser Padorn hat bislang keine weiteren Hinweise entdeckt, die uns voranbringen könnten. Wie auch? Kann man ja gleich nach dem Stichwort Fahrzeug suchen. Andererseits …« Er zuckte mit den Achseln. »Wo auch immer wir recherchieren, sollten wir zusätzlich diesen Punkt immer wieder im Blick behalten. Außerdem …«

Möller winkte ab. »Schon gut, schon gut. Padorn hat einen verdammt guten Riecher. Und so genau muss ich es gar nicht wissen. Ansonsten habt ihr noch zwei Stunden – und dann geht ihr auch nach Hause.« Sie gähnte.

Im Wagen sitzend schrieb sie Emma eine letzte Nachricht. *Wir müssen Karina Pohl finden! Die Gefahr für sie dürfte gewachsen sein, seitdem wir Dollert und Pasemann identifizieren konnten.*

Emma antwortete einen Augenblick später. *Das sehe ich genauso. Wir sollten morgen mit Pasemann sprechen. Bislang tut sich hier gar nichts. Er gibt sich keine Blöße.*

Er wird dieselbe Aussage machen wie Dollert.

Davon gehe ich aus. Es wäre womöglich trotzdem erhellend, ihn direkt zu konfrontieren.

Dagmar Möller gähnte erneut. *Gut. Alles Weitere morgen. Und falls sich was Wichtiges tut, melde dich.*

Als sie sich ins Bett legte, war es drei Uhr früh. Das erwartete Gedankenkarussell drehte sich nur kurz und blieb zu ihrer Überraschung abrupt stehen. Ja, es gab viele lose Enden, und die Beweislage war immer noch viel zu dünn, und doch hatten sie den entscheidenden Punkt des Geschehens erfasst. Auch wenn Dollert womöglich zunächst einmal mit seinen Ausflüchten und Schuldzuweisungen durchkommen würde – ein Typ wie er würde eines Tages grandios scheitern. Die Leute, die ihn benutzten und die er teuer bezahlen ließ für seine Loyalität, würden seiner sehr bald überdrüssig werden – mehr noch: Ein korrupter Polizist war letztlich immer ein Wagnis, ein gefährlicher Mitwisser, der irgendwann beseitigt werden musste. Das war kein freundlicher Gedanke. Ich werde nicht dafür bezahlt, schreckliche Fälle zu bearbeiten und dabei auch noch freundlich zu bleiben. Dagmar Möller drehte sich um und zog die Decke über ihre Schulter. Augenblicke später stürzte sie in einen tiefen, traumlosen Schlaf.

22

Sie hatten die Wagen inzwischen zweimal umgeparkt. Alexander Stark hatten einen Platz neben dem Weinlokal ergattert, Emma konnte sich auf der Rückseite hinter dem SUV verstecken. Sie hatte eine Weile mit Christoph telefoniert und ihn mit einiger Mühe davon überzeugen können, dass er sich nicht auch noch die Nacht um die Ohren schlagen musste. Sie aß einen Müsliriegel, den sie in den Tiefen ihres Rucksacks entdeckt hatte, und blickte zum gefühlt hundertsten Mal zu Pasemanns Haus. Die Balkontür stand immer noch auf, aber es saß niemand mehr dort. Matter Lichtschein drang nach draußen.

Ihre Augen begannen zu tränen, Müdigkeit floss in sanften Wellen durch ihren Körper ...

Emma zuckte zusammen, als ihr Handy vibrierte – Alexander Stark. Sie rieb sich die Augen und starrte auf die Uhr – zehn Minuten, sie hatte zehn Minuten geschlafen! Sie stellte die Verbindung her.

»Hier tut sich was«, flüsterte Stark. »Eine Frau verlässt das Haus. Sie geht die Straße hinunter.«

»Bleib dran!«

»Okay.«

Emma trank einen Schluck aus ihrer Wasserflasche. Ihr Puls ging hoch, als sie im Rückspiegel Georg Pasemann erkannte – er schlüpfte durch den Hinterausgang und stieg in den Wagen. Sekunden später glitt das Tor auf, und er fuhr nach einem prüfenden Blick auf die Straße. Das Tor schloss sich mit leisem Seufzen. Eine Minute später hatte Emma gewendet, folgte ihm und informierte Stark. Pasemann fuhr in östlicher Richtung und bog schließlich auf die A 24. Er hielt sich an die Geschwindigkeitsvorgaben, und Emma hatte keine Mühe, an ihm dranzubleiben. Viel wichtiger war, dass sie genügend Abstand hielt und er sie nicht bemerkte. Höhe Schwarzenbek bog er Richtung Mölln und Ratzeburg nach Norden ab. Emma blickte aufs Handy und rief Stark an. »Wo bist du?«

»Am Autohaus. Sie hat ein Taxi genommen und sich hier absetzen lassen.«

»Es ist fünf Uhr früh«, murmelte Emma. »Das ist ein Ablenkungsmanöver.«

»Vielleicht ist sie eine Mitarbeiterin und liebt die Frühschicht. Oder die verarschen uns.«

»Ich tippe auf Letzteres. Pasemann fährt hier gerade ein bisschen im Kreis, wenn mich nicht alles täuscht.«

»Und nun?«

Emma spürte die Anspannung wie eine zweite Haut. »Ich bleibe an ihm dran. Er weiß von Dollert und dem Anwalt, dass wir bestens informiert sind. Nun hat er irgendwas vor, und er muss es selbst erledigen.«

»Okay – und was ist mit mir? Soll ich weiter auf das schicke Autohaus starren oder zu dir aufschließen?«

»Warte noch ein bisschen. Vielleicht kriegt die Dame Besuch von jemandem, den wir kennen. Wir sprechen uns dann noch mal ab.«

»Gut, bis später.«

Emma ließ sich zurückfallen, als Pasemann das Tempo drosselte und auf die L 208 abbog, die direkt nach Gadebusch führte. Sie holte tief Luft. Kurz vor Roggendorf meldete sich Starke. »Sie bricht auf – mit einem schicken Porsche. Wenn sie richtig auf die Tube drückt, habe ich keine Chance.«

»Versuch dein Glück.«

»Und bei dir? Er hat sich für eine Nebenstrecke entschieden, wie ich gerade über deinen Standort sehe.«

»Und die führt direkt zu meinem zweiten Wohnsitz.«

»Ach du …«

»Bis später, Alexander. Ich muss meinen Partner informieren.« Emma unterbrach die Verbindung und rief Christoph an.

Er nahm das Gespräch augenblicklich an. »Bis gleich«, erwiderte er, kaum dass sie ihren Satz beendet hatte. »Vielleicht will er ja ein Sicherheitspaket bei mir buchen. Kann er kriegen.«

Emma rang sich ein Lächeln ab. »Ja, bis gleich.«

Kurz vor dem Abzweig zur Firma leuchteten Pasemanns Bremslichter auf. Emma stoppte. Ein Traktor dröhnte die Hauptstraße hinunter. Als sie wieder freie Sicht hatte, sah sie, dass Pasemann langsam weiterfuhr, das Firmengelände passierte und schließlich stehen blieb. Emma reckte den Hals und konnte erkennen, dass er hinterm Steuer sitzen blieb und zum Fenster hinausblickte. Sie stellte die Verbindung zu Christoph her, aber er ging nicht ran. Einen Moment später traf eine SMS von ihm ein. *Ich bin draußen und sehe ihn. Bleib, wo du bist.*

Emma starrte durch die Windschutzscheibe. Plötzlich war sie davon überzeugt, dass er sie sah und genau wusste, dass sie ihn verfolgte. Und die Absicht war auch klar – ihr könnt mir gar nichts. Georg Pasemann öffnete die Tür, stieg aus, reckte sich, während er die Umgebung musterte, und ging ein paar Schritte. Emma griff hastig nach ihrem Fernglas – und konnte zweierlei erkennen: Pasemann erleichterte sich mit zufriedener Miene hinter einem Busch und ließ sich viel Zeit dabei. Und plötzlich entdeckte sie Christoph, der das Gelände verlassen hatte und geduckt neben dem Wagen in die Hocke ging, während Pasemann wie ein Platzhirsch sein Umfeld markierte. Emma richtete ihr Fernglas neu aus. Dann begriff sie, was Christoph vorhatte, und lächelte breit. Momente später saß Pasemann wieder in seinem Wagen, startete den Motor und fuhr los.

Emma wartete, bis er um die Ecke gebogen war, dann steuerte sie den Parkplatz hinter der Firma an. Christoph tauchte neben ihr auf und öffnete die Tür. »Du kannst dir Zeit lassen. Wir kriegen mit, wohin er fährt.« Er lächelte.

Sie lächelte zurück. »Wunderbare Idee. Ich frage mich allerdings, was er anstellt, wenn er den Tracker entdeckt«, schob sie nach und stieg aus.

Christoph zuckte mit den Achseln. »Es ist ein Allerweltsmodell – da steht kein Name drauf.« Er zog sie kurz an sich. »Lust auf Frühstück? Padorn hat gerade Brötchen in den Ofen geschoben und brät Spiegeleier. Das macht er fast so gut wie ich, und wir genießen zumindest ein bisschen das Wochenende.«

»Das klingt wunderbar … Ich muss mich nur kurz mit den Kollegen austauschen.«

»Komm erst mal rein.«

Padorn goss Kaffee ein, als Emma und Christoph die Küche betraten. »Drei Eier und viel Speck?«, fragte er.

»Zwei Eier und wenig Speck.«

Padorn zuckte mit den Achseln. »Kann ich mit leben. Bleibt mehr für uns.«

Emma schrieb Alexander Stark an, der umgehend antwortete. *Die Porschelady hat mich abgehängt. Das war nicht anders zu erwarten. Ich bin allerdings sicher, dass sie nach Rostock unterwegs ist. Vielleicht überführt sie die Kiste an den neuen Besitzer.*

Setz dich mit Dagmar in Verbindung, wie es weitergeht, erwiderte Emma. *Ich würde sagen, wir brauchen erst mal eine Pause.*

Das sehe ich auch so. Bis später.

Emma suchte Padorns Blick. »Rostock. Da fallen mir glatt deine neuesten Rechercheergebnisse ein. Ein stillgelegter Betrieb am Hafen.«

Padorn verteilte die Teller und setzte sich neben Christoph. Er nickte langsam.

»Wir müssen Tambach informieren.«

»Machen wir – nach dem Essen.«

Das Frühstück war ein Gedicht. Emma aß ausgiebig, und je satter sie wurde, desto deutlicher spürte sie ihre Müdigkeit.

»Leg dich hin – wir behalten Pasemann im Blick«, sagte Christoph. »Du schläfst ja schon im Sitzen ein.«

Das war unbestreitbar richtig. Emma rief Tambach auf dem Weg zum Nebengebäude an.

»Es ist mein freies Wochenende«, entgegnete er unwirsch, bevor sie ihm die Situation im Einzelnen schildern konnte.

»Es ist wichtig«, erklärte sie. »Ich war die ganze Nacht unterwegs und schaffe jetzt keinen Rostock-Einsatz mehr. Es könnte durchaus sein, dass sich hinter diesem stillgelegten Betrieb etwas verbirgt und Spuren beseitigt werden sollen.«

»Es könnte sein …«

»Moritz, wir haben keine Chance, wenn wir …«

»Schon gut, schon gut. Das habe ich längst verstanden. Die Fälle mit dir sind ja immer irgendwie … Ach, vergiss es. Ich gucke mich da um. Padorn soll mir den Kram schicken.«

»Das hat er längst, soweit ich weiß.«

»Alles klar. Ich komme kaum noch hinterher, das ganze Zeug zu lesen.«

»Das würde ich ihm so nicht sagen.«

Tambach stöhnte leise. »Ich melde mich bei ihm, wenn ich noch Fragen habe oder sich irgendwas tut.«

»Mach das.«

»Ansonsten hätte ich mal richtig Lust auf einen ganz normalen Fall, wenn du verstehst, was ich meine.«

»Eigentlich nicht, aber ich denke später darüber nach.« Emma legte das Handy beiseite und ließ sich ins Bett fallen. Bevor sie einschlief, fiel ihr ein, dass sie sich gar nicht mehr vergewissert hatte, wohin Pasemann fuhr. Wahrscheinlich kehrt er einfach nach Hamburg zurück und reibt sich die Hände, dass wir ihm nichts können, dachte sie. Und seine Aussichten waren gar nicht mal schlecht. Der schlimme Junge, der die Frauen entführt, misshandelt und getötet hat, ist ja selbst Opfer eines Mordes geworden. Wie überaus praktisch!

Hauptkommissar Tambach fuhr mit dem Fahrrad zum Hafen. Eine Radtour hatte heute ohnehin auf dem Programm gestanden – allerdings mit Badezeug in Richtung Warnemünde, wo er mit einer Kollegin aus dem Ordnungsamt locker verabredet war. Das eine musste das andere nicht ausschließen, versuchte er sich zu trösten.

Die Adresse verwies auf einen ehemaligen Metallbaubetrieb an der Unterwarnow – zwischen Riekdahler Wiese und Dierkow-Ost. In weiterer Nachbarschaft waren eine Musikschule, ein Solarbauer und ein Fuhrbetrieb angesiedelt. Das Grundstück war eingezäunt, aber an etlichen Stellen einsehbar, das Haupt- und mehrere Nebengebäude wirkten leer und schienen dem Verfall preisgegeben. Das Unkraut stand hoch, die Fensterscheiben waren matt, zwei Lieferfahrzeuge ohne Kennzeichen rosteten vor sich hin. Tambach stellte sein Rad ab und ging zu Fuß weiter. Er schoss Fotos und schickte sie direkt an Padorn weiter.

Kein Porsche in Sicht, schrieb er in einer SMS. *Der würde hier garantiert sofort ins Auge stechen.*

Tambach ging weiter zum rückwärtigen Ende des Geländes, das durch eine hohe Steinmauer begrenzt wurde, die zusätzlich mit einer Brennesselhecke bewachsen war. Er wollte gerade umkehren, als er ein Geräusch hörte – das Vibrieren eines Motors, das einen Augenblick später verstummte. Tambach lauschte angestrengt; es blieb still, und er ging langsam weiter. Nach einigen Metern konnte er an einer brüchigen Stelle der schräg abfallenden Mauer einen Blick aufs Gelände werfen. Der Porsche stand im Schatten eines alten LKW. Tambach nestelte eilig sein Handy heraus, schoss schnell einige Fotos und duckte sich, als er eine Stimme hörte. Er war sicher, dass es sich um eine Frauenstimme handelte, konnte aber nicht hören, was sie sagte. Wahrscheinlich telefonierte die Frau. Langsam richtete er sich wieder auf. Eine junge Frau stand neben dem Porsche und hielt die Beifahrertür auf. Ein junges Mädchen war gerade im Begriff einzusteigen, und sie mühte sich ziemlich ab. Tambach streckte den Kopf vor. Es sah aus, als wäre sie angetrunken. Ihre Kleidung wirkte abgetragen. Er kniff die Augen zusammen.

»Nun, mach schon«, sagte die Porschefrau. »Wir haben nicht ewig Zeit.«

Das Mädchen hielt inne. »Wohin …«

»Das sagte ich bereits. Du kriegst ein neues Zuhause. Und nun steig endlich ein.« Die Frau packte das Mädchen am Oberarm.

Tambach schoss schnell weitere Fotos. Ein hässliches Bild stieg plötzlich in ihm auf. Er leitete die Bilder sofort weiter. Dann rief er in der Zentrale an. »Ich brauche sofort zwei Dienstwagen«, sagte er leise und nannte seinen genauen Standort sowie die Kennzeichen des Sportwagens. »Verdacht auf Entführung.«

»Dafür brauchen wir ...«

»Kein SEK oder dergleichen – eine Frau hat ein junges Mädchen in ihrer Gewalt!«, warf Tambach ein. »Situation undurchsichtig. Aber wir ermitteln gerade verdeckt in solchen und ähnlichen Fällen gemeinsam mit anderen Hansestädten an der Küste. Ich will nur, dass der Wagen gestoppt wird, falls es mir nicht gelingt, sie aufzuhalten.«

»Verstanden.«

»Gut. Beeilt euch. Und keine Sirenen!«

Tambach drehte sich wieder um. Inzwischen saßen die beiden im Wagen, und die Fahrerin startete den Motor. Sie wendete und gab Gas. Tambach hatte keine Ahnung, an welcher Seite sie das Gelände verlassen würde. Fest stand, dass er keine Chance hatte, sie an der Weiterfahrt zu hindern, und ohne Auto musste er ohnehin tatenlos zusehen. Er konnte nur hoffen, dass die Kollegen die Zufahrtsstraße schnell genug erreichten. Tambach lief zurück zu seinem Fahrrad und benötigte gefühlt eine Ewigkeit. Er schnaufte leise, und der Schweiß lief ihm den Rücken herunter. Seine Fitnesswerte waren ausbaufähig. Als er die Nebenstraße zum Hafen schwer atmend erreichte, sah er von Weitem den gestoppten Porsche und zwei Polizeiwagen. Er atmete tief durch, wischte sich über die Stirn und lächelte. Er nahm ein weiteres Bild für Padorn auf, bevor er näher trat.

Am Steuer des Porsche saß eine junge bildschöne Frau, die ihn mit großen Augen anstarrte. Das Mädchen neben ihr blickte ihn ähnlich verdutzt aus abwesenden Augen an. Tambachs Herz wurde schwer. Ihre Haare waren strähnig und verfilzt, die Haut war bleich, an ihrem Handgelenk befand sich ein blaues Bändchen. »Können Sie mir Ihren Namen sagen?«

Keine Antwort.

Tambach blickte die Fahrerin an. Die gab den Blick stumm zurück. »Ich habe nichts zu sagen«, erklärte sie dann.

»Davon gehe ich aus. Wir werden Sie trotzdem festnehmen und befragen. Es besteht der dringende Tatverdacht einer Entführung. Steigen Sie aus!« Tambach trat zurück und winkte einen Beamten zu sich. »Das Mädchen muss sofort in die Klinik. Niemand darf zu ihr.«

Der Kollege nickte.

»Außerdem ordern wir ein Team, dass das Gelände durchsucht, einschließlich Kriminaltechnik und Spurensicherung. Sperrt alles ab! Verdacht auf Menschenraub. Beschluss kommt so schnell wie möglich. Ich spreche gleich mit dem Staatsanwalt.«

Moritz Tambach atmete tief durch, dann rief er den diensthabenden Staatsanwalt an. Das Gespräch dauerte zwar deutlich länger und war mühsamer, als er gehofft hatte, aber der Hinweis auf Ulrike Steiner beschleunigte das Verfahren schließlich ganz erheblich. Dann rief er Dagmar Möller an.

Viel hätte nicht gefehlt, und Padorn wäre mit einem lauten Schrei aufgesprungen! Er sah sie sich die Fotos ein zweites Mal an, sortierte Tambachs Informationen dazu und eilte schließlich mit dem Tablet unterm Arm ins Nebengebäude. Ein Firmenkollege, der gerade auf dem Weg ins Büro war, blickte ihm verdutzt nach. Padorn klopfte einmal und stürmte im selben Moment ins Schlafzimmer. Emma schreckte hoch. »Wir haben was! Und das ist der Durchbruch!«

Emma strich sich das Haar aus der Stirn und rieb sich die Augen. »Meine Güte, Padorn, du hast ja echt Feuer. Apropos – wo ist eigentlich Christoph?«

»Richtung Wismar unterwegs – er will sich genauer umsehen, was Pasemann auf Poel vorhat, wohin er offenbar unterwegs ist. Aber nun schau dir das an! Und wer hatte den richtigen Riecher?« Das klang eindeutig triumphierend, aber Padorn erlaubte sich den kleinen Höhenflug. Ohne seinen Hinweis auf den stillgelegten Betrieb in Rostock wäre es nie zu der Festnahme gekommen. An den anderen Orten dürfte es in Kürze auch Durchsuchungen geben und eine Vielzahl an Beweisen. Falls allerdings herauskam, dass er zur Erlangung dieser Informationen seine Hackerkenntnisse eingesetzt hatte, könnte ihnen das Ganze gehörig um die Ohren fliegen. Doch das Risiko war es wert, fand er.

Emma setzte sich an den Bettrand und sah sich die Bilder an.

»Die Porschefahrerin arbeitet seit Jahren für Pasemann«, erklärte Padorn. »Das hat Tambach schnell feststellen können.«

»Und wer ist das Mädchen?«, fragte sie leise und vergrößerte die Aufnahme vom Gesicht der jungen Frau.

»Das ist bisher unklar. Sie trägt übrigens ein blaues Bändchen ... Und befindet sich inzwischen in der Klinik. Sie redet nicht, steht unter Drogen und sollte wohl an einem anderen Ort untergebracht oder ...«

»Beseitigt werden?«, warf Emma ein und warf ihm einen schnellen Seitenblick zu. »Möglich, oder? Eine unliebsame

Zeugin und ein zu großes Risiko angesichts der Nachforschungen. Aber woher stammt sie?«

»Wahrscheinlich ein weiteres Opfer aus der Szene, deren Verschwinden bislang nicht aufgefallen ist«, mutmaßte Padorn.

Emma runzelte die Stirn.

Padorn sah sie an. »Was geht dir durch den Kopf?«

»Die Entführung am Rostocker Hafen – das Mädchen ohne Namen, das den Studenten Konrad Parker nachhaltig beeindruckt hat. Sechzehn, siebzehn Jahre alt, cool drauf und vor ungefähr zwölf Monaten entführt.«

Padorns Blick weitete sich. »Das lässt sich schnell prüfen, oder?«

»Bis die junge Frau in der Lage ist auszusagen, werden einige Tage vergehen, doch es gibt jemanden, der uns zügig helfen kann.« Emma stand auf. »Wir brauchen ein gutes Profilbild und müssen sofort Kontakt zu Parker aufnehmen.«

»Und wie geht es jetzt weiter?«

»Ich nehme an, Lübeck wird als zentrale Ermittlungsbehörde fungieren – sofern nicht irgendjemand dazwischenfunkt und auf die Idee kommt, auf regionale oder LKA-Befugnisse zu pochen und das Ganze unnötig in die Länge zu ziehen. In Lübeck geschah der Mord an Stefan Mahler, dann die Flucht von Karina Pohl, und von dort aus haben wir die Ermittlungen aufgerollt. Die Fäden laufen an der Stelle zusammen, und Ulrike Steiner wird dafür sorgen, dass die endgültige Aufklärungsarbeit auch von dort erfolgt.« Sie stand auf und ging Richtung Tür. »Lass uns …«

Padorn blickte auf sein Handy. »Christoph ruft an.« Er stellte die Verbindung her. »Ich schalte dich auf Lautsprecher. Emma ist aus dem Tiefschlaf erwacht – es gab eine Festnahme in Rostock.«

»Sehr schön. Pasemann ist auf Poel, besucht da jemanden und rührt sich nicht. Ich habe ein paar Fotos gemacht, die du gleich kriegst. Soll ich den Tracker entfernen?«

»Gute Idee.« Emma blieb in der Tür stehen und sah Padorn an. »Dagmar wird einen Plan haben, wie es weitergeht. Da aber Flucht- und Verdunkelungsgefahr besteht, sollten wir auch Torsten Friedmann sofort einschalten.«

»Und ich mach mich jetzt besser vom Acker«, meldete sich Christoph erneut zu Wort. »Gibt es was zu essen?«

23

Die Ernüchterung auf den Höhenflug folgte zügig. Georg Pasemann hatte nur bei der Festnahme überrumpelt gewirkt. Als er Dagmar Möller gegenübersaß, hatte er längst zu alter Souveränität zurückgefunden. Emma befand sich im Nebenraum und musterte sein Gesicht, eine selbstgefällige und blasierte Miene, die natürlich aufgesetzt sein konnte, weil ihm inzwischen auch klar geworden war, dass die Ermittlungen deutlich weiter gingen, als er geschätzt hatte. Nichtsdestotrotz war Pasemann davon überzeugt, dass man ihm kaum etwas anhaben konnte. Emma würde zur Befragung dazustoßen, sobald Konrad Parker sich zurückgemeldet hatte. Ulrike Steiner saß in einer Besprechung mit dem Richter und tauschte sich mit den Kollegen aus Wismar, Rostock und Hamburg aus. Die Durchsuchungen und kriminaltechnischen Untersuchungen wurden beschleunigt und inzwischen vom LKA unterstützt. Bis jedoch die junge Frau in der Lage sein würde, eine Aussage zu Protokoll zu geben, mussten sie sich noch gedulden. Nach erster Auskunft der Klinik war sie in keinem guten Zustand. Zudem war zu befürchten, dass sie sich kaum oder zu ungenau erinnern würde oder in Angst erstarrt war.

Emma schob den Gedanken rasch beiseite und fasste die Kommissariatsleiterin ins Auge. Dagmar Möller blickte auf ihr Tablet und sah hoch. »Herr Pasemann, können Sie uns etwas zu der jungen Frau sagen, die ein aufmerksamer Beamter befreien konnte, als Ihre Mitarbeiterin sie an einem anderen Ort einsperren wollte?«

Georg Pasemann fing an zu lachen, und Emma hoffte, dass es der Kollegin gelingen würde, gelassen zu bleiben. Möllers Nervenkostüm war nicht das beste, im Moment wartete sie allerdings ruhig ab, dass der Heiterkeitsausbruch abklingen würde.

»Wir haben einen Hinweis erhalten, dass sich jemand in dem stillgelegten Betrieb herumtreibt«, erklärte Pasemann schließlich. »Das passiert immer wieder.«

Gleich wischt er sich die Lachtränen aus dem Gesicht, dachte Emma. Der Typ ist noch unsympathischer als seine Ex.

»Ich habe meine Mitarbeiterin zur Überprüfung losgeschickt, und sie wollte die junge Frau zu einem Arzt bringen.«

»Wie überaus edel«, erwiderte Möller in süffisantem Ton. »Ihre Mitarbeiterin war so erfüllt von Hilfsbereitschaft und Fürsorge, dass sie vor Ort nicht in der Lage war, den Beamten einige harmlose Fragen zu beantworten. Und nun sitzt sie im Raum nebenan und wartet offenbar darauf, dass ihr irgendjemand sagt, wie sie sich verhalten soll.«

Pasemann hob beide Hände. »Tja, Eliza ist manchmal ein bisschen ... aufgeregt und verwirrt.«

»Sie haben ein Herz für aufgeregte und verwirrte und vor allen Dingen sehr junge Frauen?«

»Kommen Sie zur Sache, Kommissarin Möller. Was werfen Sie mir vor? Was soll dieses ganze Theater?«

»Neun Opfer«, erwiderte Dagmar Möller. »Vermisste junge Frauen seit 2015 in mehreren Hansestädten, drei Leichen, die wir bislang entdeckt haben und einem Täterkreis zuordnen können. Bis auf eine Frau sind alle dem Obdachlosenspektrum zuzuordnen. Elly Barth war eine Zeugin, die zu viel wusste und darum sterben musste.« Die Hauptkommissarin nahm das Foto von der Feier im Wismarer Gästehaus aus ihrem Ordner. »Schauen Sie mal – Sie, Dollert und Franzi, die wenig später sterben musste und Anfang des Jahres ganz in der Nähe gefunden wurde. Ähnliches ist in Berlin passiert, dort war die Eigentumswohnung, die auf Dollerts Namen eingetragen ist, der Ausgangspunkt für üble Aktivitäten.« Die Kommissarin sah ihn wieder an. »Wir sind bereits eine ganze Weile an Ihnen dran, und das wissen Sie auch. Klaus Dollert durfte hier schon Platz nehmen und wird sehr bald ein zweites Mal zu uns gebeten. Die Durchsuchungen laufen inzwischen auf Hochtouren und regional übergreifend. Wir wissen, dass Sie da mit drinhängen. Wir wäre es, wenn wir das Ganze hier verkürzen, und Sie erzählen uns …«

Georg Pasemann beugte sich vor. »Verkürzen klingt gut. Mahler hatte ein Faible für diese Szene«, warf er ein. »Das hatte er schon immer. Ich habe die Arbeit der Stiftung unterstützt. Mit Entführungen, Misshandlungen und Tötungsdelikten habe ich nichts zu tun.«

»Verstehe.« Möller nickte. »Dollert hat eine ähnliche Aussage zu Protokoll gegeben. Sie haben hin und wieder gemeinsam gefeiert, und das war es dann auch schon, nicht wahr?«

Pasemann nickte. »Ganz genau.«

»Wir sind gespannt auf die Aussage des jungen Mädchens, das wir retten konnten.«

»Sie hat sich in dem verlassenen Gebäude versteckt und Drogen konsumiert. Sie wird alles Mögliche erzählen«, entgegnete er ruhig und mit leisem Lächeln. »Oder auch gar nichts. Menschen wie sie vertrauen der Polizei nicht. Und Polizisten vertrauen selten den Aussagen von Menschen, die auf der Straße leben und mit Drogen vollgepumpt sind.«

»Sie wirken sehr selbstsicher«, entgegnete Dagmar Möller. »Aber irgendwas werden wir finden – Chatprotokolle, Videos, Fotos, Übereinstimmungen, Geldgeschichten. Und irgendwer wird reden, und sei es, um seine eigene Haut zu retten. Sie werden sich nicht komplett herauswinden können, indem Sie einem Mann, der praktischerweise nicht mehr befragt werden kann, die ganze Schuld in die Schuhe schieben. Und oft ist es ja so, dass der eine den anderen in der Hand hat, nicht wahr?«

Pasemann blinzelte kurz.

»Es dürfte nicht lange dauern, bis doch jemand anfängt zu zweifeln und es wichtiger wird, die eigene Haut zu retten.« Möller lächelte. »Was meinen Sie, wie lange Dollert das Spiel noch mitmacht? Er hat sich kaufen lassen – die Spur des Geldes wird uns bald noch zu ganz anderen Namen führen, auch wenn es eine Weile dauert, womöglich viele Wochen. Die Spezialisten vom LKA unterstützen uns bereits, das BKA mischt auch schon mit …«

»Soll mich das beeindrucken?«

»Ja, und das tut es bereits. Was ist mit Elly Barth geschehen?«

»Keine Ahnung, von wem Sie reden. Kommen Sie mit Beweisen, und hören Sie auf, mich zu langweilen. Mein Anwalt …«

»Der junge Mann aus Hamburg?«

»Er wird bald eintreffen.«

»Das ist mir völlig egal, Herr Pasemann – es geht hier um neun Opfer: Lila und Klinge, Cora, Liane und Becky, Franzi, Elly, Viv und die junge Frau, die wir befreien konnten. Was ist mit all den Frauen geschehen, von denen jede Spur fehlt? Und wer hat Franzi, Elly und Viv ermordet?«

Pasemann lehnte sich zurück. »Sie kennen doch die Antwort längst. Mahler hat das zu verantworten, und seine eigene Ex hat das gewusst und …«

»Hat ihn daraufhin auf der Straße niedergestochen?«

»Tja … Wer weiß, was sie zu Hause auszuhalten hatte. Wie klingt das?«

»Ebenso abscheulich wie verlogen.«

Pasemann zuckte mit den Achseln. »Machen Sie Ihre Hausaufgaben. Sie sind ja nicht mal in der Lage, die Flüchtige zu stellen.«

»Wir sind dabei, eins nach dem anderen. Was bedeuten die Armbändchen, die die Frauen trugen? Blau und violett?«

Seine Pupillen weiteten sich.

»Blau gehört zu Ihnen und Violett zu …«

»Reden Sie doch keinen Unsinn!«

»Das ist kein Unsinn. Wie haben Sie Dollert kennengelernt?«

Emma folgte dem Schlagabtausch noch einige Minuten; Dagmar Möller versuchte, Pasemann aufs Glatteis zu führen, doch der blieb bei seiner Haltung. Die ausgedehnten polizeilichen Ermittlungen in mehrere Richtungen gleichzeitig behagten ihm keineswegs, aber er gab sich Mühe, weiterhin entspannt und zuversichtlich zu wirken. Sein Anwalt dürfte in Kürze dazustoßen, und ob es gelang, Pasemann bis dahin ausreichend zu belasten, war im Moment fraglich.

Emma zog ihr vibrierendes Handy aus der Tasche – der Anruf kam von Konrad Parker. »Danke für den Rückruf. Können Sie mit den Fotos etwas anfangen.« Ihre Stimme klang gespannt.

»Ich denke, dass es sich um sie handelt, aber … Sie hat sich stark verändert, so viel ist sicher.«

»Also keine hundertprozentige Gewissheit?«

»Nein, vielleicht achtzig oder neunzig … Was um Gottes willen ist mit ihr passiert?«

»Das wissen wir noch nicht genau«, erwiderte Emma rasch. Sie war ein Jahr gefangen in einem Kellerraum, wurde permanent unter Drogen gesetzt, gequält, missbraucht, erniedrigt, fuhr es ihr durch den Kopf. Das zumindest war nach dem jetzigen Stand der Dinge sehr wahrscheinlich. Ob sie je ein normales Leben würde führen können, stand in den Sternen. Emma schluckte.

»Wo haben Sie sie gefunden?«, fragte Konrad Parker weiter.

»Am Hafen in Rostock – in einem stillgelegten Betrieb.« Da es einen großen Polizeieinsatz gegeben hatte, konnte sie offen und direkt antworten.

Kurze Pause. »Das heißt, sie war ein Jahr … Großer Gott!«

»Wir kennen die Hintergründe noch nicht. Danke für Ihre Mithilfe.«

Emma verließ den Technikraum und ging nach nebenan. Dagmar Möller nickte ihr zu, Pasemanns Pupillen verengten sich für einen Moment. Emma stellte sich vor und nahm Platz. Pasemann behielt sie im Blick. Sein Mund war schmal geworden.

»Das Mädchen wurde vor ungefähr einem Jahr entführt, mitten im Sommer, Ende Juli, um genau zu sein«, erklärte Emma. »Ein junger Mann hat beobachtet, wie sie in einen Lieferwagen gezerrt wurde, und er konnte sie nun identifizieren. Wie es aussieht, war sie die ganze Zeit Ihre Gefangene …«

»Das können Sie in keiner Weise belegen! Ich war ja gar nicht …«

»Doch, das können wir«, fiel Emma ihm ins Wort. »Die Entführung wurde beobachtet, die junge Frau wurde in einem stillgelegten Betrieb festgehalten, zu dem Sie Ihre Mitarbeiterin geschickt haben. Auch das ist belegbar …«

»Tatsächlich?«

»Sie wird das früher oder später bestätigen, glauben Sie mir«, warf Möller ein. »Ansonsten werden wir dort und an anderen Orten Spuren und Ihre DNA sichern.«

»Klaus Dollert interessierte sich für den Betrieb, wie wir erfahren haben«, fuhr Emma fort. »Er hatte vor, ihn demnächst zu erwerben, während Sie in Lübeck eine alte Kfz-Werkstatt und in Hamburg ein Containerschiff gekauft haben.«

»Und?«

»Abgelegene und stillgelegte Betriebe oder auch Ferienhäuser eignen sich hervorragend, um Kapital zu parken, Geldströme umzulenken und/oder zu waschen, mit falschen Krediten zu verschleiern – und Menschen gefangen zu halten. Mehrere Fliegen mit einer Klappe. Wir werden demnächst sehr viel mehr dazu erfahren. Sobald die Untersuchungen abgeschlossen sind, werden Sie keine Gelegenheit mehr haben, sich hinter einem Toten zu verstecken.«

Georg Pasemann verschränkte die Arme vor der Brust und starrte sie abweisend an.

»Was ist da vor sich gegangen? Missbrauch von Frauen, um die sich eh niemand schert? Und später werden sie getötet und irgendwie entsorgt? Das Mädchen in Berlin – sie hieß Viv – konnte fliehen, die junge Frau in Wismar, Franzi, womöglich ebenfalls, aber ein Zusammenhang ließ sich erst jetzt herstellen. Das hätte ewig so weitergehen können, nicht wahr?«

»Ich habe keine Ahnung, was passiert ist!«, entfuhr es Pasemann plötzlich heftig. »Diese Mädchen ... er schleppte sie an, ja, und wir haben bis zu einem gewissen Punkt ...«

»Mitgemacht? Sie haben sich vergnügt mit ihnen?« Emma beugte sich vor. »Ein illustrer Männerkreis, der spezielle Partys veranstaltete, um die nächsten erfolgreichen Geschäftsabschlüsse zu feiern – und dazu gehörten auch Mädchen und Frauen von der Straße? Mal hier, mal dort eingesperrt, wie es gerade passte?«

Pasemann zuckte mit den Achseln. »Er hat sie eingeladen, ihnen einen Job und ein neues Leben versprochen. Das war schon während seiner Zeit in der Marketingfirma seine Masche.«

Emma hörte, wie die Kollegin scharf einatmete.

»Alles andere ...« Er schüttelte den Kopf. »Keine Ahnung.«

»Haben Sie nicht verhindert. Doch was genau müssen wir uns darunter vorstellen? Fortgesetzte Gewalt? Gefangenschaft über Wochen, Monate oder sogar ein Jahr?« Emma starrte ihn an. »Herr Pasemann, Stefan Mahler ist längst tot, seit Monaten – wenn er die alleinige und treibende Kraft hinter all dem war, was die Opfer nach der Party noch zu erdulden hatten, warum war das Mädchen noch gefangen?«

Pasemann rieb sich übers Kinn.

»Das passt nicht, oder? Wer gehörte noch dazu?«

»Ich sage kein Wort mehr.«

»Das war zu erwarten.«

Dagmar Möller erhob sich langsam. »Wer hat Sie in der Hand?«

Pasemann drehte den Kopf zur Seite, erwiderte ihren Blick und schwieg. Emma stand ebenfalls auf. »Denken Sie mal darüber nach, ob es nicht doch …«

»Sparen Sie sich Ihre heißen Tipps.«

Möller ging voraus, und einen Moment liefen sie in tiefem Schweigen den Flur hinunter.

»So könnte es gewesen sein«, sagte Möller schließlich. »Natürlich hängen da noch andere mit drin. Aber Pasemann wird sich nichts entlocken lassen, weil er viel zu tief verstrickt ist und es Beweise gibt, die ihn völlig bloßstellen könnten. Ich denke, das wird die Staatsanwältin genauso sehen.«

Emma verlangsamte ihre Schritte.

»Was überlegst du?«

»Ein illustrer Männerzirkel, an dessen Spitze ein junger angesehener Karrieretyp steht und seinen Einfluss nutzt, um sich an den Schwächsten zu vergreifen. Die Frauen werden entführt, gequält, gefangen gehalten und finden früher oder später den Tod – sie werden ermordet, als Zeugin beseitigt oder sterben auf der Flucht und haben nachweislich übelste Gewalt erfahren.« Emma blieb abrupt stehen. »Das zumindest ist in drei Fällen relativ eindeutig herleitbar.«

»Und? Sag jetzt nicht, du traust dem Mahler so etwas nicht zu! Er war jung, erfolgreich, charismatisch – und offensichtlich ein Monster. Solche Typen begegnen uns immer wieder. Gewaltbereite Männer, die sich solchen Alphatieren anschließen, sind auch nichts Neues. Verachtung von Frauen ist an der Tagesordnung. Niederträchtiges Verhalten gegenüber Obdachlosen? Keine Überraschung.«

»Ja, ich weiß – alles durchaus vorstellbar …«

»Aber?«

»Karina Pohl hat all die Jahre nichts bemerkt?«

Möller zuckte mit den Achseln. »Auch das stellen wir immer wieder fest. Angehörige fallen aus allen Wolken, wenn klar wird, dass der freundliche und großzügige Onkel ein Kindermörder ist, von Freunden und Nachbarn ganz zu schweigen.«

Emma nickte nachdenklich. »Ich hoffe so sehr, dass sich das Mädchen erinnert«, sagte sie leise.

»Mach dir in diesem Punkt nicht allzu große Hoffnungen. Pasemann wird womöglich mit einigen Namen rausrücken, und wir können einen Teil der Fälle fast lückenlos aufklären, wenn wir weiterhin so gut mit den anderen Kommissariaten kooperieren. Das klingt schon mal ziemlich klasse, finde ich. Dazu kommt eine Menge Material für das Wirtschaftsdezernat. Wir werden über Monate mit der Aufarbeitung beschäftigt sein, und es wird einiges dabei herauskommen. All das wird Steiner freuen. Und es freut mich auch.«

»Und ich suche weiterhin nach Karina Pohl?«

»Der Auftrag ist noch offen. So hat es begonnen.« Dagmar Möller lächelte. »Die Tat wird unter diesen Umständen auch immer erklärbarer.«

»Und warum hat sie geschwiegen?«

»Angst vor dem Männerzirkel. Eine entsprechende Aussage hätte sie womöglich nicht überlebt.«

Emma blickte einen Moment nachdenklich ins Leere. Das klang durchaus nachvollziehbar, auch vor dem Hintergrund der Tatsache, dass mit Klaus Dollert ein Expolizist dazugehörte, und doch ...

»Was stört dich?«

Emma sah sie wieder an. »Was mich von Anfang an gestört hat – das Paar trennt sich, angeblich aus Eifersucht, was ziemlicher Quatsch sein dürfte. Anschließend stalkt Karina ihren Ex, und wir dürfen wohl inzwischen davon ausgehen, dass sie längst wusste, was er auf dem Kerbholz hatte. Und dann fällt sie auf der Straße über ihn her?«

»Nun …«

»Karina läuft mit einem Messer durch die Gegend und sticht auf ihn ein, sodass Mahler noch am Tatort verblutet? Ernsthaft?«

Dagmar Möller atmete tief aus. »Das kann nur sie beantworten. Finde sie! Ich muss jetzt los …«

»Alles klar.« Emma blickte der Kollegin nach. Dann machte sie sich auf den Weg nach Gadebusch. Sie fuhr langsam und war tief in Gedanken versunken. Es war später Nachmittag, die Sonne schien von einem fast makellosen Himmel. Vielleicht sollte sie sich den Rest des Wochenendes freinehmen und versuchen abzuschalten.

24

Bis zum späten Abend hatte sich Emma ganz gut gehalten – grillen im Hof, ein nächtliches Bad im Neumühler See am Rande von Schwerin und ein bestens aufgelegter Christoph, der sich große Mühe gab, sie abzulenken. Sie hatte lediglich zwischendurch einen kurzen Bericht gelesen, in dem Dagmar Möller den Fortgang der weiteren Ermittlungsschritte auflistete. Spuranalysen und DNA-Proben sollten zügig abgeglichen werden, und mit ersten Ergebnissen war bald zu rechnen. Zu Beginn der Woche sollten Leichenspürhunde eingesetzt werden. Möller ging davon aus, dass Pasemann bald deutlicher werden würde. Emma sah das anders. Er hatte sich mit gefährlichen Leuten eingelassen und zu viel zu verlieren, das war ihre Einschätzung.

Als Emma einschlief, war es nach zwei Uhr nachts, und Christoph hatte die Arme um sie geschlungen. Gegen sechs Uhr früh schreckte sie hoch – das Bild der jungen Frau mit dem leeren Blick vor Augen. Sie schlich leise aus dem Schlafzimmer und ging ins Bürogebäude, um Christoph nicht zu stören. Auf Padorns Schreibtisch lagen etliche Notizzettel. Während der Tee zog, ging sie die Anmerkungen durch, die sich auf Pasemanns Tour Richtung Poel bezogen. Sie klappte ihren Laptop auf und gab die Adressen ein. Wie es aussah, hatte Pasemann seinen Wagen abgestellt und jemanden besucht – oder einen Spaziergang am Strand unternommen, um seine Verfolger zu verwirren. Emma trank ihren Tee in kleinen Schlucken. Die Stille tat gut – in ihr bahnten sich alle Dissonanzen ihren Weg. Das Mädchen in der Klinik. Karina Pohl. Emma nahm ihr Handy und schrieb Anna Cromberg eine Nachricht: *Wo ist Ihre Nichte? Es gab Festnahmen. Eine junge Frau konnten wir retten. Ob sie eine Aussage machen kann, ist fraglich. Ich muss mit Karina sprechen! Sonst endet die Gefahr nie – weder für sie noch für andere.*

Emma legte das Handy beiseite, stand auf und öffnete das Fenster. Sommerduft, der wunderschöne Eindrücke und Erinnerungen auslöste. Trügerischer Frieden. Sorglose Kindheit. Alles ist gut. Niemand kann dir etwas anhaben. Angeln mit dem Großvater. Lagerfeuer und Sonnenbrand.

Sie wandte sich um, schrieb eine Nachricht für Christoph und fuhr Richtung Rostock. Kurz bevor sie in der Klinik ankam, rief sie Tambach an. »Ich muss mit dem Mädchen sprechen.«

»Dir auch ein herzliches Moin. Kannst du nach dem aufregenden Tag und den tollen Erfolgen nicht mal ein paar Gänge runterschalten?«, erwiderte er in mürrischem Ton.

»Habe ich bereits. Neuer Tag, neuer Ansatz. Ich lasse dich auch sofort wieder in Ruhe. Ich muss nur wissen, wo sie liegt und ...«

»Man wird dich nicht zu ihr lassen!«

»Vielleicht geht es ihr besser.«

»Vielleicht fallen Weihnachten und Ostern auch mal auf einen Tag.«

»Bitte, Tambach!«

Er sagte etwas Unverständliches und legte auf. Eine Minute später verfügte sie über die genauen Daten. Als sie in der Klinik eintraf und den Flur entlangging, kam ihr ein Arzt entgegen, der sie eingehend musterte. »Sind Sie Kommissarin Emma Klar?«

Emma nickte.

»Der Kommissariatsleiter hat Ihren Besuch angekündigt, aber ich kann Sie nicht zu der Patientin lassen. Sie braucht absolute Ruhe. Ihr Zustand ist nicht sonderlich stabil.«

»Das hatte ich befürchtet. Ich möchte mich einfach nur ein paar Minuten zu ihr setzen.«

Der Arzt zögerte. »Sie werden sie mit Fragen löchern, sobald sie auch nur ein Auge öffnet. Das kann ich nicht zulassen.«

Emma hielt seinem Blick stand. »Neun Opfer«, erklärte sie. »Drei getötete Frauen, von denen wir bisher wissen, vielleicht leben die anderen längst nicht mehr. Sie ist die Einzige, die wir retten konnten. Wir wissen nicht, was mit den anderen geschehen ist, befürchten aber das Schlimmste, und diese junge Frau kennt den oder die Täter.«

»Kommissarin, ich verstehe, dass Sie …«

»Ich werde sie nicht löchern! Falls sie ansprechbar scheint, versuche ich festzustellen, ob sie überhaupt orientiert ist.«

Der Arzt schüttelte den Kopf. »Ich kann Sie nicht alleine mit der Patientin lassen«, betonte der Arzt. »Ich darf es gar nicht.«

»Dann kommen Sie mit und geben Sie uns eine Viertelstunde.«

Der Arzt zögerte, blickte auf seine Uhr und wischte sich eine Haarsträhne aus der Stirn. Er war blass und wirkte übernächtigt. »Ich habe überhaupt keine Zeit.«

»Ich weiß. Und ich bitte Sie trotzdem.«

Er atmete tief durch. »Ich hole Kaffee und mache meine Pause dort. Wie trinken Sie ihn?«

Emma lächelte. »Mit etwas Milch, wenn möglich.«

Der Arzt verschwand in einem Nebenraum und kam kurz darauf mit zwei Tassen zurück; sie gingen gemeinsam ins

Patientenzimmer. Es war still. Die junge Frau wirkte kindlich schmal in dem Bett. Sie war auffallend blass und hatte die Augen geschlossen, eine Infusion lief durch, leises Piepsen erklang; sie atmete ruhig und gleichmäßig. Emma betrachtete sie einen Moment, dann zog sie einen Stuhl heran und setzte sich, während der Arzt zunächst die Werte kontrollierte und schließlich auch Platz nahm und seinen Kaffee trank.

»Mein Name ist Emma Klar«, ergriff sie schließlich in leisem Ton das Wort. »Ich arbeite als Kommissarin und Privatdetektivin. Ich weiß nicht, wie Sie heißen, aber ich weiß, dass Ihnen Schlimmes widerfahren ist. Man hat Sie entführt und gefangen gehalten. Ein Jahr lang. Im Sommer letzten Jahres hat man Sie gekidnappt – nach einem Fest in dem Bistro am Hafen. Sie haben sich mit einem Studenten unterhalten – Konrad Parker. Er hat Ihnen Zigaretten geschenkt und einen Zwanziger. Später hat er beobachtet, dass Sie in einen Lieferwagen gezerrt wurden. Wir verdanken ihm eine Aussage.«

Das Mädchen rührte sich nicht. Emma trank einen Schluck Kaffee. Sie sah den Arzt an. »Wie alt ist sie?«

»Schwer zu schätzen in ihrem Zustand – zwischen siebzehn und zwanzig, denke ich. Sie befand sich wahrscheinlich permanent unter Drogen. Ihr steht ein bitterer Entzug bevor ... und einiges mehr. Ich weiß nicht, wie man es schafft, nach einem solchen Trauma ins Leben zurückzukehren, von Normalität ganz zu schweigen. Aber sie ist jung und ...« Er blickte auf seinen Pieper. »Ich muss nach einem anderen Patienten sehen.« Er stand auf und warf Emma einen prüfenden Blick zu.

»Ich bleibe hier sitzen und erzähle weiter wie bisher – Sie können sich darauf verlassen ...« Sie blickte auf sein Namensschild. »Doktor Kalinski.«

»Na schön.« Er stand auf. »Ich bin gleich zurück.« Die Tür klappte ins Schloss.

Emma musterte erneut das Gesicht der jungen Frau. »Konrad war ganz begeistert von Ihnen«, fuhr sie dann fort. »Ohne seine Aussage wüssten wir nichts von Ihnen. Und ohne das Engagement etlicher Ermittler säße ich jetzt nicht hier.« Sie hielt kurz inne. »Würden Sie mir ein Zeichen geben, ob meine Worte ankommen?«

Das Mädchen rührte sich nicht.

»Es gibt viele Opfer wie Sie. Entführte Frauen, drei Mordopfer haben wir entdeckt: Elly wurde im Lenorenwald vergraben, Viv war auf den Straßen von Berlin unterwegs und viele Monate eine Gefangene, bevor man ihre Leiche am Teltowkanal fand. Franzi starb Anfang des Jahres in Wismar – sie dürfte mit denselben Männern wie Sie zu tun gehabt haben. Ich möchte die Täter fassen, und Sie können mir dabei helfen. Wie ist Ihr Name?«

Das Mädchen rührte sich nicht.

»Helfen Sie uns, damit wir den Männern das Handwerk legen können.«

Die junge Frau schlug die Augen auf, und Emma hielt kurz die Luft an. Der Blick ging ins Leere.

»Können Sie mich verstehen?«

Keine Antwort. Sie schloss die Augen wieder, öffnete sie erneut. Plötzlich verzog für Sekundenbruchteile ein ansatzloses Lächeln ihren Mund. Dann erlosch die Mimik. Es könnte Tage dauern, dachte Emma.

Als Doktor Kalinski zurückkehrte, waren zehn Minuten vergangen. Er warf ihr einen fragenden Blick zu, und sie schüttelte den Kopf.

»Sie wollen trotzdem hierbleiben?«

Emma nickte.

»Warum gehen Sie nicht nach Hause, und wir informieren Sie, sobald unsere Patientin klar und orientiert ist?«

»Ich könnte den richtigen Zeitpunkt verpassen.«

Der Arzt seufzte. »Na schön, Sie wissen, wo Sie mich finden.« Damit schloss er die Tür.

Emma blieb minutenlang in der Stille sitzen, blickte in Richtung Fenster oder schloss die Augen und ließ ihre Gedanken frei kreisen – die Aussagen von Konrad Parker und Georg Pasemann, die Beschreibung der beiden Zeugen aus der Berliner Obdachlosenszene, der Schnappschuss von der Feier im Wismarer Gästehaus, die farbigen Bändchen, Hinweise auf Lieferwagen, Wirtschaftsbetrug in großem Stil mit Unterstützung eines Expolizisten, Stefan Mahler, der angesehene junge Karrieretyp aus der Stiftung, bei dem alle Fäden zusammengelaufen waren, und seine Exfreundin, die ihn angeblich erstochen hatte.

Emma öffnete die Augen und blickte zum Bett. Das Mädchen sah sie an, und diesmal wirkte sie orientiert. Emmas Puls beschleunigte abrupt. Sie aktivierte mit einem Handgriff die Audioaufnahme ihres Smartphones. »Er hat dir ein neues Leben versprochen, nicht wahr?«, fragte sie.

Keine Zustimmung, kein Widerspruch, doch der Blick blieb klar.

»Mahler ist tot«, fuhr Emma fort. »Er kann dir nichts mehr anhaben. Wir brauchen deine Hilfe, damit all den anderen das Handwerk gelegt werden kann.«

Sie wandte das Gesicht ab und starrte den Infusionsständer an.

»Wie heißt du?«, fragte Emma.

»Nenn mich, wie du willst«, entgegnete die junge Frau in kaum hörbarem Flüsterton. »Spielt doch sowieso keine Rolle.«

»Das hast du zu Parker auch gesagt – Konrad Parker, der Student. Erinnerst du dich an ihn? An dem Abend bist du entführt worden.«

Sie drehte langsam den Kopf herum. »Er wollte was von mir.«

Emma wartete.

»Aber ich nicht.«

»Er hat dich gehen lassen.«

Sie schloss kurz die Augen und öffnete sie einen Moment später wieder. »Er hat Kippen spendiert und zwanzig Euro. Aber ich wollte nicht …«

»Hattest du was Besseres vor? Eine Verabredung?«, fragte Emma weiter.

»Ja, stimmt, ich sollte … Aber das kam mir plötzlich alles ziemlich seltsam vor. Der Typ hatte so ein kaltes, böses Lächeln in seinem alten Gesicht.«

»Wo hat er dich angesprochen? Im Bistro?«

»Ich weiß es nicht mehr. Ich weiß nur, dass ich es mir anders überlegt hatte. Ich wollte mich davonmachen, aber dann …«

»Man hat dich in einen Wagen gezerrt.«

»Ja, kann sein. Mehr weiß ich nicht.«

»Wie viele waren es?«

»Weiß ich nicht. Viele andere, die später kamen und … Alles verschwamm. Ich dachte manchmal, ich wäre längst tot oder würde träumen. Albträumen.«

Emma beugte sich vor. »Kannst du den Mann mit dem bösen Lächeln noch besser beschreiben?«

Sie schloss wieder die Augen. »Ich weiß nicht. Es ist verschwommen. Manche trugen eine Maske. Er nicht. Sein Gesicht war eine Maske.« Das klang abgrundtief erschöpft. »Und das neue Leben war eine Lüge. Alles war eine Lüge.

Auch das andere Versprechen, das viel später kam. Ich darf nichts sagen ...«

»Was hat man dir versprochen?« Emma wartete angespannt. »Worüber darfst du nicht sprechen?«

»Ein Job noch, ganz harmlos, fast ein Spiel, ein wildes Spiel, jemanden erschrecken, und alles wird gut«, flüsterte sie ein wenig atemlos. »Aber nichts war gut. Ein falsches Spiel, immer weiter ... Ich bin so müde.«

»Wie heißt du?«

Keine Antwort. Gleichmäßiger Atem. Emma wartete noch einige Minuten, obwohl sie wusste, dass sie im Moment nicht mehr erfahren würde. Sie stand auf und verließ das Zimmer. Am Ende des Ganges kam ihr der Arzt entgegen. Sie gab ihm ihre Visitenkarte. »Bitte rufen Sie mich an, sobald es ihr besser geht.«

»Das tue ich. Haben Sie etwas erfahren?«

»Vielleicht.«

Er lächelte kurz. »Ich hoffe, Sie kriegen die ...«

»... Schweine. Ich auch.« Sie ging ein paar Schritte und drehte sich noch einmal um. »Doktor?«

Er blieb mit der Hand auf der Türklinke stehen.

»Niemand darf wissen, dass sie hier liegt. Sie ist eine wichtige Zeugin.«

»Ich weiß.«

Emma verließ das Krankenhaus über einen Nebenausgang, setzte sich in den Wagen und hörte die Audioaufnahme zweimal ab. Eine dunkle Ahnung stieg in ihr auf. Sie starrte zum Fenster hinaus. Schließlich riss sie sich los, verschickte die Dateien und fuhr nach Gadebusch.

Christoph sonnte sich mit freiem Oberkörper im Hinterhof. Er hatte Kopfhörer auf den Ohren und summte leise. Sie lächelte. Er lächelte zurück. »Hast du noch zu tun?«

»Einiges. Dein schöner Sixpack muss warten.«

»Wie schade.« Er seufzte. »Aber Padorn wirkt ähnlich ruhelos wie du. Er sitzt schon wieder vor dem PC und brummelt vor sich hin, selbst am Sonntag.«

»Das trifft sich gut.« Emma gab ihm einen Kuss und ging ins Büro.

Padorn sah hoch, als sie eintrat. Er nickte ihr zu. »Ich habe mir gerade das Gespräch angehört …« Er hob das Kinn. »Ich möchte gar nicht im Einzelnen wissen, was man ihr angetan hat.«

»Glaube ich dir aufs Wort«, erwiderte Emma. Für Sekunden durchlebte sie einen Flashback – der dunkle Keller und drei Männer, die ihr Unaussprechliches antaten, wobei einer sie nur anblickte, sich an ihrer Hilflosigkeit, ihrem Schmerz ergötzte. Sie hatte vieles nicht gespürt, weil eine Stimme in ihr mit sanftem Nachdruck einen Ausweg angeboten hatte. Die Flucht in einen Traum, der die Qualen verschleierte; der brachiale Schmerz war später in ihr hochgelodert. Sie wischte die Bilder von ihrer Entführung beiseite.

Padorn musterte sie aufmerksam. »Alles in Ordnung?«

Sie nickte rasch. »Ein kaltes, böses Lächeln in einem alten Gesicht«, wiederholte sie die Worte des Mädchens. »Masken, ein Versprechen, Lügen, ein Job, ein Spiel, jemanden erschrecken, die Aufforderung zu schweigen. Wonach klingt das?«

»Nach unaussprechlicher Gewalt und Trauma, nach Drogenfantasien und Geschehnissen, die wir uns nicht ausmalen möchten.«

»Und mir brennt die Frage auf den Nägeln, wo sich in all dem Stefan Mahler wiederfindet.«

»Das ist eine kluge Frage. Um ihr auf den Grund zu gehen, habe ich mich noch mal eingehender mit Pasemanns

Ausflug beschäftigt, von dem er zu gerne ablenken wollte.« Padorn drehte den Monitor herum, und Emma trat zu ihm. Die Navigationsapp füllte den Bildschirm aus: Insel Poel, Villengegend im Nordwesten, in der Nähe der Gedenkstätte Cap Arcona, derart vergrößert, dass man den Eindruck gewann, einzelne Fahrzeuge erkennen zu können. Zwei Punkte waren eingezeichnet. »Pasemann hat seinen Wagen hier abgestellt«, erklärte Padorn und wies auf die erste Markierung. »Christoph hat in der Gegend ein paar Fotos gemacht. In welchem Haus genau unser Luxuswagen-Geschäftsmann verschwunden ist, lässt sich allerdings nicht mehr nachvollziehen – nicht anhand dieses Materials, denn als Christoph eintraf ...«

»Hat er ja nur das Auto vorgefunden«, warf Emma ein. »Pasemann könnte auch einfach irgendwo herumgelaufen sein, um uns in die Irre zu führen. Ein ausgedehnter Strandspaziergang wäre denkbar.«

»So ist es. Aber es gibt noch eine andere Möglichkeit.«

Emma hielt Padorns Blick fest. »Du willst es gerade spannend machen, oder?«

»Ein bisschen. Er ist wohl davon ausgegangen, dass er einen guten Moment erwischt hat und unbeobachtet jemanden besuchen konnte, den er nur persönlich kontaktieren wollte oder durfte. Er hat dich als Verfolgerin abgeschüttelt, davon war er zumindest überzeugt. Von den anderen Maßnahmen hat er nichts mitbekommen.«

»Wer wohnt in der Gegend?«

»Eine weitere kluge Frage.«

»Padorn!«

»Eine ganze Menge reicher Leute. Es hat eine Weile gedauert, bis ich die Immobilienbesitzer in der Gegend recherchiert hatte«, führte Padorn ungerührt lächelnd aus und klickte den zweiten Punkt am Ende der Straße an. »Ein hübsches Ferienhaus, das einer Erbengemeinschaft gehört. Einer von ihnen heißt Mahler.«

Emma starrte auf den Monitor und hielt dann Padorns Blick fest.

»Heiko Mahler«, fügte er in leisem Ton hinzu. »Der Mann mit dem bundesweiten Cateringservice.«

Mehrere Augenblicke tropften dahin. »Ein Geschäftsmann mit großem Einfluss, weitreichenden Verbindungen und viel Geld«, flüsterte Emma schließlich. Sie hörte selbst, wie fassungslos ihre Stimme klang. Ein böses, kaltes Lachen in einem alten Gesicht.

»Und die Firmen benutzen diese hellen Lieferwagen«, fügte Padorn hinzu und rief eine andere Website auf. »Ich weiß, das sind Allerweltsmodelle, die zu Tausenden durch die Gegend fahren, wie wir zigmal festgestellt haben, aber ich halte jede Wette, dass das kein Zufall ist.«

Emmas Blick huschte von einem Bild zum anderen. »Zeig doch noch mal das Foto von der Feier im Wismarer Gästehaus.«

»Dachte ich mir, dass du das sehen willst.« Padorn klickte weiter.

Emma beugte sich vor. Dollert, Pasemann, Franzi. Andere blieben unscharf oder im Schatten. Sie beugte sich vor. Den Mann, der an einem Tisch im Hintergrund stand, hatten sie bislang als Stefan Mahler identifiziert. Aber er war es nicht.

»Mahler ist nur von der Seite und im Hintergrund zu sehen, kann aber mit etwas Mühe ebenfalls identifiziert werden, hatte ich dir in einer Nachricht geschrieben«, erklärte Padorn.

»Ich erinnere mich.«

»Wir haben das nie wieder angezweifelt – und das war ein Fehler –, sondern uns auf die erste Wahrnehmung verlassen und ansonsten Franzi genauer zu identifizieren versucht.«

»Die Zuordnung passte zum Ermittlungsstand, und die Verdächtigen haben das als Steilvorlage genutzt, um Heiko Mahler rauszuhalten«, fügte Emma hinzu. »Der dürfte wohl einiges gegen sie in der Hand haben.«

»Davon ist auszugehen.« Padorn klickte ein weiteres Foto an. »Das hatte ich bei Insta entdeckt: Vater und Sohn strahlen in die Kamera. Zwei attraktive und erfolgreiche Männer. Die beiden sehen sich verdammt ähnlich, der Sohn am Beginn einer vielversprechenden Karriere, der Vater mit Ende fünfzig immer noch mitten im Geschäftsleben. Und nun wirf noch mal einen Blick auf das Geschehen im Wismarer Gästehaus.«

Emma folgte Padorns Aufforderung.

»Heiko Mahler war bei einigen Veranstaltungen hier oben an der Küste dabei und hat mit seinem Service das Essen für die Feiern spendiert. Großzügig, nicht wahr? Das Sakko, das er auf dem Foto im Gästehaus trägt, hat er auch bei anderer Gelegenheit getragen – das lässt sich gut nachweisen.« Padorn sah Emma an. »Es würde einiges erklären, oder?«

Sie nickte langsam und griff nach ihrem Handy. »Ich muss telefonieren, und du suchst bitte alles heraus, was du zu Heiko Mahler findest. Wir brauchen mehr als dieses Foto und die Übereinstimmung mit einem Sakko.«

»Bin schon dabei. Noch was?«

»Ein paar gute Profilfotos von Heiko Mahler.«

»Schon unterwegs.«

Emma ging hinüber in ihr kleines Büro und schlug Ulrike Steiner und Dagmar Möller eine Telefonkonferenz vor.

Beide stimmten sofort zu. Als sie ihre Schlussfolgerungen ausgeführt hatte, herrschte sekundenlang tiefes Schweigen.

»Und nun?«, fragte Möller schließlich.

»Wir sollten Heiko Mahler observieren, solange die Beweislage noch unsicher ist«, schlug Emma vor. »Dass er zurzeit auf Poel ist, dürfte kein Zufall sein.«

»Und falls er schon abgereist oder gar nicht mehr dort ist?«, entgegnete Möller. »Pasemann könnte sich auch mit jemand anderem getroffen haben.«

»Halte ich für unwahrscheinlich, ist aber nicht auszuschließen. Das sollten wir unbedingt prüfen.«

»Ich beauftrage Alexander Stark – in Absprache mit dem Wismarer Kommissariatsleiter Friedmann. Und wie willst du die Beweislage sicherer machen?«

»Daran arbeite ich gerade.«

Ulrike Steiner seufzte.

»Ich hoffe, dass das Mädchen bald eine eindeutige Aussage macht und ...«

»Was ist mit Pasemann?«, warf Möller ungeduldig ein. »Wir werden ihn in Kürze gehen lassen müssen.«

»Du solltest auf keinen Fall etwas zu unserem Verdacht gegen Heiko Mahler sagen – vorerst nicht«, meinte Emma. »Der Anwalt würde ihn sofort warnen.«

»Aber ...«

»Wir brauchen mehr Zeit«, unterbrach Emma sie. »Ich habe eine Idee. Aber sie ist noch etwas unausgegoren. Vertraut mir.«

»Klingt nach riskantem Einsatz«, murmelte Ulrike Steiner. »Wie sieht es mit Rückendeckung aus?«

»Dafür sorge ich.«

Möller und Steiner legten beinahe gleichzeitig auf. Emma überlegte nur einen Moment. Dann schrieb sie Anna Cromberg eine Nachricht. *Ich denke, ich weiß jetzt, was passiert ist, aber ich kann es nicht beweisen und kenne keine Details. Wir brauchen die Aussage von Karina. Ich kann verstehen, wenn sie sich nicht stellen will, aber ich muss mit ihr reden – unter vier Augen. Und niemand erfährt von unserem Treffen. Das ist ein Versprechen.*

Emma wartete eine halbe Stunde und wollte gerade eine zweite Nachricht hinterherschicken, als Crombergs Antwort eintraf. *Das reicht nicht.*

Emma zögerte nur einen Moment. Dann antwortete sie mit einem Wort. *Heiko.*

Fünf Minuten später meldete sich Anna Cromberg mit dem Hinweis auf eine Kita an der Redentiner Landstraße nördlich von Wismar. *Ich liefere am Montagvormittag Gemüse und Kräuter. LG*

Emma atmete tief durch. Das könnte endlich der ersehnte Durchbruch sein. Sie ging zu Christoph in den Hinterhof. »Ich brauche dich am Montag.«

»Und was ist an den anderen Tagen?«

»Darüber denke ich noch nach.« Sie gab ihm einen Kuss.

Dagmar Möller rief am frühen Morgen an, als Emma gerade aus der Dusche trat. »Es tut sich was auf Poel«, erklärte die Kommissariatsleiterin in angespanntem Ton. »Stark meint, dass Mahler Reisevorbereitungen trifft. Friedmann ist informiert, aber wir haben zu wenig, um ihn festzuhalten.«

»Eine dringende Zeugenvernehmung?«

»Dagegen hat er sich bislang verwahrt, und er wird den Braten riechen.«

»Ich weiß, aber ... Möglicherweise ist er neugierig, in welche Richtung wir ermitteln. Macht es spannend. Er darf uns nicht entwischen, nicht ausgerechnet jetzt!«

»Wieso ausgerechnet jetzt?«

»Ich treffe heute Vormittag jemanden, der als Zeuge infrage käme.«

»Geht das deutlicher?«

»Nein.«

Möller knirschte leise mit den Zähnen. »Ich spreche mit Steiner. Wie sicher bist du, dass …«

»Neunundneunzig Prozent. Nun passt alles.«

»Und warum nicht hundert Prozent?«

»Vielleicht hat er einen Zwillingsbruder, von dem wir nichts wissen.«

»Blöde Witze am frühen Montagmorgen! Da stehe ich gar nicht drauf.«

»Entschuldige.«

»Bis später.«

25

Heiko Mahler war zunächst überrascht, dann abwehrend arrogant aufgetreten, als Torsten Friedmann vor der Tür gestanden hatte, um ihn zu einem Abstecher nach Lübeck zu überreden, wie der Kommissariatsleiter Dagmar Möller berichtet hatte. Ein Einlenken war erst erkennbar gewesen, als Friedmann auf die baldige Klärung von schwerwiegenden Strafdelikten zu sprechen gekommen war – Vergehen, in die möglicherweise sein Sohn verwickelt gewesen sei. »Das hat ihn interessiert«, hatte Friedmann weiter berichtet. »Und weniger schockiert, als man annehmen könnte.«

Nun saß Heiko Mahler im Vernehmungsraum und trank Kaffee. Ein braun gebrannter Endfünfziger in teurem Anzug, dem die Selbstüberzeugung aus sämtlichen Knopflöchern quoll. Ein Typ Mann, auf den Möller grundsätzlich gereizt reagierte. Sie warf der Staatsanwältin einen Seitenblick zu.

»Wir machen das zusammen«, erklärte Ulrike Steiner und schaute kurz auf die Uhr. »Wenn ich das richtig verstanden habe, müssen wir noch etwas Zeit gewinnen.«

»Gemütlicher Einstieg?«

»Das wollte ich damit zum Ausdruck bringen. Ich stelle mich nach vorne. Wenn er auf scharfe Fragen reagiert, indem er empört aufspringt und das Weite sucht, bevor wir entscheidende Details auf den Tisch legen können, ist nichts gewonnen. Wir werden ihn zunächst in Sicherheit wiegen.«

»Gut.« Dagmar Möller räusperte sich. Der Hinweis war unmissverständlich.

Heiko Mahler blickte hoch, als sie den Raum betraten, und musterte die beiden Beamtinnen einen Moment.

»Es tut mir leid, dass sich Ihre Abreise verzögert«, erklärte Ulrike Steiner in bemerkenswert herzlichem Tonfall, nachdem sie sich und Hauptkommissarin Möller kurz vorgestellt hatte. »Wir hoffen, dass wir hier schnell durchkommen, damit Sie bald nach Hause fahren können. Haben Sie Ihre Frau informiert?«

Mahler winkte mit herrischer Handbewegung ab, sodass das Armband seiner Uhr leise klackerte. »Das lassen Sie ruhig meine Sorge sein«, erklärte er. »Ich bin sehr viel geschäftlich unterwegs, Verzögerungen muss ich nicht jedes Mal im Einzelfall mit meiner Frau diskutieren. Ansonsten ... Woher wissen Sie eigentlich, dass ich an der Küste bin?«

Die Staatsanwältin blickte in ihre Akte. »Woher wissen wir das?« Sie zuckte mit den Achseln. »Ich denke, ein Mitarbeiter hat an Ihrem Hauptsitz angerufen, oder?« Sie sah Möller an.

Die Kommissarin war beeindruckt, wie beiläufig Steiner das Thema abhandelte. »Ja, so wird es gewesen sein«, erklärte Möller. »Soll ich dem nachgehen, oder ...«

»Schon gut!«, warf Heiko Mahler ein. »Wie darf ich die seltsamen Andeutungen dcs Wismarer Beamten verstehen? Lassen Sie uns zum Punkt kommen. Sonst sitze ich heute Mittag noch hier.«

Das hoffe ich doch sehr, dachte Dagmar Möller und ergriff das Wort. »Wie Sie wissen, suchen wir immer noch nach Karina Pohl und ...«

»Das allerdings ist mir bekannt. Wie kann es eigentlich sein, dass meine ehemalige Schwiegertochter einfach so fliehen und untertauchen kann, ohne dass die Behörden auch nur einen blassen Schimmer haben, wo sie suchen müssen?« Seine Stimme triefte vor selbstgerechter Empörung. »Die Frau ist gefährlich!«, schob er nach.

»Wir sind näher dran, als es die Medien berichten«, meinte Steiner.

»Aha. Geht das etwas genauer?«

»Nein.« Steiner lächelte vielsagend. »Eigentlich nicht. Da Sie jedoch ein direkt Betroffener sind, liegt es in meinem Ermessensspielraum, Ihnen gegenüber etwas deutlicher zu werden.« Sie zögerte einen Moment. »Wahrscheinlich ist es Karina Pohl gelungen, ins Ausland zu entkommen. Entsprechende Erkenntnisse der Wasserschutzpolizei werden zurzeit ausgewertet. Viel Hoffnung können wir uns nicht machen, dass dieser Fall zeitnah ein Ende findet.«

»Wie überaus schade. Und was genau …«

»Im Zusammenhang mit der Fahndung nach ihr sind wir bei Recherchen auf beunruhigende Erkenntnisse in anderen Fällen gestoßen«, ergriff Möller das Wort. »Der Name Georg Pasemann sagt Ihnen etwas, oder?«

Mahler runzelte die Stirn.

»Der Inhaber einer Autohauskette mit hochpreisigen Fahrzeugen, der …«

»Ach ja – doch, der Name sagt mir etwas. Aber was genau bedeuten ausgeweitete Recherchen? Warum suchen Sie nicht einfach nach der Flüchtigen?«

Dagmar Möller spürte, wie ihr Puls hochschnellte. Muss ich mir von diesem schmierigen Tiefbräunergesicht meinen Job erklären lassen? Staatsanwältin Steiner lächelte – wenn auch etwas verkniffen. »Wir sind davon überzeugt gewesen, dass es richtig war, das Umfeld einzubeziehen«, erklärte sie und hob eine Hand, bevor Mahler sie unterbrechen konnte. »Und dazu gehörte auch das Strafverfahren gegen Karina

Pohl. Es sind seinerzeit einige Fragen offengeblieben. Wir hofften, über deren Hintergrund auch mehr zum Fluchtweg zu erfahren.«

»Hat ja gut geklappt.« Heiko Mahler lächelte anzüglich.

Steiner verzog keine Miene. »Frau Pohl ist uns bislang entwischt, dafür sind wir auf Straftaten gestoßen, die mittlerweile mehrere Kommissariate beschäftigen.«

Mahlers Lächeln verblasste.

»Wir müssen Ihnen jetzt einige sehr persönliche Fragen stellen«, fuhr die Staatsanwältin fort.

»Nur zu. Ich entscheide dann, ob ich Ihnen antworten möchte.«

Was für ein Kotzbrocken!, dachte Möller. Es war gut, dass Steiner diese Befragung leitete.

»Ihr Sohn hat sich im Rahmen seiner Arbeit für sozial Schwache engagiert, insbesondere in der Obdachlosenszene. Bereits während seiner Zeit in der Marketingfirma hat er Projekte vorangetrieben und schließlich als leitender Mitarbeiter der Stiftung umgesetzt. Einzelheiten dazu muss ich kaum ausführlicher belegen.«

»Nein, müssen Sie nicht. Ich habe mich ja auch engagiert.«

Die Staatsanwältin nickte. »Ist Ihnen je aufgefallen, dass Ihr Sohn – und nicht nur er – ein besonderes Faible für obdachlose Mädchen und Frauen hatte?«

Heiko Mahler lehnte sich zurück. »Was meinen Sie damit?«

»Wir können gut verstehen, dass die Situation ausgesprochen schwer für Sie ist, nachdem Sie Ihren Sohn gerade erst verloren haben, aber ich muss Sie das trotzdem fragen: Können Sie sich vorstellen, dass Ihr Sohn mit mehreren Vermisstenfällen und Tötungsdelikten zu tun hatte?«

Heiko Mahler starrte sie an. Seine Fassungslosigkeit wirkte auf den ersten Blick durchaus überzeugend.

Die Staatsanwältin nickte Möller zu. Die Kommissarin öffnete das Foto auf ihrem Tablet, das Stefan Mahler und Karina Pohl in Berlin zeigte. »Hier war Stefan häufiger Gast«, erklärte sie. »Eine Eigentumswohnung, die Klaus Dollert gehört. Ein ehemaliger Beamter, der sie häufig Berlinbesuchern zur Verfügung stellte, unter anderem auch Ihrem Sohn Stefan. Sowohl Dollert als auch der schon erwähnte Pasemann haben inzwischen ausgesagt, dass Stefan junge Frauen und Mädchen aus dem Milieu mit Versprechen anlockte, zu Feiern einlud und sie später gefangen hielt. Wir untersuchen inzwischen neun Vermisstenfälle aus den letzten fünf Jahren, davon drei Morddelikte – in Berlin Ende 2018, ein zweiter in Wismar Anfang dieses Jahres sowie der Fall der verschwundenen Elly Barth, einer ehemaligen Freundin von Karina. Sie hatte Ihren Sohn sehr wahrscheinlich beobachtet und musste als mögliche Zeugin ausgeschaltet werden.« Dagmar Möller hielt inne.

Heiko Mahlers Gesicht blieb unbewegt.

»Gestern wurde in Rostock eine junge Frau aus einem stillgelegten Betrieb befreit«, fuhr Ulrike Steiner fort. »Sie scheint eines von den entführten Mädchen zu sein. Ob sie je fähig sein wird, eine Aussage zu machen, ist jedoch eher zweifelhaft. Sie verschwand im letzten Sommer und stand seitdem unter Drogen. Falls Sie eines Tages redet, wird sich wohl kaum jemand ein Urteil anmaßen können, ob eine Aussage vor Gericht Bestand haben wird. Ihr Zustand ist sehr schlecht.«

Mahler blickte kurz auf seine Hände. »Mein Sohn soll …« Er verzog den Mund. »Das ist …« Er brach ab und schüttelte den Kopf.

»Wir wissen, was wir Ihnen zumuten«, erklärte Steiner. »Aber wir müssen dem Verdacht nachgehen. Gab es je Hinweise darauf, dass Stefan Frauen gegenüber gewalttätig wurde, schwächeren Frauen? Können Sie sich vorstellen, dass er Notlagen ausnutzte?«

»Nun ...« Mahler ließ sich Zeit. »Ich hatte manchmal das Gefühl, dass die Beziehung zwischen Karina und ihm nach außen hin deutlich glücklicher wirkte, als sie tatsächlich war«, sagte er schließlich in ernstem Ton. »Stefan war ein überzeugender, ein starker und dominanter Typ. Ein Nein, zu welchem Thema auch immer, ließ er kaum gelten. Ich kann nicht ausschließen, dass er ... Sagten Sie neun Frauen?«

»Und drei Todesopfer.«

»Das allerdings ist schwer zu glauben.« Mahler schüttelte den Kopf.

Dagmar Möller hatte Mühe, ihre Gesichtszüge zu beherrschen. Der Mann fiel tatsächlich dem eigenen Sohn in den Rücken und war bereit, die dargebotene Chance ohne jegliche Skrupel zu nutzen. Die Schwiegertochter blieb verschwunden und konnte ihm nicht gefährlich werden, das Rostocker Mädchen würde niemand ernst nehmen, andere Zeugen hatten selbst viel zu viel Dreck am Stecken und mussten in der Deckung bleiben – das bot eine perfekte Ausgangslage. Stefan würde als Frauenmörder in die Geschichte eingehen, während der Vater seinen Weg unbeirrt, wenn auch vorsichtiger fortsetzen würde. Falls Emma und Padorn mit ihren Erkenntnissen richtiglagen. Dagmar Möller wusste, dass sie nicht den geringsten Zweifel hegten.

»Sprechen Sie bitte nicht mit meiner Frau über diesen Verdacht«, fügte Heiko Mahler einen Moment später hinzu. »Das würde ihr das Herz ein zweites Mal brechen.«

Ulrike Steiner nickte verständnisvoll. »Wir halten den Kreis so klein wie möglich. Dürfen wir Sie um einen Gefallen bitten? Die Dezernate arbeiten auf Hochtouren, um die Fälle abzuschließen. Wir warten derzeit auf einige Rückmeldungen. Falls sich Rückfragen ergäben, würden wir die gerne sofort mit Ihnen persönlich besprechen – dann könnten wir zeitnah Nägel mit Köpfen machen.«

»Was für Rückfragen?«

»Nun, Sie waren bei einigen Feiern der Stiftung dabei, und es gilt, die Verdachtsmomente mit stichhaltigen Fakten zu untermauern. Es wäre schön, wenn Sie noch etwas Zeit erübrigen könnten, sodass wir dann gleich über ein vollständiges Protokoll in unseren Akten verfügen.«

Heiko Mahler zögerte kurz. Schließlich nickte er. »Na schön, jetzt kommt es auf eine Stunde mehr oder weniger auch nicht mehr an.«

»Vielen Dank, dass Sie das so pragmatisch sehen.« Steiner lächelte erneut, und es fiel ihr zusehends schwerer, davon war Möller überzeugt. »Wir stellen Ihnen gerne ein Büro zur Verfügung und sorgen für einen Imbiss.«

Einen Augenblick später standen sich Möller und Steiner wortlos auf dem Flur gegenüber. Dann wandte die Staatsanwältin sich um und eilte zum Richter, während Möller ihr Team aufsuchte. Sie blickte auf ihr Smartphone – noch keine Nachricht von Emma.

Christoph war Emma in großem Abstand gefolgt und hatte ihren Ausflug nach Redentin abgesichert. Verfolger waren nicht zu sehen, weder auf der Strecke noch im Umkreis der Kita. Handy und Auto hatte Padorn natürlich gründlich gecheckt – keine Spyware. Als Emma an der Kita eintraf, stand der Wagen von Anna Cromberg bereits auf dem Hof, und sie lud Gemüse aus. Emma parkte daneben und nickte ihr zu, Cromberg fixierte sie. »Der Hintereingang führt zu einem kleinen Bewegungsraum«, sagte sie leise. »Falls das eine Falle ist ...«

»Ist es nicht. Beruhigen Sie sich. Oder sehen Sie hier irgendwo Polizei?«

»Das muss nichts heißen.« Anna Crombergs Stimme klang plötzlich scharf. Emma konnte sich gut vorstellen, dass die Frau sehr unangenehm werden konnte.

»Nur meine Partner außerhalb der Behörde wissen, wo ich bin – und sie beschützen die Aktion. Wir brauchen hieb- und stichfeste Beweise.«

Anna Cromberg atmete tief durch, dann lud sie weiter ab. Emma sah sich ein letztes Mal um, zog die Hintertür auf und ging durch einen schmalen Flur ans Ende des Ganges. Sie klopfte zweimal und trat ein. Der Raum war mit Matten ausgelegt, Bälle und Turngeräte waren verteilt. Karina Pohl saß im Schneidersitz auf einem Kasten und sah ihr entgegen. Sie hatte sich stark verändert – Emma hätte sie nach dem Profilbild höchstens auf den zweiten Blick wiedererkannt. Das dunkle Haar war kurz geschnitten und mit roten Strähnen durchzogen, sie war klein, fast schmächtig und blass, doch ihr Blick war intensiv, scharf, warnend. Emma zweifelte keinen Moment daran, dass Karina sich mit allen Kräften zur Wehr setzen würde, sobald sie einen Hinterhalt oder eine Festnahme befürchtete.

»Trägst du eine Knarre?«, fragte Karina Pohl schließlich.

Emma schüttelte den Kopf, setzte sich auf einen zweiten Kasten und streckte die Hände aus. »Ich bin auch nicht verkabelt. Mein Partner umrundet die Kita, um sicherzustellen, dass mir niemand gefolgt ist.«

Pohl deutete ein Nicken an.

»Ich würde das Gespräch gerne aufzeichnen, damit wir ganz schnell etwas in der Hand haben.«

»Keine gute Idee.«

»Aber der einfachste Weg, eine Entscheidung herbeizuführen«, erwiderte Emma. »Es wird sehr langwierig und umständlich, wenn ich unser Gespräch zunächst aus der Erinnerung wiedergeben muss. Außerdem werde ich dann gefragt, warum ich dich nicht festgenommen habe.«

»Nun ...«

»Dein ehemaliger Schwiegervater beantwortet zurzeit in Lübeck Fragen einer Kollegin und der Staatsanwältin. Er wird im Moment als Zeuge vernommen, und sie schinden so viel Zeit wie möglich heraus, aber es eilt. Wie ich eben noch erfahren habe, sorgt er ohne großartiges Zögern dafür, dass sich der Verdacht gegen Stefan, seinen eigenen Sohn, zunehmend verstärkt. Er hält es für möglich, dass Stefan Frauen aus der Obdachlosenszene entführt und getötet hat. Es geht um neun Opfer, vermisste und getötete Frauen. Eine von ihnen haben Beamte am Wochenende befreien können. Sie wurde in einem Rostocker Betrieb versteckt.«

Karina Pohl sah sie unverwandt an.

»Wir können Heiko Mahler nur festhalten, wenn zügig eine Aussage vorliegt, die ihn schwer belastet. Also?« Emma legte ihr Smartphone bereit und aktivierte die Aufnahme.

Karina Pohl hob das Kinn. »Du hast behauptet, du wüsstest, was passiert ist. Also machen wir es doch umgekehrt – erzähl mir ganz konkret von deinen Schlussfolgerungen, und ...«

»Heiko Mahler.«

Pohl winkte ab. »So weit waren wir schon.«

»Erzähl mir mehr zu ihm. Mein Verdacht reicht nicht aus.«

Pohl atmete heftig ein und aus. »Ich traue diesem Typen wirklich alles zu.« Sie blickte kurz zur Seite. »Stefan hatte noch nie ein gutes oder gar intensives Verhältnis zu ihm, und ich natürlich erst recht nicht«, erklärte sie dann. »Da lag einiges im Argen, und wir lebten ja glücklicherweise weit auseinander. Heiko ist ein ... Frauenverachter, schon immer gewesen. Und für sozial Schwache hat er nur Ablehnung und Hohn übrig. Als die Arbeit für die Projekte losging – damals, als Stefan noch in der Marketingfirma war –, zeigte er jedoch plötzlich ein so überzeugend großes Interesse, dass Stefan ziemlich beeindruckt war ... Eine Zeit lang schien es so, als ob die beiden darüber wieder zueinanderfinden könnten und als hätte Heiko doch so etwas wie ein Herz und Mitgefühl. Ich frage mich bis heute, wie er überhaupt vom Schwerpunkt dieser Arbeit erfahren hat.«

Über Pasemanns Frau, dachte Emma. »Was ist dann passiert?«

»Das ist schwer nachzuvollziehen. Stefan hatte ein ungutes Gefühl. Ich sehe schon Gespenster, meinte er damals. Überall scheint plötzlich mein Vater aufzutauchen, nachdem wir Jahre so gut wie nichts miteinander zu tun hatten. Ich konnte mir keinen Reim darauf machen, und danach hat er auch nicht mehr darüber gesprochen. Schließlich folgte der Wechsel in die Stiftung, und es war einiges los bei uns. Stefan hat erst viel später begriffen, was wirklich los war – das ist mir dann auch klar geworden.« Sie blickte hoch und fixierte Emma. »Immerhin war es sein Vater – ein unangenehmer Typ mit derben Sprüchen, vielleicht ein Mistkerl, aber ...« Sie schüttelte den Kopf. »Immer noch sein Vater, verstehst du?«

Emma nickte.

»Und dann verschwand Elly, und ich war ziemlich beunruhigt.«

»Die Mails von ihr hatten dich alarmiert? Darum hast du sie versteckt auf deinem Rechner gespeichert.«

»Ja.«

»Was hat sie dir erzählt?«, fragte Emma weiter.

»Nicht viel. Wir wollten uns nach ihrem Urlaub zu einem ausführlichen Gespräch treffen, aber dazu ist es nicht mehr gekommen.«

»Hast du Stefan darauf angesprochen?«

»Er blockte das Thema ab ...« Karina Pohl streckte die Beine aus. »Er wollte sich nicht damit beschäftigen.«

»Elly hatte ihn im Blick behalten und etwas mitbekommen – deshalb musste sie sterben. Davon sind wir überzeugt«, erklärte Emma. »Die Liste mit den Orten im Umkreis der Stiftungsprojekte belegt, dass sie ihm folgte.«

Karina Pohl schüttelte den Kopf. »Die Liste habe ich bei Stefan entdeckt.«

Emma stutzte.

»Mag sein, dass Elly etwas aufgeschnappt und sich verdächtig gemacht hatte. Sie war ihm einige Male gefolgt. Aber es war Stefan, der Hinweisen auf seinen Vater nachging. Davon hatte Elly womöglich etwas mitbekommen, das halte ich inzwischen für denkbar. Ich habe diese Liste viel später zufällig zu Hause entdeckt, und Stefan dachte, ich schnüffle ihm nach.« Sie zögerte. »Ich hatte das Gefühl, dass richtig was im Argen lag zwischen uns, ohne dass ich es näher beschreiben konnte – oder wollte. Und es wurde immer schlimmer.« Sie blickte Emma an. »Man kann viel verdrängen, aber wenn das Unausgesprochene immer mehr Raum einnimmt, verliert man die Kontrolle und kann irgendwann nicht mehr unterscheiden zwischen berechtigten Befürchtungen und wilden Spekulationen und dem, was tatsächlich geschieht.«

»Du hast ihn verdächtigt?«

»Irgendwie schon. Es war ein graues unheimliches Gefühl, das mich zunehmend belastete. Ich habe befürchtet, dass er etwas mit sich herumträgt, das er auf keinen Fall mit mir teilen will. Die Luft wurde immer dicker, und ich wurde immer hellhöriger. Wir haben uns schließlich getrennt ...«

»Es hieß aus Eifersucht«, warf Emma ein.

»Das klang wohl für uns beide überzeugend. Stefan meinte, er muss etwas klären, und es sei besser, wenn er das alleine in Angriff nähme. Das konnte alles Mögliche bedeuten. Erst später wurde mir klar, was er damit meinte.«

»Du hast ihn verfolgt.«

Karina Pohl nickte nachdenklich. »Ich bin ihm etliche Male gefolgt, aber nicht aus Eifersucht. Sein Verhalten hat mir keine Ruhe gelassen, Ellys Verschwinden und Tod ebenso wenig, und ich ahnte längst, dass es einen ganz anderen Hintergrund gab.«

Er wollte sie mit dem Beziehungsbruch schützen, dachte Emma. »Und der Mord an Stefan?«

»Ich habe ihn nicht getötet. Aber ich war da, als er angegriffen wurde. Und er starb in meinen Armen.«

Emma atmete tief aus. »Das muss ich alles sehr viel genauer wissen.«

»Das dachte ich mir schon.«

»Leg los. Wir haben nicht viel Zeit.«

»Und wenn wir hier durch sind ...«

»Fahre ich nach Lübeck und übergebe das Material.«

»Und was ist mit mir?«

»Du hilfst deiner Tante.«

Ulrike Steiner hatte das unangenehme Gefühl, dass ihre Kiefer ganz starr geworden waren und mit jedem Augenblick mehr an Bewegungsfreiheit einbüßten – sie konnte sich nicht daran erinnern, je anhaltender falsch gelächelt zu haben. Doch Heiko Mahler war zusehends ungeduldiger geworden und hatte schließlich darauf bestanden, die Befragung nunmehr zu Ende zu führen und mit einem abschließenden Protokoll unter Dach und Fach zu bringen.

»Bei allem Verständnis für zähe interne Abläufe, aber ich habe noch etliche Termine abzuklappern und eine lange Fahrt vor mir – schließlich bin ich keine Behörde«, hatte er hinzugefügt. Der scharfe ungehaltene Ton verriet wenig Betroffenheit. Immerhin hatte er seinen Sohn an diesem Tag als Serienmörder geoutet.

Inzwischen wartete er wieder im Vernehmungsraum, und Dagmar Möller nahm bereits Platz. Die Staatsanwältin saß nebenan, blickte auf die Uhr – später Mittag, fast früher Nachmittag – und dann auf ihr Handy. Immer noch keine Nachricht von Emma. Steiner wollte gerade in den Vernehmungsraum gehen, als eine SMS von ihr eintraf. *Ich bin gleich da. Haltet ihn fest!!*

Zwei Ausrufezeichen waren ungewöhnlich für Emma. Steiner ging hinüber und ließ Mahlers taxierenden Blick an sich abperlen, während sie sich setzte. Sie sah ihn an. Ich bin nicht dein Typ, dachte sie – macht nichts, du bist auch nicht meiner. Mein letzter Liebhaber wurde ermordet. Er hieß Rico, war ein Callboy und bildschön. Er war zärtlich und hat mir die meisten Wünsche von den Lippen abgelesen. Ich vermisse ihn immer noch. Aber Typen wie du lassen mich an Männern grundsätzlich zweifeln. Und das ist falsch.

Heiko Mahler kniff die Augen zusammen. »Was ist nun? Liegen Ihre Ergebnisse endlich vor?«

»Sie sind auf dem Weg. Lassen Sie uns noch einmal über Ihren Sohn sprechen.«

»Was soll ich Ihnen denn noch sagen? Er hatte wohl ein Problem mit Frauen und hat es auf seine Art gelöst.«

»Und Sie haben nie etwas bemerkt? Wie war er als Jugendlicher? Neigte er schon immer zu Gewalt, vor allen Dingen gegen sozial Schwächere?«

»Ernsthaft? Spielen Sie jetzt hier die Psychologin? Oder Sozialarbeiterin? Was soll das? Ich denke, Sie wollen Ihre Akte schließen.«

»Nach unseren Erfahrungen wird ein Mann nicht von null auf hundert zum Frauenhasser und Mörder«, schaltete sich Dagmar Möller ein. »Womöglich war er schon während der Schulzeit in entsprechenden Kreisen unterwegs.«

»Ich kann mich nicht an Einzelheiten erinnern«, entgegnete Mahler unwirsch. »Als Stefan zur Schule ging, war ich mitten im Aufbau meiner Firma. Und er war kein Junge, der sich prügelte oder Ärger hatte. Ich war da schon anders drauf.«

Das glaube ich dir aufs Wort, dachte Steiner.

»Insbesondere während der Zeit in der Stiftung muss es ihm ausgesprochen gut gelungen sein, sein zweites Gesicht zu verheimlichen«, fuhr Dagmar Möller fort. »Er wird durchgehend als sympathisch, überzeugend und begeisterungsfähig beschrieben. Ein freundlicher und sozialer Typ, der mit allen klarkam. Von Gewalt oder Frauenfeindlichkeit hat niemand etwas mitbekommen. Und sein Engagement gilt immer noch als vorbildlich. Auch seine Beziehung …«

»Ja, und? Was wollen Sie mir damit sagen?«

»Herr Mahler, wir können Ihren Sohn nicht mehr persönlich befragen, und seine ehemalige Lebensgefährtin steht uns auch nicht als Gesprächspartnerin zur Verfügung«, entgegnete Dagmar Möller.

»Stellen Sie sich vor, das ist mir auch schon aufgefallen«, erklärte er in bissigem Ton.

»Sie waren in letzter Zeit häufiger an der Küste ...«

»Wie meinen Sie das denn?«

»Sie haben die Erfolge Ihres Sohnes mehrfach mitgefeiert.«

»Ja, habe ich. Worauf wollen Sie eigentlich hinaus?«

Steiner blickte auf ihr Handy. *Ich bin da*, schrieb Emma. *Ihr könnt die Samthandschuhe ausziehen.*

Die Staatsanwältin sah hoch und fixierte Mahler. »Wir wollen darauf hinaus, dass Sie die Nähe zu Ihrem Sohn aus einem ganz bestimmten Grund gesucht haben. Und Ihr Sohn war kein Entführer, Vergewaltiger und Mörder.«

»Ach? Nun doch nicht? Wer denn sonst?«

26

Emma trat ein, ohne zu klopfen. Heiko Mahler hob den Blick, seine Pupillen verengten sich.

»Ich möchte Ihre letzte Frage beantworten«, ergriff Emma das Wort und nickte Dagmar Möller und Staatsanwältin Steiner kurz zu. »Mein Name ist Emma Klar, aber ich denke, Sie wissen längst, wer ich bin.«

Für Momente entgleisten Heiko Mahler die Gesichtszüge, dann hatte er sich wieder in der Gewalt. »Ich weiß nicht, was das soll und warum Sie hier hereinplatzen.«

Emma legte die Hände auf den Tisch. »Frauen an sich sind in Ihren Augen nicht sonderlich bedeutsam, eher zweitrangig. Und von obdachlosen Frauen haben Sie schon immer sehr wenig gehalten, nicht wahr? Als sich Ihr Sohn ausgerechnet in diesem sozialen Bereich engagierte, fielen Sie zunächst aus allen Wolken. Er war ja schon immer ein Weichei. Dann beschlossen Sie, das Beste daraus zu machen. Sie haben den interessierten und engagierten Vater gespielt, der wohl doch sein Herz für die sozial Schwächeren entdeckt hatte.«

Heiko Mahler starrte sie perplex an.

»Bullshit. Sie waren der Anführer einer Männerclique, deren hervorstechendste Eigenschaften sich in Verachtung und Grausamkeit spiegeln«, fuhr Emma fort. Ihre Stimme klirrte. »Diese Frauen sind in Ihren Augen Abschaum, der benutzt und weggeworfen werden kann. Manche haben Sie zu einem Fest eingeladen, ihnen einen Job oder ein neues Leben versprochen. Einige blieben Wochen oder sogar Monate in Ihrer Gewalt.« Emma blickte kurz zur Seite, und Dagmar Möller präsentierte Mahler das Foto aus dem Wismarer Gästehaus. »Hier erkennt man Sie ganz gut, außerdem Pasemann und Dollert, deren Aussagen uns ja bereits vorliegen. Sie werden dazu inzwischen sicherlich noch einiges mehr zu sagen haben. Das Mädchen, das man hier erkennt, heißt Franzi und starb wenig später im eisigen Grau eines Wismarer Wintertages zu Beginn des Jahres – gequält, erschöpft, in Panik geflohen und auf der Flucht gestorben. Ein ähnliches Schicksal musste ein Jahr zuvor eine junge Berlinerin erleiden. Bisher haben wir drei Todesopfer zuordnen können – Elly Barth, die stutzig wurde und als unliebsame Zeugin beseitigt werden musste, Viv, die am Teltowkanal starb, Franzi.«

Emma unterbrach sich kurz. Die Anspannung pulsierte in ihr, während Mahler sie inzwischen hasserfüllt ansah. Sie gab seinen Blick zurück.

»Nur der Vollständigkeit halber und für das Protokoll – Sie werden inzwischen als Verdächtiger vernommen«, warf Ulrike Steiner ein. »Ich schätze, das dürfte klar geworden sein.«

Heiko Mahler beachtete den Einwand gar nicht.

»Ich konnte heute mit mehreren wichtigen Zeuginnen sprechen«, fuhr Emma fort. »Ja, inzwischen sogar mit Ihrer Frau, die sich endlich traute, den Mund aufzumachen, weil ich ihr klarmachen konnte, dass Sie, Herr Mahler, das Gefängnis nie wieder verlassen werden. Das Bild, das sich nun ergibt, ist ebenso furchterregend grausam wie überzeugend und wird das Gericht veranlassen, die Höchststrafe zu verhängen, da bin ich ganz sicher.«

Emma griff nach dem Glas der Kollegin Möller und trank einen Schluck. »Wir haben am Wochenende ein Mädchen, das in einem ehemaligen Rostocker Betrieb gefangen gehalten wurde, befreien können«, fuhr sie dann fort. »Sie ist in keinem guten Zustand, aber einige Anmerkungen, die sie machte, haben mir zu denken gegeben und ...«

»Was habe ich mit einer Rostocker Schlampe zu tun?«, fuhr Mahler erbost dazwischen.

Emma sah konzentriert auf das Glas in ihrer Hand, und sie hörte, dass Steiner sich räusperte. Dann sah sie Mahler an. »Ein kaltes, böses Lächeln in einem alten Gesicht. Das sind Sie, Herr Mahler. Sie haben dem Mädchen alles Mögliche angetan und antun lassen und ihr versprochen, dass sie frei wäre – sobald sie einen letzten Auftrag ausgeführt hätte. Sie sollte ihren Sohn überfallen und erschrecken. Sein Tod war gar nicht geplant, aber einen Denkzettel sollte er bekommen, damit die Schnüffelei endlich aufhörte. Der Plan ist gehörig danebengegangen. Er verblutete auf der Straße. Wie praktisch, dass wenig später Karina Pohl festgenommen wurde, die sich in der Nähe aufgehalten hatte. Und wie überaus praktisch, dass sich auch die späteren Verdachtsmomente schließlich ganz auf Ihren Sohn konzentrierten und Karina Pohl untergetaucht ist und bis jetzt aus Angst schwieg – Angst um sich und ihre Tante, denn Sie, Herr Mahler, hätten keinen Augenblick gezögert und keinen miesen Trick ausgelassen, um eine Aussage zu verhindern. Ihre Leute haben passend dazu Stellung bezogen, aber wir können ihre Darlegungen inzwischen entkräften.«

»Tatsächlich?«, flüsterte Mahler. »Wenn mein Anwalt mit Ihnen fertig ist, kriegen Sie nicht mal mehr einen Job im Ordnungsamt.«

»Warten wir es ab.« Emma trank erneut, dann griff sie ihr Smartphone. »Ich habe der Zeugin ein Foto von der jungen Frau gezeigt, die wir retten konnten«, erklärte sie und spielte die Audiodatei ab. Die Stimme von Karina Pohl erklang. »Ja, das ist das Mädchen«, erklärte sie leise.

Heiko Mahler hielt die Luft an. Damit hatte er nicht gerechnet.

»Sie tauchte zwischen den Wagen auf und ging auf Stefan los. Sie hatte ein Messer in der Hand und versuchte, ihn am Arm zu verletzen. Das konnte ich deutlich erkennen. Es gab ein Handgemenge, und Stefan stürzte in die Klinge. Es war … ein Unfall. Das Mädchen starrte völlig entsetzt auf Stefan, dann sah sie mich an. ›Das wollte ich nicht, das wollte ich nicht‹, rief sie immer wieder und hielt sich die Hände vors Gesicht. ›Ich sollte ihn erschrecken, damit er aufhört, den Alten zu verfolgen.‹ Dann ist sie weggerannt. Ich habe mich zu Stefan gesetzt. Er konnte kaum noch sprechen … Es war fürchterlich. Stefan griff nach meinen Händen. ›Du musst abhauen‹, flüsterte er. ›Lass dich nicht auf einen Kampf mit Heiko ein! Er wird dich zerstören und jeden, der dir wichtig ist oder ihm gefährlich werden kann. Tauch unter, versprich mir, dass du das tun wirst.‹«

Emma betätigte die Stopptaste. »Das Gespräch ist noch um einiges länger. Es belegt eindrucksvoll, was geschehen ist und warum Karina bislang schwieg. Ihre Angst vor einem skrupellosen Gegner war übermächtig – bis jetzt. Der Ausschnitt hier wird erst einmal ausreichen, um den Haftbefehl zu erwirken. In ihrem Haus auf Poel sind inzwischen ein paar Techniker beschäftigt. Ihre Frau ahnte, wo Sie die Speichermedien aufbewahren, und wer weiß, worauf die Beamten noch stoßen.« Emma stand langsam auf. »Bei all Ihrem Frauenhass haben Sie ein ums andere Mal immer denselben entscheidenden Fehler gemacht – Sie haben Frauen unterschätzt. Und nun sorgen wir dafür, dass Sie den Rest Ihres

Lebens ungestört darüber nachdenken können. Blöd gelaufen, oder?«

Heiko Mahler stützte beide Hände auf den Tisch. »Sie haben sich einen großen Feind gemacht.«

Emma zuckte mit den Achseln. »Wenn Sie wüssten, wie oft ich diesen ebenso dummen wie hilflosen und hasserfüllten Spruch schon gehört habe. Und – verzeihen Sie –, aber mit Größe hat Ihr Gebaren herzlich wenig zu tun. Sie sind ein Frauenquäler und Mörder. Passen Sie lieber auf sich selbst auf. Bei all dem, was Sie an Leid verursacht haben, könnte sich das Karma dann doch auch mal entschließen zurückzuschlagen.« Damit verließ sie den Raum.

Dagmar Möller folgte ihr wenig später. Sie stellten sich an die Fensterseite des Flures und blickten hinaus. Emma spürte, wie ihr Puls sich allmählich beruhigte. Es ist vorbei, dachte sie.

»Ich frage jetzt nicht, wo Karina ist«, ergriff Möller schließlich das Wort.

»Gut so. Ich weiß es ja selbst nicht.«

»Wir müssen trotzdem noch mal mit ihr sprechen. Das Ganze muss offiziell geklärt werden.«

»Das weiß sie. Und sie wird sich zu gegebener Zeit und unter bestimmten Bedingungen stellen.«

»Die Aussage des Mädchens …«

»War bruchstückhaft und doch so unmissverständlich, dass ich wusste, was sich abgespielt hatte. Nun brauchte ich nur noch die Aussage von Karina, sodass die Szene nachvollziehbar wurde.«

»Verstehe. Und Stefans Mutter …«

»Ließ sich nicht lange bitten – ich habe an der Stelle mit keiner Silbe übertrieben.«

Dagmar Möller blickte über die Schulter, als eine Tür klappte. Ulrike Steiner stellte sich zu ihnen. »Danke für die Zusammenarbeit. Wir haben ihn, und auch den anderen Beteiligten dürfte es an den Kragen gehen. Sie werden deutlicher werden, wenn ihnen klar wird, dass es endgültig vorbei ist und der Haupttäter feststeht.«

Emma machte sich wenig später auf den Weg nach Gadebusch. Padorn wusste längst Bescheid und hatte sich freigenommen, Christoph wartete auf sie. »Du wolltest meinen Sixpack bewundern, oder?«

Sie lächelte.

Am Abend fuhren sie gemeinsam nach Wismar und setzten sich an den Strand. Die Abendsonne spiegelte sich in den Wellen. Christoph legte einen Arm um sie, und ihr Atem floss ruhig. Emma hoffte, dass die Bilder in ihr bald zur Ruhe kamen. Und mit ihnen die Stürme, die sie ausgelöst hatten. Männer wie Mahler, Frauenhasser, Männer wie Teith, ihr grausamer Entführer. Frauenquäler, Mörder, denen sie im Grunde nur eines wünschte.

Christoph zerzauste ihr Haar und zog sie noch enger an sich. Nur das war jetzt noch wichtig.

EPILOG

Das Mädchen ohne Namen hieß Charlotte. Ihre Erinnerungen kehrten zurück, obwohl sie nicht willkommen waren. Erst allmählich, dann mit großer Wucht, und schließlich stand sie mitten im Eissturm von Bildern und Stimmen, grell aufflammenden Farben und schrillen Geräuschen. Ein Fremdkörper aus wild um sich schlagendem Schmerz, bis sie begriff, dass es ihr eigener Schmerz war. Die reine Qual, die nur zu bewältigen war, indem sie sie aushielt.

Klinik, Entzug, Reha, Therapie, betreutes Wohnen. Der Sommer verging und nahm den Herbst auch gleich mit. Als Charlotte wieder in sämtlichen Einzelheiten wusste, wer sie war, woher sie kam und in welcher Hölle sie länger als ein Jahr verbracht hatte, stand die Kommissarin erneut vor der Tür. Die Frau mit den Fragen und den wachen Augen. Emma. Sie trug einen dicken Pullover, und ihre Wangen waren rot vor Kälte. Sie erkannten einander sofort.

»Er steht vor Gericht«, sagte sie einfach. Mehr war nicht nötig. Keine einleitenden Worte oder Begrüßungsfloskeln welcher Art auch immer. Schmückendes Beiwerk – überflüssig.

Charlotte nickte. Sie saßen in der großen Küche der WG. Alle Bewohner waren auf ihren Zimmern oder unterwegs. »Willst du einen Tee?«

»Gerne.«

Sie tranken ihn aus dickbauchigen Tassen, über denen der Dampf aufstieg. Das Schweigen hatte den Raum betreten und war willkommen. Auch Emma hatte kein Problem mit ihm.

Charlotte fasste sie plötzlich ins Auge. »Ich soll aussagen? Bist du deshalb hier?«

»Nicht nur deshalb. Aber ja – deine Aussage wäre hilfreich. Der Mann soll nie wieder freikommen.«

»Das ist dir wichtig.«

»Ja. Es gibt noch mehr Opfer, das steht inzwischen fest. Über das ganze Land verteilt. Die Mädchen und Frauen an der Küste haben alle einen Namen. Und du könntest ihnen eine Stimme geben.«

»Muss ich ihm begegnen?«

»Nein. Du kannst deine Aussage in einem geschützten Raum zu Protokoll geben.«

Es gibt keine geschützten Räume, dachte Charlotte, und sie sah, dass Emma ihr diesen Gedanken vom Gesicht ablas.

»Ein Gespräch nur mit ausgewählten Personen der Behörde.«

»Ich verstehe.« Charlotte trank einen Schluck. »Männer wie er haben Freunde und Verbündete – überall.«

»Es gab weitere Festnahmen, und die Ermittlungen laufen immer noch.«

»Ihr werdet sie nie alle finden.«

»Das ist zu befürchten.«

Charlotte gefiel die Antwort. Kein Abwiegeln, kein falsches Beruhigen, kein Herumeiern. »Wirst du dabei sein?«

»Wenn es dein Wunsch ist – ja.«

Erneutes Schweigen. Charlotte trank ihren Tee aus. »Wie hast du es überwunden?«

Emma überlegte nur kurz. »Es gibt kein endgültiges Überwinden. Ich muss immer wieder den Kampf gegen die Dämonen aufnehmen. Aber ich gewinne jedes Mal.«

Charlotte ließ den Satz nachklingen.

Emma stand auf und reichte ihr eine Karte. »Melde dich – egal, worum es geht.«

Charlotte warf nur einen kurzen Blick darauf, dann folgte sie Emmas Schritten bis zur Tür. »Das werde ich.«

Emma lächelte ein stilles, unaufdringliches Lächeln.

In dieser Nacht schlief Charlotte tief und traumlos. Als sie wach wurde, stürmte es vor ihrem Fenster. Sie blickte hinaus. Es gibt keinen Ausweg, nur das Aushalten, dachte sie. Das kalte, böse Lächeln in seinem alten Gesicht werde ich nie vergessen. Ich muss es ertragen. Bis zum Schluss.

Kaisu Tuokko
Gerächt sein sollst du
Kriminalroman
Aus dem Finnischen von Anu Katariina Lindemann
334 Seiten. Klappenbroschur
ISBN 978-3-7466-4208-6
Auch als E-Book lieferbar

Das Verbrechen hält Einzug an der idyllischen Schärenküste Finnlands

Im lauschigen Küstenort Kristinestad wird die Leiche des siebzehnjährigen Jonas gefunden. Schnell wird klar, dass er ermordet wurde, und die Bluttat erschüttert die Gemeinde zutiefst. Journalistin Eevi Manner macht sich sofort an die Recherche, wobei sie auf Kriminalkommissar Mats Bergholm trifft, ihre Jugendliebe aus Schultagen. Verbunden durch ihre gemeinsame Geschichte und den Willen, Jonas' Mörder zu finden, tun sie sich zusammen, um die Tat aufzuklären, die Kristinestad die Unschuld genommen hat.

»Ein boshaftes Verbrechen, hinter dem ein verstörendes Motiv steckt, mit Feingefühl erzählt. Fantastisch.« Satu Rämö, Autorin von »Hildur«

Regelmäßige Informationen erhalten Sie über unseren Newsletter.
Jetzt anmelden unter: www.aufbau-verlage.de/newsletter

atb aufbau taschenbuch